AF791035

Joachim Baumeister

Herr van der Meer$^{\text{hoch } 3}$

Joachim Baumeister

Herr van der Meer hoch 3

Kriminal-Roman

Bibliografische Information der Deutschen Nationalbibliothek: Die Deutsche Nationalbibliothek verzeichnet diese Publikation in der Deutschen Nationalbibliografie; detaillierte bibliografische Daten sind im Internet über *www.dnb.de* abrufbar.

Joachim Baumeister, ›*Herr van der Meer*$^{\text{hoch 3}}$‹
Originalausgabe

Lektorat: Andreas Brandtner, Hemmingen
Titelabbildung: Shutterstock
Gestaltung und Verlag: Ganymed Edition, Hemmingen
ISBN 978-3-946223-21-4
(auch als eBook: ISBN 978-3-946233-22-1)

Printed in Germany

1. Kapitel
Charity – und ein obskurer Gast

Am Abend des 30. Mai betraten Ferdinand van der Meer und Yvonne Rautenberg den roten, etwas abgewetzten Teppich, der hinauf zum Foyer des Wiesbadener Kurhauses führte.

Yvonne trug ein luftiges eierschalfarbenes Chiffonkleid. Van der Meer hatte sie an die Hand genommen und führte sie gemessenen Schrittes durch das hohe Vestibül in den Saal. Er war eine präsente Erscheinung mit seiner großen, stattlichen Figur, dem grau melierten, zotteligen Haar und den wulstigen Lippen. Überall zog er die Aufmerksamkeit auf sich.

***

Schon während der Fahrt vom Starnberger See waren van der Meer diverse Szenarien durch den Kopf gegangen. Er fühlte sich massiv unter Druck gesetzt. Ihm war schon seit einiger Zeit klar, dass er darauf reagieren musste. Er konnte das nicht länger aufschieben. Die Planung stand.

Yvonne war im Porsche Cabrio ziemlich rasant gefahren, so dass van der Meers Mähne zerzaust umhergeflogen war.

»Gesetze werden nicht nur angewandt, sondern auch interpretiert«, hatte er mehr zu sich selbst gesagt. »So ist das, Yvonne.«

Sie hatte das nicht gehört. Sie hätte das auch nicht interessiert. Das war van der Meer nur zu Recht. Er sprach nie ernsthaft mit Yvonne über seine geschäftlichen Aktivitäten, und sie stellte keine Fragen. Sie hatte ganz andere Themen. »Ich hoffe, dass Danton genug Futter hat«, hatte sie in den Wind gerufen.

Der Barsoi war ihr ganzer Stolz. Sie liebte den russischen Windhund geradezu abgöttisch, was van der Meer gelegentlich spöttisch kommentierte.

Trotz der rasanten Fahrt hatte van der Meer immer wieder seine randlose Brille aufgesetzt, um auf seinem Tablet Daten der Portfolios seiner Münchner ›*VdM-Invest*‹ abzurufen. Aber eigentlich hatte er immer wieder an den Franzosen gedacht, der ihm diskret avisiert worden war. Ein Termin war noch nicht ausgemacht. Nur so viel stand fest: Er würde nach München kommen, um sich bei van der Meer vorzustellen. Sein Ruf sprach für sich. Es wurde wirklich Zeit, hatte van der Meer gedacht. Er wusste es doch. Die Situation spitzte sich zu. Langsam wurde es gefährlich.

***

Die lang erwartete Wohltätigkeitsveranstaltung des ›*Dolphin Club International*‹ in Wiesbaden. An die vierhundert geladene Gäste. Gesellschaft in Abendgarderobe.

Der hessische Ministerpräsident hatte bedauerlicherweise aus Termingründen abgesagt. Aber die Wirtschaftsministerin sowie die Vorstände einiger Konzerne, Bankhäuser und Versicherungen waren gekommen. Auch Promis aus dem Showbusiness wie Ted Truball, der angesagte Singersongwriter, oder Leinwandgrößen wie Kim Schneider oder Hannes Wiederkehr traten ins Rampenlicht. Fotografen und Kameraleute scharwenzelten um sie herum.

Lara Sansori betrat die ausladend große Bühne, nachdem die Big Band mit einem ersten Medley das Signal zur Eröffnung der Gala gegeben hatte. Sansori führte mit samtweicher Stimme moderierend durch den Abend.

»Ein Fest mit wunderbaren Gästen und Künstlern erwartet Sie. Und natürlich unsere Preisträger. Wie jedes Jahr zeichnet der ›*Dolphin Club*‹ Persönlichkeiten aus, die sich für das Wohl von Menschen einsetzen, die existenzielle Hilfe benötigen. Dieses Mal richtete sich unser Fokus auf die Flüchtlinge, die aus den schrecklichen Kriegsgebieten des Nahen Ostens unter schwersten Umständen zu uns fanden. All den Helfern und Spendern ein ganz herzliches Dankeschön.«

Applaus. Van der Meer klatschte betont dezent, Yvonne heftiger. Sie saßen in der ersten Reihe. Van der Meer rückte kurz seine Fliege zurecht und schaute seine Begleiterin etwas mokant lächelnd an. Yvonne strahlte zurück.

Sansori ordnete ihr bodenlanges dunkelblaues Kleid ein wenig und hob das Mikro wieder an.

»Sie sind bestimmt alle gespannt, wer den bronzenen, den silbernen und dann den goldenen Delphin heute gewinnt. Ich bin es auch. Nur die Laudatoren wissen Bescheid. Aber wir, meine Damen und Herren, werden uns noch ein wenig gedulden müssen.«

Die Band intonierte ein weiteres Stück. Dann surrte eine riesige Leinwand von der Decke. Ein Video wurde gezeigt, in dem sich Flüchtlingsströme durch unwirtliche Landschaften des Balkans arbeiteten und Schlauchboote mit Migranten im Mittelmeer kenterten. Yvonne zog die Stirn kraus.

»Das ist schon furchtbar, was die Menschen da durchmachen müssen.«

Van der Meer nickte kaum wahrnehmbar. Der kurze Film endete. Ein Liedermacher trat auf und sang etwas von Heimatverlust. Ein bekannter Autor deklamierte ein dem Anlass entsprechendes Gedicht. Anschließend spielte die Big Band einen Jazz-Standard.

Van der Meer hatte ein ausgeprägtes Gespür für unangenehme, für heikle Ausstrahlungen. Einem Impuls folgend drehte er sich leicht zur Seite. Aus den Augenwinkeln sah er schräg hinter sich einen Mann Anfang dreißig mit einer schwarzen Augenklappe über dem rechten Auge. Der fixierte ihn auf eine seltsame Weise. Van der Meer war sofort klar, dass dieser Mann hier nicht wirklich hergehörte. Der Fremde war ihm in diesem Moment suspekt, ominös.

Derweil sang ein Schlagerheini von enttäuschter Liebe. Und schließlich hatte die Wirtschaftsministerin das Wort. Sie sprach weit ausholend von Chancen und dem demografischen Wandel. Preisträger vergangener Jahre wurden vorgestellt.

Van der Meer schaute Yvonne neben sich ungeduldig an – und sie ihn.

»Wer ist der Mann mit der Augenklappe hinter uns?«, flüsterte Yvonne. Sie hatte bemerkt, dass sich van der Meer nach hinten gedreht hatte und entdeckt, warum er irritiert schaute.

»Kenne ich nicht. Keine Ahnung«, flüsterte er zurück.

Der gebuchte Franzose konnte es wohl kaum sein, dachte er. Merkwürdig. Er spürte aber instinktiv, dass der Mann aus irgendeinem Grund seinetwegen hier war. Es würde sich herausstellen, wer das war, beruhigte sich van der Meer.

Die Band beendete ihren Auftritt. Ein Kabarettist ließ einige Sarkasmen ab. Das Auditorium lachte.

»Jetzt kommen wir zu Preisverleihung«, rief Lara Sansori gespielt erfreut.

Die Band spielte einen Tusch. Der dritte Preis ging an eine ziemlich schwergewichtige Frau, die sich nur mit Mühe auf die Bühne hieven konnte. Den zweiten Preis erhielt ein Student, der die Initiative ›Studenten helfen Flüchtlingen‹ ins Leben gerufen hatte. Van der Meer schaute sich noch einmal um und begegnete direkt dem Blick des geheimnisvollen Mannes hinter ihm, der ihn maliziös anlächelte.

Lara Sansori trat nun an den Bühnenrand.

»Und nun, liebe Gäste und Freunde des ›*Dolphin Clubs*‹, kommen wir zum ersten Preis. Die Laudatio hält sehr gerne Hannes Wiederkehr.«

Applaus.

»Der Mann, über den ich sprechen möchte, ist nicht nur ein generöser Geschäftsmann«, ergriff Wiederkehr das Wort, »sondern auch ein Mensch mit Empathie, ein Philanthrop im wahrsten Sinne des Wortes. Sein bisheriger Lebensweg lässt eine deutliche Spur zurück, eine Spur auch der Selbstlosigkeit. Und zeigt uns, dass wirtschaftlicher Erfolg nicht immer nur auf Rücksichtslosigkeit und menschlicher Kälte beruhen muss. Ich meine, dieser Mann sollte vielen ein Beispiel sein. Ich möchte seine hohe Spendensumme hier nicht erwähnen. Das war sein ausdrücklicher Wunsch. Aber ich darf sagen, dass dieses Geld viele Nöte gelindert hat.«

Wiederkehr streckte sich ein wenig.

»Der diesjährige erste Preis für die ›Aktion Flüchtlingshilfe‹ geht an ... Ferdinand van der Meer!«

Applaus brandete auf. Van der Meer erhob sich und suchte den Weg auf die Bühne. Yvonne schaute stolz zu ihm hinauf, als er den goldenen Delphin in Händen hielt. Blitzlichtgewitter.

Der unbekannte Mann mit der Augenklappe war mittlerweile verschwunden.

2. Kapitel
Metternich ... mit Löffel

Ihm bot sich ein beängstigender Anblick im Dämmerlicht. Er fühlte sich erstarrt, wie gelähmt. Die Zeiger der Uhr kreisten rasend schnell rückwärts. Monströse Insekten krochen die Wände entlang. Sein Vater, der katholische Priester, trat durch die hölzerne Sakristeitür und segnete ihn. Abteilungsleiter Jankowitz tauchte unvermittelt auf und grinste hässlich wohlwollend. Dann wurde es hell.

In diesen Momenten war ihm klar: Jetzt ging es dem Ende zu. Vorbei! Er würde alles hinter sich lassen. Und wann kam der Tunnel mit dem gleißenden Licht am Ende? Er kam und kam nicht. Verärgert dämmerte es ihm: Es stimmte ja gar nicht, dass im Angesicht des Todes das gesamte Leben vor einem vorüberzog.

Nichts zu sehen. Nichts!

Er wachte auf. Die Stationsschwester kam, nachdem er mit Kraftaufwand auf den Notfallschalter gedrückt hatte.

»Herr Metternich, was ist denn los? Sie sind ja schweißgebadet. Wir wechseln mal die Wäsche.«

»Mir war, als gäbe ich den Löffel ab«, hauchte er und schaute die Schwester mit weit aufgerissenen Augen an.

Sie lachte.

»Aber Herr Metternich, so werden Sie hier nicht entlassen und wenn, dann mit Löffel.«

Es war doch kein Herzinfarkt gewesen, obwohl es zunächst sehr danach ausgesehen hatte. Der behandelnde Arzt, Prof. Dr. Streyer, beruhigte Metternich. Es handele sich um eine sogenannte Stress-Kardiomyopathie, sagte er.

»Einen kardiogenen Schock haben Sie erlitten«, erläuterte Streyer laut und jovial, »äußerst selten ist dieses Krankheitsbild. Man nennt es auch Broken-Heart-Syndrom.« Dann lachte er. »Liebeskummer haben Sie wohl nicht, oder? Also, das kriegen wir wieder hin. Ehrlich gesagt, ich würde auch nicht gerne jemanden erschossen haben. Verständlich. Da bleibt innen drin immer was hängen. Vor allen Dingen, wenn man Meister der Verdrängung ist. Das geht eben aufs Herz.«

»Noch lauter«, krächzte Metternich ärgerlich und versuchte, sich aufzurichten.

»Aber Herr Kommissar, das stand doch ohnehin überall in den Zeitungen.«

»Ich weiß, bin ja schon ... sozusagen pressenotorisch.«

Streyer trat näher an Metternichs Bett heran.

»Ende der Woche entlasse ich Sie. Aber ich schreibe Sie erst mal noch weitere vier Wochen krank. Nehmen Sie den ACE-Hemmer genau nach Anweisung. Herr Kommissar, seien Sie behutsam, machen Sie langsam und besprechen Sie sich mit Ihrem Psychologen, verstanden? Den sollten Sie in Anspruch nehmen und nicht so tun, als ob Ihnen nichts in der Welt etwas anhaben kann.«

Metternich winkte ab. Ihm ging der joviale Ton des Arztes auf den Wecker. Alles konnte und machte der Mann aus dem Effeff. Das nervte Metternich.

»Sie meinen, der Seeleninstallateur könnte mich wieder ans Laufen bringen? Na, mal abwarten, Herr Professor. Solange ich noch eine Morgenlatte habe, bin ich beruhigt.« Er schaute aus dem Fenster und murmelte: »Das Leben ist doch nur ein durchlaufender Posten.«

***

Am Morgen nach seiner Entlassung betrat er das Präsidium. Die Kollegen schauten erfreut auf und erhoben sich, um Metternich zu begrüßen.

»Schön, Sie wiederzuhaben. Sie sehen gar nicht so schlecht aus, Champ«, frohlockte Trübsand.

»Nenn mich nie wieder Champ!«, raunzte Metternich ihn an.

Trübsand schaute betreten zu Boden.

»Ja, 'tschuldigung, das hat sich eben so eingebürgert.«

Wegen eines spektakulären Aufklärungserfolgs hatte vor Jahren ein Düsseldorfer Boulevardblättchen Metternich als ›Champ‹ betitelt.

»Ich weiß. Aber jetzt gilt das nicht mehr.«

Im Moment bereute Metternich, dass er ins Büro gekommen war. Die Situation war ihm unangenehm. Die Kommentare, das Trösten, das Verständnis. Er hatte den Auftragsmörder Max

Frese erschossen. Er hatte keine andere Wahl gehabt. Es war Notwehr gewesen. Und das erste Mal, dass er ›in Ausübung seines Amtes‹ einen Menschen hatte töten müssen.

»Sie werden das alles schon verarbeiten«, sagte Sybille Fruchtig, die etwas schrullig wirkende Büroschreibkraft. »Und Sie werden wieder ganz der Alte sein.«

Sie hatte schon eine Tasse Kaffee für Metternich in der Hand.

»Ich will darüber nun nicht mehr reden. Damit das klar ist. Ich bin für eine Weile weg. Rekonvaleszenz. Aber ich melde mich ab und an. Trübsand, du hältst mich gelegentlich auf dem Laufenden.«

»Aber Sie sollten doch ... ich meine, Ihr Arzt hat doch bestimmt ... «

»Wo ist Kalkmeyer?«

»Der ist gleich hier.«

»Trübsand, was hat die Vernehmung von Cora Collin noch gebracht, während ich in der Klinik war? Ich meine speziell die Kontakte. Es geht doch um Freses Auftraggeber.«

Kalkmeyer betrat den Raum, bevor Trübsand antworten konnte.

»Jaja, der oder die Auftraggeber. Wir konnten nichts herausfinden. Die Collin wusste angeblich nichts, gar nichts. Sie behauptet, sie habe ihn nur vorbereitet, den Mord an Rottmann im ›*Interconti*‹, als erotischer Lockvogel. Die Kontakte habe ausschließlich Max Frese gehabt. Sie wisse keine Namen. Nichts. Und glaub mal, wir haben die Dame ganz schön in die Mangel genommen. Auch die Kollegen vom OK.«

»Die einzige Person, die Collin erwähnte, war die erschossene Finanzinvestorin in München, Jeannette Seeberger«, ergänzte Trübsand. »Die scheint das Bindeglied zu Frese gewesen zu sein. Mehr war nicht zu erfahren.«

Metternich wandte sich zur Tür. »Trübsand, du vergisst die Rechtsanwältin Kassenich, die mutmaßlich auch von Frese erschossen wurde. Aber da seid ihr ja noch dran, Klarheit zu bekommen.«

»Passen Sie auf sich auf und lassen Sie sich gesund pflegen«, sagte Kalkmeyer. »Hoffentlich sind Sie bald wieder da.«

»Genau!«, meinte Trübsand. »Wir brauchen Sie, ist doch klar. Was im Fall Frese/Collin noch zu tun ist, regeln wir hier schon. Schalten Sie ab.«

»Jaja. Grüßt mir Jankowitz«, rief Metternich im Hinausgehen. Dabei grinste er maliziös. Der Dezernatsleiter vom K 11 war ihm schon lange in herzlicher Abneigung verbunden. Alle Kollegen hatten ihn im Krankenhaus besucht, nur Jankowitz nicht.

Zu Kriminaldirektor Dr. Frenzel dagegen hatte Metternich ein entspanntes Verhältnis. Ein kurzes, belangloses Ge-spräch mit ihm über Gesundheit, Genesung und noch unaufgeklärte Fälle beendete den Besuch im Präsidium.

***

Zu Hause sinnierte Metternich über die Aktion, die ihn wieder in die Schlagzeilen gebracht hatte. Und die seine Gesundheit angriff. Wahrhaben wollte er das Letztere nicht.

Cora Collin alias Miriam Treskow. Sie hatte anscheinend nicht vollständig von Max Freses Aufträgen abhängig sein wollen und hatte sich auch als Edelhure für die gehobenen Kreise betätigte, nicht nur als charmante Vorbereiterin für den Auftragsmord im ›*Interconti*‹. Trübsand wusste davon und nur er. Metternich hatte damals die Collin unter dem Namen Treskow gebucht, ohne zu wissen, wer sie wirklich war. Zwei Nächte im ›*Hyatt*‹ in Köln. Und ausgerechnet dort hatte ihm der Zufall in die Hände gespielt. Jetzt, einen Tag später, besuchte er seinen Freund Hendrik, der für ihn immer auch ein Ratgeber gewesen war. Bei ihm und nur bei ihm konnte er sich richtig aussprechen. Hendrik von Schnee hatte einen Lehrstuhl für praktische

Ethik an der Heinrich-Heine-Uni. Die Gespräche mit ihm gestalteten sich bisweilen etwas anstrengend, aber für Metternich stets bereichernd. Hendrik beschwor ihn, zurückhaltend zu sein, sich auf psychotherapeutische Unterstützung einzulassen, so wie Professor Streyer es empfahl.

»Ich hatte dir auch schon so oft angeboten, das Zen-Bogenschießen bei Meister Okuda auszuprobieren«, sagte Hendrik. »Ich kann dir sagen, es fördert die Gelassenheit und das Loslassen. Dass in der Ruhe die Kraft liegt, ist zwar ein Allgemeinplatz, aber dennoch wert, sich daran zu erinnern.«

Metternich hatte sich nie dazu durchringen können. Ihm war die fernöstliche Kultur zu fremd.

***

Zwei Tage später saß Metternich bei Julius Krämer, dem Polizeipsychologen. Eine in verschiedenen Farben changierende Salzsteinlampe brannte, ein Zimmerbrunnen plätscherte. Metternich fand das alles albern. Jetzt kam bestimmt wieder der posttraumatische Belastungskäse, dachte er. Burn-out war auch noch aktuell.

»Ich möchte, dass Sie mit den intrusiven Erinnerungen umgehen lernen. Versuchen Sie immer mehr, den Vorgang in Ihrem Denken zu umgehen. Ja, Sie haben einen Menschen getötet, erschossen. Sei es in Notwehr oder auch nicht, der Vorgang als solcher bleibt gleich.«

Metternich hörte gar nicht mehr genau hin. Die Worte rieselten an ihm vorbei. Ja, er wusste das alles. Nicht nur der tödliche Schuss auf Max Frese hatte ihm zugesetzt. Da hatte sich einiges angestaut. Er war doch immer ein Draufgänger gewesen, ein Kampfhund, seit Jahren. Und das würde er wohl auch immer bleiben.‹

»Sie wissen doch, Menschen, die Gewaltverbrechen begehen, in Ihrem Fall Max Frese, fehlt die Fähigkeit, sich in andere Menschen hineinzuversetzen. Das ist der Unterschied zwischen Ihnen und diesen Leuten. Sie haben diese Fähigkeit. Aber Sie müssen lernen, Abstand zu gewinnen.«

Metternich war gedanklich bereits bei einem Vorhaben, das sich ihm während seines Krankenhausaufenthalts förmlich aufgedrängt hatte. Die Hintergründe! Und es war Cora, die ihn nicht losließ.

Andererseits wollte er innerlich mit dem Fall nichts mehr zu tun haben. Loslassen. Stimmt, das wäre jetzt richtig.

Er fühlte sich hin- und hergerissen.

Cora Collin.

Sie saß wegen Beihilfe zum Mord in U-Haft.

Die Gedanken an sie verstörten Metternich. Für ihn waren das neue Empfindungen. Er kannte so etwas erst, seitdem er diesen Max Frese erschossen hatte.

Cora Collin. Es musste sein.

Ihr noch einmal gegenübertreten.

Sie ansehen.

Ihr in die Augen schauen.

»Sie sollten auch mal beginnen, Ihre familiären Hintergründe aufzuarbeiten«, sagte Krämer weiter. »Wir hatten früher schon einmal darüber gesprochen. Die Beziehung zu Ihrer Mutter, das nicht vorhandene Verhältnis zu Ihrem Vater, dem katholischen Priester. Ein tief verankerter Schmerz durch Verdrängung. Eine vielfältige Verdrängung, auch seitens Ihrer Mutter.«

Metternich wäre am liebsten sofort aufgesprungen und herausgerannt. Das kochte immer wieder in ihm hoch, er kannte das. Und daran würde sich auch nichts ändern.

Aufarbeiten?

Da gab es nichts aufzuarbeiten.

Es war, wie es war.

3. Kapitel
Ein letztes Treffen

Die Sicherheitsschleusen der Justizvollzugsanstalt hatte Metternich passiert. Die Stahltüren rasteten scheppernd in die Schlösser. Er schritt durch lange graue Gänge bis zum kahlen Besprechungszimmer. Dann saß er Cora Collin gegenüber. Sie sah blass und hager aus. Ihr Blick wirkte trübe. Sie sahen sich zunächst ohne Worte an, so, als hätten sie ein Geheimnis miteinander. Metternich fand sie immer noch aufregend. Kastanienbraunes Haar, grüngraue Augen, groß und schlank.

»So weit geht es«, sagte sie gleichmütig. »Ich bin noch in Einzelhaft. Komme gut zurecht unter diesen Umständen. Wieso bist du hier?«

Metternich strich sich durch sein kurzes schwarzes Haar. Er betrachtete Cora ruhig. Dann lächelte er andeutungsweise.

»Du als Miriam Treskow ... wir hatten unseren Spaß miteinander, damals im Hotel.«

»Davon weiß niemand.«

»Ja, davon weiß niemand. Ist auch nicht wichtig. Es ändert nichts. Du hast aktiv an der Ergreifung von Max mitgewirkt. Gut, unfreiwillig, könnte man sagen. Aber immerhin sehr professionell. Das sollte strafmildernd wirken. Aber das liegt nicht in meiner Macht.«

Sie waren in dem kargen, schmutzig grün gestrichenen Raum allein. Cora saß kerzengerade auf ihrem Stuhl, sehr kontrolliert.

»Was willst du?«

»Ich wollte dich einfach noch einmal sehen. Mir gehen einige Bilder nicht aus dem Kopf.«

»Und welche Bilder sind das?«, fragte sie mit ironischem Unterton.

»Ich denke, die behalte ich für mich. Eine Frage: Max hatte doch Kontakt zu einer Frau in München. Das war deine Aussage. Und das wurde auch von den Münchner Kollegen ermittelt. Was weißt du über diese Frau?«

Cora zuckte mit den Achseln.

»Nichts.«

»Das nehme ich dir nicht ab. Sie hieß Jeannette Seeberger und wurde erschossen.«

Cora grinste hämisch.

»Stimmt. Das wird schon seinen Grund gehabt haben. Ich weiß nichts über diese Frau, mit der sich Max eingelassen hatte. Er faselte lediglich was von einem neuen Anfang, schwelgte mir was von höchstem Niveau vor. Und dass er nun einen anderen Weg gehen würde. Dieses Arschloch. Mir gegenüber so zu reden. Das Letzte.«

Sie stand auf und ging einige Schritte hin und her.

»Der kam sich intellektuell auch noch so überlegen vor mit seinem abgebrochenen Literaturstudium. Und immer die auswendig gelernten Zitate.«

Sie lachte schrill.

»Hör dir das an: ›*Bin ich einmal so tief in Blut gestiegen ... dass, wollt ich nun im Waten stille stehn, Rückkehr so schwierig wär, als durchzugehn.*‹ Macbeth. So eine Shakespeare-Scheiße warf der mir lachend an den Kopf, dieser Mistkerl!«

»Aber du hattest dich immerhin mit ihm eingelassen.«

»Ja, hatte ich! Und? Es ist vorbei, nicht mehr zu ändern.«

»Schließlich hat es dich aber doch berührt, als Max tödlich getroffen zusammenbrach und du zu ihm hinliefst, als er am Boden lag, oder?«

»Ach, lass mich doch damit in Ruhe! Ich weiß gar nicht, was du jetzt hier willst.«

Sie setzte sich wieder hin, lehnte sich zurück und schaute Metternich abschätzend und auch ein wenig verächtlich an. Ihr Blick wurde klarer, ihr Ton noch schärfer und lauter.

»Ihr Typen seid irgendwie alle gleich. Ob Bulle oder Killer. Ihr sucht euch eure Vorteile, wie es gerade passt. Max sprang ins Bett dieser feinen Diva. Mehr Kohle, noch besseres Leben, höherer Status. Und du? Kaufst dir die Frauen für den Sex, unfähig, dich ernsthaft einzulassen. Alles nur eine Preisfrage. Armselig, oder? Aber da hast du ja Schwein gehabt, an mich geraten zu sein. Ich vögele nicht nur berauschend gut für einen anständigen Preis, sondern kann dir auch noch zu einem medienwirksamen Erfolg verhelfen. Erst gefickt und dann noch gewonnen. Besser geht's doch nicht!«

Metternich atmete schwer. Im Grunde hatte sie ja recht, dachte er. Die Situation wurde ihm jetzt sogar unangenehm. Das kannte er von sich gar nicht. Er nickte kaum wahrnehmbar mit dem Kopf. Dann stand er auf. Er wusste in diesem Moment nichts weiter zu sagen.

»Mach's gut, Cora.«

Sie erhob sich wortlos, würdigte ihn keines Blickes und verließ den Raum, ohne sich einmal umzudrehen. Er blieb noch eine Weile stehen und schaute ihr nach.

***

Metternich fuhr direkt nach Hause. Im Treppenhaus begrüßte ihn der alte Herr Grothewohl vom ersten Stock, wie immer.

»Viel Kraft für den Alltag«, murmelte der im Vorübergehen.

Metternich grinste in sich hinein. Da hatte der Alte wohl mal recht.

In der Wohnung steuerte er direkt auf seinen ledernen Lesesessel zu, legte eine Jazz-CD von Dee Dee Bridgewater ein und dachte, während er zuhörte, an den außergewöhnlichen Fall von Auftragsmorden. Max Frese konnten bisher zwei Morde nachgewiesen werden. Metternich war sich ziemlich sicher, dass es mehr waren. Er stand auf und holte sein Telefonnotizbuch. Nach einigem Blättern stieß er auf jemanden, den er schon länger nicht mehr kontaktiert hatte. Alois Ritter, Kriminalhauptkommissar in München.

Ja, der Alois, dachte Metternich, ein nicht nur netter, sondern auch kompetenter Kerl. Wie lange kannten sie sich schon? Es mussten so fünfzehn Jahre sein. Damals zufällig in Osttirol beim Skilaufen in der Aprés-Bar auf dem Zettersfeld. Beide Bulle. Da hatten sie sofort Stories auf Lager. Ihre gegenseitigen Besuche in den Jahren waren zwar selten, aber immer ein Genuss.‹

Metternich lachte plötzlich erfreut. Klar, er würde zu ihm fahren. Einfach raus hier, weg von allem. Er hörte noch weiter Dee Dee Bridgewater, bis er im Sessel einschlief.

4. Kapitel
Der Innere Kreis

Van der Meer hatte am Morgen diverse Termine. Die Verhandlung mit Vertretern eines internationalen Konsortiums der Rüstungsindustrie ließen sich gut an. Eine temporäre Zusammenarbeit für ein bestimmtes Projekt. Der Termin war schnell abgehandelt.

Anschließend ein Mittagessen im ›*Le Deux*‹ mit dem bayrischen Staatssekretär im Wirtschaftsministerium. Darauf hatte er sich besonders gefreut. Auch weil das Treffen vonseiten des Ministeriums immer wieder hatte verschoben werden müssen. Das Tischgespräch heute war für van der Meer gehaltvoll, mit einigen nützlichen Informationen. Für ihn war der Kontakt in die politischen Kreise ein wichtiger Teil des Geschäfts.

Nach dem Essen fuhr van der Meer nicht in sein Büro in den Highlight Towers. Er hatte in einem anderen Gebäude für den Nachmittag einen Konferenzraum angemietet. Einen Raum in seiner ›*VdM-Invest*‹ wollte er für die folgende Zusammenkunft aus einleuchtendem Grund nicht zur Verfügung stellen.

***

Sein Blick war eiskalt. Er rückte die randlose Brille zurecht und schaute etwas ungehalten in die kleine Runde. Alle hatte er an dem langen, leicht gebogenen Konferenztisch platziert. Der große Raum schmucklos in Weiß und Grau.

»Ich bin gekommen, um Ihnen die aktuelle Lage deutlich zu machen. Wie Sie wissen, musste vor einiger Zeit entschlossen gehandelt werden. Das war unbedingt erforderlich.«

Er sprach mit sonorer Stimme, aber betont leise. Dann stand er auf und trat an das bodentiefe Fenster. Vom 13. Stock schaute er herab. Unter ihm der übliche Münchner Verkehrsstau am späten Nachmittag.

»Wir können uns keine Fehler erlauben. Und wir können es uns nicht erlauben, unzuverlässige Mitglieder zu ignorieren. Das sollte allen hier klar sein.«

Er drehte sich um und schaute jeden Einzelnen durchdringend an.

»Jeannette Seeberger – Sie wissen, wen ich meine – war eine Frau mit Charisma. Sie war eine Persönlichkeit, absolut. Sie hatte nicht nur Stil, sondern auch herausragende Fähigkeiten. Scharfsinnig und konsequent verfolgte sie unsere, aber eben auch ihre eigenen Ziele.«

Jetzt nahm er wieder auf seinem schwarzen Ledersessel Platz. Die Brille setzte er ab, um sie sogleich wieder aufzusetzen.

»Darüber hinaus war Frau Seeberger eine äußerst attraktive Frau.«

Dabei schlich ein leichtes Lächeln über sein Gesicht, das dann sofort wieder frostig wurde. Die geladenen Teilnehmer schwiegen erwartungsvoll. Eine Dame in der Runde nahm einen Schluck Kaffee und schlug danach ihre Beine übereinander. Ein jüngerer Mann schaute seine beiden Nachbarn mit wissendem Blick an. Ein älterer Herr hüstelte kurz.

»Die Situation ist unsicher«, ergänzte van der Meer. »Wir müssen uns auf weitere Schritte einrichten. Es geht um Prävention. Darum ging es auch bei Jeannette Seeberger. Um Prävention. Das war nicht anders zu machen. Sie müssen sich darüber im Klaren sein, dass wir allen Unwägbarkeiten entgegentreten müssen. Ich brauche Ihnen das Beispiel vom Kartenhaus wohl kaum zu erklären. In den Abläufen hat sich einiges geändert. Ein Mittelsmann in der Schweiz unterstützt uns auf hervorragende Weise.«

Jetzt stand er wieder auf.

»Haben Sie noch Fragen?«

»Jeannette Seeberger – sie hatte doch Kontakte. Was ist mit diesen Personen?«, fragte die Dame, während sie die Kaffeetasse wieder absetzte.

»Die haben nicht das Wissen, das Frau Seeberger hatte. Außerdem sind diese Leute nicht derart involviert, dass sie ein Sicherheitsrisiko darstellen könnten. Sie würden sich übrigens selbst in die Bredouille bringen. Des Weiteren ist zu bedenken, dass Frau Seeberger von ihrem Charakter, ihrer Psyche her äußerst egomanisch war, selbstbezogen, aber mit brillanter Intelligenz. Die Gefahrenlage spitzte sich dermaßen zu, dass wir gezwungen waren, einzugreifen.«

Van der Meer schritt langsam durch den großen Raum und trat wieder ans Fenster.

»Und dann ist zu bedenken, dass sie sich mit einem Mann eingelassen hatte, der zwar ausgesprochen gute Arbeit ablieferte. Aber sie wollte sich zusammen mit ihm absetzen. Und mit welcher Intention? Es gab zwischen uns Meinungsverschiedenheiten. Sie drohte sogar, unsere Organisation auffliegen zu lassen. Eine impulsive Dame, die Seeberger. Das war der ausschlaggebende Moment, die Lage zu bereinigen. Es gab einfach keine andere Möglichkeit, als die Notbremse zu ziehen. Nun gefährden uns beide nicht mehr. Dieser Max wurde ja im Rheinland von der Polizei erschossen, bevor er sich mit der Seeberger absetzen konnte. Sie hätte dann mit ihren Informationen mit Sicherheit auf eigene Rechnung gearbeitet. Und nicht nur das. Wie gesagt, sie hätte unsere Organisation mit ziemlicher Sicherheit platzen lassen.«

»Wer hat denn die Operation Seeberger durchgeführt?«, fragte der ältere Herr.

»Das soll hier nicht erwähnt werden. Es wird nie erwähnt. Nun habe ich einen Neuen mit hervorragenden Referenzen. Das sollte erst einmal genügen.«

»Wie ist denn der Stand der Ermittlungen bezüglich Seeberger?«

»Darüber habe ich noch keine Information.«

»Lässt sich denn darüber nicht etwas erfahren? Wir haben doch Kontaktleute, oder?«

»Wir machen die Fortschritte in dieser Richtung. Ein Störfaktor könnte für uns recht unangenehm werden. Sie werden frühzeitig informiert.«

Der junge Mann in der Runde rutschte auf die Stuhlkante vor und hob den Arm.

»Aber wir benötigen eine gewisse Kenntnis, damit wir wissen, wie wir uns verhalten sollen«, warf er ein.

»Da haben Sie recht. Aber in dieser Zeit ist es angebracht, Ruhe zu bewahren. Eines nach dem anderen. Sie werden rechtzeitig Hinweise bekommen. Hinweise, die Ihnen Ihr Handeln vorgeben. Ich denke, damit ist für heute alles gesagt. Im Moment ist die beste Option, einfach nichts zu tun. Und denken

Sie daran, auf keinen Fall untereinander offizielle Kontakte zu pflegen. Ich hoffe, dass Sie das verstanden haben. Wir tauschen uns weiter auf unseren abgesicherten Kommunikationswegen aus.«

»Natürlich«, bestätigte die Dame, Anfang fünfzig, schlank, distinguierte Haltung. Sie schaute ihn direkt an, so, als erwarte sie eine Frage, die dann auch gestellt wurde.

»Wer von Ihnen hatte Kontakt zur Seeberger?«

Die Anwesenden verneinten. Nur die Dame bestätigte einen Besuch. »Ich hatte sie einmal in Grünwald aufgesucht. Das muss vor anderthalb Jahren gewesen sein.«

»Was war der Anlass?«

»Ich hatte über sie gelesen. Als trickreiche Finanzinvestorin konnte sie mir einige Tipps geben. Über weitere Aktivitäten haben wir nicht gesprochen. Namen wurden nicht genannt. Es handelte sich lediglich um eine rein private Transaktion. Sie konnte mich gut beraten. Das war's. Danach hatten wir keinen weiteren Kontakt.«

»Bei Ihrem Besuch damals, war da noch jemand anderes anwesend?«

»Ja, ein Mann.«

»Können Sie mir etwas über ihn sagen?«

»Na ja, Anfang fünfzig, gepflegtes Aussehen, aber irgendwie grobschlächtig.«

»Erinnern Sie sich an den Namen?«

»Warten Sie, irgendwas mit Für – Fürn – ich glaube Fürneisen. Ja genau. Ich erinnere mich deswegen, weil der Name ungewöhnlich ist.«

»Fürneisen. Ah ja. Der Fürneisen. Unangenehmes Subjekt. Gehört zur Organisation, erlaubt sich einiges und zu viel davon. War Seebergers Handlanger. Zu Ihrer weiteren Information teile ich Ihnen mit, dass zwei Mitglieder aus unserem System ausgeschieden sind. Sie stellen kein Problem dar. Ich denke, nach den unangenehmen Vorfällen vor einiger Zeit war das mehr als notwendig. Über deren Diskretion brauchen wir nicht zu sprechen. Die ergibt sich ganz von selbst.«

Beim letzten Satz modellierte van der Meer seinen Mund zu einem angedeuteten Schmunzeln.

»Ihre Investitionen sind abgesichert. Darauf können Sie sich verlassen. Aber das wissen Sie ja. Das wäre es. Bei Bedarf und in dringenden Fällen nehme ich mit Ihnen allen Verbindung auf.«

Man verabschiedete sich nach einer kurzen Plauderei. Dann verließ die Gesellschaft den weitläufigen Büroraum in der 13. Etage. Einer war bei dieser Zusammenkunft nicht vertreten: Van der Meers engster Vertrauter, mit dem er alle Strategien der Organisation plante – Beat Widmer in Zürich. Widmer, eine Koryphäe in Sachen Finanztransaktionen und feiner Säuberungen monetärer Mittel. Der ständige Austausch mit ihm war die Grundlage aller geschäftlichen Tätigkeiten.

5. Kapitel
Bayrische Entspannung

München hatte Metternich länger nicht gesehen. Für ihn war es ein gutes Gefühl, als er zur Orientierung mit seinem Golf in die Stadt fuhr. Den Wagen hatte er sich vor einiger Zeit günstig gebraucht gekauft, mit wenigen Kilometern, aber mit abgedunkelten Fondscheiben. Er wollte nicht, dass eventuelle Insassen hinten, die er vielleicht dienstlich transportierte, von Außenstehenden zu erkennen waren.

Metternich mietete sich im ›*Hotel Germania*‹ in der Senefelderstraße ein. Das in beigen Farben gestaltete Drei-Sterne-Haus war nicht luxuriös, aber ihm sehr angenehm. Dort hatte er schon während seines letzten Besuchs logiert. Im Bahnhofsviertel fand er einige Bars, die er am Abend seiner Ankunft abklapperte. Irgendwie hatte die Rotlichtszene hier für ihn etwas Miefiges, Provinzielles, stellte er fest. Bayrisch appetitlich. Nicht so schmuddelig und obszön wie in Hamburg. Metternich verkniff sich einen erotischen Ausflug. Die Erinnerung an die Eskapaden mit Cora hemmte seine bisweilen aufkommende Begierde. Davon mal abgesehen, gesund wäre das derzeit wahrscheinlich auch nicht, dachte er.

***

Ritter nahm sich am folgenden Mittag Zeit, um mit ihm in den ›*Augustiner*‹ am Platzl zu gehen. Haxe mit Kraut. Süffiges Bier. Metternich mochte Ritters bayrisches Idiom.

»Moritz! Schön, dich mal wieder zu sehen. Natürlich habe ich die Ereignisse verfolgt. Indirekt haben wir damit ja immer noch zu tun. Wie fühlst du dich?«, fragte Ritter.

»Na ja, es geht besser. Ich habe einen sogenannten kardiogenen Schock erlitten. Broken-Heart-Syndrom nennt man das auch, so, als würde eine Tusse an gebrochenem Herzen den Geist aufgeben. Ich musste lachen, als ich das hörte. Es sei der Stress gewesen, sagte mein Prof in der Klinik.«

»Ist auch nicht ganz von der Hand zu weisen. Einen Menschen zu erschießen, selbst in Notwehr, ist nichts Geringes. Das bleibt nicht in den Kleidern hängen. Und so abgebrüht bist du wohl auch nicht. Habt ihr denn bei euch einen guten Psychologen, so wie wir?«

»Ja, ganz brillant, mit Salzlampe und Zimmerbrunnen.«

»Und? Hat man dich erst mal aus dem Verkehr gezogen?«

»So ungefähr. Ich bin raus fürs Erste. Und ich sehe ein, dass ich Abstand gewinnen muss. Tabletten fressen ist auch befohlen. Ein leckeres bayrisches Bier ist aber drin.«

Zwei Maß Bier und die Haxen wurden serviert.

»Schaust aber gut aus!« Ritter sah ihn fröhlich an. »Gar nicht wie Broken Heart.«

»Es geht auch schon wieder«, sagte Metternich. »Erkenntnisdrang und Ergebnisorientierung treibt mich, lässt so einiges vergessen und überstehen. Und wie sieht es hier in der heimlichen Hauptstadt aus? Was macht der Sumpf?«

»Alles im Rahmen. Nicht viel mehr als bei euch. Und bei Weitem nicht so heftig wie in Caracas oder in Johannesburg. Die haben eine Kriminalitätsrate ... «

»Und die Höchste ist wo?«

»Ich denke in Venezuela.«

Metternich lachte.

»Nein, im Vatikanstaat. Kein Scherz. Rein statistisch.«

Ritter haute auf den Tisch.

»Zum Totlachen. Hab ich ja noch nie gehört!«

Metternich quetschte einen Knödel in die dunkelbraune Bratensoße.

»Sag mal, mit dieser Seeberger, habt ihr da was?«

»Mein Team war dran, hatte aber noch nichts Relevantes. Ein anderes Team hat den Fall übernommen, weil ich mal krankgeschrieben war. Moritz, du solltest dich damit nun wirklich nicht befassen. Schlag dir das Thema aus dem Kopf und komm auf andere Gedanken. Fahr doch raus. Die Umgebung von München hat so viel zu bieten.«

Metternich nahm einen kräftigen Schluck Augustiner.

»Das werde ich«, sagte er zustimmend. »Vielleicht fahre ich an den Tegernsee oder in die Berge. Danach könnten wir mal in das ›*Hofbräuhaus*‹ gehen. Aber mit der Seeberger, das interessiert mich natürlich, kannst du dir ja vorstellen.«

Ritter winkte ab.

»Moritz, lass es lieber. Denk vorrangig an deine Genesung.«

***

In Bad Wiessee quartierte Metternich sich im Hotel ›*Seeblick*‹ an der Promenade ein. Zimmer mit Seeblick. Abendmenü auf der Terrasse. Bei einem Glas Wein lauschte er dem Plätschern des Seewassers gegen die Mole des kleinen Yachthafens. Schon als Kind hatte er das Geräusch geliebt, dieses Klatschen und Glucksen. Damals war er mit seiner Mutter hier gewesen. Es war die einzige Reise, die seine Mutter mit ihm in seiner Kindheit unternommen hatte.

Sein Vater war nie da gewesen. Niemals. In der Kevelaerer Kirchengemeinde hatte er als katholischer Pfarrer seinen Platz. Und der Junge Moritz Metternich durfte seinen Vater nicht kennen. Nur verstohlen ansehen. Alle Welt wusste ja, dass sein verantwortungsloser Vater die Familie verlassen hatte und ausgewandert war, aber niemand, dass er oben dort auf der Kanzel stand. Schnell drückte er den Gedanken weg. Darin hatte er schon lange Übung. Die Junisonne brannte heiß an diesem Tag. Metternich schlenderte die Promenade entlang bis zum Bootsverleih. Mit einem der leichten hölzernen Boote ruderte er eine halbe Stunde und genoss den Blick auf den beschaulichen Ort.

Während des Abendessens im Hotel blätterte er im Lokalblättchen, sah sich den Veranstaltungskalender an und las drei Bekanntschaftsanzeigen. In Waakirchen gab es Wettmelken, in Abwinkl Maßkrugstemmen, in Rottach wurde im Theater ein Boulevardstück aufgeführt, ›*Kaktus sucht Gießkännchen*‹. Vier Türen auf der Bühne, rein und raus, und alle lachen, das war nichts für ihn. Er hätte auch in die nahe gelegene staatliche Spielbank Bad Wiessee gehen können. Roulette, Baccara, Blackjack. Aber für Glücksspiele hatte er nie etwas übrig gehabt.

Im historischen Festsaal Wildbad Kreuth wurde ein Konzert mit den Holzkirchner Symphonikern angeboten. Klavierkonzerte von Prokofjew und Chopin. Seine Leidenschaft für Jazz schloss ein Interesse an klassischer Musik nicht aus. Aber das musste schon Jahre her sein, dass er in einem Klassikkonzert gewesen war, überlegte Metternich. Das lag wohl auch an der Befürchtung, mitten im zweiten Satz einer Symphonie zu einem Tötungsdelikt herausgerufen zu werden. Aber jetzt war es möglich, ganz entspannt.‹

***

Der Konzertabend am folgenden Tag hatte für ihn etwas Besonderes. Chopins zweites Klavierkonzert und anschließend Prokofjews drittes. Metternich liebte Chopin und gerade das zweite Klavierkonzert, das eine sehr junge Pianistin mit feiner Innerlichkeit vortrug.

Mit seinem Sitznachbarn kam er schnell ins Gespräch und in der Pause unterhielten sie sich über die dargebotene Musik. Der Mann stellte sich als Dr. Rastätter aus München vor. Metternich machte sich ebenfalls bekannt. Rastätter war um die sechzig. Der große, schlanke, sportlich wirkende Mann hatte etwas Jungenhaftes.

»Ich mag Prokofjews Hinwendung zur Moderne und gleichzeitig sein Zurückgreifen auf die Romantik«, sagte er im Laufe des Gesprächs. »Die Dissonanzen in den Kompositionen machen für mich den Reiz aus. Sind Sie zum ersten Mal hier?«

»Ja, in Wildbad Kreuth schon. Aber ich war schon einmal in Bad Wiessee, wo ich derzeit wohne. Ich habe mir eine Auszeit gegönnt. War nötig.«

»Ich besuche hier oft die Konzerte. In Rottach-Egern habe ich ein sehr schön gelegenes Haus, vollkommen ruhig mit Blick auf den See. Von München ist es nicht weit, und ich habe hier meine Ruhe, wenn ich abschalten will. Sie haben auch ein Faible für die Klassik?«

»Mein musikalischer Schwerpunkt ist zwar der Jazz, der Bebop zum Beispiel«, erklärte Metternich, »aber ich habe durchaus Zugang zur klassischen Musik. Ein für mich bereicherndes Konzert heute.«

Die gegenseitige Sympathie vertiefte sich während der Plauderei überraschend schnell. Die beiden Männer unterhielten sich nicht nur über Musik. Rastätter sprach über seine Leidenschaft für das Bergsteigen, über seine verlängerten Wochenenden hier am Tegernsee und machte einige lokalpolitische Bemerkungen. Metternich hörte aufmerksam zu, hatte aber wenig aus seinem Leben beizutragen. Hobbys? Auszeiten? Als Kommissar hätte es darüber kaum etwas zu berichten gegeben. Immer im Dienst, sozusagen.

Rastätter lud Metternich auf einen Drink an der Bar ein. Metternich war froh, dass er nicht nach seinem Beruf gefragt wurde. Er hatte das voreilige Abfragen nach Persönlichem noch nie gemocht.

Nach der Pause hörten sie noch Prokofjew, und mit lang anhaltendem Applaus endete das Konzert. Draußen auf der Veranda des Saals kam Rastätter auf Metternich zu.

»Bevor ich mich verabschiede«, sagte er, »möchte ich Sie fragen, ob ich Sie zu mir einladen darf. Ich fand unsere Unterhaltung über Musik bereichernd. Übermorgen gebe ich ein kleines Fest mit interessanten Gästen. Ich würde mich freuen, wenn Sie Zeit hätten und kämen.«

Metternich war zunächst verdutzt und nahm dann die Einladung erfreut an. Er fühlte sich auf eine gewisse Weise erleichtert. Einerseits tat ihm das Alleinsein zwar gut, andererseits fühlte er sich abseits vom Geschehen. Und Rastätter gefiel ihm. Ganz unprätentiös, der Mann.

***

Am folgenden Tag unternahm Metternich eine Rundfahrt mit dem Schiff, stieg in Tegernsee aus und aß einen Leberkäs im ›*Herzöglichen Bräustüberl*‹.

Trübsand rief an und versuchte, Metternich die aktuellen Vorkommnisse zu kolportieren.

»Ich wollte nur hören, wie es Ihnen geht.«

Metternich winkte ab.

»Lass mich damit in Ruhe. Im Moment habe ich kein Interesse. Macht ihr euer Ding. Wenn ich zurück bin, gehe ich wieder *in medias res*. Klar? Ich melde mich, wenn es so weit ist.«

Trübsand war ziemlich überrascht. So eine Reaktion hatte er nicht erwartet, wo Metternich doch sonst über alles und jedes informiert sein wollte.

6. Kapitel
Sommerabend, sehr speziell

Rastätters Villa lag in Egern auf einem weitläufigen Grundstück, direkt am See. Metternich kam über einen weißen Kiesweg auf das Haus zu. Er fühlte sich in diesem Moment ein wenig erhaben, ein für ihn eher fremdes Empfinden. Ermittlungen in den sogenannten höheren Kreisen kannte er nur zu gut. Aber privat war das bisher nicht seine Welt gewesen. Im Grunde hatte er immer eine Antipathie dagegen gehabt. Rastätters distinguierte Bescheidenheit aber mochte er.

Mit dreißig bis vierzig Gästen war die Gesellschaft größer, als Metternich erwartet hatte. Am Eingang des weißen Landhauses wurde er gleich von einer elegant gekleideten Frau empfangen.

»Sie müssen Herr Metternich sein. Mein Mann hat Sie mir bereits angekündigt.« Sie streckte ihm lächelnd ihre Hand zur Begrüßung hin. »Hermann, Herr Metternich ist hier!«

»Freut mich, dass Sie gekommen sind«, rief Rastätter, der sich aus einer Gruppe weiter hinten löste und auf ihn zukam.

Er führte seinen Gast dann in das sehr weiträumige Wohnzimmer, in dem die Gäste grüppchenweise zusammenstanden.

Erlesene Antiquitäten korrespondierten mit modernem italienischem Design. An den Panoramafenstern zur Seeseite war ein üppiges Buffet aufgebaut. Leise Musik, plauderndes Gemurmel, klingende Gläser. Metternich wurde zwei, drei Gästen vorgestellt und dann zunächst sich selbst überlassen.

»Sie sind also der Musikfreund, den Hermann in Kreuth kennengelernt hat«, sagte ein älterer Herr mit schlohweißem Haar.

»Stimmt. Herr Rastätter und ich konnten uns über Musik sehr gut verständigen. Ein interessanter Mann.«

»Wissen Sie, Professor Rastätters Arbeit ist oft äußerst belastend. Da benötigt er bisweilen Abstand. Seine Klinik für plastische Chirurgie in München hat ja einen weit über die Grenzen hinaus exzellenten Ruf. Und der will erhalten sein. Darf ich fragen, in welcher Branche Sie tätig sind?«

Metternich verzog keine Miene. Darauf hatte er gewartet. Und er wirbelte blitzschnell Berufsgruppen durch den Kopf. Kommissar? Nein, nein.

»Ich bin Versicherungsmakler und habe mein Büro im Rheinland.«

»Der letzte Sturm hatte es in sich. Da gab es bestimmt viel zu tun, oder?«

»Das kann man wohl sagen, wenn einem die Dächer um die Ohren fliegen.«

Der Mann lachte und wandte sich mit einem ›Bis nachher mal‹ von Metternich ab, um sich anderen Gästen zu widmen. Metternich stand nun etwas verloren da und beobachtete die Leute. In der Rolle des Beobachters fühlte er sich berufsbedingt wohl. Er schritt durch die Anwesenden, nahm ein Getränk von der Bedienung, die mit dem Tablett umherging, und ließ einen Blick über das Buffet schweifen. Hin und wieder wurde er angesprochen, aber es ergab sich kein längeres Gespräch.

»Liebe Freunde, liebe Gäste, das Buffet ist eröffnet«, rief nach einer halben Stunde Rastätter in den Raum, und alle setzten sich in Bewegung. Metternich hielt sich zurück, obwohl sein Appetit sich deutlich verstärkt hatte. Er mochte das Gedränge am Buffet nicht. Auf der Terrasse wehte ein warmes Sommerlüftchen. Dort waren lange Tische mit weißen Decken aufgebaut. Die Gäste nahmen nach und nach mit ihren gefüllten Tellern Platz. Die Getränke wurden serviert. Metternich hatte es inzwischen geschafft, sich einen toskanischen Brotsalat zu nehmen, für ihn eine neue Entdeckung. Dazu ließ er sich ein Glas kalten Lugana einschenken. Kaum hatte er begonnen zu essen, setzte sich eine junge Frau neben ihn. Sie war ungewöhnlich groß und schmal, trug eine schwarze Nerd-Brille und ein gelbes, kurzärmliges Kleid. Ihr kinnlanges rotbraunes Haar hatte auf der linken Seite eine bläuliche Strähne. Metternich schätzte sie auf ungefähr dreiundzwanzig.

»Sie habe ich aber noch nie hier gesehen«, sagte die Frau unvermittelt und lächelte etwas provokant.

»Konnten Sie auch nicht, weil ich zum ersten Mal hier bin. Eine überraschende Einladung. Und Sie sind die Tochter des Hauses?«, fragte Metternich.

»Nein, ich bin mit meiner Mutter und meinem Stiefvater hier. Rastätter ist der Bruder meiner Mutter.«

»Also Ihr Onkel.«

»Ach ja, Onkel sagte man früher. Hört sich so altbatsch an.« Dann deutete sie auf einen Mittvierziger, der weiter hinten an der Tafel saß. »Mein Pseudovater Dirk. Kommunikationsheini. Hat immer sein Tablet oder das Handy dabei und tippt und glotzt ständig darauf. Schreibt auch für so ein Fachblatt. Daneben sitzt meine Mutter, Vera heißt sie.«

»Und Sie?«

»Viola, Viola Kilian.«

Metternich schmunzelte.

»Ihre Mutter sieht Ihnen zum Verwechseln ähnlich. Haben Sie sich mit den Frisuren abgesprochen?«

Sie lachte.

»Nein, nein. Reiner Zufall. So wie ich es mag, mache ich das. Und meine Mutter will anscheinend ›in‹ sein und einen auf jung machen. Soll sie doch. Eigentlich kann ich machen, was ich will, aber dann spielt sich mein Stiefvater als Erziehungsberechtigter auf, dabei habe ich gerade mein Abi gebaut. Der macht gelegentlich Stress. Ich haue dann ab. Meine Mutter ist gar nicht präsent. Ich scheine ihr gleichgültig zu sein. Umso besser.«

Metternich stutzte. Mit dreiundzwanzig das Abitur? Aber er fragte nicht nach.

»Und was ist mit Ihrem leiblichen Vater?«

Sie verzog das Gesicht.

»Ich kenne den nicht. Meine Mutter erzählte mir die bescheuerte Story vom One-Night-Stand mit einem Unbekannten. Und sie will auch nicht, dass ich da nachhake. Sie sei Frau genug gewesen, mich großzuziehen, sagt sie. Sie brauchte meinen Erzeuger finanziell nicht. Auf einen Kerl angewiesen sein? Nein. So weiß ich nichts über meinen biologischen Vater.«

»Das ist doch bedauerlich, oder?«

»Weiß nicht. Ist mir ziemlich egal.«

»Und Ihr Stiefvater ist Technikfreak? Auch beruflich?«

Sie machte eine abwertende Geste.

»Jaja, Kommunikationswissenschaftler nennt er sich und Journalist.«

»Aber mit Handy und Computer, das macht ihr Jugendlichen doch auch und wahrscheinlich noch extensiver«, warf Metternich ein.

»Kann schon sein. Ich aber weniger. Ich will mal Literatur studieren. Da braucht man Bücher. Und was mögen Sie?«

Metternich schmunzelte.

»Ich mag Jazz und auch Klassik. Den Chopin vorgestern in Wildbad Kreuth mochte ich besonders. Ich lese gelegentlich Science-Fiction-Romane, manchmal auch Psychothriller.«

»Sie können mich ruhig duzen. Wie heißen Sie eigentlich?«

»Moritz Metternich, aber dann bitte auch mit ›Du‹.«

Viola sah ihn forsch und herausfordernd an.

»Metternich? Wie der Sekt, den manche hier oft saufen?«

»Jaja, wie der Sekt – oder der Staatsmann aus dem 19. Jahrhundert. Hattet ihr bestimmt in Geschichte, oder?«

»Keine Ahnung. Geschichte war nie mein Ding. Bio eher und natürlich Deutsch.«

Metternich lächelte. Schräger junger Frauentyp, dachte er, wenigstens etwas Interessantes hier.

»Da ist dir also mein Onkel«, dabei lachte sie spöttisch, »in Kreuth über den Weg gelaufen und hat dich gleich eingeladen. Ungewöhnlich für ihn.«

»Stimmt. Und das hat mich gefreut. Wohnst du hier in Rottach-Egern?«

Viola streckte sich.

»Um Gottes willen. Ich wohne in München. Hier tummelt sich doch bloß die verpeilte Einkommenselite. Langweilig.«

»Du hättest ja auch zu Hause bleiben können.«

Sie winkte ab.

»Man hat mich genötigt. Besonders mein sogenannter Vater. Aber in zwei Wochen werde ich achtzehn. Dann ist Schluss. Andererseits sehe ich zumindest meinen kleinen Cousin Felix. Der ist acht und so lustig. Und hier wohnt eine Freundin, die ich immer gerne treffe. Also bin ich mit.«

Metternich zog die Brauen hoch und erschrak beinahe. Die wirkte aber verdammt frühreif und deutlich älter, dachte er. Sehr selbstbewusst, und er spürte in ihr auch eine gehörige Portion Zorn. Mit knapp achtzehn Abitur, alle Achtung.

Viola stand nun auf.

»Bleib sitzen und warte, ich komme gleich wieder.«

Amüsiert sah ihr Metternich nach. Wie sie ihre Hüften schwang, ihre endlos langen Beine, der behände Schwung in den fließenden Bewegungen. Ihm gefiel ihr frecher, eigenwilliger Ton. Durch ihren harschen Jugendjargon schimmerte ein jungmädchenhafter Liebreiz. Nach einigen Minuten kam sie mit einem Teller Lachshäppchen und einem Glas Wein zurück.

»Irgendwie passt du gar nicht hierher«, sagte sie kauend. »Du bist so ein cooler Typ außer der Reihe. Und mit dir kann man anders reden.«

Metternich schmunzelte.

»Wie kommst du darauf?«

»Ich mag zum Beispiel auch Science-Fiction. Aber genauso Rilke, Heine und andere Dichter. Gelesen wird hier so was schon, aber das versteht doch kein Schwein wirklich. Meine Mutter ist ihrem Typen völlig hörig. Mit der kann ich überhaupt nicht reden. Und ihn kannst du ganz vergessen. Der lebt in seiner Technowelt ohne Sinn und Verstand. Was machst du denn so, also beruflich?«

»Versicherungen«, sagte Metternich ohne weiteren Kommentar.

»Ha ha, verkloppst also den Leuten irgendwelche Verträge, die sie nicht brauchen. Und wie alt bist du?«

Metternich schmunzelte.

»Fünfzig, gerade geworden.«

»Na und? Siehst echt gut aus. Viel jünger. Nicht so eitel und wichtig. Nicht so steif und förmlich.« Sie nahm einen kräftigen Schluck Wein. »So einen wie dich finde ich cool. Einfach so.«

Metternich leerte das Glas Lugana und lächelte.

»Na ja, warum nicht. Wenn ich zwanzig wäre, dann ... «

»Quatsch, das ist doch egal. Interessiert nicht. Die Typen in meinem Alter sind öde und bringen nichts. Die nerven. Außerdem kann ich mit denen nicht über das reden, was für mich wichtig ist.«

»Heinrich Heine mag ich übrigens auch sehr. Manchmal lese ich eines seiner satirischen Gedichte. Immerhin kommt Heine aus der Stadt, in der ich lebe und arbeite«, sagte Metternich. »Ich las auch mal die ›*Harzreise*‹. Die Zeit der Romantik lag mir immer, obwohl ... «, dabei stockte er ein wenig, »obwohl das gar nicht zu mir passt.«

»Aber du bist romantisch?«

»Na ja, ich denke, wenn man Chopin mag, dann hat man wohl auch eine romantische Ader in sich, oder?«

Seine romantischen Gefühle hielten sich in der Regel äußerst in Grenzen, wusste Metternich. Im Sumpf des Verbrechens ging es ziemlich unromantisch zu. Die Sehnsucht nach Romantik wurde da ständig unterdrückt. Hatte er je romantische Gefühle für eine Frau gehabt?

»Ich komme mit sehr vielen und unterschiedlichen Menschen in Berührung«, sagte er weiter. »Dadurch ergibt sich für mich auch ein breites Spektrum von Interessen. Das hatte ich schon als Jugendlicher. Die Welt begreifen. Das wollte ich. Es gibt auch Dinge und Vorgänge, die werde ich nie verstehen.«

Den letzten Satz sprach er mehr zu sich selbst.

»Ich finde dich spannend. Mit dir kann man wirklich reden.«

Zwischendurch tauchte einmal Violas Mutter auf und grüßte Metternich kurz. Es schien, als wolle sie sehen, mit wem ihre Tochter sich da so ausführlich unterhielt. Viola beachtete sie kaum. Von der Serviererin wurde mehrfach Wein nachgeschenkt. Dann legte ein DJ Musik aus den Siebzigern und Achtzigern auf. Einige Gäste begannen zu tanzen.

»Ich fühle mich von dir angezogen, auf eine ganz bestimmte Weise«, sagte Viola auf einmal und sah Metternich intensiv an. »Wenn ich dich zu sehr anflirte, kannst du mir das ruhig sagen.«

Metternich prustete und musste aus Verlegenheit etwas lachen.

Viola stand auf.

»Es ist doch scheißegal, wie alt man ist. Kannst du tanzen?«

Metternich druckste zunächst herum. Sie fasste ihn einfach bei der Hand und zog ihn vom Stuhl. Er hob die Schultern, als wolle er sich dafür entschuldigen, dass ihm gar nichts anderes übrig bliebe. Beide gingen auf die Tanzfläche. Viola umschlang ihn sogleich und begann zu führen. Metternich suchte den Takt, bevor er in den Tanzrhythmus kam. Er fühlte sich einfach überrumpelt.

»Aha, Herr Metternich!« Rastätter sah seinen Gast im Vorbeitanzen. »Freut mich, dass es Ihnen hier gefällt. Meine Nichte tanzt gerne. Bis später mal. Amüsieren Sie sich!«

Viola winkte ihrem Onkel ausgelassen zu. Und der lachte auf eine wissende Weise. Metternich versuchte, förmlich zu bleiben, und lächelte etwas angestrengt.

»Sehr schön bei Ihnen!«, rief er zurück.

Nach einer Weile setzten sie sich wieder. Viola wich nicht von Metternichs Seite. Und je später es wurde, desto mehr gefiel ihm die Situation. Der Wein tat sein Übriges und wurde stetig nachgeschenkt.

Metternich nahm Viola mit der Zeit mehr und mehr als Frau wahr, die ihm gefiel. Er spürte eine feine Spannung, schon eine innere Hinwendung. Und wenn sie aufstand, um ein weiteres Getränk zu holen, konnte er es kaum erwarten, dass sie zurückkam. Ein ganz neues Gefühl baute sich in ihm auf, was er fasziniert registrierte.

Immer wieder tanzten sie. Und die Tänze gestalteten sich immer enger, bis sie sich schließlich fest umschlungen auf der Tanzfläche umherschoben. Metternich war wie benebelt, und unvermittelt küsste er Viola auf den Hals.

»Ist der nicht ein wenig zu jung für dich?«, bemerkte eine Dame abfällig zu Viola, die an ihnen vorbeilief.

Viola hörte das und musste laut lachen. Und Metternich war das doch etwas peinlich, aber das Quantum Wein ließ ihn die Bemerkung ignorieren.

»Nein«, flüsterte sie Metternich ins Ohr. »Der ist nicht zu jung für mich.«

Bis nach Mitternacht saßen sie beieinander. Sie redeten und tanzten immer wieder. Metternich stieg der Wein mittlerweile reichlich zu Kopf. Viola artikulierte auch nicht mehr sauber. Bevor er sich gegen halb zwei zur Verabschiedung durchrang, kritzelte er ihr seine Handynummer auf eine Serviette. Viola hatte ihn mit Nachdruck darum gebeten. Er haderte. War das alles nicht deplatziert? Er machte sich doch lächerlich, oder?

Rastätter war an dem Abend immer mal wieder erschienen, um nur kurz nach seinem Gast zu sehen. Anscheinend wollte er die Situation mit Viola nicht stören, sah Metternich gut aufgehoben, fand das Anbandeln seiner frühreifen Nichte amüsant.

***

Am folgenden Morgen wachte Metternich mit leichten Kopfschmerzen auf. Und er fragte sich, ob in seiner körperlichen Situation derart viel Wein nicht zu riskant gewesen sei. Hatte Professor Streyer ihm denn ein Alkoholverbot erteilt? Aber außer dem Brummschädel konnte er nichts Verdächtiges feststellen. So gesehen fühlte er sich gut.

Zum Hotel hatte er sich kurz vor zwei Uhr ein Taxi bestellt. Der Rest der Nacht bestand aus Grübelei und gedanklichen Turbulenzen, bevor er im Morgengrauen einschlief. Eine Mischung aus Peinlichkeit und aufwallender Freude spürte er in sich.

Er musste verrückt sein, wohl etwas durchgeknallt, sinnierte Metternich. Er, der alte Zyniker, wurde bei einer Achtzehnjährigen knieweich. Konnte man doch keinem erzählen.

7. Kapitel
Jean-Baptiste Carnivale (I)

Während er seine Krawatte band, lief van der Meer durch das Ankleidezimmer. Yvonne reichte ihm eine Tasse Kaffee.

»Ferri, die Rüthers würden sich freuen. Heinrich hat doch heute Geburtstag. So um halb zwölf gibt er einen Sektempfang.«

Tilli, die Hausangestellte, hatte im Esszimmer bereits das Frühstück angerichtet.

»Ja, ich weiß. Aber das wird knapp«, sagte van der Meer. »Ich habe einen wichtigen Termin gegen elf.«

»Kannst du den nicht verlegen?«

»Nein, keinesfalls. Die Besprechung ist sehr wichtig. Du gehst allein zu den Rüthers. Bestell schöne Grüße und gratuliere für mich mit. Du magst doch Simone Rüther. Kannst dich mit ihr amüsieren.«

Yvonne hatte noch den seidenen Morgenmantel übergeworfen und begann jetzt, sich anzuziehen. »Gut, dann geh ich eben alleine. Aber wir frühstücken noch zusammen, oder?«

»Nein. Ich bin schon spät dran und muss jetzt weg.«

Als Model hatte er Yvonne während der Münchner Modewoche kennengelernt. Sie war sechsundzwanzig Jahre jünger, genauso groß wie er, hatte kurz geschnittenes blondes Haar und eine flamboyante Ausstrahlung. Seit anderthalb Jahren lebte sie mit ihm in seinem großzügig angelegten Anwesen. Er betrachtete sie eher als Staffage denn als gefühlsbetonte Beziehung. Und sie genoss die gesellschaftlichen Auftritte mit ihm, den Luxus, das häusliche Ambiente.

Gegen zehn Uhr am Morgen fuhr van der Meer vom Starnberger See in die Münchner Innenstadt. Im 25. Stock der Highlight Towers an der Mies-van-der-Rohe-Straße hatte er sein Büro. Puristisch weißes Mobiliar stand etwas verloren in dem großen Raum. Bodentiefe Fenster gaben einen weiten Blick über die Stadt frei. Er ließ sich in den ledernen Schwingsessel hinter seinem Palisanderschreibtisch fallen. Seine persönliche Assistentin legte ihm eine Unterschriftenmappe vor. Nachdem er seine randlose Brille aufgesetzt hatte, zeichnete er seine Signatur unter einige Papiere.

»Melanie, welche Termine habe ich heute?«, fragte er knapp. Und damit meinte er nicht die offiziellen der Firma.

»Heute keine, aber morgen sind Sie bei Dr. Hesse und nachmittags ist ein Treffen mit Herrn Wüster anberaumt, gegen sechzehn Uhr.«

»Danke, Sie können für heute gehen. Wir sehen uns dann morgen früh.«

Melanie Herz kannte seine etwas ungewöhnlichen Gepflogenheiten bezüglich ihrer Arbeitszeit. Deshalb fragte sie auch nicht nach dem Grund, warum sie schon am späten Vormittag gehen konnte. Oft nannte er sie Herzchen, was ihr sehr gefiel.

»Ist gut, Herr van der Meer«, bestätigte sie mit einem anzüglichen Lächeln.

»Und sagen Sie vorne im Büro, dass ich nicht gestört werden will. Müller und Andresen sollen mir morgen die Analysen vorlegen. Danke.«

Er schaute weiter auf die Unterschriftenmappe und zog etwas die Brauen hoch, ohne aufzusehen.

»Ach so, schick mir eben doch noch Andresen zu mir«, rief er ihr hinter her.

Der kam sofort und schloss die schalldichte Zimmertür.

»Hast du das übers Darknet geklärt?«, fragte van der Meer knapp.

»Ja, das läuft. Ich habe die vereinbarte Vermittlungsgebühr in Bitcoins überwiesen. Du bekommst gleich den Anruf – nur wegen Adresse und Uhrzeit.«

Andresen, ein schlaksig geschniegelter Typ mit flackerndem Blick, hatte die Kontakte über das Darknet und war van der Meers Spezialist. Ins sogenannte Deep Web gelangte er durch den Torbrowser. Anonym. Nicht verfolgbar. Zumindest nach dem derzeitigen Stand. Van der Meer war zufrieden, er konnte sich auf Andresen absolut verlassen. Der war ihm vollkommen ergeben.

»Gut, dann kannst du jetzt gehen. Wenn nötig, melde ich mich bei dir.«

Nachdem Andresen sein Büro verlassen hatte, griff van der Meer zum Telefon und rief Yvonne an.

»Bist du schon weg zu Rüthers? Ich bin heute Abend wieder zurück. Am Nachmittag kannst du ja nach München reinfahren und dir was Nettes kaufen.«

Van der Meer stand auf. Er trat nah an die große Fensterscheibe und blickte über die Stadt. So eine wie Yvonne musste man sich leisten können, dachte er und schmunzelte in sich hinein.

Er wandte sich um, ging durch sein Büro ins Vorzimmer und von dort in einen angrenzenden Waschraum. Im Spiegel betrachtete er sich, durchkämmte mit den Fingern das wuschelige Haar und wusch sich seine Hände. Zurück im Arbeitszimmer wartete er etwas ungeduldig. Fünf Minuten später ging das Telefon seines persönlichen Anschlusses.

»Er ist hier«, sagte eine Stimme ruhig. »Wo soll er hinkommen? Und wann?«

Van der Meer nannte die Adresse der Highlight Towers und fügte hinzu: »Sagen Sie ihm, er solle den direkten Aufzug in mein Privatbüro nehmen, nicht den offiziellen. Ich öffne ihm persönlich.«

Dann legte er auf und schaltete einen großen Flachbildschirm an der Wand ein. Durchaus interessiert verfolgte er den dritten Satz des Wimbledon-Viertelfinales im Einzel der Herren. Währenddessen blätterte er in einigen Akten und schaute sich auf Internetseiten Zahlenfolgen an, Geschäftsberichte, überflog Bilanzen.

Heckmann & Schröder.

Dürringer-Metall.

MTB Zentrifugen.

Er räumte nach einiger Zeit die Unterlagen zusammen und legte sie in die unterste Schublade des Schreibtischs. Aus der Lade darüber zog er eine dünne Mappe, klappte sie auf und blätterte darin. Yssland GmbH Nürnberg, Jack Fürneisen. Er nahm seine Brille ab und schaute kurz auf den Fernseher.

»Fürneisen«, murmelte er. »Dieser Fürneisen. Wollte eigene Wege gehen und kündigte an, mit der Seeberger aus unserem Verbund auszusteigen. Und er drohte mit Verrat. Ein Vorgang, der unter keinen Umständen ohne Reaktion bleiben konnte. Warum ist der Mensch nicht einfach mal zufrieden? Hat gut profitiert, hätte zuverlässig weiter funktionieren können. Dummheit. Überschätzung. Also kommt die Quintessenz.«

Dann folgte er weiteren Gedanken. Der dringende Kontakt zu Martin Heyer vom Bundesamt für Wirtschaft und Ausfuhrkontrolle. Er war unter dem Namen Quirinus Mitglied der Loge. Das Problem mit der MTB und die Lieferung der Zentrifugen. Die bestimmten Papiere müsste Heyer doch längst im Sinne der Organisation ausgefertigt haben.

Van der Meer versuchte, ihn über eine spezielle Telefonverbindung zu erreichen. Heyer nahm nicht ab. Van der Meer beunruhigte das. Und da war sie noch. Vera. Vera Kilian! Die lag ihm noch mehr im Magen. Unausweichlich. Sie konnten sich nicht erpressen lassen. Und sie wollte genau das tun – mit Informationen über seine Verbindung zur Seeberger. Die ganze

Organisation konnte auffliegen. Der Supergau sozusagen. War alles ein bisschen viel im Moment.

Sein Blick auf die Uhr verriet ihm, dass der Besuch bald eintreffen müsste. Um halb zwölf ertönte ein Summer. Van der Meer ging in den angrenzenden Raum, zu dem der Privataufzug führte. Er wartete eine Weile. Dann kam der Lift. Die Aufzugtüren schoben sich beiseite und gaben den Blick frei auf van der Meers Besucher. Der Mann war groß, hohläugig und hager. Er trug schulterlanges, in der Mitte gescheiteltes schwarzes Haar. Sein Blick war stechend und kalt. Mit Röhrenjeans und weißem Hemd war er leger gekleidet und streckte wortlos van der Meer gleich die Hand zur Begrüßung hin.

»Freut mich, Sie kennenzulernen«, sagte van der Meer. »Sie hatten eine angenehme Reise?«

»*Pas de problème*. Die Maschine war sogar pünktlich.«

»Ich war noch nie in Marseille. Muss eine aufregende Stadt sein, in jeder Hinsicht.«

»*Alors*, das kommt darauf an, was man da tut.«

»Laut Klischee ein heißes Pflaster, oder?«

Der Franzose lächelte dünn.

»*Non*, kein Klischee. Ständig Krieg. Schwarzschwänze und Ölaugen mischen die Szene auf. Aber damit habe ich nichts zu tun.«

Van der Meer führte den Mann in sein Büro. Dort nahmen sie einander gegenüber Platz. Der Franzose zündete sich eine Gitanes an, ohne zu fragen, ob Rauchen hier akzeptiert war.

»Mein Mittelsmann hat mir leider nicht Ihren Namen verraten.«

»Sie dürfen mich unter dem Namen Jean-Baptiste Carnivale kennen oder unter einem anderen Namen. Das ist unwichtig.«

»Gut, bleiben wir bei *Monsieur* Carnivale. Sie sprechen ja hervorragend Deutsch.«

Carnivale schlug seine dünnen Beine übereinander.

»Ich kann mich in vier Sprachen recht gut verständigen. Geben Sie mir zunächst mal ein paar Informationen«, sagte er, um gleich auf den Punkt zu kommen.

Van der Meer erwähnte zuerst die Begegnung während der ›*Dolphin*‹-Gala in Wiesbaden.

»Sie haben anscheinend einen Mitarbeiter, oder irre ich mich da?«

Carnivale lächelte überfreundlich. »Keine Ahnung. Aber wissen Sie, was meine Methoden betrifft, da halte ich mich bedeckt. Doch keine Sorge. Ich bin nur auf Eigensicherung bedacht. Das versteht sich von selbst. Nun zu Ihnen.«

Van der Meer beließ es dabei, stand auf und ging zu einer Glasvitrine. Dort nahm er zwei Cognacgläser und eine Flasche Remy Martin.

»Wir sind ein Konsortium von Geschäftsleuten, die in außerordentliche Projekte investieren.«

Carnivale schmunzelte.

»*Extraordinaire*.«

»So ist es. Diese Investitionen müssen nach außen abgesichert werden. Mit allen Mitteln, wenn Sie verstehen, was ich meine.«

»*Donc, je comprends*. Und was erwarten Sie von mir?«

Van der Meer schenkte den Cognac ein und reichte Carnivale einen Schwenker.

»Es gibt zwei Probleme zu lösen.«

Der Franzose nahm einen Schluck.

»Die wären?«

»Es gibt Personen, die unserer Gesellschaft nicht zuträglich sind«, sagte van der Meer.

»Nicht zuträglich?«

»Ungesund, schädlich, nicht gerade dienlich.«

»*Alors*, und meine Aufgabe als *liquidateur* ist es, nach dem Rechten zu sehen?«

»Sie haben es erfasst. Sie nennen sich *liquidateur*, sehr originell.«

Carnivale zog an der Gitanes. »Aber ich benötige schon Details. Genaue Angaben. Über das Salär sollten wir uns noch einig werden. Cash, versteht sich.« Dabei kringelte Carnivale mit dem rechten Zeigefinger sein langes Haar.

»Das klären wir zu Ihrer Zufriedenheit. Ich bin sicher, dass Sie ausgezeichnete Arbeit leisten. Ihre Referenzen sprechen für sich. Haben Sie hier in München eine angemessene Unterkunft gefunden?«

»*Bon*, alles bestens.«

Van der Meer erhob sich.

»Dann sehen wir uns in den nächsten Tagen oder hören voneinander. Wie kann ich Sie erreichen?«

»Ich werde unter dem Namen Legrand im Hotel ›*Überfahrt*‹ an diesem See, also in Rottach-Egern, absteigen, morgen oder übermorgen.«

»Gut, dann weiß ich Bescheid«, verabschiedete sich van der Meer. Carnivale ging, wie er gekommen war.

Van der Meer leerte den Cognacschwenker und sah über die Stadt. Seine innere Unruhe der letzten Zeit legte sich langsam. Er schöpfte Zuversicht. Den Fernseher schaltete er wieder ein. Es stand mittlerweile 3:3 im fünften Satz.

8. Kapitel
Waldspaziergang, sinnlich

Ganz ausschalten konnte Metternich ihn nicht, den Knall der Pistole, der in seinem Kopf gelegentlich wieder zu hören war. Außerdem tauchten diese Bilder auf. Max Frese, der Auftragsmörder, er sank in sich zusammen und landete mit dem Kopf auf der Bürgersteigkante. Wie er da lag und sich im Angesicht des Todes noch kontrollierte und sogar schwärmte. Die Seeberger hatte er noch anhimmeln können, während er Metternich mit aufgerissenen Augen anstarrte. Es war, als zögere er den unabwendbaren Moment heraus. Die Hoffnung auf ein Fortbestehen in einer wunderbaren Zukunft. Und Metternich hatte ihm noch gut zugesprochen. Ja, gut zugesprochen!

Jetzt entsann Metternich sich seines zynischen Gemüts. ›Als Bäcker bekomme ich Mehlstauballergie, und fürs Singen reicht meine Stimme nicht‹ – so hatte er einmal auf die Frage der Polizeipräsidentin geantwortet, warum er Polizist geworden sei. Die war dann pikiert abgedackelt. Berufung oder gar Mission? Die Welt verbessern und dem Guten zur Macht verhelfen? Das war nie seine Intention gewesen.

Champ nannte man ihn bisweilen. Jetzt hasste er diese Titulierung und verbat sie sich.

Am Morgen betrachtete er sich lange im Spiegel. Die kurzen schwarzen Haare, leicht gelockt, die seelenvollen braunen Augen, das scharfkantige Gesicht mit den leicht spöttischen Mundwinkeln. Seine Katerkopfschmerzen versuchte er zu ignorieren. So intensiv hatte er sich lange nicht betrachtet. Nein, Champ wollte er nicht mehr genannt werden. In seinem Job, ja, da war er überaus erfolgreich. Job eben. ›Ich nehm's eher sportlich‹, hatte er einem Journalisten geantwortet.

Und sonst?

Die Hoteleskapaden mit Callgirls seit Jahren. Aber immer außerhalb der Stadt und weiter weg. Die einzige Beziehung, die in etwa diese Bezeichnung verdiente, war die mit Martha gewesen, sie hatte anderthalb Jahre gedauert. Er hatte Martha schließlich laufen lassen. Und er hatte keine Probleme damit bekommen, sich zu entwöhnen. Sie sei ihm auf die Nerven gegangen, erklärte er damals seinem Freund Hendrik. Immer die Analysen über das Leben, die Liebe und die Kunst. Als Germanistin sollte sie sich doch in der Uni auslassen. Sie war zu wahr, um schön zu sein, lästerte er.

Metternich saß nun am Frühstückstisch. Er bestrich sein Croissant mit Butter und schaute hinaus auf den spiegelglatten See. In diesen Minuten mochte er sich selbst nicht. Er dachte auch an Cora und die gekauften Stunden mit ihr, die letztlich zum beruflichen Erfolg geführt hatten. Er fühlte jetzt eine innere Wendung, sah seinen Lebensstil mit kritischem Abstand. Wahrscheinlich zum ersten Mal. Der Spott, den er bisweilen über andere Menschen ausschüttete, wurde ihm plötzlich unangenehm. Aber er konnte sein Naturell wohl doch nicht ganz ablegen, dachte er leicht resigniert.

Auf dem See glitt ein Linienschiff der Tegernseer Schifffahrt vorbei. Auf dem Uferweg bellte ein Rauhaardackel freudig seinen Besitzer an. Ein Fahrradfahrer bremste vor ihnen scharf.

Plötzlich meldete sich Metternichs Handy. Etwas zu laut.

»Viola hier. Bist du schon auf?«

Metternich erschrak ein wenig. Tatsächlich, sie rief an, dachte er. Und begann zu stammeln.

»Ja ... ja, ich bin schon auf ... frühstücke gerade.«

»Ich könnte vorbeikommen, wenn du willst.«

Wieder so ein Überfall, diesmal per Telefon.

Er wand sich etwas verlegen und war sich nicht sicher, ob er das wollte. »Bist du denn nicht mit deinen Eltern, also mit deiner Mutter und deinem Pseudovater unterwegs? Oder seid ihr schon in München?«

Viola lachte. »Quatsch. Wir sind noch hier in Rottach. Die beiden sind alleine auf Tour, Geschäfte, Klamotten, und dann besuchen sie Bekannte, die ich ätzend finde. Ich habe Zeit, den ganzen Tag. Ich mache sowieso, was ich will. Ich setze mich in den Bus und bin dann da. Sag mir, in welchem Hotel.«

»Langsam, langsam.«

Metternich setzte die Kaffeetasse ab.

»Und dann? Was hast du dann vor?«

Viola schien keinerlei Katerstimmung zu haben und ließ ausgelassen ihre Ideen heraus. »Ich könnte dir etwas zeigen. Einen verwunschenen Bergahornwald. Super schön. Kennst du doch nicht. Dann gibt es da mehrere Forellenteiche, wo man auch geräucherte Filets essen kann. Ich liebe diese Stellen dort. Weiter hinauf zur Großen Wolfsschlucht. Dahin fahren wir, ja?«

Metternich lachte verlegen. Dann druckste er ein wenig herum, bis er schließlich einwilligte.

»Na schön, gable mich an der Ecke Enzianstraße/Hauptstraße auf. In einer halben Stunde?«

»Super! In einer halben Stunde.«

So richtig wohl war ihm dabei nicht. Andererseits, was sollte das, dachte er, schließlich hatte er nichts anderes vor, und es hatte doch einen gewissen Reiz.‹

***

Viola leitete ihn in Richtung Wildbad Kreuth. Neben den schlossähnlichen Gebäuden aus dem 18. Jahrhundert parkten sie.

»Toll, oder?«, freute sich Viola. »Aber den Bau hier kennst du ja vom Konzert mit Onkel Rastätter schon.«

»Ja«, bestätigte Metternich.

»Nur eben nicht das, was dahinter liegt ... wunderschön.«

Er betrachtete das lang gezogene Gebäude im Vorübergehen. Die herrliche Lage, die majestätische Ausstrahlung. Sie kamen in den von Viola angekündigten Bergahornwald. Die Sonne drang irrlichternd durch lindgrünes Blattwerk an bemoosten Ästen. Viola hakte sich bei Metternich unter.

»Ich hab dir nicht zu viel versprochen«, sagte sie bestimmend. »Ist das nicht toll hier?«

»Da hast du vollkommen recht.«

Nachdem sie eine Zeit lang gegangen waren, warf Viola den Kopf etwas nach hinten, als wolle sie zu einer besonderen Aussage ausholen.

»Erschrick jetzt nicht. Ich glaube, ich könnte mich in dich verknallen. Du verwirrst mich – wie, weiß ich auch nicht genau. Vielleicht beruht das ja auf Gegenseitigkeit.«

Metternich schwieg.

»Wir hätten eine ganz besondere Beziehung. Was dachtest du, als du mich zum ersten Mal gesehen hast?«

Metternich druckste herum.

»Na ja, ziemlich schräg, das Mädchen. Aber mit Ausstrahlung. Hübsch.«

Dann machte er eine Pause. Viola schaute ihn während des Gehens beinahe prüfend an.

»Also ... ich spürte da so eine Affinität, zweifellos eine Anziehungskraft. Gebe ich ja zu. Aber ... «, er versuchte, kühl und sachlich zu bleiben »mit dir, also du und ich ... das geht doch nicht. Das lassen wir mal. Ich denke, das siehst du ein.«

Viola lachte und zog ihn an sich.

»Natürlich geht das. Meine Freundin Melina in München hat einen, der ist siebenundzwanzig Jahre älter. Na und? Warst du nie verliebt? Ich meine, so richtig?«

Metternich verzog das Gesicht.

»Ja doch, war ich mal, glaube ich. Lange her.«

»Aber du warst doch mal verheiratet, oder? Kinder?«

»Oh nein, ich lebe seit Jahrhunderten allein.«

Dabei lächelte er etwas gedrückt.

»Du willst nicht genervt werden, stimmt's? Und irgendwie frei sein. Ich kann mir so was Enges auch nicht vorstellen. Wenn ich meine Mutter sehe mit ihrem Typen, dann reicht's mir jetzt schon.«

Metternich zuckte mit den Schultern.

»Na ja, könnte man so sehen.«

»Aber Liebe, das ist es doch. Kennst du die Gedichte von Erich Fried?«

»Warte mal ... Erich Fried, ja, schon mal gehört. Aber ich kenne nichts von ihm.«

Viola rüttelte an ihm, und dann blieb sie stehen.

»Die Liebesgedichte. Ganz berühmt.«

Metternich verzog den Mund.

»Für dich vielleicht. Ich kenne die nicht.«

»Die sind wunderbar«, ereiferte sich Viola. »Meine Freundin Nora und ich mögen so etwas. Die anderen Tussen finden das uncool. Ist uns doch scheißegal. Soll ich dir eines aufsagen? ›*Es ist, was es ist, sagt die Liebe*‹ ... «

Metternich drehte sich zu ihr herum.

»Nein, Viola, lass es. Schau mal, ich ... «

Plötzlich schmiegte sie sich an ihn, umarmte und küsste ihn kurz. Metternich wurde etwas schwindelig. Er konnte sich in diesem Moment nicht entscheiden, ob er das unangenehm oder lustvoll empfinden sollte. Ihr jugendlicher Körperduft erotisierte seine Sinne. Plötzlich lief sie einige Schritte voraus und drehte sich abrupt um.

»Wenn es ein Leben vor dem Tod gibt, dann muss es doch auch eines nach dem Tod geben, oder?«

Metternich war perplex.

»Wie kommst du jetzt auf dieses Thema?«

»Fiel mir gerade so ein. Genau in diesem Moment, als ich dich spürte, dir ganz nah war. Mit dieser Frage hast du dich bestimmt auch schon beschäftigt. Ganz bestimmt.«

Er prustete vor Überraschung und verzog den Mund.

»Na ja, mit dem Tod habe ich allerdings zu tun.« Er fing sich gleich und ergänzte: »Als Versicherungsmakler, zum Beispiel, bei Lebensversicherungen.«

»Ja klar, wenn einer den Löffel abgibt, soll ausgezahlt werden. So ist das doch.«

»Stimmt.«

»Ich habe so einiges über den Tod gelesen. Aber mit wem kann ich darüber reden? Zu Hause? Das kannst du vergessen. Mit Nora vielleicht. Aber die Typen, die wir so kennen, haben es ohnehin nicht drauf. Schon deshalb will ich Literatur studieren. Ich habe mich immer schon an die Älteren gehalten. Ich mag dich. Mag dich sehr. Du bist ein geiler Typ. Und ich meine das so. Egal was du denkst.«

Der viele Wein am Vorabend ... er hatte sich zu sehr gehen lassen, dachte er bedauernd. Das führte zu falschen Signalen. Jedenfalls zu Signalen. Und jetzt? Sie hatte etwas, ohne Frage. Sie gefiel ihm. Aber achtzehn!?

Viola hakte sich wieder unter. Sie wanderten schweigend weiter und stiegen dann hinunter in die Schlucht zur Hofbauernweißach. Gelegentlich tippte sie auf ihrem Handy herum und empfing irgendwelche SMS. Sie liefen das Tal hinauf, an der Siebenhüttenalm vorbei. Schließlich gelangten sie an den Wolfsschluchtbach.

»Das hier ist ein Ort, den ich besonders mag. Bin selten hier. Und wenn, dann allein oder nur mit jemandem, der mir sehr wichtig ist.«

Sie schaute sich demonstrativ um, breitete die Arme aus und rief: »Einfach schön, nur schön, ich liebe diese Stelle!«

»Das ist wahr«, bestätigte Metternich, »ein besonderer Ort. Hat etwas Geheimnisvolles, beinahe Mystisches, denke ich mir.«

»Genau. Toll, dass du das auch so empfindest.«

»Na ja, ein wenig vielleicht«, schwächte Metternich ab.

»Atme tief durch und denke an etwas für dich Bedeutsames.«

Er nickte zustimmend. Für ihn war das eine vollkommen neue Erfahrung. Solche Situationen hatte er bisher noch nicht erlebt. Meditative Gedanken in der Natur? Als gelegentlich zynischer Pragmatiker war ihm das ziemlich fremd. Aber jetzt fühlte er plötzlich eine innere Wärme in sich aufsteigen, die ihm guttat.

Ganz unabhängig von Viola.

Nach gut zehn Minuten kehrten sie wieder um. Schließlich gelangten sie zu den Forellenteichen der Herzoglichen Fischzucht, wo sie geräucherte Filets aßen.

»Ich kann mich jederzeit loseisen von zu Hause. Wann können wir uns wieder sehen? Wie lange bleibst du noch in Wiessee?«

»Ich weiß es nicht. Ein paar Tage noch. Dein Onkel hat mich gestern beim kurzen Abschied für morgen noch einmal zum Nachmittagskaffee eingeladen.«

Viola feixte.

»Der scheint ja 'nen Narren an dir gefressen zu haben.«

»Wahrscheinlich. Aber ich finde ihn auch sympathisch. Er meinte, dass er und ich kaum Gelegenheit gehabt hätten, uns über die Themen auszutauschen, die uns beide doch sehr interessieren. Das möchte er morgen wohl nachholen. Und ich freu mich darüber.«

Sie tranken noch einen gut gekühlten Chablis und fuhren später zurück nach Rottach. Metternich hielt wieder an der Ecke Enzianstraße, um Viola aussteigen zu lassen.

»Und fährst du später wieder zurück nach ... wo war das noch mal?«

»Düsseldorf. Nein, zuerst noch nach München. Besuche dort einen alten Freund.«

»Super! Dann könnten wir uns ja dort treffen!«

Sie war ausgestiegen und beugte sich noch einmal zur offenen Beifahrertür. »Ruf mich an, wenn du in München bist.«

»Mal sehen, was ich machen kann«, sagte Metternich betont verhalten.

»Du kannst. Das weiß ich. Ruf mich an. Bitte!«

»Ja gut. Ich melde mich. Alles Gute, Viola. Du bist mir schon eine!«

»Oder ich rufe dich an!«, rief sie, schlug lachend die Wagentür zu und winkte Metternich nach, als er wegfuhr.

9. Kapitel
Kaffeeklatsch und ein Name, ominös

Am gleichen Abend rief Metternich Alois Ritter an. Er berichtete ihm vom Konzert und der darauffolgenden Einladung in Rastätters Haus. Die Eskapade mit Viola erwähnte er nicht.

Nach dem Frühstück am folgenden Morgen telefonierte er kurz mit Hendrik. Auch ihm erzählte er zunächst nichts von Viola. Es war ihm peinlich. Peinlich? Dieses Gefühl war ihm bisher fremd. Waren ihm die Callgirl-Sausen je peinlich gewesen? Nie. Die hatte er Hendrik stets blumig und plastisch kolportieren können.

Metternich überlegte, sich bei den Kollegen im Präsidium zu melden. Neuigkeiten. Stand der Dinge. Ergebnisse. Er ließ es. Im Moment fühlte er sich weit weg, weiter als noch vor zwei Tagen. Gegen Mittag lieh er sich eines der handwerklich fein gebauten Holzruderboote. Weit hinaus ruderte er auf den See. Von dort hatte er einen breiten Blick auf die beschaulichen Orte.

***

Rastätter empfing Metternich mit herzlicher Geste.

»Freut mich, dass Sie wieder Zeit gefunden haben. Meine Frau Regina kennen Sie ja schon.«

Auch Frau Rastätter begrüßte Metternich sehr freundlich. »Leider hatte ich vorgestern kaum Gelegenheit, Sie näher kennenzulernen. Die vielen Gäste. Aber das lässt sich jetzt sicher nachholen.«

Metternich befürchtete, dass Viola und ihren Eltern ebenfalls zugegen sein könnten. Aber sie waren nicht da. Gott sei Dank, dachte er. Die Rastätters führten ihn in den großen Wohnraum. Dort hatten sich lediglich der ältere Mann mit dem schlohweißen Haar und eine Dame, die er nicht kannte, eingefunden. Sie saßen bereits an der fein gedeckten Kaffeetafel – eine dampfende Kanne, ein Kuchentablett mit einer Schwarzwälder Kirschtorte.

Rastätter stellte Metternich vor. Und sprach dann über ihr gemeinsames Interesse an Musik und über die Umstände ihres Kennenlernens. Metternich wurde gefragt, woher er käme. Rheinländer also, die hätten ja so eine lockere und humorvolle Art. Und seien so kontaktfreudig, meinte Frau Rastätter.

Er habe sich hierher zurückgezogen, um mal eine paar Tage Auszeit zu nehmen, erläuterte Metternich. Als Stadtmensch empfinde er die Ruhe an diesem Ort als außerordentlich wohltuend.

»Hier hört man ja die Schnecken im Salat randalieren«, sagte er. Alle lachten.

»Hermann hat mir erzählt, Sie seien in der Versicherungsbranche tätig«, sagte der ältere Herr. »Für welche Versicherung arbeiten Sie, wenn ich fragen darf?«

»Ich bin Versicherungsmakler, also nicht an eine Versicherungsgesellschaft gebunden.«

»Ich denke, da ist man auch flexibler.«

»Ja, genau«, bestätigte Metternich, der nun versuchte, schnell auf ein anderes Thema zu kommen.

»Heute Mittag habe ich mir eines der Holzruderboote gemietet. Bewegung ist ja wichtig. Und mit diesen Booten seltener Bauart macht das besonders Freude. Allein der wunderschöne Blick vom See aus.«

»Das stimmt. Traditionell gebaute Boote sind das«, bestätigte Frau Rastätter. »Ich fahre immer gerne auf den Wallberg. Obwohl ich schon so oft oben war, bin ich allweil gerne dort, wenn wir hier sind. Stimmt's, Hermann?«

Rastätter nahm einen Schluck Kaffee.

»Ja, du fährst fast jedes Mal hinauf. Aber ich nicht immer. Ich habe dann die Ruhe, um meine Musik zu hören.« Dabei grinste er. »Die großen Bergtouren mach ich allein. Wie gesagt, Herr Metternich und ich frönen der Musik. Er mag besonders Jazz. Ist doch richtig, oder?«

Metternich schob sich gerade ein Stück der Torte in den Mund.

»So ist es. Neben Chopin und Rachmaninow natürlich die großen Jazz-Standards: Dizzy Gillespie, Chet Baker, John Coletrane zum Beispiel. Ich liebe aber auch den neuen Electro Jazz, auch Nu Jazz genannt.«

Er bemerkte, dass die Gastgeber damit nicht viel anfangen konnten.

»Damit kenne ich mich nicht so aus«, bestätigte Rastätter. »Aber unsere gefundene Gemeinsamkeit in Bezug auf Musik liegt im klassischen Bereich. Das war im Wildbad ein ausgezeichnetes Konzert. Da stimmten wir überein.« Dabei nickte er mit betont freundlicher Zuneigung seinem Gast zu. »Ich hoffe, Ihnen hat vorgestern der Abend bei uns gefallen. Ich hatte den Eindruck, Sie haben sich sehr gut unterhalten gefühlt. Meine Nichte ist nicht nur äußerst gesprächig und kontaktfreudig, sondern auch ziemlich eigensinnig. Aber hochintelligent und sehr weit für ihr Alter.«

Metternich war die leichte Anspielung etwas unangenehm, aber er reagierte direkt.

»Ja, das stimmt. Viola kann einen in Beschlag nehmen. Aber ich fand es interessant und fühlte mich wirklich gut aufgehoben.«

»So sollte es sein«, sagte Frau Rastätter, die mit der Kaffeekanne aufstand. »Noch einen Schluck, Herr Metternich?«

Plötzlich meldete sich Metternichs Handy. Eine SMS. Er entschuldigte sich kurz und schaute nach. Oh ja, gerade zur rechten Zeit. Denn alleine herumzuhängen war auch nicht erfüllend.

›Ich möchte dir sagen, dass es mich sooo freut, dich kennen zu dürfen! Du eröffnest mir ganz neue Gedanken. Kuss Viola‹

Metternich wäre beinahe rot angelaufen. Zwar musste er sich in der Kaffeerunde nicht rechtfertigen. Trotzdem fühlte er sich zunehmend fehl am Platz. Was sollte er hier in dieser Runde noch zum Besten geben, über was noch reden? Das war nicht sein Umfeld, nicht sein Milieu. Der Partyabend war ganz anders verlaufen, weil er mit den Gastgebern kaum Kontakt gehabt und Viola ihn komplett in Beschlag genommen hatte. Ihm war das gerade recht gewesen. Jetzt, in der kleinen Runde in Rastätters feiner Villa, fühlte er sich im Grunde unwohl. Das war nicht seine Welt.

Nach weiterem eher belangloserem Small Talk erhob sich Metternich, um sich zu verabschieden. Und wieder meldete sich sein Mobiltelefon.

›Ich will mit dir an meiner Seite durch die Straßen gehen, dich umarmen, mit dir tanzen, überhaupt Zeit mit dir verbringen. In München.‹

»Entschuldigung«, sagte Metternich. »Sie kennen das ja auch mit der Kommunikation.«

Rastätter stand auf.

»Ich bin froh, mal nicht angerufen zu werden. Dass mich die Klinik seit gestern in Ruhe lässt, ist schon ein Wunder. Sie fahren nach München morgen?«

»Ja, morgen werde ich wohl in München einen alten Freund besuchen.«

»Und danach geht's wieder ins Rheinland?«

Bevor Metternich antworten konnte, ging bei Rastätter das Telefon im Flur.

»Entschuldigen Sie mich, Herr Metternich, jetzt bin ich wohl doch gefordert. Setzen Sie sich doch noch einen Moment.«

»Vielleicht zum Abschied einen kleinen selbst angesetzten Mirabellenschnaps?«, bot Frau Rastätter an. »So etwas bekommen Sie in keinem Laden.«

Metternich nahm höflich an und wieder Platz. Der alte Herr mit dem schlohweißen Haar und die Dame schwiegen. Die Atmosphäre hatte nun etwas Unentschlossenes, beinahe Spannungsvolles.

»Das weiß ich doch, aber ich habe damit nichts zu tun«, konnte Metternich Rastätter sagen hören. »Natürlich kannte ich sie. Aber ich habe die Seeberger nur einmal gesehen. Sonst nur telefoniert.«

Metternich spitzte die Ohren. Seeberger! Seeberger?

»Und was soll das bedeuten? Wie gesagt, ich war nur einmal bei der Seeberger ... Ach so ... ja ... keine Sorge. Dann ruf mich später noch mal an. Ich habe gerade Besuch.«

Rastätter kam zurück ins Wohnzimmer und entschuldigte sich für die Unterbrechung. Metternich beantwortete die letzte Frage, ob er nämlich nach dem Besuch in München wieder zurück ins Rheinland fahren werde. Dann verabschiedete er sich und bedankte sich noch einmal für die Einladungen.

»Und wenn Sie nochmals in der Gegend sind, melden Sie sich. Wir würden uns freuen«, sagte Rastätter beim Hinausgehen. »Unsere gemeinsame Leidenschaft für Musik ist doch immer ein Thema.«

10. Kapitel
Metternich im Strudel

Der Tag begann regnerisch grau und verhältnismäßig kühl. Das Hotel in der Senefelderstraße war für Metternich wieder reserviert. Diesmal konnte er nur ein Doppelzimmer als Einzelzimmer belegen. Drei Tage wollte er in München bleiben und dann wieder nach Hause zurückfahren, wobei er sich nicht sicher war, ob die Auszeit wegen seiner Herzinsuffizienz dann nicht zu kurz sein würde.

Trübsand meldete sich am frühen Morgen.

»In einem Gartenhaus der Kleingartenanlage ›*Kriegsveteranen 1921*‹ ist ein Rentner erdrosselt worden. Bruno Schmatzke heißt der Mann. Einundsiebzig Jahre.«

»Ja und?«

Trübsand stottere. »Also, ich dachte, ich sollte Ihnen das mitteilen, was hier so vor sich geht.«

Metternich maulte. »Sollte ich etwa von Bayern aus an der Aufklärung mitwirken?«

»Nein, natürlich nicht.«

»Wenn ich zurück bin, greife ich wieder ein. Aber ich bin noch nicht zurück.«

»Ist gut, Champ.«

»Was hatte ich gefordert?«

»Herr Metternich!«

Dann lachte Trübsand kaum hörbar. Und der Champ laut.

»Bist schon in Ordnung, Trübi. Ich melde mich, wenn ich wieder einlaufe. Bis dahin lasst mich in Ruhe. Ach so, wie steht's mit unserem Jankowitz?«

»Och, der ist friedlich. Wir machen unsere Arbeit. Das wär's. Aber wie geht es Ihnen? Erholen Sie sich denn gut?«

»Ausgezeichnet. Ich fühle mich auf bestem Weg. Bis bald dann.«

Metternich hatte Trübsand von Anfang an gemocht. Seine unbekümmerte jugendliche Art war ihm sofort sympathisch gewesen. Und gleich hatte er dafür gesorgt, dass Trübsand zu seinem Team kam. Zu dem noch jungen Typen hatte er sehr schnell Vertrauen gefasst. Ihm konnte er Vorgänge und Gedanken mitteilen, die er vor anderen Kollegen eher zurückhielt.

***

Alois Ritter war gerade im Einsatz. Tötungsdelikt in der Drogenszene. So hatte er an diesem Tag keine Zeit für ein Treffen.

Metternich machte sich alleine auf. Zunächst lief er zum Marienplatz, wo er sich durch die Touristen drängte. Dann bestieg er die U-Bahn Nummer 6 und fuhr bis zur Münchner Freiheit. Von dort hatte er es nicht mehr weit bis in den Englischen Garten. Den hatte er immer schon mal begehen wollen – und nicht nur wegen der Studentinnen, die sich angeblich nackt sonnenbadend auf der Schönfeldwiese verteilten. Vom Kleinhesseloher See wanderte er dorthin in südlicher Richtung zum Chinesischen Turm.

Rastätters Telefonat ging ihm nicht aus dem Kopf. Der Name Seeberger! Meinte er etwa die erschossene Jeannette Seeberger?

Es wurde wärmer, die Sonne durchdrang die Wolken. Er saß gerade bei einer Maß Hofbräu. Eine SMS riss ihn plötzlich aus seinen Gedanken.

›Hallo Metternich, wo steckst du? Bist du schon in München?
Ich habe am Abend Zeit. Wir könnten uns am Stachus treffen.
Melde dich, okay? LG Viola‹

Viola. Sie nannte ihn Metternich. Klar, dass sie sich meldete. Verrücktes Mädchen, dachte er. Dass sie ihn mit seinem Nachnamen anredete, war ihm zunächst etwas unangenehm. Durchgeknallt war die, unberechenbar, so wie er, aber die hatte was. Mit einer Antwort ließ er sich bewusst Zeit. Er versuchte, sich vorzustellen, wie er Viola körperlich näher kam. Sie umarmte. Sie küsste. Mit ihr im Bett lag. Aber nein, das ging nicht. Er konnte sich selbst nicht einschätzen. Sein Gefühl war gespalten. Sollte er sich einfach einlassen? Sich hineinziehen lassen in eine aufregend neue Erfahrung? Vieles ging ihm durch den Kopf.

Wollte er dem widerstehen? Reine Theorie. Nein, das war unmöglich. Phantasien konnten ein wenig berauschen. Das ging. Mehr nicht. Aber diese Art Spannung hatte trotzdem etwas Verlockendes. Er orderte eine zweite Maß Bier. Das war wohl noch erlaubt, dachte er bei sich. Und Metternich erinnerte sich. Vor Jahren hatte er mal in der Puffszene ermittelt. Die aufgebrezelten achtzehnjährigen Mädels, zum Teil noch Schülerinnen. Halb nackt traf er sie in den rot gestrichenen plüschigen Zimmern an. Es hatte ihn moralisch keineswegs berührt, nicht betroffen. Die waren ihm gleichgültig. Und sie wären ihm für seine sexuellen Ausflüge zu jung gewesen. Er hatte schließlich mit den Kollegen den Mord an einem Zuhälter aufklären können.

›Ja gut. Am Stachus können wir uns treffen. Wann denn?‹

Mit Viola, das war etwas völlig anderes. Da war er sich sicher. Er hatte jetzt einfach nur Lust, sie zu sehen, mit ihr zu reden. Alles auf sich zukommen lassen. Notorische Neugier. Und Viola war nicht vergleichbar. Nein, das war sie nicht. Was konnte schon passieren? Außerdem war der Abend gerettet.

›19 Uhr. Super, dass du kommst. Ich freu mich so! Viola‹

Metternich bezahlte. Er lief zur Isar und dann weiter auf die Maximilianstraße, Münchens kostspielige Einkaufsmeile der

Schickeria. Im Vergleich mit der Königsallee konnte die ihn nicht sonderlich beeindrucken. Aber derartige Vergleiche waren ihm ohnehin gleichgültig. Die gleichen aufgemaschelten Eulen hier wie dort. Die aalglatten Eierköpfe, die rasierten Glatzen, die Karrieretypen. Metternich dachte sich mal wieder in Rage.

Alois Ritter meldete sich kurz. Morgen könnten sie sich treffen. Am besten abends, ab zwanzig Uhr.

»Ich hoffe, du hast dich schon ganz gut erholt. Ein Tipp für den morgigen Tag: Du bist doch an Musik interessiert. Das einzigartige ›*Cuvilliés-Theater*‹ hat einen Tag der offenen Tür«, riet er Metternich. »Musst du mal ansehen. Das bedeutendste Rokokotheater Deutschlands. Wunderschön. Beeindruckend. Also dann bis morgen. Ich melde mich aber noch mal.«

Metternich nahm dankend an. Ja gut, Kultur. Warum nicht. Dann nahm er einen doppelten Espresso, um die zwei Maß Bier ein wenig zu neutralisieren.

Später schlenderte er über den Viktualienmarkt. Die Seeberger! So viel Zeit hatte er noch bis neunzehn Uhr. Metternich lief zum Hotel zurück und holte im nahe gelegenen Parkhaus seinen Wagen. Dann fuhr er nach Grünwald, Ludwig-Ganghofer-Straße. Die Anschrift hatte er noch durch Kalkmeyer mitbekommen. Irgendwann hatte er sie erwähnt.

Metternich schritt die Straße entlang und kam an die weiße Villa im Bauhausstil. Die Jalousien waren heruntergelassen. Das Anwesen wirkte verwaist. Er betrachtete es lange, beinahe meditativ.

»Jaja, so geht das. Die Frau dort ist erschossen worden.«

Eine ältere Dame hatte Metternich dort stehen sehen und sprach ihn im Vorübergehen an.

»Kannten Sie die Besitzerin?«, fragte er schnell nach.

»Nein, nur von Hörensagen. Ich wohne ganz hinten in der Straße. Sie soll eine gewiefte Geschäftsfrau gewesen sein. Aber anscheinend von zweifelhaftem Ruf. Tja, wer weiß das schon.«

Dann tippelte sie langsam weiter. Von zweifelhaftem Ruf? Die schien doch ganz angesehen gewesen zu sein, hier in München, dachte Metternich. Er stellte sich das bildlich vor. Er hatte mal ein Photo von ihr gesehen. Eine Granate von Frau!

Eine Weile ließ er das Ambiente noch auf sich wirken. Dann fuhr er in die Stadt zurück. Abstand halten. Auf andere Gedanken kommen. Ausspannen. Das war doch der Grund seiner Reise hierher. Er griemelte in sich hinein. Auf Dauer funktionierte das nicht. Teilweise vielleicht, teilweise.

***

Stachus, genau 19:00 Uhr. Metternich sah sie schon von Weitem. Viola ihn auch. Sie winkte überschwänglich, nahm ihre Kopfhörer ab und lief auf ihn zu.

»Hey, da bist du ja. Dass du noch in München bleibst, ist super. Ich weiß auch schon, wo wir hingehen können.«

Hoffentlich nicht dorthin, wo ihresgleichen verkehrte, dachte er, sagte aber: »Und wohin?«

»Ins ›*Ruby's*‹. Echt gut da.«

Sie hakte sich bei Metternich ein, und sie überquerten den Karlsplatz.

»Da kannst du Pizza aus dem Holzofen essen und andere Leckereien, super Cocktails schlürfen, und die Musik ist okay. Oben im ersten Stock gibt's die Shishapfeife. Guter Mix, glaub mal. Ich mag den Laden. Und die Leute dort sind vollkommen gemischt. Typen aller Art. Interessant. Gleich um die Ecke in der Schwanthalerstraße. Sag mal, wo wohnst du denn eigentlich hier, in welchem Hotel?«

»›*Germania*‹. In der Senefelderstraße. Da habe ich schon einmal gewohnt.«

»Oh ha, das ist ja gleich um die Ecke!«

Wenig später betraten sie das ›*Ruby's*‹. Ein großes Trendbistro, illuminiert in rotbläulichem Licht. Eine Mischung aus In-

Tempel mit loungeartiger Atmosphäre und Pizzabäckerinterieur. Angeschlossen daran befand sich auf der ersten Etage das sogenannte ›*Oriental*‹. An diesem Freitag war das Lokal gut besucht. Auf der Bürgersteigterrasse war kein Tisch mehr frei. Aber sie fanden dennoch einen Platz in der Nähe der lang gezogenen Bar.

»Die Pizzen sind hier richtig gut«, sagte Viola. »Mit meiner Freundin Nora bin ich gelegentlich hier. Mit den anderen aus meinem Freundeskreis gehe ich woanders hin.«

»Du hast bestimmt viele Freunde«, meinte Metternich.

»Nein nein, nicht so viele. Einen Freundeskreis. Ich nenne das mal so. Genau genommen sind das die üblichen Bekannten, die aus der Schule zum Beispiel. Alles irgendwie oberflächlich. Langweilig. Ich mag andere Leute, die was bringen. Du weißt.«

Ein schlaksiger Kellner kam an den Tisch.

»Probier mal Pizza Tartufata«, empfahl Viola. »Lass dich überraschen. Super lecker. Ich nehme die Pizza Aladin und einen Aperol Sprizz.«

Metternich lächelte und bestellte ebenfalls. Er mochte die Situation jetzt. Ihm gefiel das Zusammensein mit ihr. Die jugendliche Frische. Die ausgelassene Art. Ihm fiel plötzlich Cora ein. Die Chose im Kölner ›*Hyatt*‹. Viele Bilder gingen ihm in diesem Moment durch den Kopf. Mit ihr schweißgebadet im zerwühlten Bett. Ihr gespielt gieriger Augenausdruck. Gespielt natürlich, für 300 Euro. Aber er hatte das bewusst als authentische Empfindung wahrgenommen. Ihr graziler Körper, der sich später fast tänzelnd ins Bad begab. Jetzt betrachtete er Viola. Sie schrieb gerade eine SMS. Ein begehrliches Gefühl kam in ihm hoch, während er sie ansah. Die Pizzen wurden serviert und zwei Aperol Sprizz. Metternich schaute sich immer wieder um und beobachtete das Publikum.

»Das ›*Ruby's*‹ – ist das Lokal etwa nach dem Mörder von Lee Harvey Oswald benannt?«

Viola sah ihn fragend an. »Oswald? Wer soll das sein?«

Metternich lächelte. »Na ja, das wirst du nicht wissen. Jack Ruby erschoss Lee Harvey Oswald, den Mörder von John F. Kennedy, dem damaligen amerikanischen Präsidenten. 1963 war das.«

»Keine Ahnung«, sagte Viola kauend. »Vielleicht heißt der Besitzer so.«

Dann nahm sie einen kräftigen Schluck Aperol.

»Weißt du, als ich von dir die SMS bekam, dass du kommst und wir uns treffen, da wurde mir ganz anders.«

Metternich zog die Brauen hoch.

»Ganz anders? Wie denn?«

»Vor Freude. So in der Magengrube, verstehst du?«

Er sah etwas verlegen auf den Tisch und dann sie an.

»Na ja, ich habe mich auch gefreut. Aber mal ganz ehrlich, das ist doch ziemlich merkwürdig mit uns, oder?«

Viola kippte noch mal nach.

»Quatsch! Wenn man sich mag, wenn man sich toll findet, dann mag man sich und findet sich toll, klar? Alles anders ist doch scheißegal. Ich habe gestern Chopin gehört, stell dir vor. Die CD habe ich mir gleich besorgt, weil du davon gesprochen hattest. Chopin hat mir was Neues eröffnet. Und ich habe natürlich an unser Treffen gedacht. In Gedanken war ich bei dir, und ich habe mir gewünscht, von dir angelacht zu werden.«

Metternich schmunzelte. Er hatte dem nun nichts mehr entgegenzusetzen. Sie aßen mit Genuss die Pizzen, während Viola sich über Familiäres ausließ und dabei wütende Grimassen schnitt.

»Zu Hause gibt's riesigen Stress. Die gehen mir derart auf den Zeiger! Ich habe denen gesagt, dass ich nicht nach Hause komme. Die können mich mal.«

»Ja, und wo willst du bleiben?«

»Wird sich zeigen. Mach dir mal keinen Kopf.«

Viola rückte ihren Stuhl näher an seinen. Dann schlang sie ihren Arm um seinen Hals, zog ihn an sich und küsste ihn auf die Wange. Metternich errötete leicht. Aber es gefiel ihm zusehends. Eine innere Wärme durchzog ihn. Und es entwickelte sich mehr und mehr das Bedürfnis, ihr näherzukommen.

Ein weiterer Aperol Sprizz wurde serviert. Später stiegen sie hinauf ins ›*Oriental*‹. Metternich hatte noch nie Shisha geraucht. Viola besprach sich kurz mit dem Typen, der bediente und dann zustimmend nickte. Die beiden kannten sich anscheinend. Sie bevorzugte das Erdbeeraroma, und sie empfahl ihm einige Geschmacksrichtungen. Er entschied sich für Apfel, aber das Odeur fand er doch gewöhnungsbedürftig. Sie hatten sich auf eines der lang gestreckten Polstermöbel gelegt und rauchten. Schließlich schmeckte er noch anderes, Unbekanntes. Und etwas schummrig wurde ihm, leicht benebelt.

Leise Lounge-Musik. Gedämpftes Licht. Cocktails wurden serviert. Es wurde sehr spät.

***

Zimmer 207. Langsam wurde es hell. Durch die Jalousie drang bald die Morgensonne. Zum Schlafen trug Metternich immer einen schwarzen Slip, auch wenn er ihn zuvor ausgezogen hatte.

Aber als er aufwachte, war er unbekleidet. An der gegenüberliegenden Wand hing die Reproduktion eines Nolde-Bildes. Mit noch schläfrigen Augen starrte er sie an. Dann drehte er sich noch einmal um. Und dann noch einmal und versuchte, ein wenig weiterzuschlafen. Als es heller wurde, öffnete er wieder langsam die Augen. Und jetzt erst sah er Viola neben sich liegen. Jetzt frei gestrampelt auf der Bettdecke. Nackt.

Metternich erschrak.

Er betrachtete ihren grazilen, lang gestreckten Körper.

Und hörte ihr feines Atmen.

11. Kapitel
Jean-Baptiste Carnivale (II)

Seinen ersten Auftrag hatte er problemlos in Nürnberg erledigen können. Nun, am Abend, holte ihn die Langweile ein.

Im Hotelzimmer zog er sich eine Nase. Etwas aufgedreht besuchte er später eine Oben-ohne-Kaschemme. Irgendwann kam die sich an der Stange räkelnde Schnepfe auf ihn zu, streckte ihm ihre Brüste entgegen, in Erwartung eines Scheinchens, das er ihr ins Höschen stecken sollte. Er sah sie nur verächtlich an. Auf junge Dinger stand er nicht, und reife Damen waren nicht im Angebot. Die Schnepfe tänzelte maulig davon. Schließlich besuchte er noch einen Pornoladen und sah sich dort zwei Sexfilme mit MILFs und eine Transsexuellennummer an.

Am anderen Morgen suchte er ein typisch Münchner Gasthaus auf. Er kam ins ›*Haxnbauer*‹. Dort trank er eine Maß und aß Weißwürste. Die Dirndlkellnerin betrachtete ihn abfällig, als er dazu Ketchup verlangte.

»Herrschaftszeiten, des bassd aba ned«, blaffte sie ihn an.

Der Kontakt zu van der Meer war ausgeklügelt, die Aufwandsentschädigung ausgemacht. Wie vereinbart bar. Wer, wie, wo, wann? Das kam noch. Warum? Völlig belanglos.

Am Nachmittag machte sich Carnivale auf den Weg. Er fuhr mit einem Leihwagen nach Rottach-Egern. Van der Meer hatte ihn dorthin beordert, ohne weitere Weisungen. Er möge warten, hatte van der Meer ihm gesagt, rechtzeitig würde er dann die nötigen Informationen erhalten. Das könne aber noch eine Weile dauern. Carnivale mietete sich derweil in der ›*Überfahrt*‹ ein, einem Fünf-Sterne-Schuppen direkt am See. Für alle Fälle hatte er diverse Ausweise zur Auswahl. Er entschied sich diesmal für Pierre Legrand. In München hatte ihm Jean Renegard gefallen.

Nach dem Abendessen fuhr er ins benachbarte Bad Wiessee, durch den Ort hindurch, zum Ortsteil Winnen. Der bestand quasi nur aus dem staatlichen Spielkasino. Dunkelblaues Sakko, hellblaues Hemd, offen getragen, und Röhrenjeans. Der Kleiderordnung des Hauses war genüge getan. Auch ohne Krawatte. Ausweiskontrolle mit ›Legrand‹. Anschließend löste er für 1.000 Euro Jetons ein. Dann stieg er die flach ansteigende Treppe hinauf zum Saal ›Großes Spiel‹.

»Guten Abend. Rechts haben Sie das amerikanische Roulette.«

»*Oh non, Roulette française* und sonst nichts«, unterbrach Carnivale die Begrüßung eines Kellners.

Sein Blick schweifte prüfend durch den Saal. Tisch 2 war für ihn angenehm besetzt. Ein Glatzkopf mit Hornbrille, daneben ein Senior mit auffallend bunter Krawatte. Mit dem Rücken zu ihm eine ältere, sehr elegante Dame. Neben die platzierte er sich. Die Kugel rollte bereits. Carnivale kringelte sein langes Haar mit dem Zeigefinger und schaute ausdruckslos zu.

Die Kugel klackerte ins Fach.

»*Rouge – impair* – Sieben.«

Der Croupier schob der feinen Dame einen Gewinn zu. Sie warf einen dicken Jeton zurück.

»Für die Croupiers.«

Mit dem Rechen wurden die anderen Jetons vom grünen Tusch gezogen. Neues Spiel.

»*Faites vos jeux,* bitte.«

Carnivale setzte nicht. Aber die Dame. Ein ganzes Häufchen Jetons.

»Noch keine Traute, junger Mann?«

»*Je regarde d'abord ... oh pardon.* Ich wollte sagen, dass ich erst einmal zusehe.«

»Man muss für die Situation ein Gefühl entwickeln. Da haben Sie recht.«

Carnivale lächelte charmant.

»So ist es.«

Sie ließ einige Jetons durch ihre Finger gleiten. Die mit einigen Altersflecken besprenkelte und mit einem Einkaräter geschmückte Hand setzte nun ein Türmchen Jetons.

»*Carré* 23–27«, rief sie den Croupiers zu.

Die Kugel rollte bereits.

»*Rien ne va plus.*«

Carnivale schaute weiter ausdruckslos auf den Tisch. Die Kugel senkte sich nun klackernd und fiel in ein Fach. Der Croupier zeigte mit dem Rechen auf das grüne Tuch.

»*Carré* 23-27.«

Die Dame lächelte dezent. Ihr wurde der achtfache Gewinn zugeschoben.

»Für die Croupiers.«

Und sie schob zwei dicke Jetons in Richtung *Chef de table*. Dann wandte sie sich an ihren Nachbarn.

»Sie bringen mir Glück, junger Mann. Ich hoffe, Sie bleiben noch etwas.«

»Dafür müssen Sie dann aber auch für mich die Glücksfee sein. Als Gegenleistung sozusagen.«

Sie lachte.

»Ja gerne.«

Carnivale betrachtete sie von der Seite. Eine mondäne Erscheinung. Ein mit Brillanten besetztes Collier, ein Armreif aus Weißgold, dicke Ohrhänger aus dem gleichen Material. Die dunklen, etwas angegrauten Haare hatte sie hochgesteckt. Und sie besaß trotz ihrer noch schlanken Figur eine beachtliche Oberweite. Carnivale fand den Anblick äußerst reizvoll. Er schätzte sie ab. Fünfundfünfzig bis sechzig Jahre? Nun setzte er seinerseits Jetons. Auf *Rouge*, *Pair*, *Manque* und *Cheval*.

»*Rien ne va plus.*« Die Kugel raste mehrfach am Rand des Roulettekessels herum und sank ab. Von einem Fach ins nächste. Bei der Achtzehn blieb sie liegen.

»*Voilà! Très bien.* Madame, Sie sind die Richtige für diesen Abend.«

Sie drehte sich zu ihm. »Sehr gut. Und gleich *Cheval*. Gibt das Siebzehnfache. Sie sind Franzose?«

»*Oui,* ich komme aus Marseille. Und Sie?«

»Aus Augsburg. Ich spiele gern und bin so ungefähr jeden Monat einmal hier.«

Sie schaute ihn jetzt intensiver an, und ein feines Lächeln glitt über ihr Gesicht. Carnivale erwiderte ihren Blick mit einer kühlen, hintergründigen Mimik.

»Legrand, Pierre Legrand. Freut mich, neben Ihnen zu sitzen. Das Glück ist mit den Mutigen.«

»Elvira Breitstein. Ist mir ein Vergnügen. Und mit einem Franzosen hatte ich bisher noch nie zu tun. Ich mag aber die elegante Sprache.«

»Sie mögen also Französisch.«

»Ja ... ja«, bestätigte sie etwas knapp. »So, aufgepasst, ein weiteres Spiel.«

»*Oui,* ein weiteres Spiel.«

Sie setzten. Und sie gewannen. Sie setzten erneut und verloren, aber nur einen kleineren Teil ihres Einsatzes.

»Unterm Strich haben wir doch gut gewonnen, oder? Ich würde jetzt gerne etwas trinken. Begleiten Sie mich an die Bar?«

Breitstein erhob sich. Carnivale folgte. Die Bar in metallisch kühlem Design. Der Keeper schüttelte die bestellten Cocktails.

»Ich wohne immer in der ›*Überfahrt*‹«, sagte Breitstein. »Schon seit eh und je. Ist das einzige Haus hier in der Nähe, in dem man sich lassen kann. Und wo sind Sie untergekommen?«

»In der ›*Überfahrt*‹.« Carnivale schmunzelte maliziös. »Da hätten wir ja nachher denselben Weg.«

Breitstein sah ihn beinahe fordernd an.

»Welch ein Zufall. Kommen Sie viel herum?«

»Ja, ziemlich. Paris, Berlin, Mailand.«

»Sie sind ein außergewöhnlicher junger Mann. Darf ich fragen, was Sie beruflich machen? Sie könnten mit Mode zu tun haben oder aus der Werbung kommen?«

Carnivale zog eine Braue hoch und sah ihr gespielt provokant in die Augen.

»Ich bin Auftragskiller.«

Breitstein lachte laut.

»Eijeijei! Na, irgendwie könnten Sie schon so einer wie aus diesen Filmen sein. So als Typ. Ich wusste gar nicht, dass Franzosen einen derart schwarzen Humor haben.«

Carnivale lachte ebenfalls.

»Kleiner Scherz am Rande. Ich habe viel Humor, sehr viel sogar. Und noch anderes mehr.«

Breitstein hob das Glas.

»Ach, wir wollen nicht über Berufe und Arbeit sprechen. Mein verstorbener Mann hatte ein Unternehmen für Befeuerungsanlagen.«

»Befeuerungsanlagen«, wiederholte Carnivale mit abgründigem Lächeln. »Ich befeure auch gelegentlich.«

»Das kann ich mir bei Ihnen gut vorstellen«, sagte sie schelmisch und nippte am Cocktail. »Ein schöner Abend heute. Und interessant mit Ihnen.«

Dabei sah sie ihn mehr als nur freundlich an. Carnivale beugte sich jetzt ganz nah zu ihr hin. Er flüsterte ihr ins Ohr.

»*Alors*, Sie sind eine aufregende Frau, Madame. Ich fühle, dass der Abend deutlich zulegt. Und ich sehe, dass Sie das auch so sehen.«

Sie nippte am Glas, spitzte ihren Mund und nahm dann einen kleinen Schminkspiegel aus ihrer Krokotasche, um sich ihre Wangen zu pudern.

»*Extraordinaire,* Sie sehen fantastisch aus«, setzte Carnivale nach.

»Aber *Monsieur* Legrand, übertreiben Sie nicht.«

Dabei legte sie ihren Kopf etwas nach hinten.

»Keineswegs, Madame.« Dann beugte er sich wieder zu ihr hin. Ließ mit einem Finger ihren Ohrklunker baumeln. Ganz nah kam er, sodass sie seinen Hauch spürte. Und er raunte: »*Je veux* ... ich will dich heute Abend, Elvira.«

»Oh ... aber Pierre!«

Dabei konnte sie eine Nuance von Lüsternheit im Ausdruck kaum vermeiden. Carnivale lud sie noch auf einen weiteren Drink ein. Er sprach wenig über sich, hörte ihr mehr zu. Dann spielten sie noch einmal. Und sie konnten kleinere Gewinne einfahren.

Mit Elvira Breitsteins Panamera fuhren sie gegen zwei Uhr in die ›*Überfahrt*‹. Carnivale eilte kurz zur Rezeption und erhielt dort einen hinterlegten Umschlag.

»Gute Nacht, *Monsieur* Legrand«, wünschte der Nachtportier und rief noch gedämpft: »Gute Nacht, Frau Breitstein.«

Die stand schon am Aufzug und wartete auf Carnivale.

»Ich darf Sie noch bis zu Ihrem Zimmer begleiten, Madame?«, fragte Carnivale gespielt förmlich, als er mit ihr den Aufzug betrat, und schaute sie dabei begehrlich an.

»Ja, das dürfen Sie.« Dann verschwanden sie im Aufzug und später in ihrem Zimmer.

***

Am Ende der Nacht verließ Carnivale lautlos Elvira Breitstein. Er steckte sich eine Gitanes an und trank ein Glas Wasser auf seinem Zimmer.

Erst dann öffnete er den Umschlag, den ihm der Nachtrezeptionist überreicht hatte. Da stand nur ein großes V zu lesen und ›*in den nächsten Tagen*‹. Daneben ein älteres, schon etwas verknicktes Foto. Das genügte ihm. Er betrachtete den Zettel länger und verbrannte alles. Die Asche spülte er in die Toilette. Dann legte er sich noch eine Weile hin, um etwas zu schlafen.

Zum Frühstück begrüßten sich Breitstein und Carnivale höflich distanziert, aber mit wissendem Blick. Sie nahmen an getrennten Tischen Platz.

12. Kapitel
›Sator 22‹

Die Dunkelheit war bereits hereingebrochen. Schwere Karossen näherten sich langsam auf morastigem Waldweg einem großen Blockhaus. Es lag versteckt in dem weitläufigen Eglhartinger Forst östlich von München.

Männer stiegen aus ihren Wagen und schritten, sich gedämpft begrüßend, auf das Haus zu. Einige von ihnen warfen sich drinnen in der Diele purpurfarbene Gewänder über. Dann betraten sie einen großen rustikalen Raum und stellten sich schweigend im Halbkreis auf. Auf einem länglichen Holztisch standen mit Wein gefüllte Silberkelche. Einer der Herren löste sich aus der Runde und stellte sich dem Halbkreis gegenüber. Sein Überwurf bestand aus hellrotem Samt.

»Großmeister Bruder AURELIUS. Nachfahre des Großmeisters aller Großmeister unseres Ordens«, deklamierte einer der anderen Männer laut. »Wir begrüßen dich mit aller Hochachtung und Verbundenheit.«

AURELIUS nahm einen Kelch, hob ihn bis unter sein Kinn und setzte ihn wieder ab.

»Ich danke euch. Ich begrüße die Brüder im Sinne der Jahrtausende alten Tradition. Und wir rufen ... «

»S-A-T-O-R!«

Die Anwesenden riefen das beschwörend in den Raum. Dann nahmen alle auf hölzernen Schemeln an dem Holztisch Platz. AURELIUS blieb stehen. Seine hagere Statur und die auffallende Körpergröße strahlten ein nobles Charisma aus.

»Wir sind hier wieder zusammengekommen, um uns erneut bewusst zu werden, welche Aufgabe unsere ehrwürdige Loge hat. Unser heiliges Quadrat

SATOR
AREPO
TENET
OPERA
ROTAS

ist der Weg, den wir zu gehen haben, wenn wir uns eingelassen haben, wenn wir dazugehören wollen.«

AURELIUS schaute jeden in der Runde der siebzehn Anwesenden intensiv an. Dann blieb sein Blick bei einem Mann Ende dreißig hängen, der am rechten Tischrand saß.

»Ich begrüße den Novizen.«

Der angesprochene, elegant gekleidete Mann erhob sich.

»Du hast dir den Namen SEVERUS ausgesucht, der Ernsthafte«, sagte AURELIUS. »In unserer Loge ist dieser Name noch unbelegt, was mich jetzt doch wundert, zugegebenermaßen.«

Die Anwesenden lachten verhalten und nickten.

»Umso besser für dich. Er zeigt deine Intention.«

AURELIUS erhob wieder seinen Kelch, die anderen folgten seinem Beispiel.

»Bruder SEVERUS, du hast das Noviziat mit Erfolg beendet.«

Alle nahmen feierlich einen Schluck Wein. Die Brüder klatschten dezent.

»Du hast dich bewährt in deinem Verhalten und in deinen Taten. Du hast dich eingefügt in unsere spirituelle wie intellektuelle Gemeinschaft, die ihre Ziele konsequent, aber mit Augenmaß verfolgt. Du hast dich unserer Loge ›*Sator 22*‹ verschrieben als zuverlässiges Mitglied. Das bedeutet für dich auch Verantwortung und insbesondere Loyalität. Das ist dir bewusst. Gerade deine Stellung als Ministerialrat im Bundesministerium des Inneren ist für uns von nicht zu unterschätzender Bedeutung.«

SEVERUS lächelte zufrieden.

»Nun sprich mir den Satz nach, der dich zum vollwertigen Mitglied unserer Loge ›*Sator 22*‹ macht.«

Die Runde erhob sich. AURELIUS sprach eine Formel in lateinischer Sprache, die der junge SEVERUS akzentuiert wiederholte. Dann nahmen alle wieder Platz.

»Um es dir noch einmal deutlich zu machen«, sagte AURELIUS, »die Zahl 22 ist die zweite Meisterzahl. Und sie ist die unsere. Sie ist die doppelte 11. Die 11 wird als die Zahl der Überschreitung angesehen, der Maßlosigkeit und der Sünde, weil sie über die 10 Gebote hinausgeht. Und sie ist die Zahl der Narren. Aber der Narr ist für uns die höchste Karte im Tarot. Der Narr ist der Neubeginn und der Anfang. Gleichzeitig von Unbekümmertheit geprägt und mit Mut ausgestattet. Die 22 verdoppelt dies alles. Der Verbund mit dem Sator-Quadrat vervollständigt unser Symbol. *Sator. Opera. Tenet.* ›*Der Schöpfer erhält seine Werke*‹.«

AURELIUS schaute kurz in die Runde.

»Bruder LUCILIUS, möchtest du das weiter erläutern, noch einmal deutlich machen?«

Van der Meer alias LUCILIUS nahm einen kräftigen Schluck Wein und setzte seine randlose Brille auf.

»Natürlich gerne. ›*Der Schöpfer erhält seine Werke.*‹ Also – er pflegt sie, behütet sie. Wir interpretieren das Sator-Quadrat auf unsere eigene Weise. Und wir übertragen das auf das Wirken unserer Geheimloge. Das christliche Abendland ist unantastbar. Das historische kulturelle Fundament ist die Grundlage unserer

Existenz. ›*Der Schöpfergott Arepo hält durch seine Mühen die Räder.*‹ Die Räder sind wir!«

Bruder LUCILIUS hob seinen Kelch, nahm einen kräftigen Schluck und nickte lächelnd allen Anwesenden zu.

»Unsere Kontakte in die höchsten Kreise der Politik und der Wirtschaft sind von immenser Wichtigkeit.«

Die Brüder murmelten Zustimmung.

»Wir haben in jüngster Vergangenheit unseren Einfluss im Bereich Reinheit der genuinen deutschen Kultur ausweiten können. Gerade in Hinsicht auf den Druck, der vom Strom der Migranten auf uns zukommt«, ergänzte Bruder URBANUS, ein hagerer Mittsechziger, der stets unfreundlich in die Runde schaute.

SEVERUS erhob sich und dankte den Anwesenden für die ihm angebotene Unterstützung, die er als neues Mitglied erhalten würde und auch während des Noviziats schon erhalten hatte.

»Was mich betrifft«, sagte LUCILIUS, »so werde ich SEVERUS gerne weiter fördernd zu Seite stehen.«

Die Anwesenden goutieren das mit Zustimmung. Ein kleiner korpulenter Mann mit dem Namen VARINIUS erhob sich noch.

»Meine Unterstützung in einem bestimmten Bereich möchte ich SEVERUS gerne zukommen lassen, wenn er diese benötigt. Meine Behörde ist nicht gerade unwichtig.«

»Ich danke dir«, sagte SEVERUS und nickte ihm freundlich zu.

Der anschließende Plausch lockerte die Gesellschaft etwas auf. LUCILIUS und VARINIUS kamen noch ausführlicher ins Gespräch. Danach holte LUCILIUS Bruder QUIRINUS zu sich, der sich ebenfalls eingefunden hatte.

»Du denkst an die Genehmigungen für die MTB-Zentrifugen? Das drängt. Die Partner im Nahen Osten werden ungeduldig.«

»Du weißt, es ist mit Komplikationen verbunden. Und sehr risikoreich. Ich mache, was ich kann.«

Damit musste sich van der Meer erst einmal zufriedengeben. Nach einer halben Stunde verabschiedete man sich. Ein Termin für die nächste Versammlung wurde offengelassen. Man wollte sich zur gegebenen Zeit untereinander verständigen. LUCILIUS ging langsam zum Wagen. Im Schein der schwachen Außenlaterne des Blockhauses sah er SEVERUS auf sich zukommen.

»Freut mich, dass du dich meiner annimmst«, sagte SEVERUS etwas außer Atem. »Für mich stellt sich die Frage, wie ich meine Kontakte im Ministerium im Sinne unseres Bundes nutzen kann. Du weißt schon.«

»Ich kann dir da Verhaltensregeln geben, kein Problem. Man muss genau wissen, wie man wo mit wem umgeht. Feinheiten. Ich werde mit dir demnächst über einen ganz bestimmten Vorgang sprechen, dich mit etwas Wichtigem vertraut machen. Das birgt für dich übrigens immense Vorteile. Davon später. Wenn du Fragen hast oder Kontakte benötigst, lass es mich wissen.«

»Und wo beziehungsweise wie kann ich dich erreichen?«

LUCILIUS fingerte eine Karte aus dem Anzugsakko.

»Hier hast du eine Telefonnummer. Ich bin unter dem Namen van der Meer zu erreichen. Wenn meine Privatsekretärin dran ist, melde dich ganz ungezwungen unter deinem Namen SEVERUS und mit deinem Nachnamen. Dann weiß ich Bescheid.«

»Stefan Gschwend ist mein Name. Danke für die Information. Ich melde mich, wenn es nötig ist.«

Van der Meer hielt seine Hand zur Verabschiedung lange gedrückt. Und Gschwend sah ihn auffallend offen, sogar ein wenig begeistert an. Auf den morastigen Wegen entfernten sich ihre Wagen aus dem Waldgebiet.

13. Kapitel
Verunsicherte Weile

Schweiß auf der Stirn. Frost innerlich. Noch schlimmer: Er war am frühen Morgen wieder eingedöst, und als er aufwachte, war Viola verschwunden. Metternich stand auf, sah sich im Zimmer um und ging ins Bad. Er glotzte sich im Badezimmerspiegel ausgiebig an. Ganz nah sah er sich in die Augen. Er strich sich über sein kurzes schwarzes Haar, sah seinen immer noch sportlich schlanken Körper.

Er spürte plötzlich ein Ziehen in der Herzregion. Wie konnte es dazu kommen? Er wusste es nicht mehr, war wie in Trance gewesen. Er ging zum Bett, nahm Violas Kissen, drückte es sich ins Gesicht und roch ihren Duft, der noch im Gewebe hing. Er sollte sich doch erholen, abspannen und mit den Gedanken völlig losgelöst sein. Weg von allen Fragen und Aufgaben, die einen aufwühlten. Und was kam dabei heraus?‹

Metternich ärgerte sich. Aber in ihm nagte auch Widerspruch. Dass mit dieser Viola – ein kaum zu wiederholendes Erlebnis. Na schön, das musste er eingestehen, eine ihn durchaus ergreifende Erfahrung. Nein, anrufen würde er sie nicht. Und hoffte, dass sie sich nicht mehr meldete.

Im recht kargen Frühstücksraum setzte sich Metternich abseits. Eine Tasse Kaffee, ein Brötchen. Das Buffet ließ er unbeachtet. Ihm war nicht nach einem genüsslichen Frühstück zumute. Er nahm sich eine der für Gäste ausliegenden Zeitungen. Eine Überschrift sprang ihn an.

`›Drogendealer wegen Mordes verhaftet‹`

Unwillkürlich musste er denken: Ritter, hast du's gepackt? Metternich rief ihn an.

»Zufallstreffer«, sagte Ritter. »Wir hatten Glück mit den Zeugenaussagen. In der Szene sonst Schweigen, wie du weißt. Aber ein Junkie bekam kalte Füße. Und wie geht's dir? Was hast du getrieben in der Zwischenzeit? Hast du dich erholt? Erzähl.«

›Getrieben in der Zwischenzeit‹, murmelte Metternich lautlos in sich hinein. ›Oh, Mann! Das kannst du keinem erzählen. Nicht jetzt. Vielleicht später einmal.‹

Laut sagte er: »Muss ich dir erzählen. Aber nicht am Telefon.«

Das passte. Ritter hatte sich Zeit nehmen können. Er lud Metternich zum Abendessen ein.

»Komm zu mir in die Mangfallstraße, dann siehst du auch Mathilde mal wieder.«

»Du hast tatsächlich abends mal Zeit?«, scherzte Metternich.

Er verließ das Hotel ziellos und lief umher, als sei er auf der Suche. Wo könnte Viola stecken? Wahrscheinlich zu Hause. Wobei er sich dachte, dass gerade sie sich auch woanders aufhalten könnte. Irgendwo bei Freunden. Sie schien ihm unberechenbar, nicht greifbar, man musste bei ihr auf alles gefasst sein. Und was erzählte sie? Und wenn sie etwas erzählte – wem?

Münchner Sehenswürdigkeiten. Frauenkirche. Rathaus. Viktualienmarkt. Dann in die Ettstraße. Dort das große Hauptgebäude der Münchner Polizei, ehemals ein Kloster. Metternich stand davor. Alois arbeitete hier, er kannte den Laden. Zweifellos gut geführt.

Er schlenderte weiter durch die Straßen und aß mittags in der ›*Hundskugel*‹ einen Leberkäs. Insgeheim wartete er doch auf einen Anruf von Viola. Eine Erklärung. Was sie sich dachte. Und er kam von der Frage nicht los, was in der Nacht geschehen war. Ihm schwante schon etwas. Er fühlte sich verunsichert. Ein Gefühl, das ihm bislang ziemlich fremd war.

***

München-Harlaching. Ritter wohnte mit seiner Frau in einem erstaunlich großen und perfekt sanierten Haus aus den Zwanzigern. Metternich kannte das alte aus der Nachkriegszeit; das neue Domizil hatte er noch nicht gesehen. Ritter begrüßte ihn schon im Vorgarten. Die gepflegte Anlage mit Buchsbaumbeeten und in Form geschnittenen Büschen. Der kurz geschnittene Rasen mit Inseln bunter Blumen.

»Hübsch hässlich hast du's hier«, feixte Metternich.

»Den Heinz-Rühmann-Spruch immer noch präsent?«

»Du kennst mich doch. Fette Klappe. Das hat sich erhalten«, sagte Metternich, als er in den breiten Flur eintrat. »Eine ziemlich große Hütte oder Villa habt ihr da. Toll. Die bayrische Besoldung scheint höher zu sein als die bei uns«, lachte Metternich.

Ritter winkte ab.

»Schön wär's. Meine Holde hat richtig gut geerbt. Sonst hätten wir uns das hier nicht leisten können. Vor vier Jahren ist doch ihre Mutter gestorben. Und vor knapp zweieinhalb Jahren haben wir das Haus hier kaufen können.«

Metternich schaute sich um.

»Herrlich, dieser Terrazzoboden und die schöne alte Holztreppe nach oben. Wie viel Quadratmeter habt ihr denn hier?«

»Über zweihundert.«

»Und wie fühlt man sich in diesem Luxus?«

Ritter lachte. Er war sichtlich stolz, seinem Kollegen das beeindruckende Haus zeigen zu können.

»Luxus? Man lebt nur einmal, oder? Übertreib mal nicht.«

Mathilde kam jetzt auf ihn zu, um ihn zu begrüßen. Sie führte ihn in den mit volkstümelndem Mobiliar eingerichteten Wohnraum. Bemalte Bauernschränke, Deckenlampe aus Hirschhorngeweihen. Bayrische Gemütlichkeit. Und den traditionellen bayrischen Schweinebraten mit Knödeln hatte Ritters Frau bereits dampfend aufgetragen.

»Bei uns haben wir Flöns mit Ölk im Angebot«, amüsierte sich Metternich.

»Flöns? Ölk?«, fragte Mathilde. »Jo mei, was ist das denn?«

Ritter lachte. Er wusste Bescheid. Metternich klärte auf.

»Blutwurst mit Zwiebelringen.«

Er fühlte sich wohl bei Ritters, beobachtete die beiden. Wie sie miteinander umgingen, sich ansahen, miteinander sprachen. Das Heimelige, die Behaglichkeit, die häusliche Wärme. Das berührte ihn. Das hatte er in seiner Jugend vermisst. Aber nicht nur da. Er hatte sich eigentlich nie geliebt gefühlt, von niemandem. Auch nicht von seiner Mutter. Solche Gedanken kamen in ihm oft hoch, sporadisch, unwillkommen, gerade in solchen Momenten. Er aß den Braten mit Appetit. Dazu schenkte Alois Paulaner Weißbier ein.

»Und? Wie war's am Tegernsee? Das Wetter war ja sehr gut«, fragte Ritter kauend.

Metternich legte die Gabel beiseite und blieb bei seinen Berichten im Ungefähren.

»Schön und abwechslungsreich.« Er überlegte sich fix, was er noch so erzählen könnte. »Ich war in Wildbad. Da gab es ein klassisches Konzert. Hat mir sehr gut gefallen. Das sonst angebotene Wettmelken und Maßkrugstemmen ist ja nicht so mein Metier.« Die Ritters lachten. »Und während des Konzertabends mit Chopin und Prokofjew lernte ich einen Herrn Rastätter kennen. Der hat mich überraschenderweise zu einer Abendgesellschaft bei sich eingeladen. Hier in München betreibt er eine Privatklinik, wie mir ein Gast sagte. Ich glaube, so ein Beautylazarett, wo sich die Weiber aufbrezeln lassen. Wir kamen uns über das Interesse an Musik näher.«

»Mathilde, musst du auch mal dahin?«, lachte Ritter laut. »Aber das war ja dann ein unvermutetes Ereignis.«

»Stimmt. Dicke Villa. Alles vom Feinsten. Aber du weißt, so etwas beeindruckt mich nicht sonderlich. Rastätter selbst ist ein zurückhaltender Mann ohne Schickimickiallüren. Durchaus sympathisch.«

Mathilde servierte noch einen Nachschlag, den Metternich gerne annahm.

»Da gab es bestimmt interessante Gespräche«, meinte Ritter.

»Auf jeden Fall. Es hat sich manches gute Gespräch ergeben.«

Metternich erwähnte Viola mit keinem Wort. Wenn er an die vergangene Nacht dachte, zog sich in ihm etwas zusammen. Aber er verdrängte den Vorgang sofort.

»Ich machte auch eine schöne Wanderung durch das Tal hinter dem Wildbad.« Das konnte er ruhig berichten. »Und zwei Tage später lud mich Rastätter zum Nachmittagskaffee ein.« Klar. Die Seeberger. Logisch, dass er die erwähnte. »Rastätter ging währenddessen im Flur ans Telefon. Ich konnte einige Fetzen des Gesprächs auffangen. Da ergab sich ein angespannter Dialog, in dem der Name Seeberger fiel. Und der Tonfall war auffallend. Sehr merkwürdig.«

Ritter wurde hellhörig. Er tupfte sich mit der Serviette den Mund ab.

»Inwiefern?«

»Er habe ›damit‹ – womit auch immer – nichts zu tun, sagte Rastätter aufgeregt. Und er habe die Seeberger nur ein Mal gesehen. Mehr konnte ich nicht verstehen. Klang mysteriös. Aber vielleicht handelte es sich ja um eine andere Seeberger.«

Ritter nahm einen Schluck Weißbier und sinnierte.

»Vielleicht sollten wir mal Rastätter auf den Zahn fühlen. Wäre nicht verkehrt. Und du? Wie lange bleibst du noch?«

Metternich wusste es selbst nicht. Einerseits wäre er gerne wieder nach Hause gefahren, andererseits hielt es ihn hier in München.

Was war mit Viola?

»Ich denke, noch eine Weile. Mein Arzt hat da auch mitzubestimmen.«

»Genieße die Zeit, erhole dich gut. Unternehmen kann man hier viel. Melde dich einfach bei mir, wenn du was vorhast oder Tipps brauchst.«

Metternich bedankte sich und fuhr zurück in die Innenstadt. Nachdem er seinen Wagen im Parkhaus abgestellt hatte, ging er noch mal ins ›*Ruby's*‹. Einfach mal reinsehen. Oder hineingehen?

23:00 Uhr. Drei Hipster an der Bar. Vorne an den Tischen vorwiegend Paare. Hinten im Lokal eine Gruppe Teenies. Metternich hockte sich neben die Trendtypen und bestellte einen alkoholfreien Cocktail. Ihn zog es einfach an den gestrigen Ort. Er wollte dem Geschehen nochmals nachspüren. Vielleicht etwas entdecken? Viola?

Etwas später stieg er hinauf in den ersten Stock. Shisharauchende lagen auf den Chaiselounges oder saßen auf den orientalischen Punjabistühlen. Metternich sah sich unentschlossen um. Er wusste nicht so recht, was er hier suchte.

14. Kapitel
Jean-Baptiste Carnivale (III)

Carnivale war vor drei Tagen nach Nürnberg gefahren. Jack Fürneisen, Schubertstraße am Park. Van der Meer hatte ihm Name und Adresse zukommen lassen und Fürneisens Äußeres beschrieben. Für diesen Auftrag kein Foto. Das genügte.

Carnivale erreichte an diesem Tag sein Ziel früh morgens gegen halb acht. Elegante, großbürgerliche Gegend. Er parkte in einer nahe gelegenen Seitenstraße, orientierte sich und nahm die Umgebung in Augenschein. Fürneisen wohnte in einem herrschaftlichen, stuckverzierten Haus aus der Gründerzeit. Es war ein Eckhaus mit gepflegtem Vorgarten.

Nun stand Carnivale vor dem Haus und sah auf die blank polierte Messingklingel. Drei Mietparteien. Fürneisen wohnte auf der dritten Etage. Carnivale schellte. Über die Sprechanlage die Frage, wer da sei.

»Ein Einschreiben.«

»So früh?«

Es war die Stimme einer Frau.

»Leider. Ausnahmsweise.« Carnivale unterdrückte seinen französischen Akzent so gut es ging,

»Moment. Mein Mann kommt herunter.«

Exzellent. Besser ging es nicht, dachte Carnivale und drehte schon den Schalldämpfer auf.

Die Sache war fast zu leicht. Zügig zurück zum Wagen, aber ohne Eile.

Kaum da, ging sein Mobiltelefon.

»*Ça roule*?«

»*Oui*, alles in Butter, Louis«, bestätigte Carnivale. »Hast du gut vorbereitet. Du weißt, was du weiter zu tun hast.«

»*Oui*.«

Carnivale legte auf und fuhr los in Richtung München.

***

Van der Meer setzte Yvonne zu Hause ab. Sie hatten zuvor in München bei Schubecks in den ›*Südtiroler Stuben*‹ zu Mittag gegessen. Dann flanierten sie ein wenig die Maximilianstraße entlang. Yvonne wollte noch ihren blonden Kurzhaarschnitt in Form bringen lassen. Aber die spontane Idee scheiterte am nicht abgesprochenen Termin mit ihrem Coiffeur. Van der Meer hatte auch wenig Lust, sich zwischendurch die Zeit zu vertreiben. Zudem erwartete er den Bericht, aber nicht zu Hause.

Yvonne stellte keine Fragen. Auf die hätte sie ohnehin keine befriedigende Antwort bekommen. Sie war außerdem wegen Danton unruhig geworden. Der Hund musste bald raus und richtig rennen, schließlich war er ein Windhund.

Van der Meer fuhr wieder zurück nach München in sein Büro. Es war bereits früher Abend. Van der Meer wartete, genehmigte sich einen Remy Martin, schaltete seine Hi-Fi-Anlage ein und legte eine CD von Telemanns ›*Tafelmusik*‹ auf, ›*Concerto F-Dur*‹. Schließlich erledigte er noch einen wichtigen Anruf, bevor Carnivale eintraf, um zu berichten: MdB Rainer Schaafmann, Berlin. Mitglied im Verteidigungsausschuss.

»Rainer, wie sieht die Lage aus? Wie ist die Stimmung? Konntest du etwas erreichen?«, fragte van der Meer.

»Ich habe deinen Anruf schon erwartet. Ich kann dich beruhigen, im Ausschuss werden die Beratungen ergebnisorientiert so ziemlich in unsere Richtung laufen. Du weißt aber, das ist nicht so einfach.«

»Vollkommen klar. Trotzdem freut es mich, dass es vorangeht. Wann sehe ich dich denn wieder bei uns?«

»Schwierig. Im Moment bin ich mit Terminen vollgepackt. Ich melde mich.«

Schaafmanns Logenname war FIRMUS, van der Meers Kontaktmann in Berlin. Aber sein Anruf jetzt war eher eine Verlegenheitsaktion gewesen. Er war auf Carnivales Ergebnis gespannt und spürte einen inneren Druck. Außerdem hatte der noch eine weitere Aufgabe zu erledigen.

Er vertikutierte seine Gedanken. Der Innere Kreis musst gesichert bleiben. Die Loge ›*Sator 22*‹ durfte nicht mit dem Inneren Kreis der Organisation vermischt werden. Das waren zwei in sich geschlossene Gesellschaften. Er nickte, wie um sich selbst zu bestätigen. Die zwei vom Inneren Kreis der Organisation, die in der Loge waren, hatten sein absolutes Vertrauen. Na ja, er wusste, wie sie funktionierten. Er hielt die Drähte, an denen er ziehen und lenken konnte. Die Loge hatte mit den Aktivitäten des Kreises eben nur indirekt zu tun. Sie arbeitete subtil im kulturellen und vor allem im politischen Bereich. Und der Innere Kreis wandelte die erarbeiteten Voraussetzungen in bare Münze um, sozusagen. Eine feine Kombination. So, wie er sich das vorgestellt hatte.

Bedroht war die Loge kaum, aber die Organisation. Und da musste etwas passieren.‹

Van der Meer lehnte sich zurück und nahm noch einen Schluck Cognac. Als Nächstes folgte Telemanns ›*Trio in e-Moll*‹. Jetzt fühlte er sich doch ganz zufrieden. Während des zweiten Satzes, Allegro, meldete sich sein Handy. Carnivale kündigte an, in fünf Minuten da zu sein. Er erreichte van der Meers Büro wieder mit dem Privataufzug.

»*Bonsoir*. Nürnberg war erfolgreich«, war seine kurze Begrüßung, als er aus dem Lift trat.

»Das heißt?«

»*Monsieur* Fürneisen stellt für Sie keine Gefahr mehr dar.«

Van der Meer war sich sicher gewesen, dass er sich auf Carnivale verlassen konnte, dass dieser den Auftrag wie vereinbart ausgeführt hatte. Deswegen stellte er auch keine weiteren Fragen, wollte keine Details wissen. Er bot ihm einen Cognac an.

»*Merci*, aber nun keinen Alkohol.«

Carnivale ging zum bodentiefen Fenster und sah über die Stadt. Er zündete sich eine Gitanes an. Dann wandte er sich wieder um.

»Ich bin ein wenig *fatigué*, müde. Sagen Sie mir die weitere Aufgabe, sofern es noch eine gibt. Und dann die Abrechnung für Nürnberg.«

Van der Meer setzte sich hinter seinen Schreibtisch und öffnete eine Schublade. Er zog ein Kuvert heraus, das er Carnivale überreichte. Der öffnete den Umschlag einen Spalt, sah die Scheine und schloss ihn wieder.

»*Bon, merci.*«

»Ich hatte Ihnen vorgestern schon einmal eine kurze Nachricht geschickt«, sagte van der Meer.

»Habe ich gelesen.«

»Darin der Buchstabe V. Sie wissen, wer gemeint ist. Ein Foto haben Sie, wenn auch ein ziemlich altes. Ich hatte nur dieses. Meine Beschreibung dürfte identifizierbar sein. Wir haben darüber schon kurz gesprochen.«

»*Oui, oui,* ich weiß Bescheid. Das Foto habe ich vernichtet.« Carnivale wurde etwas ungeduldig. »Die Beschreibung ist klar. Wird erledigt, keine Sorge. *Alors,* ich würde jetzt gerne ins Hotel. Schlafen. Rottach – Nürnberg, Nürnberg – München ... diese Fahrerei. *Au revoir, Monsieur* van der Meer. Ich melde mich.« Carnivale verließ das Büro seines Auftraggebers so, wie er gekommen war, mit dem Privataufzug.

Van der Meer ließ sich wieder in seinen ledernen Schreibtischsessel nieder. Er schenkte sich noch einen Remy Martin ein und dachte über die möglichen Folgen der Aktionen nach. Vera – wie töricht musste man sein, sich auf ein derart aussichtsloses Spiel einzulassen. Die Polizei hatte keine Verbindung aufdecken können. Der konspirative Kontakt zwischen Vera und der Seeberger. Der hatte seinen Grund. Erst erpressen und dann auffliegen lassen?

Van der Meer lächelte in sich hinein. Bevor er zurück nach Starnberg fuhr, rief er noch die Internetseite vom ›*Dolphin Club*‹ auf, Sektion Oberbayern. Am 8. die Monatsversammlung und am 22. Vortrag ›*Nachhaltigkeitsbewusstsein bei Investitionen*‹. Van der Meer war dort als Vortragsredner angekündigt. Seine Investmentgesellschaft wurde als Beispiel für ein ökologisch wie auch sozial verantwortungsvolles Unternehmen schon oft vorgestellt. In den Medien war die ›*VdM-Invest*‹ immer mal wieder für eine positive Schlagzeile gut. In Vorbereitung auf diese Veranstaltung hatte er schon ein Manuskript erstellt.

Zu Hause angekommen, fühlte er sich erleichtert. Alles lief auf der Schiene. Gegen zwanzig Uhr kamen drei Freunde zum Bridge. Alle vierzehn Tage trafen sie sich. Matthias, sein Rechtsberater für seine ›*VdM-Invest*‹ Henry, der Operninspizient – van der Meer liebte die Oper –, und Rainer, sein alter Schulfreund, der auch dort als Direktor des Gymnasiums hängen geblieben war, wie van der Meer stets etwas despektierlich raunzte. Rainer kannte das und amüsierte sich meist darüber.

15. Kapitel
Zerrinnende Zeit

Nach dem Besuch im ›*Ruby's*‹ machte Metternich sich auf ins Hotel. Er folgte nicht seiner Angewohnheit, noch weitere Lokale, Bars oder Kneipen aufzusuchen, wie er das gelegentlich zu Hause tat.

Zimmer 207.

Die Betten waren frisch bezogen. Der Duft verflogen. Nichts erinnerte hier mehr an Viola. Metternich schlief schlecht, wälzte sich in und her und stand zwischendurch auf. Er trat ans Fenster, schaute in die Nacht und sah Viola vor sich.

Wo war sie?

Am folgenden Morgen meldete sich Trübsand mal wieder. Kurzer Bericht über die derzeitige Lage. Metternich interessierte das nicht. Und er bürstete Trübsand ab. Mit garstigem Gruß an Jankowitz.

»München, Tegernsee. Und blauer Himmel. Da ist es doch super schön, oder? Wie lange bleiben Sie denn noch dort?«, fragte Trübsand schnell hinterher.

»Bestimmt noch eine Weile.«

»Ja, bleiben Sie nur. Das tut Ihnen gut. Wir regeln hier alles, was anfällt. Aber wir vermissen Sie auch.«

Und das klang bei Trübsand ehrlich. Metternich grinste widerwillig in sich hinein.

»Euch vermisse ich kaum. Gut, Trübi, dich vielleicht ein wenig, aber sonst?«

Er legte auf.

Den Tag verbrachte er in der Stadt ziellos umherlaufend. Das von Ritter empfohlene ›*Cuvilliés-Theater*‹ besuchte er nicht. Am späten Vormittag ging er ins Kaufhaus ›*Ludwig Beck*‹, 5. Stock, Musikabteilung. CD-Neuerscheinungen. Er hörte in einige Aufnahmen hinein und entschied sich für Diana Krall und Ibrahim Maalouf, den er bislang nicht kannte.

Anschließend trieb es ihn ins ›*Hofbräuhaus*‹. Obligatorisch. Leberknödelsuppe und danach einen Münchner Wurstsalat. Dazu eine Maß Hofbräu Original.

Er hatte sich irgendwo dazusetzen müssen. Gerammelt voll waren die rustikalen Gasträume und der Biergarten an diesem Sonnentag ohnehin. Am grob gehauenen Holztisch nahm er neben einem etwa gleichaltrigen zünftig erscheinenden Mann Platz. Der aß mit Genuss seinen Obatzden mit einer Brezen. Metternich glotzte gedankenverloren auf den Teller seines Nachbarn.

»Sie sind aber kein Münchner«, griemelte der Gast und zeigte auf sein Gericht. »Obatzder. Wissen's nicht, was des ist?«

Metternich zog etwas verlegen die Schultern hoch.

»Nein, nein. Keine Ahnung.«

Der Mann schob sich eine Gabel Obatzden in den Mund.

»Obatzt heißt zerdrückt, zermatscht. Und der Obatzde ist zerstampfter Käse mit allerlei Gewürzen. Eine bayrische Spezialität. Sie sind bestimmt aus dem Norden.«

Metternich lachte.

»Ja, ein Saupreuß. Aus dem Rheinland.«

Der Gast lachte auch und wurde redselig. Er käme als Münchner oft her, auch wenn das Hofbräu eigentlich ein überlaufener Touristenstadl sei. Es entwickelte sich eine unterhaltsame Plauderei. Während des Gesprächs wurde der Gast immer offener. Er erzählte von seiner vor sieben Jahren verstorbenen Frau und dass er kinderlos sei. Da fühle man sich oft etwas einsam, gab er zu. Metternich tat die ungezwungene, aber überraschend vertrauliche Unterhaltung gut. Einfach mal einiges rauszulassen ohne Hemmung. Der Gast wirkte zudem einfühlsam und kultiviert. Bei ihm musste er nicht darauf achten, was er erzählen konnte und was nicht. Metternich fühlte sich regelrecht befreit. Seinerseits wurde auch er ungewöhnlich mitteilsam, sprach von seiner Jugend in Xanten, dem Vater auf der Kanzel und seiner Beziehungsunfähigkeit. Und er verriet ausnahmsweise auf Nachfrage seinen Beruf.

»Kriminalkommissar?«, wiederholte der Gast beeindruckt.

»Ja, Bulle«, bestätigte Metternich flapsig.

»Ermitteln Sie denn hier in München?«, fragte der Gast verwundert.

»Nein, ich bin auf Genesungstour, krankgeschrieben. Ich hatte einen kardiogenen Schock, sozusagen als Resultat eines Einsatzes.«

»Oh, da war bestimmt etwas Heftiges vorgefallen, oder?«

Metternich war es nun gleichgültig. Warum sollte er es diesem Fremden nicht einfach erzählen? Erzählen, ja, er wollte und musste es erzählen.

»Ich habe einen Auftragsmörder erschossen, in Notwehr.«

Der Gast schwieg betreten.

»Die Belastung kam erst in einem zeitlichen Abstand«, sagte Metternich weiter. »Dann hat man mich für einige Wochen ausgemustert. Und hier suche ich Abstand und innere Ruhe. Eigentlich am Tegernsee. Aber München möchte ich auch mal erkunden.«

»Das ist bestimmt kein leichtes Unterfangen«, sagte der Gast und nahm einen Schluck Bier. »Aber Sie werden doch weiter in dem Beruf arbeiten können, oder?«

»Ja natürlich. Es geht auch schon wieder. Aber ich nehme mir die Zeit, die ich benötige und die mir der Arzt vorschreibt. Und die geht langsam herum. Die eine oder andere Abwechslung und Begegnung macht es für mich einfacher, hier mit mir zu sein.«

Er war drauf und dran, von der Begegnung mit Viola zu erzählen. Auch diesen Hergang einfach mal loszuwerden. Mit jemanden darüber reden.

Peinlichkeit? Er zögerte. Und dann er tat es doch, natürlich ohne Namen zu nennen.

»Aus dieser Nummer wieder herauszukommen, das könnte haarig werden«, sagte der Gast mit einem leichten Schmunzeln, aber ohne jegliche Häme. »Ob dieses Mädchen Sie verfolgen wird? Sie hat wohl eine Art Vaterkomplex. Ich bin zwar kein Psychologe, sondern Mathematiker, aber das könnte doch sein.«

Metternich zuckte mit den Schultern.

»Möglich. Ich muss eine Lösung finden.«

»Aber wenn Sie ehrlich sind, war es für Sie auch ein Vergnügen, ergötzlich, delikat, könnte man sagen. Also mal eine andere, ungewöhnliche Erfahrung. Stimmt doch.«

»Na ja, das kann ich nicht abstreiten. Aber mir ist unwohl dabei. Sie haben recht, ich muss jetzt sehen, wie ich mit der Situation umgehe.«

Der Gast schaute ihn freundlich, geradezu verständnisvoll an. Er war ihm sichtlich zugetan. Spontansympathien waren bei ihm eher selten, das wusste Metternich. Und doch erlebte er das nun schon zum zweiten Mal, nach Rastätter.‹

»Ich wünsche Ihnen jedenfalls alles Gute und dass Sie zu alter Kraft zurückfinden«, sagte der Gast, während er sich erhob, um sich zu verabschieden.

Metternich sah, dass auch dem Gast dieses zufällige Treffen, dieses Gespräch sehr gutgetan hatte. Fast zwei Stunden hatten sie im ›*Hofbräu*‹ zusammengesessen.

»Ich gebe Ihnen mal meine Telefonnummer, wenn Sie mögen, rufen Sie mich einfach an. Mein Name ist Hartmut Wohmann. Auf eine weitere Maß und ein interessantes Gespräch vielleicht.« Er gab Metternich die Hand. Und dieser nahm das Angebot gerne an.

***

Die Zeit verrann. Metternich fühlte sich erleichtert und wohler. Nachdem er auch bezahlt hatte, lief er vom Platzl in die Münzstraße und weiter durch die Sparkassenstraße. Dann setzte er sich am Viktualienmarkt auf eine Bank.

Er wusste nicht so recht wohin. ›Du läufst rum wie Falschgeld‹ hatte früher seine Mutter oft zu ihm gesagt und herumgemault. Hier, in diesen Tagen der beruflichen Auszeit, kamen ihm die Bilder von damals ins Bewusstsein, wurden wieder klar. Der Blick zurück beschwerte ihn innerlich, auch wenn er seinen meist sarkastischen Humor als Kompensation pflegte. Die Gedanken und Erinnerungen an seinen Vater verdrängte er meist erfolgreich. Aber jetzt, in diesem Moment, sah er ihn vor sich, oben auf der Kanzel der Kevelaer Marienbasilika predigend. Der kleine Moritz an Mutters Hand schaute hinauf. Der Vater im brokatenen Messgewand, entrückt und unerreichbar. Beten.

Schweigen. Insbesondere Schweigen.

Kevelaer, der Wallfahrtsort, wo geglaubt wurde auf Teufel komm raus und gebetet, was das Zeug hielt, dachte er. Da hatte er weggemusst.

SMS-Signal, plötzlich:

›Metternich, wo bist du? Ich würde dich gerne sehen!‹

Er zuckte erschrocken zusammen. Viola! Eilig suchte er sich einen Hauseingang, um in Ruhe anzurufen.

»Ich bin am Viktualienmarkt. Was ist los? Wo steckst du?«

»Nicht in München.«

»Ja wo dann?«

»In Rottach. Zuerst war ich kurz bei Onkel Rastätter. Übernachtet habe ich bei einer Freundin.«

»Aber wie bist du denn dahin gekommen? Aus meinem Hotelzimmer verschwunden und dann weg! Wieso?« Metternich erregte sich zusehends. »Ich meine, das ist doch merkwürdig. Und ich weiß auch gar nicht mehr genau, was abgelaufen ist. Das bedarf schon einer Erklärung, oder?«

Viola druckste etwas herum.

»In der Shisha ... na ja, da drin war ordentlich Shit.«

Metternich zeigte sich ziemlich gereizt.

»Oh, das hast du ja fein hinbekommen, mich dösig zu machen. Ich bin doch so'n Scheiß nicht gewohnt.«

»Sei doch nicht sauer. Ich wollte mit dir ... meine Fresse, ich hab mich einfach in dich verknallt. Ich wollte keine Diskussion, keine Laberei, verstehst du?«

Metternich verdrehte die Augen.

»Verliebt! Ja und jetzt? Wieso bist du in Rottach-Egern? Und wie bist du dahin gekommen?«

»Mit dem Rad.«

Metternich lachte brüsk.

»Was? Mit dem Fahrrad?«

»Ja, warum nicht. In dreieinhalb Stunden war ich dort. Na und, bin super in Form.«

»Und was machst du da? Was ist so dringend?«

Viola schwieg einige Sekunden, als überlegte sie, was und wie sie es mitteilen könnte.

»Ich dachte, wir könnten uns hier treffen. Das war so schön mit dir hier. Ich meine da in Wildbad Kreuth.«

»Du hast Ideen.«

»Klar. Habe ich. Es ist einfach toll hier. Und es sieht uns keiner. Hier nervt nichts. Hast du nicht Lust zu kommen? Wir könnten uns einen geilen Tag machen.«

Metternich gefiel das nicht.

»Wo bist du denn gerade?«

»Auf dem Weg nach Kreuth. Und dann werde ich das Tal hochlaufen. Der Bergahornwald, war der nicht superschön? Und dann runter ins Tal. Es ist jetzt halb drei. Ich werde wohl in einer halben oder dreiviertel Stunde dort sein. Komm doch.«

»Hast du deiner Freundin von der Geschichte, also der Nacht mit mir erzählt?«, fragte Metternich, mit dem Unterton der Erwartung, dass sie hoffentlich ›Nein‹ sagte. Viola lachte.

»Nein, keine Sorge. Die wäre für so eine Story nicht geeignet.«

Metternich schwieg.

»Hey, bist du noch da?«

»Jaja, ich bin noch da.«

»Und? Was ist? Kommst du?«

Metternich atmete tief durch. Einerseits wäre er tatsächlich gerne zu ihr gekommen, andererseits fühlte er, dass er Abstand halten musste.

»Also, Viola, ich melde mich später wieder. Wenn du nach Kreuth fahren willst, dann mach das. Ich weiß noch nicht, ob ich komme. Mehr kann ich jetzt nicht sagen.«

»Mensch Metternich, stell dich doch nicht so an. Traumtag heute, einfach super. Ich hab ein Buch dabei und werde lesen. Lesen unter Bäumen hat was. Überleg nicht so lange und komm einfach.«

»Was liest du denn?«, fragte Metternich, um auf ein anderes Thema zu kommen.

»Eines der ersten Bücher von Ian McEwan, ›*Der Zementgarten*‹.«

»Und um was geht es da?«

»Um Erwachsenwerden in einer unheilvollen, krassen Situation. Verdammt schräg. Also, kommst du jetzt?«

Metternich fühlte sich gedrängt.

»Mal sehen. Ich melde mich später.«

Dann legte er auf. Ihm war das jetzt einfach zu viel. Vom Viktualienmarkt schlenderte er langsam in Richtung Hotel. Dabei überlegte er, ob er sich nicht wieder am Tegernsee einquartieren sollte, anstatt hier in München zu bleiben. Es kam ihm auch der Gedanke, ganz woanders seine weitere Genesungszeit zu verbringen. Vielleicht am Chiemsee oder am Ammersee?

›Ich dachte, du wolltest dich melden.‹

Metternich sah die SMS und fühlte sich genervt.

›Ich bin jetzt unterhalb des Bergahornwaldes. Traumhaft. Nun komm doch. Ich halte mich auch zurück. Wir gehen spazieren, nur so. Versprochen.‹

Na schön, dachte Metternich. Dann fuhr er eben zu ihr und nahm die Gelegenheit wahr, mit ihr mal ein paar klare Worte zu sprechen. Und dann war Schluss mit dem Theater.

›Gut, ich komme. Wo bist du genau?‹

›Das Tal hoch. Hofbauernweißachtal heißt das oder so. Kennst du ja. Ich laufe in Richtung Siebenhüttenalm. Bis gleich. Ich freu mich!‹

»Ehrlich gesagt: Ich weniger«, murmelte er vor sich hin.

Nach fünfzehn Minuten war er am Parkhaus Schwanthalerstraße. Die Fahrt zum Tegernsee ging reibungslos schnell. Metternich hatte sich währenddessen schon auf das klärende Gespräch mit Viola vorbereitet. Klartext: ›Dieser einmalige Ausrutscher bleibt nicht nur unter uns, sondern er bleibt auch einmalig, damit wir uns verstehen! Keine Diskussion. Ich mag dich, aber du solltest dir einen Freund suchen, der vom Alter her besser passt. Du bist doch vernünftig und reif genug, um zu erkennen, dass unsere Geschichte sinnlos ist. Damit ist alles gesagt. Außerdem bin ich ohnehin bald wieder weg. Also …‹

Metternichs Handy meldete sich plötzlich.

»Bist du schon unterwegs?«

Violas Stimme klang anders, aufgeregt, beinahe ängstlich.

»Ja, ich bin kurz vor Gmund.«

»Da ist so'n Typ, der mich irgendwie verfolgt, glaube ich.«

Was hatte die Göre denn jetzt schon wieder, dachte Metternich.

»Wie – verfolgt? Wo bist du denn jetzt?«

»Ich laufe hinauf zum Wolfsschluchtbach, da wo wir auch waren. Kennst du doch. Das war doch so toll dort, so eindringlich.«

»Ist bestimmt nur ein Spaziergänger. Mach dir nichts draus.«

Metternich fuhr den See entlang durch Bad Wiessee, an Egern vorbei. Dann wieder das Handy.

»Ich bin's noch mal. Bin jetzt an der Siebenhüttenalm. Da sind einige Leute, die was trinken. Den Typ habe ich nicht mehr gesehen. Wahrscheinlich im Wald irgendwo verschwunden. Wann bist du da?«

»Bald. Ich fahre gerade auf Kreuth zu.«

»Super. Dann bis gleich. Ich laufe weiter, bis zu unserer Stelle. Ich freu mich schon.«

Metternich kam durch Kreuth und bog dann ab in die kleine Zufahrtsstraße zum Wildbad. Dort parkte er seinen Wagen und lief los, vorbei an den zweihundert Jahre alten schlossähnlichen Gebäuden durch den anschließenden Bergahornwald und dann hinunter in das Hofbauernweißachtal. So wie vor vier Tagen mit Viola.

16. Kapitel
Metternichs Albtraum

Metternich näherte sich der Siebenhüttenalm. Er sah die Ausflügler unter bunten Sonnenschirmen an Holztischen sitzen. Die Nachmittagssonne hatte hochsommerliche Kraft. Es war ziemlich heiß.

Viola meldete sich plötzlich und klang wieder angespannt.

»Wo bist du jetzt?«

»Ich laufe gerade an der Almgaststätte vorbei.«

»Scheiße! Ich habe den Typ wieder gesehen. Irgendetwas will der will von mir. Belästigen oder so.«

In Metternich kam nun der Polizist hoch.

»Wo bist du?«

»Ich bin jetzt an unserer Wolfsschlucht, da, wo der Bach rauskommt.«

»Dann beschreib mir den Mann kurz.«

»Moment. Schlank, hager, mit langen schwarzen Haaren ... «

Das Gespräch brach ab.

»Viola? Hallo, Viola?«

Was sollte das nun schon wieder? Metternich war gereizt. Er lief das nur leicht ansteigende Tal weiter hinauf. Zwei Frauen mit Rucksäcken kamen ihm entgegen. Er fragte sie nach dem Wolfsschluchtbach, obwohl er eigentlich wusste, wo der war. Aber er fühlte sich auf einmal etwas konfus.

»Noch ein Stück. Immer geradeaus. Ist nicht mehr so weit. Vielleicht zehn Minuten.«

Danach traf er niemanden mehr. Noch einmal versuchte er, Viola zu erreichen. Sie nahm nicht ab. Schließlich kam er an den

Zufluss des Wolfsschluchtbachs. Metternich schnaufte tief durch. Er sah sich um, hörte das Rauschen des Wildwassers und stand etwas ratlos da. Keine Viola. Wo steckte sie? Wieso meldete sie sich nicht?

Plötzlich ein leichtes Ziehen in der Brust. Metternich drückte seine linke Hand auf die Herzseite. Wieder sog er die Bergluft kräftig ein. Jetzt noch einen Infarkt, das wär's, dachte er. Ärger stieg in ihm auf. Wegen dieses Mädchens und des ganzen Theaters? Das nannte sich nun Erholung und Rekonvaleszenz. Professor Streyer würde ihm in den Arsch treten.

Wahrscheinlich sollte das hier witzig sein. Zog so eine Nummer ab.

»Viola?!«

Metternich drehte sich in alle Richtungen.

»Viola?!«

Er lief ein Stück weiter und rief sie erneut. Dann rannte er zurück und stieg seitlich kletternd hinauf, immer am Wolfsschluchtbach entlang. Auf sein Rufen bekam er keine Antwort. Er sprang auf die andere Seite des reißenden Bachs, kletterte einige Schritte über bemooste Felsen, kroch unter Büschen den Abhang hinauf. Wo steckte diese Viola? Noch einmal rief er sie. Keine Antwort.

»Mir langt's! Ich hab die Faxen dicke! Ich verschwinde«, motzte er halblaut. Wer sollte Viola denn hier schon verfolgen? Auf solche Spielchen hatte er überhaupt keine Lust. Sollte sie doch bei den Almkühen unterkommen oder ein Rindvieh knutschen.

Einmal noch schaute er sich um, suchte sich einen Pfad und stelzte über Gehölz wieder zurück, um unten wieder auf den Weg zu kommen. Wieso hatte er sich auf so etwas eingelassen?

Und dann sah er sie. Ausgestreckt auf dem Bauch lag sie von etwas Laub und einigen Ästen bedeckt auf dem Waldboden.

»Viola!« Metternich war mit zwei Schritten bei ihr. »Viola!«

Er fasste sie an der Schulter und drehte sie auf die Seite. Er schnappte nach Luft und spürte, wie ein Zittern durch seinen Körper ging. Viola war mit einem Kopfschuss getötet worden.

Gezielt.

Präzise.

Metternich sank langsam zu Boden. Er fasste sich wieder an die Brust. Langsam ein- und ausatmen. Ruhig, ganz ruhig. Sich sammeln. Gedanken wirbelten. Jetzt keine Zeit verlieren!

Die beiden wandernden Frauen! Wen hatten sie gesehen?

Metternich rappelte sich auf, sog noch einmal tief Luft ein und hastete los. An der Siebenhüttenalm sah er die beiden Frauen nicht. Und während er weiter in Richtung Wildbad lief, überlegte er, wohin nun. Hinauf zu den Gebäuden des Wildbads oder unten zu den Forellenteichen? Er entschied sich für die Forellenteiche. Die Frauen würden dort bestimmt zur Räucherei gegangen sein.

Hoffentlich.

Das Ziehen in der Brust verschwand. Er wechselte zwischen schnellem Gehen und Rennen. Die Herzogliche Fischzucht. Blockhütten mit Bewirtung. Räucherei von Saiblingen und Forellen. Der Qualm eines Holzfeuers hing über dem Gelände. Draußen auf Holzbänken unter Sonnenschirmen saßen einige Spaziergänger bei Filets und spritzigem Rosé. Und die beiden Frauen. Metternich japste vor Erleichterung und trat an ihren Tisch.

»Entschuldigung. Ich hatte Sie doch vorhin nach dem Weg gefragt. Und jetzt habe ich noch eine Frage. Haben Sie in der Nähe dort oben einen Mann gesehen, groß mit schwarzem Haar … langem Haar?«

Die beiden Frauen sahen sich etwas überrascht an. Dann nickte die eine.

»Ja, so ein Mann kam uns entgegen, ging dann weiter in Richtung Hofbauernweißach. Sonst sahen wir niemanden.«

»Haben Sie auch eine junge Frau gesehen: kinnlanges rotbraunes Haar mit blauer Strähne?«

Die beiden schauten sich wieder an.

»Nein. Haben wir nicht gesehen. Nur den Mann.«

»Können Sie den Mann beschreiben?«, setzte Metternich nach.

Die Frauen waren jetzt etwas irritiert. Die eine nahm einen Schluck Rosé.

»Na ja, da haben wir nicht so drauf geachtet. Also, groß war der, schlank, und trug eine dunkle Sonnenbrille, soviel ich weiß.«

»Und er hatte langes schwarzes Haar«, ergänzte die andere.

»Was hatte er an?«

»Sind Sie bei der Polizei?«

Metternich war erst unschlüssig, ob er das bejahen sollte.

»Ja, aber das ist jetzt unwichtig. Was hatte er an?«

»Jeans trug er. Darüber ein rot kariertes Hemd. Stimmt doch, Marlene, oder?«

»Ja doch, das könnte stimmen. Das war auffallend. Und er trug eine braune Tasche«, ergänzte die andere Frau.

Metternich ließ sich die Telefonnummern der Frauen geben und bedankte sich. Dann lief er eiligst davon, während er sein Handy schon in der Hand hatte. Seine Gedanken rasten. Wen sollte er anrufen? Verpflichtend natürlich die Kollegen in München beziehungsweise Ritter. Oder vertraute er sich erst einmal seinem Freund Hendrik an? Er verwarf den Gedanken. Unsinn. Er musste Ritter informieren. Und er musste ihm die ganze Story erzählen. Mit einer – genaugenommen – immer noch Minderjährigen genächtigt, die dann ermordet wurde.

Ach du Scheiße!

Metternich lief zum Auto und informierte per Handy noch im Gehen Ritter über den Fund, ohne in die Details zu gehen.

Ritter war perplex, geradezu außer Fassung.

»Das kann doch nicht wahr sein! Das musst du mir aber noch genauer erklären. Wie bist ausgerechnet du dahin gekommen? Übrigens ist Oberbayern Süd in Rosenheim für Rottach-Egern beziehungsweise Kreuth zuständig. Ich gebe das schon mal weiter und komme nach Rottach.«

Metternich sank indessen hinter dem Steuer seines Wagens zusammen. Aus dem Seitenfenster schaute er in den Himmel. Es war 17:45 Uhr.

17. Kapitel
Unangenehme Begegnungen

Die KTU, die Spurensicherung und der zuständige Hauptkommissar Max Sennheiser aus Rosenheim waren 18:50 Uhr am Tatort. Violas Leiche wurde dann irgendwann nach München in die Rechtsmedizin verbracht.

Sennheiser hatte kurz mit Metternich gesprochen. Dieser schilderte ihm, wie er Viola gefunden hatte, dass sie aus München käme und die Nichte von Rastätter sei. Bei diesem sei sie zuvor gewesen, und übernachtet habe sie hier bei einer Freundin.

Dann wurden die beiden Spaziergängerinnen um eine Beschreibung des Mannes gebeten, der ihnen in der Nähe des Tatorts entgegengekommen war. Unverzüglich leitete Sennheiser eine Fahndung ein. Unter anderem sollte auch ein Hubschrauber eingesetzt werden. Sennheiser stellte Metternich zunächst keine weiteren Fragen, als dieser auf ein bevorstehendes Treffen mit dem Münchner Kollegen verwies.

»Dann unterhalten wir uns später«, sagte der Rosenheimer Kommissar.

Ritter traf am Abend um Viertel nach acht in Rottach-Egern ein. Er hatte sich telefonisch schon kurz mit Sennheiser ausgetauscht. Jetzt trafen er und Metternich sich in einem Lokal am Malerwinkel.

»Etwas essen möchtest du wahrscheinlich nicht. Der Appetit wird dir vergangen sein«, sagte Ritter mit besorgter Miene. »Was ist passiert?«

Metternich hatte sich ein Glas Weißwein bestellt.

»Auf meinen Nerven kannst du Geige spielen«, sagte er und trommelte mit den Fingern auf die Tischplatte, bevor er begann zu berichten.

Er betrachtete den kleinen, aber kräftig gebauten Ritter mit einem flauen Gefühl in der Magengrube. Ihm bleibt nichts anderes übrig, er musste alles sagen. Peinlich. Peinlich? Und wenn schon. Nein, strafbar hatte er sich nicht gemacht, und außerdem war die ganze Initiative von Viola ausgegangen. Sie hatte ihn verführt, oder? So könnte man das auch interpretieren. Oder klang das zu sehr nach Schutzbehauptung? Aber wieso überhaupt Schutzbehauptung? Dafür gab es keinen Grund. Vielmehr würde man denken: Klarer Fall, geiler älterer Sack steht auf junge Schnepfen.

Metternich begann zu erzählen. Ritter hörte aufmerksam zu, ohne Zwischenfragen zu stellen. Der Abend bei Rastätter. Viola Kilian. Spaziergang hinter Wildbad Kreuth. München.

»Im ›*Ruby's*‹ rauchten wir Shishapfeife. Dort kannte sie sich bestens aus, wie mir heute klar ist. Und was qualmten wir? Haschisch oder Gras in hoher Dosis. Ich wusste ja zunächst nicht, was wir da rauchten. Ich fand es spannend, weil ich es nicht kannte. Ich bin mit Tötungsdelikten befasst und nicht im Dezernat Betäubungsmittel. Klar, dass die Wirkung bei mir reinhaute, wo ich Shit überhaupt nicht gewohnt bin. Die hat mich regelrecht weich gemacht, benebelt, euphorisiert, ja und dann landeten wir in meinem Hotelzimmer. Die wollte mich. Unbedingt!

Und am Morgen war sie verschwunden. Erst dann wurde mir klar, was gelaufen ist. Du kannst dir vorstellen, wie ich mich gefühlt habe.«

»Wie hast du dich denn gefühlt?«, fragte Ritter hintergründig.

Metternich nahm einen kräftigen Schluck Weißwein.

»Scheiße. Unmöglich. Alois, ich bin für ein Abenteuer durchaus offen. Aber nicht mit einer noch nicht ganz Achtzehnjährige. Ein paar Tage fehlten bis dato.«

»Na ja, anscheinend doch.« Ritter schmunzelte. »Nein, so meine ich das jetzt nicht wirklich. Die Situation ist schon brisant. Aber wie kamst du nach Wildbad Kreuth und ins Hofbauernweißachtal?«

»Viola hatte mich angerufen, als ich noch in München war. Sie war ganz euphorisch. Ich sollte nach Wildbad Kreuth kommen. Da sei es so schön. Sie wollte anscheinend mit mir wandern oder einfach nur mit mir zusammen sein, unbeobachtet, ganz unter uns. Was weiß ich. Auf jeden Fall wollte ich das Treffen nutzen, um ihr ganz klar deutlich machen, dass die Hotelnummer ein absoluter Ausrutscher war und dass nichts weiter in dieser Hinsicht folgen kann. Und dass wir uns auf dieser Ebene nicht mehr sehen können.«

»Die Kollegen haben bei Violas Leiche kein Handy gefunden. Der Täter muss es an sich genommen haben. Sonst fehlte nichts. Raubmord können wir also ausschließen«, warf Ritter ein.

»Was denn dann?« Metternich war verwirrt. »Erst wollte ich gar nicht dort hinkommen. Die ganze Nummer war mir peinlich. Dann fuhr ich doch, wie gesagt, vor allen Dingen mit der Absicht, Klartext mit ihr zu reden. Sie dachte, sie könnte ausgerechnet mit mir eine Liebesbeziehung haben. Vaterkomplex wahrscheinlich. Hört man doch ab und zu. Absurd. Das sollte für mich die Gelegenheit sein, ihr diese Vorstellung auszutreiben. Ist doch auch lächerlich.«

»Da hast du recht. Und dann?«

»Dann rief sie noch ein-, zweimal an und sagte mir, dass sie ein Typ verfolge. Und ich dachte, das sei eine ihrer Schnepfennummern, um mich weichzukriegen.«

»Schnepfennummer.« Ritter grinste verhalten. »Ja und dann?«

»Alois, du weißt, wie die Mädels in diesem Alter so ticken. In manchen Dingen ausgekocht. Sie rief dann noch einmal an und begann, mir den Typ zu beschreiben, bis die Verbindung abrupt abbrach. Auch das hatte ich als Spielchen angesehen. Du musst wissen, Viola ist ... war eine Granate. Tja, da habe ich mich aber völlig vertan.«

Metternich ließ den Kopf hängen und schaute betreten auf sein Glas Weißwein.

»Hat Viola auch mal etwas über ihre Eltern erzählt?«, fragte Ritter.

»Nicht sehr viel. Violas Beziehung zu ihrer Mutter und zu dem Stiefvater war wohl ziemlich auf dem Nullpunkt. Wie das Verhältnis zu ihrem Onkel Hermann Rastätter war, weiß ich nicht. Darüber sprach sie nicht. Ich denke, die war aber recht gut. Immerhin war sie ja zuvor auch bei ihm.«

»Und ihr leiblicher Vater?«

Metternich zuckte mit den Schultern.

»Unbekannt, sagte sie. Von dem wusste sie nichts. Es interessierte sie auch nicht.«

Ritter erhob sich.

»Wir müssen erst einmal zu Rastätter. Zusammen. Kollege Sennheiser wird schon dort sein. Wir werden Rastätter über deine Verbindung mit Viola nichts sagen. Sennheiser muss allerdings informiert werden.«

Metternich atmete schwer aus.

»Logisch.«

Rastätter würde sich sehr wundern, wenn sich der Versicherungsmann als Bulle herausstellte, dachte er. Damit dürfte die Bekanntschaft der Musikfreunde wohl zu Ende sein.

***

Gegen Viertel nach acht schritten sie über den weißen Kies auf Rastätters Villa zu. Es war noch hell, aber drinnen waren die Räume schon erleuchtet.

Die Haustür war nur angelehnt. Metternich und Ritter betraten die Eingangsdiele und dann das große Wohnzimmer. Metternich spürte wieder ein unangenehmes Ziehen in der Herzgegend. Es war Zeit für den ACE-Hemmer, so seine Einschätzung. Aber möglicherweise war es lediglich die Überspanntheit in diesen Stunden.

Rastätter stand an der Fensterfront, seine Frau hockte versunken in einem Sessel. Sennheiser und zwei Kollegen standen zwischen den beiden. Sie hatten die Todesnachricht überbracht und bereits die ersten Fragen gestellt. Violas Mutter und ihr Mann wurden nicht angerufen. Man wollte ihnen die Nachricht persönlich überbringen. Rastätter drehte sich um und erschrak etwas, als Metternich und Ritter eintraten.

»Herr Metternich! Was machen Sie denn hier?«

»Tut mir leid, ich bin Kommissar auf Urlaub.« Metternich machte es kurz und bündig. »Ich habe mich deswegen als Versicherungsmann ausgegeben, weil ich neugierige Fragen bezüglich meiner Polizeiarbeit vermeiden wollte. Ich hoffe, Sie verstehen das. Mit Viola, das tut mir wirklich sehr leid. Einfach fürchterlich.«

Dann stellte er Ritter vor. Rastätter schaute zu Boden und sagte nichts. Metternichs Enthüllung trat hinter dem dramatischen Ereignis deutlich zurück. Rastätter fragte auch nicht, in welcher Eigenschaft Metternich jetzt hier dabei war. Er berichtete stattdessen von dem Abend mit der Gesellschaft und wie intensiv Viola sich mit Metternich unterhalten hatte. Darüber hinaus habe er an ihr nichts Ungewöhnliches bemerkt. Auch heute nicht.

Ritter übernahm die weitere Befragung. Sennheiser gab inzwischen telefonisch Anweisungen an die Kollegen draußen. Und er erkundigte sich nach dem Verlauf der Fahndung. Die schwammige Beschreibung des gesuchten Mannes verhieß kaum einen Erfolg.

»Herr Dr. Rastätter, Ihnen ist eine Frau Seeberger bekannt, die in München erschossen wurde. Das stimmt doch, oder?«, fragte Ritter.

Rastätter zuckte die Schultern.

»Kennen ist zu viel gesagt. Ich habe sie einmal gesehen, bei mir in der Klinik war das, glaube ich.«

»Um was ging es da?«

»Aber ... was hat das mit der Ermordung meiner Nichte zu tun?«, fuhr Rastätter auf.

»Das Telefonat, in dem es um Jeannette Seeberger ging, hörte sich sehr aufgeregt und bedrohlich an«, warf Metternich ein. »Ich hatte das während des Kaffees bei Ihnen mitbekommen. Wer war der Anrufer?«

Rastätter setzte sich und klatschte leicht in die Hände.

»Ich weiß es nicht.«

»Sie wissen nicht, wer Sie angerufen hat? Unterdrückte Nummer? Kein Name? Also, irgendwie scheint mir das nicht recht glaubwürdig.«

Jetzt stand Rastätter wieder auf.

»Hören Sie, ich habe ein renommiertes Institut. Ich kann mir dubiose Machenschaften nicht leisten. Frau Seeberger kam einmal zu mir in die Klinik. Na ja, sie wollte sich nach einer Botoxbehandlung erkundigen. Ich riet ihr ab. Wir arbeiten nämlich seriös und verantwortungsvoll. Was nicht notwendig ist, führen wir nicht durch.«

»Das kann wohl nicht alles gewesen sein.«

Metternich war es unangenehm, Rastätter, der ihm eigentlich sympathisch war, so hart zu befragen.

»Ich hatte mit Seeberger dann noch ein Gespräch über Anlagen, also wie ich eine Summe Geld ertragreich anlegen könnte. Da gab sie mir Tipps und Adressen. Und das geschah telefonisch.«

Metternich setzte nach.

»Aber Sie klangen vorgestern sehr aufgeregt, als Sie am Telefon waren. Der Anrufer sollte sich dann noch mal melden, hörte ich Sie sagen. Hat er das getan? Und um was ging es?«

Rastätter hob entschuldigend die Arme.

»Ich weiß es auch nicht. Der Mann hat sich nicht mehr gemeldet. Das klang alles äußerst dubios. Dass Frau Seeberger ermordet worden ist, das wusste ich natürlich, stand ja in allen Zeitungen. Der Unbekannte wollte von mir wissen, ob mir Genaueres über diese Frau Seeberger bekannt sei. Mir war das unangenehm, ich wollte nichts damit zu tun haben.« Er schritt zur Fensterfront, drehte sich wieder um und sah die Kommissare fordernd an. »Meine Nichte Viola ist erschossen worden, und Sie stellen mir Fragen über eine Frau Seeberger! Können Sie mir das erklären? Das hat doch nichts miteinander zu tun!«

»Was noch zu untersuchen wäre«, sagte jetzt Ritter.

***

Sennheiser blieb in Rottach. Metternich und Ritter fuhren nach München-Berg am Laim in die Steinseestraße. Während der Fahrt sprachen sie kaum.

21:30 Uhr erreichten sie die Wohnung von Vera Kilian und Dirk Anrath, ihrem Lebensgefährten. Violas Mutter brach fassungslos in Tränen aus. Anrath wurde bleich. Ritter schaute sich in Violas Zimmer um. Metternich hielt sich schweigend zurück.

»Sie war einfach nicht zu bändigen«, murmelte Vera Kilian nach einer Weile, in der sie sich sammelte. »Ich hatte keinen Einfluss mehr auf sie. Ihr Freiheitsdrang war enorm. Es gab oft

Krach. Ein Wort gab das andere. Dann blieb sie schon mal weg. Bei einer Freundin, sagte sie, oder auch bei einem Freund. Sie war ja ihrem Alter weit voraus. Mich ängstigte das auch. Können Sie mir glauben.«

Ritter schaute Anrath an.

»Und Sie, wie war Ihr Verhältnis zu Viola?«

Anrath schaute bedrückt weg.

»Na ja, Verhältnis. Sie mochte mich nicht sonderlich. So habe ich kaum etwas mit ihr zu tun gehabt.«

»Sie hat Ihnen gegenüber vielleicht mal eine Andeutung gemacht, dass sie sich bedroht oder gar verfolgt fühle?«

Vera zog die Mundwinkel nach unten.

»Nein. Nie. Warum auch.«

»Wann haben Sie zuletzt mit ihr gesprochen?«

»Vorgestern. Mittags war das, soweit ich mich erinnere.«

»Und Sie haben ihr nicht nachtelefoniert, als Viola von zu Hause wegblieb?«

Metternich hörte sich Ritters Befragung mit wachsendem Unbehagen an. Die Gleichgültigkeit von Violas Mutter brachte ihn innerlich auf. Aber er schwieg dazu. Der Vorgang hier war Ritters Aufgabe. Dieser ließ sich noch Adressen von Freunden und Bekannten Violas geben. Und dann die Frage nach dem leiblichen Vater. Kilian zögerte ein wenig, als wolle sie den Namen nicht preisgeben. Aber es blieb ihr keine andere Wahl.

»Ferdinand van der Meer«, kam es kurz.

Und sie sagte den Kommissaren die private Anschrift.

Metternich warf jetzt doch eine Frage ein.

»Sagen Sie, war Viola eigentlich ängstlich von Natur aus? Ich meine im Allgemeinen.«

Vera putzte sich die Nase.

»Na ja, sie war in mancher Hinsicht sehr widersprüchlich. Wie gesagt, einerseits war sie aufgeschlossen, beinahe aufreizend, überbordend aktiv und selbstbewusst, dann aber konnte man sie leicht in Angst und Schrecken versetzen. Dirk meinte mal, sie habe Fluchttendenzen. Aber das durfte er ihr nicht sagen. Im Grunde konnte ich sie nicht verstehen, nicht wirklich verstehen. Und jetzt ist sie tot.«

Später im Auto erinnerte sich Ritter an den Namen van der Meer.

»Ich glaube, über den Mann schon mal gelesen zu haben. Irgendwas mit Wohltätigkeitsveranstaltung; nicht der ›*Lions Club*‹ ... warte mal ... der ›*Dolphin Club*‹. Da stand mal was in der Zeitung. Der hat eine dicke Investmentfirma hier in München.«

Metternich übergab Ritter die Telefonnummer von Rita Demuth, einer der Spaziergängerinnen.

»Ihr werdet die Frauen bestimmt für ein Phantombild einbestellen wollen.«

18. Kapitel
Jean-Baptiste Carnivale (IV)

Der Starnberger See war spiegelglatt an diesem Morgen. Ein heißer, sonniger Tag kündigte sich an. Van der Meer saß mit Yvonne auf der Terrasse am Frühstückstisch und köpfte gerade ein Ei, als die Meldung im Radio kam:

›Gestern Abend wurde in einem Tal nahe Wildbad Kreuth eine Frauenleiche gefunden. Die achtzehnjährige junge Frau ist nach Erklärung der Polizei erschossen worden. Nähere Angaben wurden nicht gemacht, um die anstehenden Ermittlungen nicht zu gefährden. Die Kulturredaktion des Bayerischen Rundfunks hat ...‹

Van der Meer schaltete das Radio aus und löffelte die Eierschale leer.

»Was immer so passiert! Man ist heute ja noch nicht mal im Wald sicher«, sagte Yvonne.

Van der Meer schmierte sich eine Semmel.

»Du hast doch deinen Danton. Der passt schon auf«, sagte er in ironischem Tonfall. »Ist heute nicht dein Fitnesstraining?«

Yvonne sah auf ihre Fingernägel.

»Nein, ich bin in Ginas Top-Nail-Studio angemeldet. Um elf.«

»Gut, dann nimm den 911er. Ich muss nachher auch fort, habe einen Termin.«

»Heute abend sind wir bei Schenkers eingeladen. Hast du hoffentlich nicht vergessen.«

»Nein, nein, habe ich nicht. Bin rechtzeitig zurück.«

Van der Meer schlürfte seinen Kaffee aus, stand auf und ging in sein Privatzimmer. Er nannte es Privatzimmer, weil er hier seine Ruhe hatte und von Yvonne ungestört seinen Dingen nachgehen konnte. Vor allem war ihm wichtig, Telefonate unbehelligt führen zu können. Yvonnes anfängliche Neugierde hatte er im Laufe der Zeit zügeln und letztlich fast vollständig abwürgen können. Nur noch selten stellte sie lästige Fragen.

Draußen hörte er das Röhren des Porsche, mit dem Yvonne vom Grundstück fuhr. Die Untätigkeit, die erwartungsvolle Spannung machte van der Meer etwas unwirsch.

Warten. Er rechnete mit einer Kurznachricht, die ihm Ort und Zeit mitteilen sollte. Diesmal wollten sie sich nicht in seinem Büro treffen, sondern in irgendeinem Münchner Lokal.

Van der Meer schaute auf den See. Ein leichter Wind kräuselte leicht die Wasseroberfläche. Er sah auf die Uhr. Dann blätterte er in der Süddeutschen und im Handelsblatt. Wann meldete Carnivale sich endlich? Sein Blick schweifte wieder über das Wasser. Und dann er sah plötzlich ein Motorboot auf seinen Uferabschnitt zukommen. Das große Grundstück reichte bis ans

Seeufer, an dem sich ein kurzer Anlegesteg befand. Sein Segelboot hatte er vor einem halben Jahr verkauft und wollte die Anlegebrücke schon abbauen lassen.

Das Motorboot steuerte direkt auf seinen Steg zu. Van der Meer lief aus dem Haus am Swimmingpool vorbei und zum Ufer hin. Danton bellte und fegte hinterher. Van der Meer scheuchte ihn zurück ins Haus, wo ihn Tilli an die Leine nahm. Er sah, wie das Boot anlegte und ein Mann ausstieg, den er sofort als Carnivale erkannte.

»Wie kommen Sie denn hierher?«

Van der Meer war etwas außer Atem und unangenehm überrascht. Carnivale zog sich sein Sakko gerade.

»Mit dem Boot.«

Dann standen sie sich gegenüber. Hinten am Haus bellte der Hund, der von Tilli nun weggeführt wurde.

»Sie kommen hier her? So war das nicht abgesprochen.«

Carnivale lächelte.

»*Bonjour*, ich liebe die Extratouren, *l´imprévu* – wie sagt man? – das Unerwartete.«

»Ich mag das weniger«, erwiderte van der Meer und hakte nach.

»Woher wissen Sie denn eigentlich meine Privatadresse?«

Carnivale lachte.

»Erinnern Sie sich? Mein Freund in Wiesbaden. *Bon*, guter Mann, *extraordinaire*. Der recherchiert alles. Aber Sie wollen einen Bericht, oder? Und hier ist unser Treffen vollkommen unauffällig. Ihre Madame vergnügt sich in München, und wir sind *entre nous*.«

Van der Meer riss sich zusammen. Sie gingen ins Haus und in sein Privatzimmer.

»Na schön«, begann van der Meer, nachdem sie Platz genommen hatten. »Sie sind hier und Sie berichten mir. Dann zahle ich aus. Und damit endet unsere Verbindung.«

Carnivale bat um ein Wasser, das van der Meer einem kleinen Kühlschrank entnahm. Dann zog er überraschenderweise eine fast mitleidige Miene und steckte sich eine Gitanes an.

»Ein junges Mädchen umzulegen, ist an und für sich nicht so meine übliche Aufgabenstellung«, sagte Carnivale und zuckte dabei mit den Achseln. »Aber Auftrag ist Auftrag.«

Van der Meer schaute ihn irritiert an. »Vera Kilian hat sich für ihre vierundvierzig Jahre zwar sehr gut gehalten, aber als junges Mädchen würde sie nicht mehr durchgehen.«

Carnivale zog die Brauen hoch.

»Vierundvierzig Jahre? *Alors*, die Zielperson war höchstens zwanzig. Und sie hieß Viola. V stand auf dem Zettel, und Sie hatten mir ein Foto beigelegt. Das Haar, die Statur etc. Das war Ihr Auftrag. Ich habe das anhand des Ausweises, den ich in ihrer Tasche fand, gecheckt. *Voilà tout.*«

Van der Meer wurde kreideweiß. Er sah Carnivale entsetzt an. Dann war das der Mord in den Nachrichten von Bayern 3!

»Was sagten Sie? Viola? Sie haben also Viola Kilian erschossen?«

»*C'est ca.* So ist es. Wie Sie es aufgetragen hatten.«

Van der Meer stand auf und ging im Zimmer umher. Dann fasste er sich, ging zu einer Vitrine und entnahm eine Flasche Cognac. Sein Gesichtsausdruck bemühte sich ausdrücklich um Emotionslosigkeit.

Sein Entsetzen bezog sich durchaus auch auf den Tod Violas, mehr aber auf die vorauszusehenden Komplikationen. Vera besteht noch als Gefahrenquelle. Es entstand eine Pause. Van der Meer schenkte sich einen Hennessy ein und musterte Carnivale scharf.

»Nein, das hatte ich Ihnen nicht aufgetragen! Die Beschreibung war eindeutig, und Sie hatten ein Foto. Sie haben einfach ... VERA Kilian sollten Sie eliminieren!« Er trat nun ganz nach an Carnivale heran, beugte sich herunter und sagte im bedrohlichen Flüsterton: »Sie haben die Tochter von Vera Kilian erschossen!«

Carnivale hing lässig im Sessel und drehte an einer seiner Haarlocken.

»Tut mir leid, aber *votre faute*. Wie alt war das Foto, das Sie mir haben zukommen lassen?«

Van der Meer seufzte.

»Ich hatte nur ein altes. Aber man kann doch ein gewisses Alter erkennen.«

Carnivale schmunzelte.

»Da hat sich *maman* vielleicht recht jung gehalten. Mutter und Tochter sind kaum zu unterscheiden. So etwas kommt ja schon mal vor bei diesem ganzen Beauty-Geaffe, diesem Jugendwahn.«

Van der Meer zog eine bösartige Grimasse.

»Es ist Ihre Schuld«, sagte Carnivale weiter. »Sie hätten dafür sorgen müssen, dass eine Verwechslung nicht vorkommen kann. Ich habe den Auftrag erfüllt. Und nun zum Finanziellen.«

Van der Meer streckte sich. Carnivales Eiseskälte ließ sogar ihn erstarren. Er riss sich zusammen, um unbeeindruckt zu wirken.

»Das Finanzielle? Ich betrachte den Auftrag als nicht erfüllt. Und somit entfällt das Salär«, sagte er kühl. »Und Sie bringen mich in eine Bredouille!«

»Oh, *Monsieur*! *Non, non*! Ich bestehe auf Zahlung, *en tout cas*!« Dabei erhob sich Carnivale, um seiner Forderung Nachdruck zu verleihen.

Van der Meer hatte sich gefangen und unterdrückte weiter seine Bestürzung.

»Ich denke, Sie sollten jetzt gehen. Verlassen Sie mein Haus. Es wäre klug von Ihnen, unverzüglich zurück nach Marseille zu fliegen und sich vollkommen bedeckt zu halten. Mehr gibt es nicht zu sagen.«

Carnivale lächelte abschätzig.

»*Monsieur* van der Meer, mein Geschäftsprinzip haben Sie nicht ganz begriffen. Ich treibe meine Forderungen immer ein. Und ich erledige jeden Auftrag vollständig. *Mon principe.* Reklamationen sind ausgeschlossen. *Compris*? Sie werden sehen, wie es weitergeht. *Au revoir, Monsieur* van der Meer.«

Dabei reichte er seinem Auftraggeber lachend die Hand. Der schlug den Handschlag aus, wich zurück, und Carnivale verließ das Haus. Erst jetzt wurde van der Meer so richtig bewusst, was passiert war. Er nahm eine Tablette. Dann einen weiteren Cognac. Er spürte leichten Schwindel und legte sich auf ein Sofa. Zu Viola hatte er seit ihrer Geburt damals zwar keinen Kontakt, aber hin und wieder erkundigte er sich bei Vera über sie. Yvonne wusste darüber nichts. Mit keinem Wort hatte er ihr gegenüber etwas über seine Tochter erwähnt.

Van der Meer dachte nun angestrengt nach. Für Viola empfand er wenig Trauer. Wann hatte er sie zuletzt gesehen? Damals war sie ein paar Tage alt gewesen. Er hatte sich nicht auf ein Kind einlassen wollen, unterschrieb die Vaterschaftsanerkennung und das war's für ihn.

Yvonne rief an, dass sie fertig sei und ihre Nägel geil aussähen. Ob er in die Stadt käme, fragte sie. Und bei Dior gäbe es ein wunderschönes Top.

Van der Meer sagte bei Schenkers ab. Der Bauunternehmer lud immer zu einer monatlichen Runde ein. Feines Essen, erlesene Weine und informative Gespräche über Politik, Wirtschaft und Kultur. Es kamen stets interessante Leute zusammen und van der Meer schätzte den regen gedanklichen Austausch. Aber an diesem Tag hätte er eine derartige Gesellschaft kaum ertragen.

19. Kapitel
Gemischte Ermittlungen

Van der Meer erging sich grübelnd im Garten, nachdem Carnivale gegangen war. Dann blieb er nachdenklich am Pool stehen.

Im Moment wusste er nicht so recht, wie er das Problem mit Vera und mit dem Franzosen angehen sollte. Den Inneren Kreis konnte er nicht informieren. In diese Details waren die Mitglieder nicht involviert. Sie investierten, waren beteiligt und arbeiteten der Organisation aus ihrer jeweiligen Branche zu. Sie wurden lediglich über die Ergebnisse etwaiger Aktionen informiert. Man wusste schon von gewissen ›robusten Operationen‹, wie das im Kreis genannt wurde. Aber man erfuhr keine Einzelheiten über diese Vorgänge.

Langsam ging van der Meer weiter, tief in Gedanken. Schließlich stand er am Seeufer. Das Wasser plätscherte gegen die Mole. Er begann sich wieder zu konzentrieren. Es konnte ja nicht lange dauern, bis die Kripo hier eintraf. Seine Verbindung zu Viola war kein Geheimnis. Konzentration!

Und dann sah er schon, wie ein Wagen auf sein Grundstück fuhr und geparkt wurde. Zwei Männer kamen auf das Haus zu. Das war wirklich schnell gegangen. Es klingelte. Danton schlug an.

Van der Meer beeilte sich, schnell durch den Garten zur Haustür zu kommen. Er war schneller als Tilli, die den Hund zurückhielt. Ritter stellte sich selbst mit Ausweis vor, dann seinen Kollegen Metternich. Van der Meer bat beide ins Haus und führte sie in den großen Wohnraum, der mit Antiquitäten üppig bestückt war. Gegenüber den riesigen Fenstern zum

Garten erstreckte sich eine lange Bücherwand. Van der Meer bot Plätze an, alle setzten sich.

»Die Polizei in meinem Haus? Um was geht es?«

Ritter begann behutsam.

»Sie sind Herr Ferdinand van der Meer?«

»Ja.«

»Um nicht lange herumzureden, Herr van der Meer, wir müssen Ihnen leider eine traurige Nachricht überbringen.«

Van der Meer machte einen überraschten, auch besorgten Gesichtsausdruck. Dabei nahm er seine randlose Brille ab.

»Ihre Tochter Viola Kilian ist tot. Sie wurde gestern Abend erschossen aufgefunden. Wir sprechen Ihnen hiermit unser Beileid aus.«

Van der Meer ließ sich demonstrativ erschüttert tiefer in seinen hellgrauen Ledersessel fallen. Er vergrub seinen Kopf in seine Hände. Schließlich sah er wieder auf.

»Viola ist tot? Erschossen? Das kann doch nicht sein. Wahnsinn ... wieso?«

»Wann haben Sie Ihre Tochter zuletzt gesehen?«, fragte Ritter.

Van der Meer bemühte sich, Haltung zu zeigen.

»Ich hatte keinen persönlichen Kontakt zu ihr. Zuletzt sah ich sie, als sie ein paar Tage alt war. Also vor ... warten Sie ... vor achtzehn Jahren. Ja, vor achtzehn Jahren.«

Ritter und Metternich sahen sich ungläubig an.

»Die Vaterschaft habe ich sofort anerkannt«, fuhr van der Meer fort, »aber ich wollte keinen Kontakt. Mit Violas Mutter, das hatte keine Zukunft. Deshalb meine Entscheidung. Den Unterhalt habe ich selbstverständlich pünktlich und ausreichend gut bezahlt.«

»Wann haben Sie denn Frau Kilian, also Violas Mutter, zuletzt gesehen? Oder mit ihr telefoniert?«, fragte Ritter.

»Keine Ahnung. Das ist schon länger her. Manchmal habe ich mich über Viola erkundigt. Nur so aus Interesse. Wissen Sie, mein Bezug zu ihr war beziehungsweise ist sehr nüchtern. Im Grunde besteht gar keiner.«

»Aber die Tat berührt Sie doch, wenn ich das richtig beobachte«, sagte Metternich.

Van der Meer schaute aus dem breiten Fenster durch den Garten zum See.

»Ja natürlich. Das kann doch keinen kalt lassen.« Dann wandte er sich wieder den Kommissaren zu. »Ich werde Ihnen wohl kaum helfen können, was die Ermittlungen betrifft.«

Jetzt meldete sich sein Handy mit einer SMS von Yvonne, die nachfragte, ob er doch noch in die Stadt käme. Er antwortete zunächst nicht.

»Haben Sie noch weitere Fragen?«

Ritter zuckte etwas ratlos die Achseln und sah van der Meer erst lange und intensiv an.

»Wir haben keine weiteren Fragen. Wenn doch, melden wir uns noch mal.«

»Doch, eine habe ich noch«, funkte Metternich dazwischen. »Vera Kilian hat doch einen Bruder, Hermann Rastätter. Kennen Sie diesen Mann? Er ist, beziehungsweise war, doch der Onkel von Viola.«

Van der Meer schüttelte den Kopf. »Er ist Schönheitschirurg, aber ich kenne den Mann nicht persönlich.«

Ritter und Metternich wandten sich dem Ausgang zu.

»Sie sind doch auch in Ihrem Münchner Büro zu erreichen, Firma ›*VdM-Invest*‹?«, stellte Metternich im Herausgehen fest. Es war eigentlich keine Frage.

Van der Meer bestätigte das. Aber Metternich dachte schon über etwas ganz anderes nach. Ihn irritierte ein wenig, dass van der Meer nicht nach weiteren Details der Ermordung gefragt hatte. Keine Spur von echtem Interesse, nicht einmal pure Neugier. Vielleicht war er ja in diesen Momenten emotional zu ergriffen gewesen und kaum in der Lage, sachlich über den Vorfall zu sprechen, dachte Metternich. Hätte Ritter nicht ein wenig mehr nachfassen können? Aber dann tröstete sich Metternich damit, dass sein Kollege sich sicherlich etwas dabei gedacht hatte.

Sie fuhren von Starnberg zurück nach München.

Van der Meer beschloss, im Haus zu bleiben und sagte Yvonne ab. Den Besuch der Polizisten würde er ihr gegenüber natürlich nicht erwähnen.

***

Sennheiser und die Kollegen aus Rosenheim hatten mittlerweile in Rottach und Kreuth die Ermittlungen aufgenommen. Mögliche Zeugen wurden befragt, die vielleicht anhand der Beschreibung eine Aussage hätten machen können. Die eingeleitete Fahndung brachte zunächst keinen Erfolg. Zudem war es ungewiss, ob der Mann mit dem langen schwarzen Haar überhaupt der Täter war. Man brach die Suche ab.

Metternich folgte Ritter ins Präsidium in der Ettstraße. Er fand es beruhigend, dass er von Trübsands Nachfragen und Ereignisberichten momentan verschont blieb. Trotzdem fühlte er sich mit Ritter im Münchner Präsidium unbehaglich. Fragen, Fragen. Er wurde einigen Kollegen vorgestellt: Sammer, Huth, Rotthoff und andere.

»Und dir ist an Viola Kilian nichts aufgefallen, als du mit ihr zusammen warst?«, fragte Ritter, als sie sich alleine in seinem Büro befanden.

»Nein, ganz und gar nicht. Viola war ein verrücktes Mädchen, wie man das so sagt. Sie war überbordend, ohne innere Einschränkung. Absolut frühreif war sie. Ich hatte sie ja auf drei- oder vierundzwanzig Jahre geschätzt, als ich sie sah. Was glaubst du, wie ich mich gewundert habe.«

»Irgendein Anzeichen von Ängstlichkeit und Bedrückung ist dir nicht aufgefallen?«

»Nein. Überhaupt nicht. Im Gegenteil. Die gab sich so frei und unbekümmert ... «

Metternich war mit Ritter immer noch alleine in dessen Büroraum.

»Alois, es ist doch möglich, dass meine intime Begegnung mit Viola noch nicht offiziell bekannt wird. Ist sowieso irrelevant im Moment.«

Ritter druckste herum.

»Es könnten sich DNA-Spuren bei der Obduktion finden.«

»Die müssten dann ja erst einmal zugeordnet werden.« Metternich wiegte den Kopf hin und her. »Ich werde die Geschichte schon beizeiten beichten. Aber lass mir noch etwas Zeit. Übrigens, ein Kollege sagte, bei Viola sei kein Handy gefunden worden. Sie hatte mich aber ja kurz vor ihrer Ermordung angerufen.«

»Ja, ich weiß. Das ist merkwürdig. Der Täter muss das Handy an sich genommen haben. Warum auch immer. Es ist auch kein Ausweis gefunden worden. Aber eine Geldbörse mit 35 Euro, ein paar Fotos, eine Scheckkarte, ein Nahverkehrsticket und ein Zettel mit Telefonnummern. Die werden wir überprüfen. Sonst nichts. Eine Handtasche hatte sie anscheinend nicht dabei. Warum der Täter ausgerechnet das Mobiltelefon an sich genommen hat? Keine Vorstellung. Ich vermute, du willst in diesem Fall auch ermitteln, denn hier in München ... «

»Klar, ich bin hier außen vor. Meine Bitte nur: Du musst dich ja nicht über meine Begegnung mit ihr auslassen. Du weißt erst einmal von nichts. Können wir das so handhaben?«

Polizeirat Dr. Schallrauch betrat das Büro. Ritter nickte Metternich schnell zustimmend zu.

»Welche Erkenntnisse liegen bis jetzt vor?«, fragte Schallrauch knapp.

»Noch keine«, erwiderte Ritter. »Es wird gerade eine Sonderkommission eingerichtet, deren Leitung ich übernehmen werde. Für die Presse: SoKo Wolfsschlucht. Sie werden umgehend informiert, wenn wir Erkenntnisse haben.«

Schallrauch wandte sich zum Ausgang. »Ich zähle auf Sie, Ritter.« Dann drehte er sich noch einmal um. »Fordern Sie die OFA an? Ich meine Fallanalytiker Herbert Falkenheim?«

»Im Moment noch nicht. Vielleicht später, wenn wir schon einige Schritte weiter sind«, sagte Ritter.

Metternich war sichtlich erleichtert, dass Ritter nichts über ihn gesagt hatte. Keine Unannehmlichkeiten. Keine Behinderung.

***

Die Nachmittagssonne brannte an diesem Junitag besonders heiß. Metternich fühlte den inneren Drang, etwas zu tun. Nur kurz hielt er sich in seinem Hotelzimmer auf, um sich ein wenig frisch zu machen. Dann fuhr er zum Tegernsee.

Während der Fahrt überlegte er, wo er ansetzen könnte. Zuerst zu Rastätter? Der könnte angesäuert sein.

Trübsand meldete sich auf der Fahrt.

»Alles klar? Geht es Ihnen gut? Erholen Sie sich? Und wann sind Sie wieder bei uns?«

Metternich antwortete einsilbig in Banalitäten.

»Jaja, alles klar. Ich bleib noch was.«

Am Spätnachmittag kam er in Rottach-Egern an. Er entschloss sich, doch zu Rastätter zu gehen. Dessen Frau Regina öffnete und sah ihn zunächst abweisend kühl an.

»Sie wollen zu meinem Mann? Der ist zurück in seine Münchner Klinik.«

Metternich ließ sich nicht abweisen.

»Ich möchte auch mit Ihnen sprechen«, sagte er.

»Was könnte ich Ihnen denn schon sagen?«

»Das wird sich herausstellen, Frau Rastätter. Darf ich eintreten?«

Sie führte ihn notgedrungen ins Wohnzimmer, bot ihm aber keinen Platz an.

»Frau Rastätter, Violas Tod schmerzt auch mich sehr, schließlich habe ich mich mit ihr sehr lange unterhalten können auf Ihrem Fest. Ich möchte den Mord an Ihrer Nichte aufklären helfen. Sicher ist das auch in Ihrem Sinne. Vielleicht können Sie mir dabei helfen.«

Regina Rastätter stand unbewegt vor Metternich.

»Dann fragen Sie. Wir werden sehen, was ich Ihnen antworten kann«, sagte sie in ruhigem Ton.

»Zunächst: Was wissen Sie über Violas Vater?«

»Nichts, gar nichts. Vera, also ihre Mutter, hat sich über diesen Mann nie geäußert.«

»Und Viola?«

»Nein, nie.«

»Und über was hat sie so erzählt, wenn sie bei Ihnen zu Besuch war?«

»Mein Gott, Schule, Freizeitgeschichten, Hobbys vielleicht. Was Mädchen so erzählen. Nichts Bedeutendes.«

»Und Sie hatten nie den Eindruck in den vergangenen Tagen, dass Viola mal nervös, bedrückt oder gar ängstlich erschien?«

Regina Rastätter lachte leise.

»Viola – nervös? Ängstlich? Nein, überhaupt nicht.«

»Viola hatte hier eine Freundin. Können Sie mir ihren Namen und ihre Adresse sagen?«

»Sie traf sich gerne mit Paula. Paula Ehringer. Warten Sie ... die wohnt in der Kißlingerstraße. Nummer weiß ich nicht.«

Metternich wandte sich dem Ausgang zu. »Danke. Ah, noch eine Frage: Dirk Anrath, Der kennt Violas Vater auch nicht?«

»Vom Hörensagen höchstens. Mehr bestimmt nicht. Vera hat all das unter den Tisch gekehrt.«

Metternich verließ die Villa unzufrieden. Ihm kam Regina Rastätter etwas zerfahren und betont distanziert vor. Sie hatte noch andere Kenntnisse, wusste mehr, wollte aber nichts preisgeben, da war er sicher. Während er die Straße zu seinem Wagen entlanglief, kam ihm zufällig Sennheiser entgegen. Dem gefiel Metternichs Anwesenheit hier nicht besonders.

»Sie hier bei Rastätters? Ich denke, Sie sind im Urlaub?«

»Ja, das bin ich. Aber da ich den Partyabend hier größtenteils mit Viola verbracht hatte, wollte ich einfach noch mal nachfragen. Mehr nicht.«

»Na gut, das machen wir auch schon. Hat die Rastätter denn was Relevantes von sich gegeben?«

»Nein. Ich habe sie nur noch nach Violas Freundin gefragt, Paula Ehringer.«

»Wir übernehmen das schon und werden sie befragen ... Ach ja, ich hatte mit Ritter noch mal telefoniert. Sie hatten doch Viola aufgefunden, und Ritter hat mir den Vorgang erklärt, den Sie ihm geschildert hatten. Also wie sich das zugetragen hatte und wie es zu dem Treffen mit dem jungen Mädchen kam. Ist Ihnen dazu noch Weiteres eingefallen, was Sie bisher nicht ausgesagt haben?«

»Nein, ich habe alles dazu gesagt. Mehr kann ich über meine Verabredung für einen Spaziergang mit Viola Kilian und das schreckliche Auffinden nicht sagen. Leider.«

Sennheiser gab sich damit zufrieden. Und Metternich war froh, dass Ritter anscheinend Wort gehalten und den One-Night-Ausrutscher nicht ausgeplaudert hatte.

»Dann noch viel Erfolg, Herr Kollege«, sagte Metternich im Weitergehen und verabschiedete sich von Sennheiser.

Er rief Ritter an, der gerade in München mit einer Melina Feld gesprochen, aber auch von dieser Freundin keine verwertbaren Auskünfte bekommen hatte. Diese Melina, so Ritter, sei genauso schräg und frühreif wie Viola es gewesen war. Veränderungen an Viola habe sie in den letzten Tagen aber auch nicht erkennen können, erklärte Ritter.

***

Metternich wählte die Handynummer einer der Frauen vom Forellenteich. Er konnte sie im Hotel ›*Überfahrt*‹ erreichen. Rita Demuth erwartete ihn in der großen Lobby während der 18-Uhr-Happy-Hour bei einem erfrischenden Hugo.

»Ich fürchte, mehr kann ich Ihnen nicht sagen«, bedauerte sie und schüttelte nachdrücklich den Kopf, als Metternich noch einmal nach dem Mann aus dem Tal fragte. »In der Zeitung habe ich heute Morgen von der fürchterlichen Tat gelesen. Aber meine Freundin hat dort auch nicht mehr gesehen als ich. Bedaure.«

Die Freundin kam just in diesem Moment dazu und stellte sich mit Heli Schneider vor.

»Wir waren derart erschrocken, als wir das am Morgen lasen«, sagte sie. »Auf solch einen Gedanken wären wir ja nie gekommen, dass da so etwas passiert sein könnte.«

»Ich hatte es sehr eilig gestern«, erklärte Metternich. »Deshalb bin ich so schnell zum Auto gerannt. Frau Schneider, auch an Sie die gleiche Frage, ob Ihnen noch etwas aufgefallen ist?«

»Nein. Wir hatten den Mann nur kurz an uns vorbeigehen sehen.«

Metternich zog eine Schnute.

»Tja, das ist leider wenig. Kann man nichts machen. Aber wir bleiben in Verbindung. Sie könnten immerhin Zeugen sein. Warten wir's ab.«

Er stand auf und verabschiedete sich.

»Moment.«

Heli Schneider erhob sich ebenfalls. Sie sog Luft durch die Zähne, als sei sie nicht sicher, das zu sagen, was ihr gerade einfiel.

»An einem Morgen im Frühstücksrestaurant ... ich glaube, es war vorgestern ... ich bin mit Rita seit einer Woche hier; machen wir einmal im Jahr. Also, ich meine, da saß etwas entfernt von unserem Tisch ein Mann, der so aussah wie der, dem wir im Hofbauernweißachtal begegnet sind.«

Metternich und Schneider setzten sich wieder.

»Und Sie meinen, der Mann beim Frühstück könnte mit dem bei Wildbad identisch sein?«

Sie wiegte den Kopf unschlüssig hin und her.

»Könnte durchaus stimmen. Mit absoluter Sicherheit kann ich das natürlich nicht sagen.«

»Tja, was ist schon sicher«, plattitüdete Metternich. »Aber Sie könnten mir trotzdem geholfen haben. Danke. Es kann sein, dass ich mich noch einmal bei Ihnen melden muss.«

Dann lief er stracks auf die Rezeption zu und zeigte seinen Ausweis. Eine der Damen dort rief den Empfangschef.

»Es geht um einen Gast, der hier genächtigt hat. Die Beschreibung ist vielleicht etwas dürftig, aber möglicherweise können Sie mich weiterbringen«, sagte Metternich und beschrieb den Gesuchten, so wie die Frauen es getan hatten.

Der Rezeptionist fasste sich überlegend ans Kinn.

»Na ja, ein schwarzhaariger Herr logiert noch hier, ist aber kleiner als der, den Sie beschrieben haben. Sekunde ... vor drei Tagen hatten wir einen Gast, der in etwa Ihrer Beschreibung entspricht.«

»Und?«

»Frau Keil? Könnten Sie mal bitte kommen? Sie kann Ihnen bestimmt besser Auskunft erteilen.«

»Ja, vor drei Tagen ist der Gast abgereist«, sagte die Mitarbeiterin, während sie auf den Computerbildschirm sah. »Der war groß und sehr schlank, hatte langes schwarzes Haar und war auffallend lässig in seinem Auftreten, wenn ich das mal so sagen darf. Franzose übrigens. Deswegen erinnere ich mich – trotz der vielen Gäste hier.«

»Dann bräuchte ich den Namen.«

»Pierre Legrand aus ... Moment ... aus Clermont-Ferrand.«

»Wie lange blieb er?«

»Eine Nacht.«

Metternich hatte das Gefühl, die Situation hier weiter verfolgen zu müssen.

»Gibt es andere Mitarbeiter, die ihn gesehen haben?«

»Der Nachtportier vielleicht, Herr Holzer hatte die Nachtschicht. Wenn Sie ihn befragen wollen, er ist gerade in der Nähe, weil er heute tagsüber Dienst hat.«

Holzer wurde herbeizitiert und war schnell zur Stelle.

»Ja, Herr Legrand kam in der Nacht so kurz nach zwei ins Haus, glaube ich. Doch, kurz nach zwei war es, weil ich ihm eine hinterlegte Nachricht gegeben habe.«

»Eine Nachricht?«, fragte Metternich.

»Einen Umschlag.«

»Frau Keil, haben Sie tagsüber einen Umschlag entgegengenommen?«, fragte der Empfangschef.

»Es geht viel über den Rezeptionstresen. Kann sein. Ich meine, ein Bote hat so einen Umschlag am Tag, bevor Herr Legrand eingecheckt hat, abgegeben.«

Metternich wandte sich wieder an Holzer. »Haben Sie in der besagten Nacht noch etwas bemerkt? War Legrand allein?«

»Er kam mit einer Dame. Aber als Gast war er solo. Er hatte ja ein Einzelzimmer.«

Metternich schmunzelte. »Sah es so aus, als gehörten die beiden zusammen? Na ja, vielleicht auch nur für den vergangenen Abend oder die Nacht?«

Holzer machte einen auf diskret neutral.

»Das entzieht sich meiner Kenntnis. Nun, könnte aber sein.«

»Schreiben Sie mir bitte Namen und Adresse der Dame auf.«

Metternich notierte ›Elvira Breitstein, Augsburg‹.

»Wenn jemand hier nachts nach zwei ins Hotel kommt, wo kann er da vorher gewesen sein?«, fragte er noch.

»Um diese Uhrzeit ist in Rottach-Egern nichts mehr auf«, sagte Frau Keil. »Es kann sich nur um das Kasino in Bad Wiessee handeln, dahinten in Winnen. Vielleicht kennen Sie es ja.«

Metternich verzog den Mund.

»Ich spiele nicht.«

Der Empfangschef trat näher an ihn heran.

»Wird dieser Legrand gesucht? Hat der was verbrochen?«, fragte er gedämpft. »Nicht dass hier im Haus was durchsickert.«

»Wir ermitteln rein routinemäßig, sonst nichts.«

Die Dämmerung brach schon herein. Metternich verließ die ›*Überfahrt*‹ eiligst und fuhr noch nach Bad Wiessee ins Kasino.

»Ja, einen Pierre Legrand hatten wir vor drei Tagen registriert, also vorvorgestern. Franzose ... warten Sie ... «, bestätigte der Mann am Einlassschalter und schaute auf den Bildschirm, »... aus Clermont-Ferrand laut Ausweis.«

»War er in Begleitung?«

»Nein. Er kam allein.«

»Und ging wieder allein?«

»Nein, er verließ das Kasino mit einer Dame.«

»Können Sie mir die Dame beschreiben?«

»Na ja, ich hatte bis drei Uhr Dienst, da konnte ich das Kommen und Gehen beobachten. Also, die Dame war circa fünfundfünfzig bis sechzig Jahre, groß, schlank und ziemlich aufgemacht, dunkles angegrautes Haar.«

»Und so genau können Sie sich daran erinnern?«

»Die Frau hatte Charisma, war eine Erscheinung.«

Dann beugte er sich zu Metternich über den Tresen.

»Die hat sich für die Nacht wohl den jungen Franzosen aufgetan.«

»Ah ha«, murmelte Metternich, verließ die Spielbank und fuhr zurück nach München.

20. Kapitel
Ein leutseliges Gespräch

Metternich fühlte sich überraschend gut ausgeschlafen. Das Angebot des Frühstücksbuffets im Hotel nutzte er entgegen seiner Gewohnheit recht ausführlich. Dann nahm er den ACE-Hemmer vorschriftsmäßig ein – und schon meldete sich Trübsand.

»Wir vermissen Sie.«

»Wie schön. Wie ihr euch nach mir verzehrt. Herzergreifend. Und welche Fälle bearbeitet ihr gerade?«

»Immer noch den Mord an Rentner Bruno Schmatzke. Aber bei dir unten wurde doch eine junge Frau im Wald erschossen. Ging auch hier durch die Presse.«

Metternich schlürfte etwas aus der Kaffeetasse.

»Jaja, ich weiß. Mein Bekannter und Kollege Ritter hat damit zu tun. Ich mach's mir schön und genieße die Umgebung.«

»Machen Sie das«, sagte Trübsand, »und kommen Sie bald auskuriert wieder zu uns zurück.«

»Das dauert noch eine Weile. So lange habt ihr Ruhe vor mir, und Jankowitz' Putergesicht bleibt mir noch erspart.«

Metternich lachte. Beide legten auf. Mehr musste Trübsand nicht wissen, dachte Metternich und rief Ritter an. Der berichtete ihm vom Stand der Ermittlungen. In Verbund mit dem Rosenheimer Kollegen hatten er und die Kommission kaum Fortschritte gemacht.

»Und was machst du jetzt?«, fragte Ritter.

»Im Moment nichts.« Metternich hielt sich bedeckt.

»Aber wir müssen noch mal miteinander reden«, sagte Ritter. »Du weißt schon ... «

»Ja, klar.«

Metternich verließ das Hotel. Er hatte das vage Gefühl, noch einmal nach Starnberg in die Possenhofener Straße fahren zu müssen. Dort erreichte er van der Meer telefonisch, nicht in seinem Büro.

»Sie sind doch gerade gestern erst bei mir gewesen«, meinte van der Meer, »und immer noch Fragen? Nun gut, kommen Sie vorbei, sobald es Ihnen passt. Ich bin den ganzen Tag zuhaus.«

Der musste einfach mehr über seine Tochter wissen, auch wenn er sie kaum gesehen hatte, dachte Metternich. Er wollte sich van der Meer einfach noch einmal ansehen. Diesen Spürsinn nannte er gern ein nicht verifizierbares Gefühl. Aber eines, das selten trog.

Am späten Vormittag ergoss sich ein warmer Regen. Metternich rannte zum Villeneingang. Die Hausangestellte öffnete und van der Meer kam schon auf ihn zu, um ihn ins Wohnzimmer zu führen.

»Was darf ich Ihnen anbieten? Einen Kaffee?«

»Danke, gerne.«

Yvonne kam nun dazu und wurde vorgestellt. Sie müsse sich entschuldigen, sie habe in Starnberg einiges zu erledigen, bemerkte sie, sei aber in ungefähr zwei Stunden zurück. Dann verließ sie wieder den Raum.

»Ihre Frau?«

»Nein, eine Freundin. Sie weiß von dem Geschehen nichts. Und ich möchte, dass das so bleibt. Ich denke, Sie verstehen.«

»Natürlich.«

Van der Meer bot Metternich einen Platz im großen Wohnzimmer an. Tilli servierte den Kaffee und zog sich wieder zurück. Die breiten Terrassentüren standen weit auf. Man hörte den Regen prasseln, ein warmer Wind wehte in den Raum.

»Zunächst möchte ich fragen, wie Sie sich fühlen. Die Nachricht von der Ermordung Ihrer Tochter geht Ihnen sicher nahe.«

»Ich bin erschüttert«, sagte van der Meer leise, beinahe flüsternd. »Wissen Sie, auch wenn ich keinen Kontakt zu Viola hatte: Sie war meine Tochter, und ich habe mich immer wieder nach ihr erkundigt, um ihren Werdegang zu verfolgen. Der Schmerz sitzt tief.«

»Haben Sie noch andere Kinder?«

»Nein.«

»Wann haben Sie denn Ihre Tochter zuletzt gesehen?«

»Ich sagte es doch gestern bereits, dass ich sie seit ihrer Geburt nicht mehr getroffen habe.«

»Aber telefoniert haben Sie?«

Van der Meer neigte den Kopf etwas. »Könnte sein, vor langer Zeit mal. Ich entsinne mich nicht mehr.«

Metternich betrachtete van der Meer eindringlich.

»Wissen Sie, Herr Metternich, ich konnte zu Viola keine tiefergehenden Gefühle entwickeln. Ich weiß, das ist traurig. Und für viele Außenstehende wenig verständlich.«

»Und warum wollten Sie keinen Kontakt zu Ihrer Tochter?«

»Ich kann Ihnen das gar nicht einleuchtend erklären. Es war eine innere Abwehr. Ich wollte damals keine Bindung. Und schließlich war für mich der bestimmte Punkt überschritten. Ich hätte Viola gerne kennengelernt. Jetzt in dieser Stunde wird mir das klar. Ein tiefes Bedauern ist in mir. Möchten Sie einen Cognac?«

Van der Meer wirkte zunächst sogar etwas gewinnend auf Metternich, beinahe mit einem Schuss Warmherzigkeit, trotz seiner ziemlich mächtigen, dominierenden Gestalt. Aber seine Mimik zeigte auch eine hintergründige Gerissenheit. Diesen Eindruck hatte er bei seinem Besuch gestern mit Ritter so nicht gehabt. Metternich versuchte, die Atmosphäre des Raumes, das Fluidum, auf sich wirken zu lassen. Das Milieu dieses Hauses, und was sich darin verbarg, versuchte er zu erspüren. Er dachte darüber nach, wie eigenartig van der Meers Verhalten war, während er ihn beobachtete. Der Hausherr stand auf und holte zwei Cognacschwenker aus einer Vitrine.

»Vera, also Violas Mutter, hatte mir gelegentlich mal Fotos von Viola geschickt. Sie dachte, wenn ich schon ausreichend zahle, dann habe ich auch einen Anspruch darauf, die Entwicklung meiner Tochter zu sehen. Zumindest partiell. Hübsches Mädchen, mit anscheinend sehr individuellem Gehabe.«

»Ich weiß«, lächelte Metternich.

Van der Meer machte ein erstauntes Gesicht mit leicht verdattertem Ausdruck.

»Sie wissen? Sie kannten Sie?«

»Ich habe Ihre Tochter bei ihrem Onkel kennengelernt, Professor Hermann Rastätter«, erklärte Metternich. »Reiner Zufall. Ich hatte Rastätter während eines Konzerts in Wildbad Kreuth getroffen, eine Zufallsbekanntschaft, und er hatte mich zu seiner Party eingeladen. Da war auch Viola.«

Van der Meer nahm einen Schluck Cognac. Metternich auch.

»Erzählen Sie, wie war Viola? Haben Sie länger mit ihr gesprochen?«

»Extravagant war sie, ziemlich schräg, würde ich sagen. Wir haben uns angeregt unterhalten. Ich fand das Mädchen höchst amüsant und interessant. Sie plauderte so einiges über ihr Leben und ihre Familie aus, also darüber, wo sie lebte.«

Van der Meer verzog etwas den Mund. Ihm missfiel es anscheinend, dass er, Metternich, mit Viola länger über verschiedene Dinge gesprochen hatte, registrierte Metternich. Was ging in ihm vor? Was war sein wahrer Bezug zu Viola?

Metternich spürte eine Veränderung.

»Na ja, Herr Metternich, das war doch bestimmt ein kurzweiliger Abend. Mich würde natürlich interessieren, was Viola so erzählt hat, über ihre Mutter zum Beispiel, ihr Zuhause.«

»Es ging fast ausschließlich um ihr angespanntes Verhältnis zur Mutter. Sie sprach von Unverständnis und mangelndem

Interesse an ihren Themen. Unter uns, Herr van der Meer, Viola hatte wohl eine Affinität zu älteren Männern.« Dabei lächelte Metternich etwas anzüglich. Van der Meer schmunzelte. »Sie animierte mich zum Tanz, rockte und schwofte mit mir herum. Ganz schön kess. Sie suchte Nähe, denke ich. Aber ich wusste damit umzugehen. Es war jedenfalls ein sehr netter Abend, und Rastätter ist ein ausgesprochen großzügiger Gastgeber. Kennen Sie ihn? Er ist immerhin der Bruder von Vera Kilian.«

Van der Meer überlegte für Metternichs Geschmack ein wenig zu lange.

»Das haben Sie mich doch schon gefragt. Nein, nicht persönlich. Yvonne hatte sich mal in seiner Klinik gesichtsmäßig optimieren lassen.«

Deshalb die Botox-Visage, dachte Metternich, verzog aber keine Miene.

»Sie wissen nichts über Rastätter?«, fragte er.

»Nein, nichts Genaues. Er betreibt die angesagte Klinik, und Yvonne hat sich dort behandeln lassen. Das ist alles.«

Metternich kam in den Fluss der ihm geläufigen Befragungen. Ohne hier zuständig zu sein, war für ihn klar, dass er in diesem Fall aktiv bleiben würde. Van der Meer musste das ja nicht wissen. Und Ritter hatte ihn einfach als Kollegen vorgestellt. Was Metternich bei diesem Besuch auffiel, war die Abgeklärtheit, die van der Meer ausstrahlte. Diese Ruhe, die ihn auf eine bestimmte Weise ungerührt erscheinen ließ.

»Ihre Bibliothek ist beeindruckend.«

Metternich ließ den Blick über die Bücherwand schweifen.

»Ich lese viel. Nicht nur Fachliteratur über Ökonomie, Investment und so weiter, sondern auch über Kunst und Musik oder einen guten Roman. Das sind für mich grundlegende Dinge. So, jetzt muss ich noch in die Firma. Sollten Sie mich erneut benötigen, melden Sie sich einfach.«

Metternich erhob sich zur Verabschiedung.

»Noch eine Frage. Sie haben eine Investmentfirma. In was investieren Sie? Ich frage nur aus Interesse; wir als Beamte haben da wenig Ahnung und auch nicht das nötige Kleingeld.«

Van der Meer stand ebenfalls auf.

»In zukunftsträchtige Branchen«, antwortete er lapidar. »Nachhaltigkeit ist wichtig. Ökologisch wie ökonomisch.«

»Na dann«, sagte Metternich im Hinausgehen. »Vielleicht melden wir uns noch mal, wenn Fragen auftauchen sollten.«

Dann drehte er sich plötzlich noch einmal um.

»Interessiert es Sie eigentlich nicht, wer Ihre Tochter erschossen haben könnte?«

Van der Meer schaute verdutzt und sammelte sich gleich.

»Herr Kommissar, nach anderthalb Tagen werden Sie doch noch keinen Täter ermittelt haben. So hat sich die Frage erübrigt, oder? Ich kann nur hoffen, dass Sie Erfolg haben. Mich belastet das alles, das können Sie mir glauben.«

Metternich winkte kurz ab und ging zu seinem Wagen. Ein interessanter Mann, dachte er, kultiviert und mit distinguierter Lebensweise. Und doch etwas undurchschaubar.

Zunächst wollte er nach Augsburg zu Elvira Breitstein fahren. Ihre nächtliche Chose könnte ihm weitere Erkenntnisse bringen. Oder auch nicht. Ob dieser Franzose, Pierre Legrand, überhaupt als Täter infrage kam? Später. Metternich beschloss, Ritter über den Vorgang zu informieren und ihm Elvira Breitsteins Adresse zu geben. Sollte er da mal recherchieren, was sie über den geheimnisvollen Hotelgast wusste, diesen Franzosen. Außerdem musste er selbst sich hier auf fremdem Terrain etwas zurückhalten.

Als Nächstes wollte er nach Wildbad.

Das musste sein.

Der Tatort.

21. Kapitel
Sorgfältige Betrachtungen

Es wurde später Vormittag. Metternich fuhr direkt nach Wildbad Kreuth. Der Regen hatte aufgehört. Die Sonne drang nun wieder heiß durch Wolkenfetzen. Hinter dem Bergahornwald hinunter ins Hofbauernweißachtal. An der Siebenhüttenalm vorbei. Dann zum Wolfsschluchtbach. Metternich fühlte eine Beklemmung. Die hatte er sonst nie, wenn er an einen Ort des Verbrechens kam. Aber hier, das war etwas anderes.

Er schritt wieder die Böschung hoch und blieb dort stehen, wo er Viola gefunden hatte. Metternich hat die Angewohnheit, sehr lange an einem Tatort zu verweilen. Oft ganz alleine. Ungestört. Er wartete dann darauf, dass ihm der Tatort etwas sagte. Meist hatte er etwas mitzuteilen, was auf anderen Wegen nicht zu erfahren war. Metternich nahm Tatorte und ihre Botschaften sinnlich auf, notiert all das, was ihn ansprach, jedes Detail. Es war das Fluidum des Ortes, das seine Gedanken auf bestimmte Spuren brachte.

Er hätte Ritter anrufen können. Ihn nach den Auswertungen der KTU und der Spurensicherung fragen. Aber er tat es nicht. Metternich war nicht darauf erpicht, mit Ritter wieder über den Fall und den gesamten Vorgang zu sprechen. Außerdem wollte er sich aus der offiziellen Ermittlung heraushalten. Sich mit aller Gewalt unbeliebt zu machen, das musste auch nicht sein.

Nun stand er an der Stelle. Er versuchte sich vorzustellen, wie der Ablauf gewesen sein könnte. Viola hatte sich anscheinend hier, genau hier, versteckt, weil sie Angst hatte. Eine imaginäre Angst? Metternich schaute hinauf in die Baumkronen und dann wieder zu Boden. Verrottetes Laub, kleines Geäst, einige Pilze. Modriger Waldgeruch. Sie war hier erschossen worden. Das war Metternich klar. Mit Schalldämpfer. Sonst hätten die Spaziergänger einen Schuss gehört. Das hatten Ritter und die Kollegen sicher auch schon begriffen. Aber sehr fix hatten sie hier am Ort ihre Arbeit erledigt. Auffallend schnell, dachte Metternich. Ungewöhnlich.

Er verharrte immer noch genau am Tatort. Es war ihm, als zöge er Erkenntnisse förmlich an. Er spürte den Schock, das Entsetzen Violas in dem Moment der Tat. Was noch? Die beiden Frauen hatten nur den einen Mann gesehen, den sie beschrieben hatten. Ob er überhaupt der Täter war? Viola hatten die Frauen nicht gesehen. Aber sie musste direkt vorher diesen Weg gegangen sein.

Gab es einen parallel zum Hauptweg verlaufenden Pfad?

Metternich arbeitete sich durch Gehölz. Oberhalb des breiten Weges entlang der Hofbauernweißach hätte Viola sich durchschlagen können, um nicht entdeckt zu werden. Auf der gegenüberliegenden Seite des Tals gab es auch ein Weg. Absuchen? Nach was? Dort war Viola wahrscheinlich nicht gegangen. Ihr Verhalten war schon recht merkwürdig. Aber war es das nicht ohnehin? Metternich wollte mehr erfahren, Viola nachspüren, um ihre Motive zu erkennen.

Er kam hier und jetzt zu keinem Schluss und entschied sich, nach München zu Violas Mutter zu fahren.

***

Es war 15:30 Uhr, als Metternich in die Steinseestraße einbog. Und er erschrak. Vor dem Haus, in dem Vera Kilian und Dirk Anrath wohnten, kreiselten die Blaulichter mehrerer Polizei- und eines Rettungswagens. Metternich fand gleich einen Parkplatz und lief zum Haus. Ausweis heraus. Man ließ ihn durch. Er hastete hinauf in den zweiten Stock. Dort traf er Ritter.

»Anrath hat sie gefunden. Ich hätte dich später angerufen«, sagte Ritter. »Woher wusstest du?«

»Zufall«, keuchte Metternich. »Ich wollte Vera Kilian noch etwas fragen.«

»Sie ist erschossen worden. Tatzeit circa vor drei Stunden.«

»Ach du Scheiße!«

Ritter klopfte Metternich auf die Schulter.

»Am besten, du lässt uns hier machen. Wir müssen jetzt mit Anrath reden. Fahr zurück ins Hotel oder unternimm etwas. Ich melde mich später.«

Metternich war bestürzt. Ritters kurz angebundene Art irritierte ihn etwas. Allerdings sah er ein, dass er offiziell an diesem Ort ja nichts zu suchen hatte. Er versuchte, sich zu beruhigen und schluckte den verschriebenen ACE-Hemmer. Mit dem Wagen fuhr er in die Innenstadt. Dort suchte er irgendein Café auf.

Das hatte er in seiner Laufbahn auch noch nicht erlebt. Tochter liquidiert, zwei Tage später die Mutter. Völlig sinnlos. Sinnlos? Natürlich nicht. Letztlich hatte doch jede Mordtat einen Hintergrund, eine Begründung, und war sie noch so profan, absurd oder mit einem weitreichenden Ziel verbunden.

Welches Ziel?

Metternich versuchte abzuschalten. Heute würde er nichts mehr unternehmen. Es war nicht sein Fall, sagte er sich. Er sollte sich raushalten. Sollten Ritter, dieser Sennheiser und die Kommission das Ganze aufklären. Das LKA würde wohl auch bald tätig werden.

Er bestellte sich einen Obstler. Um diese Tageszeit ganz gegen seine Gewohnheit.

Raushalten?

Auch gegen seine Gewohnheit.

22. Kapitel
Jean-Baptiste Carnivale (V)

Van der Meer hatte Beat Widmer in Zürich am Telefon. Widmer hatte in den vergangenen Tagen eine größere Summe der Organisation über die ›*Sion-Invest-Bank*‹ in eine Stiftung transferiert, die in Liechtenstein registriert war.

Andresen kam kurz in van der Meers Büro. Er reichte ihm einige Unterlagen, Finanzberichte und Analysen. Zum Inneren Kreis gehörte er nicht. Die speziellen Abwicklungen tätigte van der Meer selbst. Aber auch, wenn Andresen nicht zum Inneren Kreis gehörte, so war er doch in einige Aktivitäten der Organisation involviert. Er gehörte zur Organisation, war Fachmann für Informatik und für spezielle Transaktionen und für die Kommunikation, wie eben im Darknet, zuständig. Andresen hatte van der Meer gegenüber seine absolute Loyalität wiederholt bewiesen und wurde dafür mit erklecklichen Summen bedacht.

»Wissen Sie, welchen Rat mir vor langer Zeit ein väterlicher Freund gab?«, hatte van der Meer einmal zu Andresen gesagt. »›*Das Wichtigste im Leben ist der gute Ruf.*‹ An diesem Credo orientiert sich meine Firma.«

Andresen verließ das Büro. Van der Meer war es jetzt besonders wichtig, mit dem Logenmitglied VARINIUS zu telefonieren. Dieser Bruder war die einzige Person, die Kontakt zum Inneren Kreis hatte. Und dieser Kontakt war von existenzieller Wichtigkeit.

VARINIUS hatte aus einer der wenigen noch vorhandenen Telefonzellen angerufen.

»Du weißt, wie du agieren musst«, sagte van der Meer ruhig zu VARINIUS. »Die Vorgänge dürfen nicht aus dem Ruder laufen. Du kannst alles zu unseren Gunsten lenken.«

»Du kannst dich darauf verlassen, dass ich das Nötige einleiten werde oder verhindere. Schwierig zwar, aber ich denke machbar.«

»Nicht: Ich *denke* machbar, sondern: Es *ist* machbar«, korrigierte van der Meer eindringlich. »Es *muss* gemacht werden.«

Beide legten auf. Melanie Herz kam gerade, um einige Sekretariatsaufgaben in Empfang zu nehmen. Van der Meer setzte seine Brille ab und schaute hinaus über die Stadt. Er reflektierte über den unverhofften Besuch des Kommissars. Warum hatte der mit ihm so ein Gespräch geführt?

Dann dachte van der Meer an Carnivale. Unangenehme Figur. Hätte es keine andere Lösung für die Probleme gegeben? Vielleicht war er doch abgereist nach Marseille.

Das blieb zu wünschen.

»Melanie?«

Er rief seine persönliche Assistentin, die sofort erschien.

»Trink mit mir einen Cognac. Nimm den Remy.«

»Gerne, Herr van der Meer. Geht's Ihnen nicht so gut?«

Van der Meer stand hinter seinem enorm großen Schreibtisch auf, ging um ihn herum auf Melanie Herz zu. Er umarmte sie und küsste sie auf die Wange.

»Herzchen, Sie sind mein persönlicher Star«, sagte er und lächelte breit. »Es tut gut, sich auf jemanden wie Sie verlassen zu können. Du hast den einen oder anderen Kuss verdient. Wir kennen uns ja auch schon eine Weile. Mir geht es gut, keine Bange. Deinen Boss wirst du so schnell nicht los. Ich hatte einfach Lust auf dieses kleine Intermezzo jetzt. Das ist alles.«

Herzchen fühlte sich geschmeichelt. Mal siezte, mal duzte er sie, und ihr gefiel es. Sie war ihm treu ergeben und liebte diesen Arbeitsplatz.

***

Nach dem offiziellen Büroschluss fuhr van der Meer nach Hause an den Starnberger See. Müller oder Andresen sowie der eine oder andere Mitarbeiter blieben gelegentlich auf unbestimmte Zeit in der Firma. Globales Handeln kannte keinen zwingenden Büroschluss. Die Nacht vom ersten auf den zweiten Juli war sternenklar. Der zunehmende Mond erhellte die düstere Landschaft ein wenig. Yvonne hatte heute mal selber gekocht. Die Hausangestellte servierte fangfrische Renke auf Ingwerkürbisgemüse. Van der Meer legte das ›*Tripelkonzert C-Dur op.* 56‹ von Beethoven auf.

»Muss es immer Klassik sein?«, maulte Yvonne.

»Nein, wir hören ja auch manchmal Barock oder die Romantiker.«

»Jaja, Ferdi. Das ist doch alles klassische Musik. Wie wär's mal mit was Rockigem. Ein bisschen fetzig.«

Van der Meer winkte ab. Sie aßen beinahe schweigend und tranken dabei einen Rotwein. Er wollte allein sein, ungestört.

»Am besten, du gehst heute Abend mal in deinen Trakt, da hast du auch eine Hi-Fi-Anlage. Ich benötige Ruhe und muss nachdenken. Ich hoffe, du verstehst. Gute Nacht, meine Liebe.«

Yvonne verzog sich leicht angesäuert ohne den obligatorischen Kuss zur Nacht. Sie hatten getrennte Schlafzimmer. Van der Meer hatte immer getrennte Schlafzimmer gehabt. Auch während seiner später geschiedenen Ehen.

Später rief er nach Tilli, sie möge sich noch auf ein Glas zu ihm setzen und dann könne auch sie zu Bett gehen. Bald wurde er selbst müde und ging hinauf in sein Schlafzimmer.

Im Haus wurde es still.

Der Mond senkte sich bereits.

***

Gegen halb drei schrillte plötzlich die Klingel. Danton schlug heftig an. Tilli zog sich etwas über und eilte zur Haustür. Kurz darauf lief sie hinauf zu van der Meers Schlafraum. Der Hausherr war schon aufgestanden.

»Da ist ein Herr«, japste sie aufgeregt. »Er heißt ... Karneval oder so, sagt er.«

Van der Meers Augen verengten sich zu Schlitzen.

»Carnivale heißt der.«

»Er wartet unten im Flur. Ich habe Danton in ein Nebenzimmer gesperrt.«

Van der Meer warf sich einen auberginefarbenen Morgenmantel über.

»Gehen Sie auf Ihr Zimmer. Ich will nicht gestört werden!«

Dann stieg er hinunter. Hinter seinem verschlafenen Gesichtsausdruck verbarg er eine Grimasse. Er erschrak etwas, als er Carnivale sah. Dessen Haar war jetzt kurz und blondiert. Er trug ein olivgrün geflecktes Blouson und braune Cordhosen.

»*Bonjour* kann ich jetzt nicht sagen«, begann Carnivale.

»Sie sind wohl verrückt geworden, hier mitten in der Nacht aufzutauchen. Ich dachte, Sie wären zurück nach Marseille.«

»*Alors*, das hatte ich nicht gesagt. Sie haben die Nachrichten nicht gehört?«

»Nein!« Sie standen sich noch immer im Flur gegenüber.

»*Bon*. Dann bekommen Sie die nun von mir. Zu Ihrer Zufriedenheit: Auftrag erledigt. Vera Kilian liquidiert. Ich denke, das ist in Ihrem Sinne. Und somit bin ich berechtigt, meine Forderungen geltend zu machen.«

Van der Meer atmete tief ein. Carnivales klinisch kaltes Auftreten verursachte selbst bei ihm Beklemmung.

»Wie bitte? Sie haben jetzt auch Vera Kilian erschossen?«

»*Naturellement*, das war Ihr Auftrag. Und Sie wissen, ich erfülle die Aufträge so oder so. *C'est ca*, Geschäftsprinzip. 65.000 Euro sind vereinbart. *Monsieur*, ich bitte um Zahlung.«

Van der Meer riss sich zusammen.

»Kommen Sie mit ins Wohnzimmer.«

Plötzlich erschien Yvonne.

»Ferdi, ist etwas passiert?«

»Nein, nein, geh wieder schlafen. In der Firma ist an der Elektronik was ausgefallen. Der Monteur hier musste sofort handeln und mir Bescheid geben. Also, schlaf gut.«

»Mitten in der Nacht?«

»Ja, mitten in der Nacht! Es ist wichtig. Schlaf jetzt.«

Yvonne schlurfte aus dem Raum. Carnivale ließ sich in einen Sessel fallen. Van der Meer ging herum und schloss alle Türen zum Wohnraum.

»Wie kommen Sie darauf, dass ich hier und jetzt 65.000 Euro habe?«

Carnivale grinste.

»*C'est vrai*, ich weiß das. Wir rechnen später ab.« Dann starrte er van der Meer ziemlich aggressiv an. Seine Mimik wurde eisig. »*Monsieur*, da haben wir noch ein Problem.«

»Sie sind mein Problem, Carnivale! Sie sollten mir ein Problem aus der Welt schaffen, und nun haben Sie mir eines eingebrockt, haben Sie das begriffen?«

Carnivale trommelte mit den Fingern auf das Lederpolster. Er hob die Hände.

»*Pourquoi*? Das, was Ihnen wichtig war, ist gelöst. Aber das Problem ist *le flic*, der Bulle, der bestimmte.«

Van der Meer zog die Brauen hoch und setzte seine Brille auf.

»Wen meinen Sie?«

»*Oh Monsieur*, wir sind komplett im Bilde, so heißt das doch auf Deutsch.«

»Was heißt wir?«

»*Donc*, der Bulle, der Ihnen gestern Morgen einen Besuch abgestattet hat.« Carnivale zeigte eine arrogante Miene. »Ich hatte Ihnen doch schon angedeutet, dass ich einen hervorragenden

Mitarbeiter habe. Wie ich Ihnen bereits gesagt hatte: Der recherchiert alles. Haben Sie etwas zu trinken? Sie mögen doch Cognac!? Ich könnte einen vertragen.«

»Um die Uhrzeit?«

Van der Meer mahlte mit den Zähnen. Er ging zur Vitrine und holte einen Remy und einen Schwenker. Carnivale feixte überlegen.

»*Metterniesch* heißt der Bulle. Hat hier gar nichts zu suchen. Ist nicht seine Dienststelle. Er kommt nämlich aus ... *moment* ... *voilà*, aus Duseldorf.«

Van der Meer war baff. Carnivale lehnte sich zurück.

»Setzen Sie sich doch, *Monsieur* van der Meer. Dieser Bulle schnüffelt auf eigene Rechnung herum.«

»Woher wissen Sie seinen Namen und wo er herkommt?«

»Kennen Sie den Film ›*Menschen im Hotel*‹? Ein Klassiker. Dieser *Metterniesch* logiert in einem Münchner Hotel. Mein Assistent konnte sich Informationen über ihn erarbeiten.«

Van der Meer hatte sich auch in einem der Sessel niedergelassen. Carnivale gegenüber wurde er ruhiger. Dessen Hinweise ließen den nächtlichen Besuch für ihn anders erscheinen. Er hörte dem Franzosen aufmerksam zu.

»*Alors*, die Polizei hier in München arbeitet etwas ... sagen wir, *tranquille*, gemächlich. Was mich wundert.«

»Mich nicht«, warf van der Meer ein. Nun trug er seine Überlegenheit zur Schau.

»*Metterniesch* scheint bissiger zu sein. Der geht an die Sache anders ran. *Monsieur* van der Meer, das sollten Sie genau bedenken. Für Sie ein Hinweis von mir.« Dann nahm Carnivale einen kräftigen Schluck Remy. »Dafür lohnt sich doch das Aufstehen mitten in der Nacht, *ou bien*?« Und er lachte.

Van der Meer schwieg, sah Carnivale an und überlegte.

»*Mais*, mein Salär. Wie soll die Zahlung ablaufen, wann und wo?«, fragte Carnivale.

Van der Meer sinnierte. Carnivale war ein Monster, dachte er, vollkommen gefühllos, eine menschliche Maschine. So einen hatte er haben wollen. Und jetzt? Im Moment spielte er innerlich diverse Szenarien durch. So einiges lief aus dem Ruder. Heikle Situation. Welche Lösungen boten sich an?

»*Bon,* Sie sollten Vorsicht walten lassen, *Monsieur* van der Meer. Ich kann Ihnen diesen *Metterniesch* vom Hals halten. Ihre Organisation läuft Gefahr, durch sein Herumermitteln aufzufliegen. *Monsieur,* mir kann das egal sein, oder auch nicht. Ich könnte zwar in France, in Marseille, Toulouse oder in Rennes oder sonst wo untertauchen. Aber auch für mich ist dieser *flic* ein Sicherheitsrisiko. Überlegen Sie.«

Yvonne stand plötzlich in der Tür.

»Ferdi, ich kann nicht schlafen. Wie lange macht ihr denn noch? Es ist doch schon nach drei.«

23. Kapitel
Riskanter Besuch und diverse Vermutungen

Metternich bezeichnete sich einmal als porösen Charakter. Bei seinem Freund Hendrik hatte er sich vor einiger Zeit mittels einer Flasche Chateau Saint-Aubin über sein Innerstes ausgelassen. Die Herkunft aus dem vermaledeiten Klerus, die emotional leeren Eskapaden mit irgendwelchen Weibern, der allgegenwärtige Zynismus, der ihm sein Dasein angeblich erleichtert.

Seinen Beruf betrachtete er nicht als Berufung. Die Herausforderungen sah er sportlich. Und das hatte er auch alle immer wissen lassen. Besonders Jankowitz, den Abteilungsleiter. War er hier und jetzt immer noch der Zyniker? Immer noch derjenige, der über ein Unglück gelegentlich auch Spott schüttete?

Am Morgen des zweiten Juli saß Metternich im Café am Frühstückstisch. Die Schlagzeile eines ausgelegten Boulevardblatts sprang ihn regelrecht an:

›Doppelmord
Erst die Tochter, dann die Mutter‹

Den ACE-Hemmer warf er sich noch einmal ein. Ihm war klar, dass er nicht nach Hause fahren konnte. Seine körperliche Befindlichkeit hätte es zwar zugelassen, aber er musste den Vorgängen hier nachgehen.

Von Ritter hörte er überraschend wenig. Das war ihm eigentlich ganz recht. Keine Fragen bezüglich der Nacht mit Viola. Ritter anrufen? Ihn nach dem Stand der Ermittlungen fragen? Nein, vorerst nicht. Außerdem wollte er Ritter nicht durch ständiges Nachfragen nerven.

Van der Meer ging ihm nicht aus dem Kopf. Da blieb etwas hängen. Einerseits fand er ihn konziliant und von einer zurückhaltenden Empathie. Andererseits drang durch ihn etwas kühl Unnahbares, beinahe hintergründig Kaltes. Metternich entschied sich. Ihm war bewusst, dass die Begegnung heikel sein könnte.

Er verließ das Hotel und fuhr in die Paul-Heyse-Straße zum ›*Münchner Kurier,*‹ Wirtschaftsredaktion. Der Mord an Viola Kilian hatte natürlich in der Ausgabe zwei Tage zuvor gestanden. Ein Zusammenhang mit van der Meer war bis dato hier nicht bekannt. Nachdem sich Metternich als interessanter Informant ausgegeben hatte, wurde ihm ein Journalist namens Herringer vorgestellt. Herringer beschäftigte sich schon länger mit van der Meer und seiner ›*VdM-Invest*‹. Und er hatte schon einige Artikel darüber geschrieben.

»Van der Meer«, sagte Herringer. »Sie haben also ganz bestimmte Informationen über ihn, die Sie diskret an unser Blatt verkaufen wollen?«

Sie hatten in einem abgetrennten Büro Platz genommen.

»Nein. Ich habe keine Informationen, keine konkreten.«

Herringer schaute erstaunt.

»Ja, und warum sind Sie dann hier?«

Metternich sah sich Herringer genau an: ein ziemlich großer, schlaksiger Enddreißiger. Und ein richtiger Maulwurf, dachte Metternich, zu wenig Schlaf und zu viele Zigaretten. Er musste sich nun entscheiden. Ging das oder ging das nicht?

»Wenn ich mich auf Ihre absolute Diskretion und Vertraulichkeit verlassen kann, sage ich Ihnen, um was es geht.«

Herringer wurde hellhörig.

»Alles, was ich Ihnen erzähle, muss unter uns bleiben, so lange, bis ich es Ihnen quasi freigebe. Dafür berichten Sie mir alles, was Sie über van der Meer investigativ herausfinden.«

Herringer schwieg einige Sekunden und schaute Metternich ebenso prüfend an.

»Kann ich mich auf diese Vereinbarung verlassen?«, setzte Metternich nach.

»Langsam, langsam. Wer sind Sie eigentlich?«

»Ich bin Polizist, Kriminalhauptkommissar, bei der Mordkommission. Allerdings nicht in München. Ich bin quasi auf Urlaub hier, Rekonvaleszenz. Und ich bin mit dem Fall Viola und Vera Kilian in einer bestimmten Weise konfrontiert.«

Herringer zog die Brauen hoch.

»Und was hat das mit van der Meer zu tun?«

»Möglicherweise einiges. Das erzähle ich Ihnen später. Sie berichten mir bitte zunächst über van der Meer. Übrigens: Ich garantiere Ihnen, dass Sie von mir exklusiv alle meine Erkenntnisse in diesem Fall bekommen. Unter der Voraussetzung, dass dieses Gespräch absolut unter uns bleibt. Aber vollkommen.«

Herringer faltete die Hände.

»Gut. Zugesagt. Also, über van der Meer haben wir in der Vergangenheit schon öfter berichtet. Der Mann hat eine ausgezeichnete Reputation. Investiert in großem Stil. In welche Firmen oder Konzerne und in welchen Größenordnungen, ist nicht exakt bekannt. Da hält sich der Mann bedeckt. Die ›*VdM-Invest*‹ hat, glaube ich, so um die zehn bis zwölf Mitarbeiter, allesamt Fachleute im Asset-Investment.«

»Was haben Sie denn sonst so recherchiert?«, hakte Metternich nach. »Das ist doch bestimmt nicht alles, oder?«

Herringer strich sich über das Kinn.

»Nun, es gibt Gerüchte, dass die ›*VdM-Invest*‹ auch in Waffengeschäfte involviert ist. Das ließ sich nie exakt nachweisen. Aber da recherchieren wir noch weiter. Des Weiteren drang mal durch, dass van der Meer über seine Hausbank, eine Privatbank, erkleckliche Summen in Steueroasen transferieren soll. Bis jetzt gibt es aber dafür noch keine konkreten Anhaltspunkte. Nun zu Ihnen. Recherchieren Sie als Polizeibeamter nicht im Internet? Was können Sie mir denn Interessantes vorlegen?«

»Ich bin, wie gesagt, krankheitsbedingt hier, in Erholung. Und da habe ich von Laptop, Tablet etc. Abstand genommen, weil ich meine Ruhe haben wollte. Das hat nicht geklappt. Haben wir jetzt etwas mehr Zeit?«

»Ja, natürlich.«

Metternich begann, Herringer einiges mitzuteilen. Zunächst nur Bruchstücke. Es gäbe einen gewissen Zusammenhang zwischen den Tötungsdelikten Viola und Vera Kilian und van der Meer. Der sei aber noch nicht genau definiert. Mehr könne er in diesem Moment dazu nicht sagen. Die Bekanntschaft mit Ritter ließ er unerwähnt. Herringer kniff die Augen zusammen. Er ließ sich von einer Mitarbeiterin Kaffee und Wasser kommen, schloss dann wieder die Tür und hörte angespannt zu.

»Ich möchte, dass Sie Ihre Recherche über van der Meer intensiv fortsetzen und mir und nur mir die Ergebnisse mitteilen. Angesichts der Infos, die ich Ihnen weitergegeben habe, ist das wohl auch logisch«, sagte Metternich, nachdem er seine

Ausführungen beendet hatte. »Sagen Sie, was ist denn Ihr persönlicher Eindruck von van der Meer?«

Herringer trat ans Fenster.

»Viel kann ich nicht dazu sagen. Ein bulliger, kalkulierender Businesstyp mit dem Hang, nicht als Profitgeier zu gelten. Nicht unsympathisch, aber auf eine undurchsichtige Weise hintergründig. Bekannter geworden ist van der Meer allerdings durch seine Teilnahme an Wohltätigkeitsveranstaltungen. Er ist Mitglied im ›*Dolphin Club*‹ und wurde kürzlich in Wiesbaden ausgezeichnet.«

»Wofür?«

»Das war die groß angelegte Flüchtlingshilfe des ›*Dolphin Club International*‹. Wir hatten darüber berichtet. Van der Meer hat da den ersten Preis bekommen. Er ist ausgesprochen frisch, wenn Sie verstehen, was ich meine. Der spendet bisweilen ordentliche Summen.«

»Ein richtiger Philanthrop«, säuselte Metternich süffisant.

»Na ja, wer weiß das schon.«

»Können Sie mir noch mehr erzählen?«

Herringer hob die Schultern.

»Nur so viel: Van der Meers Vorfahren stammen wohl aus dem Flämischen. Er war zweimal verheiratet ... zuletzt mit der Sängerin Sabrina Mattner, Sopran an der Oper. Kinder hat er, soviel ich weiß, keine.«

Metternich grinste mehr wissend. »Aber in der Münchner Gesellschaft ist der schon 'ne Nummer, oder?«

Herringer lächelte. »Sie kommen aus dem Rheinland. Hört man doch. Da verbindet man München immer noch mit der Schickeria. Das ist was von früher. Ach, van der Meer ist nicht ganz unbekannt, aber auch keiner, der ständig in den Edelfressläden oder in den angesagten Klubs herumhängt. Übrigens, von der Chefredaktion ist in absehbarer Zeit ein Interview mit van der Meer geplant. Soll dann bald erscheinen.«

Metternich erhob sich.

»Ich denke, wir können uns aufeinander verlassen. Sie bekommen von mir die Informationen und ich Ergebnisse Ihrer Recherchen.«

Dann verabschiedeten sie sich. Beim Verlassen der Redaktion überkam Metternich doch ein zweifelndes Gefühl. Was er da tat, war dienstlich illegal. Egal. Mit einer wegwerfenden Handbewegung tat er das ab. Er hatte sich entschieden.

Er trat auf die Straße und ließ sich alles noch einmal durch den Kopf gehen. Etwas irritierte ihn an van der Meer. Ihm ging diese merkwürdige Haltung zu seiner Tochter und deren Tod nicht aus dem Sinn.

Setzen lassen, sagte er sich. Nicht voreilig urteilen. Es musste doch einen Zusammenhang zwischen Violas und Veras Ermordung geben. Das würden Ritter und die Kommission natürlich genauso sehen. Er selbst wollte jetzt nicht noch einmal zu van der Meer fahren, nicht jetzt.

Vielleicht später noch einmal.

***

Metternichs Weg führte zunächst nach Augsburg. Elvira Breitstein wohnte im Stadtteil Göggingen, Römerweg.

Großräumiger Flachdachbungalow aus den Siebzigern mit Vorgarten. Elvira Breitstein öffnete gleich. Metternich stellte sich nun wieder als Kommissar vor. Sie empfing ihn freundlich und führte ihn in das mit Stilmöbeln überladene Wohnzimmer.

Metternich begann für seine Verhältnisse recht behutsam.

»Frau Breitstein, Ihr Liebesleben ist Ihre Angelegenheit und geht mich nichts an. Aber in einer unerfreulichen Angelegenheit muss ich danach fragen.«

Breitstein hatte ihr Haar hochgesteckt und richtete es noch mal.

»Ich verstehe nicht«, sagte sie etwas pikiert.

»Sie logierten kürzlich in der ›*Überfahrt*‹. Zuvor besuchten Sie das Kasino Wiessee. Dort freundeten Sie sich mit einem Franzosen an. Ist das korrekt?«

Breitstein hüstelte. »Ja, das stimmt. Und?«

»Sie haben dann mit diesem Herrn in der ›*Überfahrt*‹ genächtigt.«

Breitstein errötete leicht. Und sie schwieg.

»Frau Breitstein, das ist nicht der Grund meines Besuchs. Mit wem Sie die Nacht verbringen, ist mir vollkommen gleichgültig. Mich interessiert der Franzose. Warum, das erkläre ich Ihnen später. Bitte erzählen Sie mir den Ablauf des Abends und was dieser Mann mit Ihnen so gesprochen hat. Wie hat er sich verhalten? Welchen Eindruck hat er auf Sie gemacht?«

Viola Breitstein schaute jetzt etwas blasiert. Dann aber zwang sie sich zu antworten. »Herr Kommissar, dieser französische Herr war äußerst charmant, kultiviert und zuvorkommend. Was soll ich Ihnen sonst sagen.« Sie zog die Brauen hoch. »Ja, ich habe mit ihm die Nacht verbracht. Ich lebe alleine.«

»Was erzählte er denn so? Wie gab er sich? Was trug er? Beschreiben Sie ihn. Er hieß Legrand, oder?«

»Ja, Pierre Legrand. Wie er sich gab? Eloquent, ein bisschen frech.« Dabei lächelte sie. »Er trug ein Sakko, darunter ein weißes offenes Hemd und enge Jeans. Attraktiver Mann, groß mit längerem schwarzem Haar, schmales Gesicht. Das wollten Sie doch wissen, oder?«

»Was hat er Ihnen denn so erzählt, also woher er kommt, wohin er geht zum Beispiel? Ist Ihnen irgendetwas Besonderes aufgefallen?«

Breitstein zuckte mit den Schultern. »Er sagte, er käme aus Marseille. Er sei viel unterwegs, in Rom, Mailand, Paris. Ach ja, als ich ihn nach seinem Beruf fragte, machte er einen recht derben Scherz.« Jetzt musste sie ein wenig kichern. »Stellen Sie sich vor, er sagte, er sei Auftragskiller. Schräger Witz, oder? Na ja, wir haben gelacht. Und ich fragte ihn, ob Franzosen generell so einen schwarzen Humor hätten.«

»Und was antwortete er darauf?«

»Er habe eben viel Humor und noch vieles mehr. Etwas anderes kann ich Ihnen nicht berichten. Um ehrlich zu sein, es ist mir schon peinlich, Ihnen von dieser Begegnung zu erzählen. Ich bin Witwe, ich habe auch Wünsche, wenn Sie verstehn.«

»Aber natürlich, Frau Breitstein. Erfüllen Sie sich nur Ihre speziellen Wünsche. Das bleibt alles unter uns.«

Dabei zog Metternich die linke Braue hoch und glotzte auf ihren Atombusen.

»Aber was ist denn mit Herrn Legrand? Hört sich gefährlich an. Hat er etwas verbrochen?«

»Das muss erst noch geprüft werden. Noch liegt nichts vor. Frau Breitstein, ich danke Ihnen für Ihr Entgegenkommen und die Auskunft.«

***

Metternich wäre gern in die Augsburger Innenstadt gefahren. Nie war er bisher hier gewesen. Die weltweit erste Sozialsiedlung, erbaut von den Fuggern. Das hätte er sich gern angesehen. Aber sein Kopf war mit dem aktuellen Vorgang beschäftigt. Der Franzose. Dreist, der Typ. Lehnte sich weit aus dem Fenster, mit seiner Posse die notgeile Witwe zu narren. Ganz eindeutig.

Das musste Violas Mörder und auch Veras Mörder sein. Warum? Metternich war sich sicher. Da lag ein Auftrag vor. Legrand – ein Auftragskiller? Mutter und Tochter. Erst die Tochter, dann die Mutter. Sehr absonderlich.

Von Augsburg fuhr er Metternich nach München. Er überlegte, doch zu Ritter ins Präsidium zu fahren. Er sollte seine Überlegungen nicht für sich behalten, dachte Metternich. Und er musste von seinem Besuch bei Elvira Breitstein berichten.

***

Ritter saß am Schreibtisch. Rotthoff war gerade bei ihm, und Huth kam hinzu. Metternich blieb zunächst im Türrahmen stehen.

»Komm rein, Moritz!« Ritter winkte ihn herbei. »Kostest du noch München und seine Umgebung aus?«

Metternich stotterte etwas wegen dieser Frage.

»Ja ... schon. Aber wie weit seid ihr denn mit dem Tötungsdelikt Vera Kilian?«

Ritter stand auf und ging um seinen Schreibtisch herum.

»Wir haben Anrath ausführlich verhört, dann das Umfeld befragt. Wir versuchen mit Sennheiser und den Rosenheimer Kollegen, eine Verbindung zu Violas Ermordung herzustellen. Das LKA hat sich auch eingeschaltet. Die Fahndung nach dem dubiosen Mann mit dem schwarzen Haar läuft immer noch, bis jetzt ergebnislos.«

Metternich trat nahe an Ritter heran.

»Hattet ihr die beiden Frauen, also die Spaziergängerinnen, noch mal befragt?«

»Nein, die hatten ja alles gesagt, was sie gesehen hatten.«

»Ich habe noch einmal bei ihnen nachgehakt. In der ›*Überfahrt*‹. Da wohnten die nämlich. Und da soll ein Typ mit dem beschriebenen Aussehen zuvor abgestiegen sein.«

Ritter schaute erstaunt.

»Aha? Und?«

»Das war interessant. Dieser besagte Mann ist Franzose, spielte im Kasino Wiessee und schleppte nachts eine schwerreiche Witwe ab, die auch in der ›*Überfahrt*‹ logierte.«

»Oh ha!« Ritter grinste.

»Elvira Breitstein heißt die Dame, wohnt in Augsburg, und ich habe mir die Freiheit genommen, sie zu besuchen. Der Franzmann nannte sich Legrand, und – ich mach es kurz – der liebt makabere Scherze. Auf Breitsteins Frage nach seinem Beruf raunte er ihr zu, er sei Auftragskiller. Und beide, so Breitstein, hätten darüber gelacht. Na ja, wer stellt sich schon als Auftragskiller vor.«

Ritter pustete. »Hört sich verrückt an. Und ich dachte, du würdest München genießen.«

»Die Breitstein beschrieb diesen Legrand sehr ähnlich wie die Spaziergängerinnen. Schwarzes Haar, groß, schlaksig, schmales Gesicht, Sakko und Jeans. Lässiger Typ. Die konnte ihn natürlich präziser beschreiben. *In allen Details*.«

Metternich grinste mokant.

»Hilft uns das jetzt weiter?«, fragte Ritter rhetorisch.

Metternich hatte im Moment den Eindruck, dass ihn Ritter wegkomplimentieren wollte. Auf Metternichs Nacht mit Viola ging er auch nicht mehr ein.

»Alois, ich will mich in eure Ermittlungen nicht einmischen. Ich dachte nur, mein Herumhorchen könnte behilflich sein.«

»Das ist nett, Moritz. Vielleicht können wir was mit deinen Recherchen anfangen. Aber unser Dr. Schallrauch mag nicht, wenn ein Außenstehender uns in die Quere kommt. Der ist halt ziemlich empfindlich. Lass uns mal morgen auf einen Kaffee treffen.« Dann geleitete er Metternich zur Tür. »Genieß doch noch die Zeit hier; gibt viel zu unternehmen.«

Metternich wurde nachdenklich. Ritters neue Reserviertheit. Gut, Bullen hatten eben eine gewisse Befindlichkeit und Empfindlichkeit. Vielleicht waren die Bajuwaren anders gestrickt. Er verließ das Präsidium leicht missgelaunt.

Aber er war froh, seinen Besuch bei van der Meer nicht erwähnt zu haben. Was war eigentlich mit Seeberger und Rastätter?

Wollte Ritter da nicht mal nachforschen?

24. Kapitel
Unschlüssiges Agieren

Der Bayerische Investoren-Verband hatte van der Meer für den folgenden Nachmittag eingeladen. Er wurde gebeten, wieder einmal über seine Investitionsstrategien einen Vortrag zu halten. Das letzte Mal, vor einigen Monaten, hatte er über die Portfolioanalyse, die Vier-Felder-Matrix, referiert. Heute plante er, ein Referat über Investmenttheorien zu halten. Schwerpunkt: Immunisierung von Bond-Portfolios.

Am Morgen nach dem unwillkommenen nächtlichen Besuch arbeitete er in seinem Büro. Andresen hatte einige Fragen. Müller berichtete. Melanie Herz war wie immer gut aufgelegt und belebte den Morgen mit leicht lasziver Gestik. Van der Meer mochte das, weil sie natürlich war. Yvonne hatte eher den Status einer Vorzeigebraut. Nach dem Aufstehen hatte sie ihn noch mit Fragen nach der vergangenen Nacht genervt.

»Du bist so nachdenklich«, hatte sie gemeint. »Du wirkst unausgeschlafen.«

»Stell dir vor, mein Goldstück, ich denke öfters«, hatte er gemurmelt. »Es gibt ein paar Probleme zu lösen.«

Melanie legte ihm Papiere zur Unterschrift vor. Dann meldete sich van der Meers persönliches Telefon mit Direktleitung.

»Hier ist SEVERUS, Stefan Gschwend. Ich wollte mich mal melden. Bin in Berlin.«

»Freut mich, dass du dich meldest, Bruder. Was gibt's Neues in der Hauptstadt? Ich habe gehört, die sei endlich schuldenfrei.«

Gschwend lachte.

»Vielleicht meinst du das Berlin in Kentucky. Das kann sein. Aber ich habe eine gute Information, die euch möglicherweise freuen könnte. Ich bin ja nun kein Novize mehr.«

»Raus damit. Aber keine Namen.«

»Ich konnte durch ausgezeichneten Kontakt jemanden für uns gewinnen, sagen wir mal interessieren. Einen Entscheidungsträger im Innenministerium.«

»Sehr schön. Das reicht für heute. Wenn du wieder in der Nähe bist, treffen wir uns, und du schilderst mir die Begegnung persönlich.«

»Mach ich, Bruder. Alles Gute und bis bald.«

Van der Meer mochte SEVERUS. Seine noch jungenhaft unbekümmerte Art. Der Kerl würde Karriere machen, dachte van der Meer, der konnte eine Bereicherung für die Loge sein. Und er arbeitete für ihn persönlich und für die Organisation, ohne zu wissen, dass es diese gab. Van der Meer lächelte zufrieden in sich hinein. Eine äußerst vorteilhafte Konstellation. Er selbst hatte vor einigen Jahren einen Staatssekretär in die Loge ›*Sator 22*‹ einführen können. Als einen bereichernden Zufluss hatte er ihn dem Großmeister damals in hehren Worten anempfohlen. Und der Politiker hatte sich nach Einschätzung des Großmeisters bewährt. Der Vortrag beim Bayerischen Investoren-Verband kam van der Meer ungelegen. Absagen konnte er aber nicht. Er griff wieder zu seinem persönlichen Telefon. Keine E-Mails, kein Handy, niemals. Nur das einfache Festnetz. Das Gespräch war längst überfällig. QUIRINUS, Martin Heyer bei der BAFA, hatte einige Tage Urlaub und war gut zu erreichen.

»Wie sieht es aus mit der MTB und der Lieferung der Zentrifugen? Hast du die Papiere nun ausfertigen können? Der Empfänger im Nahen Osten wird ungeduldig. Und die Mitglieder der Organisation wollen ihre Rendite. Die investieren nicht umsonst in derlei Geschäfte. Die Herrn von der MTB sind bereits nervös.«

»Ich muss da noch was deichseln«, sagte Heyer fast im Flüsterton. »Mir fehlen Stempel und Unterschriften. Die bekomme ich aber nur durch einen Winkelzug. Sie verstehen. Ist im Moment etwas schwierig. Aber ich kriege das hin.«

»Gut, wir warten ab.«

Van der Meer lehnte sich zurück. Viel konnte er jetzt nicht tun. Er schaute auf seinen Terminplan. Morgen Vorstandstreffen des ›*Dolphin Club*‹, Sektion München. Dazu hatte er wenig Nerv.

»Melanie!«

Sie erschien sofort.

»Sag dem ›*Dolphin Club*‹ ab. Sag, mir seien wichtige Termine dazwischengekommen. Ich bin jetzt beim Investoren-Verband.«

Van der Meer spürte eine innere Unruhe. Er grübelte über die Lage. Die Ereignisse der vergangenen Tage verunsicherten ihn. Carnivale hatte er engagiert. Vera war zum Problem geworden. Sie hatte über Jeanette Seeberger Bescheid gewusst und über seine Verbindung zu ihr. Und sie hatte gewusst, wer die Seeberger erschossen und wer die Liquidation in Auftrag gegeben hatte. Und dann hatte sie kürzlich versucht, ihn zu erpressen.

Wie gut, dass er Andresen hatte. Der Mann war sein Geld allemal wert, dachte van der Meer. Andresen hatte herausgefunden, dass Vera und Fürneisen in Verbindung standen. In welcher? Das war zunächst nicht klar. Vielleicht hatten sie ein diskretes Verhältnis. Und Fürneisen hatte ihr gesteckt, wer den Auftrag in Sachen Seeberger gegeben hatte.

Zu der Zeit hatte van der Meer zu diesem Herrn leichtsinnigerweise noch Vertrauen gehabt. Fürneisen und Seeberger mussten sich irgendwann bei einer Veranstaltung kennengelernt haben. Fürneisen war für die Seeberger bestimmt nur der Mann fürs Grobe gewesen. Und der fand Vera für seine Bedürfnisse gerade passend. Van der Meer schmunzelte in sich hinein. Fürs Bett und wegen des Kontakts zu ihm. Dieser Scheißkerl.

Er stand auf und ging zum Fenster, sah über die Stadt und reflektierte weiter. Schön, der Kettenhund Carnivale hatte ganze Arbeit geleistet. Jetzt hatte der Kettenhund sich losgerissen. Er schien außer Kontrolle. Dabei hatte ihm sein Verbindungsmann Carnivale wärmstens empfohlen. Der war bei den *Képi blanc* gewesen, also bei der Fremdenlegion, mit diversen Auszeichnungen. Gebürtiger Franzose war er nicht. Ja, das hatte ihm der Vermittler gesagt. Aber die französische Staatsbürgerschaft hatte er bekommen nach Ablauf der Dienstzeit. Ein Psychopath war er. Gefährlicher, als van der Meer vermutet hatte. Nicht mehr einzuschätzen.

Und nun Metternich. Was war mit diesem Kommissar, der hier gar keine Befugnisse hatte, wie sich nun herausstellt?

Was hatte der vor?

Und was plante Carnivale?

***

Metternich war vom Präsidium ins Hotel gegangen. Er legte sich aufs Bett und ruhte. In ihm machte sich eine unangenehme Unschlüssigkeit breit. Einerseits wollte er Ritter nicht lästig werden und dort querschießen, andererseits wühlte es in ihm. Violas Tod. Die Aufklärung nahm er nicht mehr sportlich.

Seine Handymelodie erklang.

»Hier ist Jankowitz.«

Metternich ärgerte sich darüber, dass er etwas erschrak.

»Ich wollte mal hören, wie es Ihnen geht«, sagte der Abteilungsleiter von der Heimatfront. »Wir könnten Sie hier wieder gut gebrauchen. Gemordet wird nicht nur in München.« Dabei lachte er angestrengt. »Wann dürfen wir denn wieder mit Ihnen rechnen?«

Jankowitz, welche Überraschung. Angenehm?

»Ich bin auf dem Weg der Besserung. Kann nicht mehr lange dauern. Aber ich werde vorher Professor Streyer konsultieren und melde mich dann schnellstens. Wie läuft es in unserer Abteilung?«

»Gut. Dem Kleingartenmörder sind wir auf der Spur. Kalkmeyer, Hansen und Trübsand sind dran. Es gibt schon den einen oder anderen Hinweis. Der Mutter-und-Tochter-Mord da unten bei euch ist ja auch ein Ding. Na ja, melden Sie sich, wenn es Ihnen bald wieder gut geht. Bis dann.«

Jankowitz, immer so ein mauliges Timbre, dachte Metternich. Er lag noch auf dem Bett und döste. Rastätter, Seeberger. Die Namen gingen ihm nicht aus dem Kopf. Wie weit waren Ritter, die Kommission und Sennheiser? Es war auch Langweile, die ihn an diesem Nachmittag erfasste. Langweile, ein für ihn fremder Begriff. Wann hatte er sich zuletzt einmal gelangweilt?

Schließlich raffte er sich auf. Er rief das Hotel ›*Seeblick*‹ in Bad Wiessee an und buchte dort wieder ein Zimmer.

»Mit Meerblick bitte«, alberte er zur Rezeptionistin, die er schon knackig fand.

Metternich wollte alles noch einmal von Beginn an nachspüren. Die Orte erneut begehen. Wie hatte er sich einmal Trübsand gegenüber referierend ausgelassen? ›Man muss ein feines Gespür haben für die Schwingungen im Hintergrund, die Strömungen unter der Oberfläche und die Rinnsale – wohin sie fließen. Und eine Antenne für klammheimliche Verbindungen. Sherlock Holmes. Der fand mal auf einer Straße einen Männerhut. Er hob ihn auf, betrachtete ihn einen Augenblick, und dann wusste er, dass sein Besitzer Alkoholiker war und ziemlich heruntergekommen, von seiner Frau nicht mehr geliebt wurde und kaum noch Geld hatte. Du spürst die glitzernden Fäden im Hirn, wie die Synapsen klicken, wie das Geflecht der Erkenntnisse zu einem brauchbaren Ergebnis führt. Wie die Mosaiksteine sich plötzlich zu einem Bild zusammenfinden.‹

Trübsand hatte sich damals nicht halten können vor Lachen. Dann aber war er still und nachdenklich geworden.

***

Gegen achtzehn Uhr war Metternich in Wiessee. Und er bekam sein Zimmer mit ›Meerblick‹. Die Abendsonne ließ ein weiches Licht über den See fallen. Metternich schaute über das Wasser. Sollte er zu Rastätter gehen? Ihn nachdrücklich nach Jeanette Seeberger fragen? Oder nach van der Meer?

Ritter war ein pfundiges Kerlchen, dachte Metternich, aber ihm scheinen die Ermittlungen etwas phlegmatisch zu verlaufen. Die Münchner hatten anscheinend den Fall Viola an sich genommen, von Rosenheim weitestgehend abgezogen. Sahen sie die Rosenheimer mit Sennheiser als nicht kompetent genug an?

Im Seerestaurant des Hotels bestellte er sich am Abend einen gebratenen Seesaibling, angeblich fangfrisch. Kein Konzert heute Abend, auch kein Maßkrugstemmen, griemelte er in sich hinein. Kein Bedarf.

25. Kapitel
Misslicher Besuch, sommerliche Tour

Es war am Morgen kurz nach halb elf. Frau Rastätter öffnete Metternich die Tür. Sie sah ihn misstrauisch an und begrüßte ihn kurz angebunden.

»Sie?« Dann führte sie ihn ins Haus. »In Anbetracht der schrecklichen Ereignisse ist mein Mann nun nicht in der Klinik. Gehen Sie durch, er sitzt hinten auf der Terrasse.«

Rastätter saß bei einer Tasse Kaffee an einem Gartentisch und schaute gedankenverloren auf den See. Dann bemerkte er den Besucher.

»Aha, Herr Metternich.«

Dabei drehte er sich gemächlich um, ohne aufzustehen.

»Ich möchte Ihnen zunächst mein aufrichtiges Mitgefühl zum Tod Ihrer Schwester aussprechen. Das tut mit sehr leid.«

Rastätter nickte kurz.

»Ich denke, Kollege Ritter und seine Mitarbeiter waren schon bei Ihnen.«

»Ja, das waren sie. Und warum kommen Sie jetzt zu mir? Haben Sie etwa noch mehr Fragen als die Kommissare Ritter und ... Moment ... Sennheiser?«

»Ich weiß es nicht. Und ich weiß auch nicht, welche Fragen die Kollegen schon gestellt haben.«

Rastätter erhob sich nicht zur Begrüßung. Er streckte noch nicht einmal die Hand aus. Einen Platz bot er auch nicht an. Sein Verhalten Metternich gegenüber hatte sich seit dem Mord an Viola sichtlich verändert. Man spürte seinen Ärger und seine Enttäuschung über Metternichs Unaufrichtigkeit.

»Wollen Sie mir eine Versicherung verkaufen?«, sagte Rastätter gequält ironisch. »Oder wollen Sie sich vielleicht mit mir noch über Rachmaninows 5. Klavierkonzert unterhalten.«

»Nein«, sagte Metternich ganz ruhig und eher leise. »Der hat außerdem nur vier geschrieben. Es gibt immer noch einige Fragen, die mich beschäftigen. Und nicht nur mich.«

Rastätter lachte jetzt etwas gekünstelt.

»Jaja, Sie haben Ahnung von Musik.«

»Reiner Zufall. In der Klassik sind Sie weit besser bewandert. Zwei familiäre Todesnachrichten in vier Tagen, Herr Rastätter, das ist kaum zu verkraften. Und es fällt mir schwer, Sie nun mit einigen Fragen belästigen zu müssen. Mich interessiert das Telefongespräch während der Kaffeerunde vor ... vor sechs Tagen. Es ging um eine Frau, Jeanette Seeberger, Sie wissen, wen ich meine.«

Rastätter zog eine Schnute.

»Das hatten Sie und Ihr Kollege doch an diesem Abend schon ausführlich gefragt. Frau Seeberger. Ja und? Ich weiß, sie ist erschossen worden vor circa einem Monat. Was wollen Sie jetzt wissen, und was hat das mit dem tragischen Tod meiner Nichte und meiner Schwester zu tun? Ich denke mal nichts.«

»Eben das ist die Frage. Wer war der Anrufer? Um was ging es?« Metternich stand noch immer direkt vor Rastätter. »Diese Frage hatten Sie uns noch nicht vollständig beantwortet.«

Rastätter hob den Kopf. »Es geht doch hier um Violas und Veras Tod. Diese möglichst schnell aufzuklären hat doch die oberste Priorität. Oder sehe ich das falsch?«

»Das sehen Sie vollkommen richtig. Aber die Ermittlungswege müssen Sie schon uns überlassen.«

Metternich ließ sich jetzt unaufgefordert auf einem der Terrassenstühle nieder.

»Herr Rastätter, es geht um das besagte Telefonat. Sie klangen aufgeregt und nervös. Im Zusammenhang mit dieser erschossenen Jeanette Seeberger bekommt so ein Gespräch schon eine sonderbare Bedeutung. Ich will und muss von Ihnen wissen, was der Hintergrund dieses Dialogs war und mit wem Sie gesprochen haben. Das mit der unterdrückten Nummer nehme ich Ihnen nicht ab.«

Rastätter schenkte sich noch den Rest Kaffee ein. Metternich schaute sich um und sah Frau Rastätter an den großen Terrassenschiebetüren stehen. Er hatte den Eindruck, dass sie schon eine ganze Weile da stand, ohne von ihrem Mann bemerkt worden zu sein. Jetzt kam sie näher. Sie sah blass und mitgenommen aus.

Und dann sagte sie plötzlich bestimmend: »Er sprach mit Ferdinand van der Meer.« Das klang so, als wollte sie eine Last loswerden.

Metternich kniff die Augen zusammen. »Sie sprachen mit van der Meer über Jeanette Seeberger? So dramatisch?«

Rastätter stand auf.

»Ja, Herr Metternich, ich sprach mit van der Meer. Es stimmt, es ging um Frau Seeberger. Aber so dramatisch war es nicht, wie Sie es jetzt darstellen.«

Er wirkte in diesem Moment ziemlich gereizt. So kannte Metternich den anscheinend so musischen Menschen Rastätter nicht.

»Noch einmal: Ich bin mir nicht darüber im Klaren, was die Frage nach Frau Seeberger und Herrn van der Meer mit der tragischen Ermordung meiner Nichte und meiner Schwester zu tun haben soll.«

Metternich schaute zu ihm hoch.

»Van der Meer war immerhin der Vater von Viola.«

»Das ist mir bekannt.«

»Frau Seeberger ist vor einiger Zeit erschossen worden, wie Sie wissen. Die Tat wurde noch nicht aufgeklärt. Das wissen Sie auch. Jetzt scheint klar, dass sich Frau Seeberger und van der Meer kannten. Und über Ihre Tätigkeit als Schönheitschirurg hinaus haben beziehungsweise hatten Sie anscheinend mit beiden etwas zu tun. Darüber möchte ich Genaueres wissen.«

Rastätter setzte sich wieder.

»Mein Gott, über Jeanette Seeberger habe ich mal den einen oder anderen Anlagefonds gekauft. Van der Meer wurde von ihr auch diesbezüglich beraten. Was ist in dieser Situation daran nun so interessant?«

Metternich beugte sich nach vorne, stützte sich auf die Knie und schaute Rastätter durchdringend an.

»Die Tonlage. Sie sprachen heftig. Sie sagten, Sie wüssten das, hätten aber damit nichts zu tun. Was wussten Sie, und mit was haben oder hatten Sie nichts zu tun?«

Rastätter zuckte mit den Schultern.

»Ich weiß nicht, was Sie meinen. Ich kann mich jedenfalls an diese Sätze nicht erinnern. Mehr gibt es nicht zu sagen.«

Metternich wandte sich an Frau Rastätter, die immer noch auffallend ruhig da stand.

»Woher wissen Sie, dass es van der Meer war, der Ihren Mann angerufen hatte?«

Rastätter sah seine Frau unauffällig zornig an. Metternich aber konnte es wahrnehmen.

»Weil er ihn schon einmal angerufen hatte, einige Tage zuvor. Hermann, du machtest einen aufgeregten Eindruck. Und ich habe dich gefragt, was los sei. Warum erzählst du nicht, was war. Herr Kommissar, auch ich hatte so ein komisches Gefühl, so als stimme da etwas nicht. Gerade weil diese Frau Seeberger ermordet worden war. Hermann, bitte.«

Rastätter erhob sich wieder. Er schien nun wütend zu werden, wütend auf seine Frau, wütend auf die Situation. Er entfernte sich einige Schritte, drehte sich wieder um und hob die Arme.

»Regina, es reicht! Ja, van der Meer hatte mich schon einmal angerufen! Soweit ich mich entsinne, ging es um Verluste bei diversen Anlagen. Sonst gibt es nichts zu berichten.«

»Und warum hatten Sie bei der Befragung vor einigen Tagen behauptet, ein Unbekannter habe Sie angerufen?«, fragte Metternich.

»Das ist doch nachvollziehbar. Seeberger erschossen. Alles ungewiss. Der Mord an meiner Nichte Viola. Furchtbar! Was meinen Sie, wie ich mich fühle! Gut, ich sehe ein, das war ein Fehler. Ich war einfach nervlich überspannt. Aber jetzt dieses Telefonat so hoch zu hängen, ist übertrieben und hat keine Relevanz.«

Metternich überlegte, ob er es in diesem Moment gut sein lassen sollte. Van der Meer hatte also bei dem Besuch mit Ritter gelogen, als er behauptete, zu Rastätter keinen persönlichen Kontakt zu haben, ihn nicht zu kennen. Er beließ es dabei. Vorläufig. Er musste erst einmal abwarten, was Ritters Kommission so ermittelte. Einfach raushalten. Ritter sollte sich melden, wenn er Mitteilungsbedarf oder Fragen bezüglich Viola hatte.

***

Es war fast Mittag, als Metternich die Rastätters verließ. Ein paar weiße Schönwetterwölkchen krönten die Bergspitzen.

In bestimmten Momenten war es Metternich, als sollte er sich am liebsten abseilen und nach Hause fahren. Die ganze Geschichte begann ihm zuzusetzen, ihm auf die Nerven zu gehen. Nein, sportlich nahm er das alles nicht.

Abstand gewinnen.

Und er wollte für sich fühlen, dass er seiner Sache sicher war.

Zuerst hatte er vorgehabt, noch einmal an den Tatort Hofbauernweißachtal in die Wolfsschlucht zu gehen. Andererseits wollte er gerne mit Dirk Anrath reden. Jetzt entschied er sich für einen erholsamen Ausflug. Die Gedanken fliegen lassen.

Er fuhr zur Talstation der Wallbergbahn. Die Gondel zum Wallberg hinauf war mit vier Personen voll besetzt. Metternich sah, während es aufwärtsging, etwas gedankenlos umher und hinaus. Eine Frau in Wanderklamotten und Stöcken, ein älterer Herr in Bundhosen und roten Kniestrümpfen und ihm gegenüber ein hagerer, etwa dreißigjähriger Mann mit sichtlich blondiertem strubbeligem Kurzhaarschnitt. Er trug ein olivgrünes Blouson mit Tarnmuster und braunen Cordhosen.

Oben strömten die Besucher dem Ausgang zu und liefen gleich zur Aussichtsterrasse. Metternich mochte solche Touri-Ansammlungen nicht. Menschenmassen bargen Unglück, das dachte er schon immer. Sein Weg führte ihn zum leicht erreichbaren Gipfel des Wallbergs. Die hundert Höhenmeter schafften auch Flachländer, grinste Metternich in sich hinein.

Am Gipfelkreuz genoss er den grandiosen Blick über den Tegernsee weit hinaus ins Alpenvorland, das in der Ferne vom hellen Dunst des warmen Sommertages verschleiert wurde.

Zwei der Mitfahrenden aus der Gondel keuchten auch herauf. Der Mann mit den Bundhosen kam an und etwas später der kurzhaarige Typ mit den Tarnklamotten, der jetzt eine Designersonnenbrille aufgesetzt hatte. Touristen fotografierten, Kinder freuten sich lautstark über die Aussicht. Ein Kommen und Gehen am Gipfelkreuz.

Metternich schaute sich noch einmal um und stieg dann wieder ab. Vorbei an der Bergstation weiter zur Wallberg-Kapelle. Dort sah er am Südhang die Drachenflieger starten. Eine Weile schaute er sich die Paragleiter an, wie sie Anlauf nahmen und sich von der Thermik in die Lüfte heben ließen. Von dort wanderte er über Almwiesen und weiter durch den Wald bergab.

In vielen Kehren ging es hinunter. Immer wieder Ausblicke auf Rottach und den See. An einer Stelle konnte er sich entscheiden, den breiten Wanderweg weiterzubegehen oder die Abkürzung über die Skipiste zu nehmen. Die breiten ausgetretenen Wege entsprachen nie Metternichs Natur. Abkürzungen und Umwege. Der steinige Pfad oder die eher waghalsige Route. Und das bezog sich nicht nur auf das Wandern. Die Skipiste hier war nicht waghalsig, aber sie sah abwechslungsreicher aus.

Er stieg weiter hinab über die vom Skilauf im Winter geschrundeten Wiesen. Immer wieder blieb er stehen, schaute sich um, genoss die Fernsicht. Oben, weit hinter sich, sah er auf einmal den Mann mit den Tarnklamotten, der sich auch für diesen Nebenweg entschieden hatte. Sonst war hier keiner unterwegs.

Merkwürdige Figur, dachte Metternich, aber das war heutzutage nichts Ungewöhnliches. Wie die Leute manchmal herumliefen.

Metternich ließ es gemächlich angehen, lief langsam den Hang herunter. Der Blondierte wieselte dagegen den Berg hinab und kam immer näher. Er trug einen kleinen Tagesrucksack auf dem Rücken, den er während des Gehens abnahm. Dann blieb er stehen und nestelte an seinem Verschluss, um etwas herauszuholen. Er unterbrach aber den Vorgang, als plötzlich rechts von ihm aus dem Wald zwei Jugendliche lachend heraussprangen und weiter den Abhang in großen Schritten herunterstolperten.

Metternich beobachtete sie und fühlte sich jetzt animiert, ein wenig zuzulegen. Er hastete den Berg hinab und kam bald an die Talstation der Bergbahn.

Den Blondierten mit der Tarnwindjacke sah er nicht mehr.

26. Kapitel
Eine Irritation

Metternich hatte der sommerliche Ausflug gutgetan. Auch wenn er sich bisweilen wünschte, wieder zu Hause zu sein, hielt es ihn hier. Der alte Herr Grothewohl aus dem ersten Stock fiel ihm ein, der ihn im Treppenhaus meist mit ›Viel Kraft für den Alltag‹ begrüßte. Die Kraft glaubte er, immer gehabt zu haben. Aber seit dem tödlichen Schuss auf Frese vor gut einem Monat und der folgenden Kardiomyopathie fühlte er sich nicht mehr so stark.

Broken-Heart-Syndrom hatte es Professor Streyer genannt. Metternich musste lachen. Hatte er je ein gebrochenes Herz gehabt wegen einer Frau? Nun sollte der ACE-Hemmer doch wenigstens zur Stärkung beitragen, dachte er. Er wollte zur alten Form kommen. Wie auch immer. Und die Viola-Vera-Ermittlungen trugen auch dazu bei. Er genoss den sonnigen Tag und hoffte, auf verwertungsfähige Gedanken zu kommen.

An der Talstation bestieg er seinen Wagen und fuhr ins Hotel ›*Seeblick*‹. Dort hatte er ein Zimmer bis zum anderen Tag gebucht. Er überlegte sein weiteres Vorgehen. Ritter anrufen? Ihn nach dem Stand der Ermittlungen fragen? Die Kollegen würden sich sicherlich schon das gesamte Umfeld von Viola und Vera angesehen haben. Metternich wollte nun doch wissen, wie weit sie gekommen waren. Er griff zum Telefon.

»Die Suche nach dem verdächtigen Mann im Tal gestaltet sich sehr schwierig«, sagte Ritter. »Wir haben mithilfe der beiden Frauen ein Phantombild erstellt. Der Abgleich mit unserem Fotoarchiv ergab keine Übereinstimmung. Solch eine Figur wurde bis dato noch nicht erkennungsdienstlich behandelt. Ansonsten haben wir im Freundeskreis von Viola wie auch von Vera Kilian recherchiert. Vor allen Dingen bleibt das Tatmotiv der beiden Tötungsdelikte unklar. Da kommt wenig heraus. Also, mehr kann ich dir nicht sagen. Wo bist du denn?«

»In Bad Wiessee. Ich habe eine kleine Tour vom Wallberg hinab gemacht.«

»Sehr gut! Genieße die Zeit. Ich informiere dich, wenn's was Neues gibt.«

Metternich gab sich damit zufrieden und hakte nicht nach. Es war schließlich nicht seine Sache. Ritter sprach das Abenteuer mit Viola nicht an, fiel ihm auf. Wollte er ihm damit einen Gefallen tun, dass er den Vorfall außer Acht ließ? Das alles hatte ja auch mit der Tat nichts zu tun. Und dieser Sennheiser? Der hatte anscheinend wirklich den Fall komplett abgegeben müssen. Metternich machte sich etwas frisch. Dann entschloss er sich spontan, nach München zu fahren. Er hatte plötzlich das intuitive Bedürfnis, sich mit Dirk Anrath zu unterhalten.

***

Gegen achtzehn Uhr kam er in der Steinseestraße an. Anrath öffnete selbst die Tür. Besonders überrascht wirkte er nicht.

»Ihr Kollege Ritter war gestern noch einmal alleine hier. Ich glaube, ich konnte ihm nichts von Bedeutung sagen.«

Anrath sah fahl und übernächtigt aus. Die Opferhilfe unterstützte ihn zwar, konnte aber seinen Schmerz kaum lindern. Er führte Metternich ins Wohnzimmer und bot ihm einen Platz an.

»Entschuldigen Sie, wenn ich so direkt bin, aber: Viola hat Sie als kalten Technokraten beschrieben, als einen, der nur an Computern und Tablets hängt. Sie hätten sich kaum für sie interessiert, meinte sie«, begann Metternich das Gespräch.

Anrath schaute betreten zu Boden. »Das zu hören tut schon weh. Ja, es mag sein, dass ich mich zu wenig um Viola gekümmert habe. Aber ein sogenannter Stiefvater zu sein ist nicht leicht. Und Viola hatte ein äußerst schwieriges, schillerndes Wesen.«

»Wie lange waren Sie denn mit Vera Kilian zusammen, beziehungsweise wann haben Sie sie kennengelernt?«

»Vor circa elf Jahren.«

»Und Sie wussten nicht, wer der Vater von Viola ist?«

Anrath zog die Brauen hoch. »Nein. Lange Zeit nicht. Vera wollte nicht darüber sprechen. Das sei doch unwichtig, sagte sie. Der Mann bezahle ausreichend Unterhalt und das wär's.«

Metternich machte ein erstauntes Gesicht.

»Lange Zeit nicht, sagten Sie. Und dann?«

Anrath biss sich auf die Lippe.

»Ich habe das gestern schon Ihrem Kollegen Ritter erzählt. Das wissen Sie doch, oder?«

»Nein«, sagte Metternich. »Wie ermitteln auf unterschiedlichen Ebenen.« Das war ihm gerade eingefallen, um seinen eigenmächtigen Besuch zu begründen. »Erzählen Sie mal.«

Anrath wand sich etwas.

»Na ja, das war etwas eigenartig. Vera hatte ihr eigenes Zimmer, in das sie sich gerne mal zurückzog. Für mich was es immer klar, dass ich sie dort nie störte oder hereingeplatzt kam, wenn sie las, etwas schrieb oder im Internet surfte. Ich war und bin nicht der Kontrolleur. Aber vor einiger Zeit ... «

»Was heißt einiger Zeit?«, wollte Metternich genauer wissen.

Anrath strich sich über seine Stirn. »Vor drei bis vier Wochen vielleicht. Ich kam früher nach Hause als üblich. Und während ich die Wohnungstür öffnete, hörte ich einen ungewöhnlich heftigen Disput aus Veras Zimmer. Sie stritt sich anscheinend mit Violas Vater. Ich schloss die Wohnungstür leise und hörte im Flur zu. Eigentlich war mir das Lauschen unangenehm. Gut, ich war eben neugierig, was da los war. Alles konnte ich nicht verstehen, sie sprach manchmal sehr leise.«

»Und was haben Sie verstanden? Wieso glauben Sie, dass Ihre Frau mit Violas Vater sprach?«

»Das war eindeutig. ›Unsere Tochter lassen wir mal schön heraus‹, hat Vera ihn angeschnautzt. ›Ich weiß von deinen Verbindungen, und das könnte für dich äußerst unangenehm werden.‹ Dann hörte ich, wie sie sagte, sie wolle vom Kuchen ein gehöriges Stück abhaben. Und weiter: Der große tolle van der Meer solle sich mal nicht aufs hohe Ross setzen. Sie lachte und sagte, sie habe gut nachgeforscht. ›Ich weiß, dass du diese Seeberger kanntest‹, hat sie noch mit so einem drohenden Unterton gesagt. Schließlich war Stille und sie legte wohl auf.« Anrath atmete tief durch und schüttelte leicht den Kopf. »Alles ganz furchtbar«, nuschelte er vor sich hin. »Wie gesagt, das habe ich alles schon Herrn Ritter persönlich erzählt, als er noch einmal alleine hier war.«

Metternichs Aufmerksamkeit stieg. »Haben Sie Vera daraufhin angesprochen? Sie über das Telefongespräch befragt?«

»Nein.«

»Warum nicht?«

Anrath hob die Schultern. »Weiß ich nicht mehr genau. Es war und ist nicht meine Art, mich einzumischen. Außerdem erschien mir die ganze Angelegenheit ziemlich brisant. Das war eine Sache zwischen Vera und Violas Vater. Na ja, immerhin erfuhr ich so, dass das ein Herr van der Meer war.«

»Viola – kannte sie ihren Vater?«

Metternich fragte, obwohl er die Antwort wusste.

»Nein. Vera hat immer die Geschichte von dem Ausrutscher mit einem Unbekannten erzählt. Mit zu viel Alkohol. Ein – wie sagt man? – One-Night-Stand. Und ich wusste es bis zu diesem Telefonat auch nicht anders. Wobei: So richtig abgenommen habe ich es ihr nicht. Aber ich ließ es dabei.«

»Von einem Unbekannten hat sie Alimente bekommen?«

Anrath zuckte die Schultern.

»Keine Ahnung, wie das vor sich ging. Vielleicht hatten die noch mal kurzen Kontakt.«

»Dass Vera monatliche Unterhaltszahlungen bekam, davon wussten Sie aber.«

»Ja, so am Rande. Mich interessierte das nicht. Wir sprachen wenig über Geld. Ich habe mein Einkommen, und Vera kam durch die Scheidung von ihrem damaligen Mann zu einem ansehnlichen Geldbetrag. Das hatte sie mir mal gesagt. Ich habe mich sonst darum nicht gekümmert. Jeder hatte sein eigenes Geld und Auskommen. Und wir hatten getrennte Konten. Die alltäglichen Kosten haben wir uns in etwa geteilt.«

Metternich sinnierte. Ihm kam die Geschichte recht ungewöhnlich vor.

»Wie konnte es sein, dass Vera es fertigbrachte, Viola den Vater zu verheimlichen? Und das über eine so lange Zeit?«

»Von Anfang an behauptete sie ja, den Vater nicht zu kennen. Eine Nacht mit einem Fremden.«

»Und das glaubte Viola?«

»Na ja, so ganz wohl auch wieder nicht. Aber sie wollte anscheinend darüber nichts wissen. Vielleicht hätte sie älter werden müssen, um präzise Fragen stellen zu wollen. Noch war sie mit anderen Themen beschäftigt. So sehe ich das.«

»Und über die Unterhaltszahlungen war Viola logischerweise nicht informiert.«

»Über den Unterhalt verlor Vera ihr gegenüber nie ein Wort. Viola fragte auch nicht danach, als sie älter wurde.« Anrath zuckte wieder die Schultern. »Mehr gibt es nicht zu sagen.«

Metternich stand noch eine Weile unschlüssig da. Weitere Fragen? Jetzt nicht. Er verabschiedete sich und ging. Auf der Straße sah er sich um und fühlte sich etwas ratlos. Vera sprach mit van der Meer also auch über die Seeberger. Ergo gab es eine Verbindung Rastätter/van der Meer/Jeanette Seeberger. Und eine Vera Kilian/Seeberger. Und eine van der Meer/Vera Kilian. Ein Netz knüpfte sich. Metternich wiegte den Kopf hin und her. In diesem Moment meldete sich sein Handy. Ritter.

»Wie wär's mit einem leckeren Augustiner morgen Abend im Biergarten? Die Zeit könnte ich mir nehmen. Von Wiessee bist du ja schnell in München.«

»Gute Idee. Um achtzehn Uhr?«

»Das passt.«

»Was hat dir eigentlich Anrath erzählt? Du bist doch noch einmal da gewesen?«, fragte Metternich, ohne zu erwähnen, dass er gerade selbst dort gewesen war.

»Nichts Neues.«

»Hat der nicht von Violas Vater gesprochen? Von van der Meer und auch von der Seeberger?«

»Nein. Wie kommst du darauf? Anrath hatte von all dem keine Ahnung. Wir haben das direkte Umfeld beleuchtet. Freunde von Vera und Viola. Allerdings ohne konkrete Erkenntnisse. Moritz, lass uns morgen darüber reden ... ich muss ... «

»Ja, dann bis morgen«, verabschiedete sich Metternich.

Er stand jetzt etwas irritiert da. Es konnte doch nicht sein, dass Anrath Ritter nicht das berichtet hat, was er ihm vor wenigen Minuten gesagt hatte, oder? Vielleicht wollte Ritter ihn nur aus den Ermittlungen raushalten. Wollte nicht, dass Metternich der Kommission in die Quere komme, ihnen lästig wurde. Der wollte alles alleine machen. Gut, verständlich.

27. Kapitel
Jean-Baptiste Carnivale (VI)

Van der Meer verspätete sich. Sein Learjet hatte mit dem Fahrwerk Probleme gehabt. Gegen halb zwölf landete er schließlich in Zürich.

Hotel ›*Baur au Lac*‹. Dort hatte er eine Juniorsuite reserviert, wie immer, wenn er in Zürich war. Zum Mittagessen traf er sich mit Beat Widmer im Hotel-Restaurant ›*Pavillon*‹. Er betrat die eleganten, lichten Räume des in einer Mischung aus Klassizismus und Art déco entworfenen Restaurants. Widmer saß schon an einem Fenster mit Blick auf den Schanzengraben. Die Herren begrüßten sich förmlich, wenn auch mit vertrauter Gestik. Van der Meer kam sofort zur Sache.

»Die zweite Tranche haben Sie über die ›*Sion-Invest-Bank*‹ abgewickelt? Und der Vorgang ist sicher?«

»Nach Liechtenstein bar transferiert«, bestätigte Widmer. »Unser Mann dort arbeitet vollkommen zuverlässig.« Dabei lächelte er. »Sie fragen mich das bei jedem Besuch.«

Van der Meer verbreitete bewusst Freundlichkeit.

»Ja, das stimmt. Ich frage Sie das bei jedem Besuch. Genauso wie ich jedes Mal Pigeon de Vendée hier genieße. Ein paar kleine Gewohnheiten, beinahe Rituale, behalte ich mir vor.«

Jedes Mal freute sich van der Meer auf Pigeon de Vendée, gebratene Taubenbrust in Gewürz-Jus. Widmer orderte gedämpftes Wolfsbarschfilet.

»Gibt es Schwierigkeiten?« Widmer schaute van der Meer ein wenig besorgt an. »Sie sehen etwas angespannt aus.«

Van der Meer wollte nicht ins Detail gehen, hielt sich bedeckt.

»Es gibt immer Probleme zu lösen. Sie beobachten das schon richtig. Einige Zwischenfälle bereiten zurzeit Komplikationen. Wir sind dabei, diese zu bewältigen.«

Widmer hakte weiter nicht nach.

»Wie sieht der nächste Schritt aus?«

»Deswegen bin ich hier. Ihre Aufgabe besteht in der Gründung einer weiteren Firma.«

Widmer machte ein erstauntes Gesicht und grummelte nachdenklich vor sich hin.

»Eine neue Firma?«

»Unsere Organisation benötigt einen neuen Kanal. Die bisherigen Fakturierungswege sind zu porös geworden.«

»Ich verstehe.«

»Und Sie eröffnen ein weiteres Konto bei der ›*Schwyz-Credit-Bank*‹. So können wir die Mittel besser verteilen. In Einbindung der ›*Sion-Invest*‹. Ich denke, das dürfte kein Problem darstellen.«

Widmer nickte.

»Nein, kein Problem. Zudem habe ich, wie Sie wissen, meine diskreten Kontakte am Paradeplatz.« Ein wissendes Lächeln zog über sein Gesicht. »Da haben wir Ausweichmöglichkeiten. Außerdem sind meine Verbindungen ins Finanzministerium recht nützlich. Und, das dürfte Sie auch beruhigen, es gibt einen schnuckeligen Grenzübergang. Ein netter Beamter ist dort zu Diensten.« Er hob den Weißweinkelch und prostete van der Meer zu. »Ich werde das in Angriff nehmen. An welchen Zeitrahmen haben Sie gedacht?«

»Möglichst bald. Informieren Sie mich über den Kurier, den Sie für unseren Kontakt abgestellt haben. Der soll dann zu mir nach Starnberg kommen. Wie gehabt: Kündigen Sie ihn mir per Ansichtskarte an. Schöne Motive gibt's ja genug.«

Widmer lachte. Van der Meer auch. Sie ließen sich noch je ein Glas Blanc de Gris vom Weingut der Halbinsel Au servieren.

Widmer nippte am Glas.

»Wie geht's Ihrer Yvonne?«

Van der Meer ging nicht detailliert auf die Small-Talk-Frage ein. Gut ginge es ihr, wie immer. Er erzählte noch ein wenig Alltägliches und stellte an Widmer seinerseits höflichkeitshalber Befindlichkeitsfragen. Dabei schaute er auf die Uhr: 14:30. Morgen erst musste er zurück in München sein wegen einer diskreten Verabredung. Deswegen hatte er hier für eine Nacht die Juniorsuite gebucht. Er sah jetzt über den in der Sonne liegenden Schanzengraben. Am gegenüberliegenden Ufer beobachtete er Passanten, während er mit Widmer noch weiter Belangloses austauschte, bevor sie aufbrechen wollten.

Van der Meer wurde unruhig, wollte jetzt gehen und winkte dem Kellner für die Rechnung. Widmer fand es selbstverständlich, das zu übernehmen. Die Verabschiedung erfolgte jetzt etwas hektisch. Widmer war zwar zuverlässig, van der Meer aber nie sonderlich sympathisch gewesen.

Van der Meer lief vom Hotel aus in Richtung Bürkliplatz und dann rechts hin zum Schanzengraben. Von da hinüber zum General-Guisan-Quai, wo er den See entlangschlenderte. Er genoss die Atmosphäre hier und auch den Abstand von Yvonne. Sie ging ihm mit ihren Äußerlichkeiten oft auf den Geist. Und ihre Gespräche plätscherten ausschließlich an der Oberfläche. Zum Dinner im ›*Baur au Lac*‹ hatte er wieder einen Tisch reserviert. Später entschied er sich für eine der beschaulichen Abendfahrten mit dem Raddampfer. Die ›*Stadt Rapperswil*‹ legte vom Kai Bürkliplatz 19:50 Uhr ab.

Auf dem oberen Deck des historischen Dampfers nahm er Platz. Ein warmer Wind wehte, und die Sonne hatte auch zu dieser späten Stunde immer noch ziemlich viel Kraft. Die Bänke waren fast alle mit Ausflüglern besetzt. Van der Meer sammelte seine Gedanken und ventilierte darüber, wie er mit der Gesamtlage umgehen sollte. Das tödliche Versehen, die Beseitigung von Vera. Dieser Zusammenhang verhieß nichts Gutes. Mit geschlossenen Augen saß er da und ließ sich die tiefer stehende Sonne auf das Gesicht scheinen.

»*Difficultés, Monsieur*? Pardon, aber ich sehe, wie Sie brüten, Ihre Probleme in den Griff zu bekommen.«

Van der Meer zuckte zusammen. Carnivale stand hinter ihm!

Wie kam der Franzose hier hin? Was wollte er? Was hatte er vor? Van der Meer spürte in sich eine Verunsicherung, die ihm fremd war. Ein neuartiges Gefühl von Irritation. Er hasste diesen Eindruck. Der kurze Augenblick, das plötzliche Erscheinen Carnivales entfachte in ihm eine Beklemmung, die er schon fast als Angst wahrnahm. Van der Meer hatte von jeher ein untrügerisches Gespür für gefährliche Situationen. Und jetzt spürte er genau das: Gefahr. Er fühlte sich bedroht.

»*Alors*, ich helfe Ihnen. Über die *bonification* – wie sagt man? Vergütung? – unterhalten wir uns später.«

»Sie bekommen Ihr Geld«, sagte van der Meer leise, nachdem er sich gefangen hatte. »Aber jetzt und hier ist nicht der Zeitpunkt und nicht der Ort dafür.«

Carnivale lächelte beinahe nachsichtig.

»*Monsieur*, für mich gibt es weder eine zeitliche noch eine örtliche Begrenzung.«

Er beugte sich nun ganz nah zu van der Meer hinunter und sprach im Flüsterton.

»Sie müssen verstehen: Mein Beruf ist es, zu bereinigen. Davon lebe ich. Sie haben mich gebucht. Eine kluge Entscheidung. Und nun werde ich die Aufgabe in Ihrem Sinne zu Ende führen. Und in meinem. Mein Berufsethos. Verlassen Sie sich drauf.«

»Sie haben genug bereinigt«, raunte van der Meer ärgerlich. »Ihre Aufgabe haben Sie erfüllt, wenn auch mit einem dicken Fehler, der mich nun in die Bredouille gebracht hat. Sie bekommen das Salär hier in Zürich. Morgen. Und dann gehen Sie zurück nach Frankreich.«

Er spürte jetzt Carnivales Hand auf seiner Schulter.

»*Excusez-moi, je vous ai mal compris!*«, giftete Carnivale unerwartet. »*Je ne vous ai pas bien compris.* Ich habe Sie nicht richtig verstanden! Ich werde nicht nach Frankreich zurückgehen. Durch Ihren Fehler erhöht sich mein Preis, und zu meiner eigenen Sicherheit werde ich auch diesen merkwürdigen *flic* beseitigen, diesen Bullen, Sie wissen schon. Der ist Ihnen bereits auf den Fersen. *Tout est clair maintenant?*«

Van der Meer spürte seine Gereiztheit.

»*Alors*, wir ziehen an einem Strang, wie es so schön heißt. Und Sie überlegen sich eine angemessene Beteiligung. Ich meine an Ihren Geschäften. Oder ich wechsle die Seiten. Diskret natürlich. Ich denke, Sie verstehen.« Er lächelte blasiert. »Die Höhe meiner Forderungen teile ich Ihnen noch mit. *Au revoir, Monsieur.* Wir sehen uns wieder in München.«

Van der Meer schwieg. Neben ihm ließ sich eine ältere Dame mit einem kleinen Mädchen nieder, das ein Eis in der Hand hielt. Carnivale verschwand so unauffällig, wie er gekommen war. Van der Meer erhob sich und ging in den Salon, um etwas zu trinken. Er begann zu schwitzen. Da hatte er sich ja eine schöne Laus in den Pelz geholt, dachte er.

Der Dampfer legte bei Küsnacht an. Touristen gingen von Bord, neue betraten anschließend das Schiff. Carnivale war nicht zu sehen. Van der Meer spürte in sich eine aufkommende Hektik.

28. Kapitel
Der Verdacht

Während des Frühstücks genoss Metternich den malerischen Blick auf den See. Er dachte an seinen Freund Hendrik. Der hatte sich erfreulicherweise kurz vorher gemeldet, um sich nach seinem Befinden zu erkundigen. Ihm erzählte Metternich von den Vorgängen der letzten Tage und war dankbar, in Hendrik einen Menschen zu haben, der sich für seine Verfassung wirklich interessierte. Mit wem sonst hätte er über seine intimsten Gedanken und Gefühle reden können.

Die Kellnerin brachte ihm inzwischen zwei Spiegeleier, die er extra bestellt hatte. Als Entlastung empfand er es, dass er seit Tagen nicht mehr von seinen Düsseldorfer Kollegen mit allerlei Fragen behelligt wurde. Aber er durchdachte immer wieder die Vorfälle, die sich seit seinem Aufenthalt hier am Tegernsee und in München ereignet hatten.

Metternich fühlte sich körperlich zunehmend wohl. Den ACE-Hemmer nahm er zwar immer noch, aber er spürte deutlich eine voranschreitende Genesung. Doch die psychische Belastung aufgrund der jüngsten Ereignisse machte sich durchaus bemerkbar. Der Schlaf unruhig, die Gedanken aufgewühlt. Und sein Kampf um die Wiederherstellung seiner Gelassenheit.

Nach dem Frühstück trat er hinaus auf die Terrasse und sog die noch frische Morgenluft ein. Dann entschloss er sich, zurück nach München fahren. Am Abend war er ja mit Ritter im ›*Augustiner*‹-Biergarten verabredet. Die Uhrzeit wollten sie noch ausmachen. Zunächst plante er, den Tag in der Stadt zu verbringen. Vielleicht fand er für Hendrik ein Münchner Mitbringsel.

***

Das Hotel ›*Germania*‹ hatte wieder ein Einzelzimmer frei. Metternich überlegte zuerst, sich in einem anderen Hotel einzuquartieren. Dann gab er seinem Gefühl nach, dort sein zu wollen, wo er mit Viola die Nacht verbracht hatte. Es war ein zwiespältiges Empfinden, aber es zog ihn dort hin.

Auf dem Weg nach München fiel ihm Hartmut Wohmann ein, der Mathematiker aus dem ›*Hofbräuhaus*‹. Metternich hatte plötzlich geradezu ein Bedürfnis, ihn zu sehen. Das Alleinsein bedrückte ihn zunehmend. Und er hatte große Lust auf ein anregendes Gespräch. Wohmann nahm sich tatsächlich Zeit, und sie trafen sich in einem Lokal an der Hackenstraße.

»In Mathe war ich immer eine Nullnummer«, sagte Metternich. Dabei schlürfte er eine Leberknödelsuppe, so wie letzthin im Hofbräu.

Wohmann lachte.

»Dabei ist Mathematik etwas Wunderbares. Die Schönheit der Zahlen. Sie haben etwas Metaphysisches. Und wie ist es Ihnen ergangen, wenn ich fragen darf? Ich meine, mit dem Mädchen?«

Metternich atmete schwer aus. Er wollte über das Thema eigentlich nicht sprechen. Aber jetzt und hier konnte er doch unbefangen reden, gerade mit diesem für ihn sympathischen Mann.

»Sie werden es in den Zeitungen und in den Nachrichten mitbekommen haben: der Mord bei Wildbad Kreuth.«

Wohmann erstarrte.

»Sagen Sie bloß ... «

»Jaja. So ist es. Das Opfer ist das Mädchen, das ich kannte, von dem ich Ihnen erzählt hatte.«

»Mein Gott, das ist doch unglaublich. Sind Sie denn nicht mit der Aufklärung befasst? Ich meine, weil Sie hier mit mir sitzen.«

Metternich legte den Suppenlöffel beiseite.

»Nein, nicht richtig. Ich bin ja hier nur zu Besuch, also im krankheitsbedingten Urlaub. Die Kollegen in München und Rosenheim bearbeiten den Fall.«

Wohmann schüttelte den Kopf.

»Nicht zu fassen. Und dann wurde doch die Mutter auch erschossen! War ja überall in den Medien.«

»Ja, die wurde auch erschossen.«

Wohmann strich sich über das Kinn.

»Haben Sie denn eine Vorstellung davon, wie diese Taten zusammenhängen? Ich meine – Mutter und Tochter. Das hat doch bestimmt was zu bedeuten, oder?«

Metternich nickte.

»Ja, das hat was zu bedeuten. Die Frage ist, was.«

»Sie müssen sich doch sehr mies fühlen, aufgewühlt und bedrückt.«

»Das kann man wohl sagen. Aber mein Arzt meint, ich sei Meister der Verdrängung. Ich versuche nun, die Situation gelassen und rational zu betrachten. Dafür bin ich zu sehr Bulle.«

Wohmann nahm einen Schluck Bier.

»Sind Sie dabei, sich auf eigene Faust ein Bild zu machen? So neben der offiziellen Ermittlung?«

Metternich trommelte mit den Fingern leicht auf die Tischplatte.

»Na ja, anfangs war ich mit dabei. Also bei den ersten Befragungen. Jetzt aber nicht mehr. Unter uns: In mir drängen sich einige Vermutungen auf.«

Wohmann lächelte dünn.

»Ich beschäftige mich seit Jahren mit der Riemann'schen Vermutung, einem mathematischen Problem. Ach, möglicherweise unlösbar. Und Potenzen sind für mich auch interessant.«

Metternich schmunzelte auch. »Das Problem hätte ich jetzt lieber. Wobei, als Mathegenie käme ich nicht weit.«

Plötzlich meldet sich Metternich Handy. Ritter rief an. Er müsse das Treffen heute Abend im ›*Augustiner*‹ leider absagen. Ein wichtiger Termin sei ihm dazwischengekommen. Morgen wolle er sich wieder melden.

Metternich und Wohmann tranken noch einen Espresso, sprachen über die Straftaten und abschließend über Familiäres. Dass Metternich diesem doch noch flüchtigen Bekannten gegenüber so offenherzig war, wunderte ihn selbst. Aber er spürte ein Vertrauen, dass er diesem Mann vieles darlegen konnte, empfand die Begegnung mit Wohmann als bereichernd und entspannend. Die gegenseitige Sympathie munterte ihn auf.

»Ich denke, Sie sollten aber auch mal Abstand gewinnen. Gerade wenn man gesundheitlich angeschlagen ist, oder? In München gibt es immer wieder etwas zu entdecken. Kennen Sie den Nymphenburger Park mit dem Schloss? Sehenswert.«

Metternich verneinte, und Wohmann beschrieb ihm den Weg dorthin.

»Danke für den Tipp. Sie haben recht. Mal auf andere Gedanken kommen. Wäre jetzt angebracht.«

Beide standen auf, nachdem sie bezahlt hatten.

»Es war für mich nicht nur ein Vergnügen, mit Ihnen zu reden, sondern auch interessant«, sagte Wohmann zum Abschied. »Melden Sie sich doch wieder, wenn Ihnen danach ist.«

Natürlich wollte Metternich den Kontakt halten.

Ein leichter warmer Sommerregen setzte ein. Metternich stand vor dem Lokal und überlegte, wie er den Rest des Tages verbringen könnte. Noch mal zu van der Meer? Nein. München weiter erkunden. Wohmanns Empfehlung folgen.

Warum nicht? Bei vergangenen Besuchen hatte er sich nie die Zeit dazu genommen, dachte Metternich. Einfach sich mal gehen lassen, sich hineinzutrödeln. Nymphenburger Schlosspark. Bestimmt reizvoll anzusehen. Er ließ den Wagen stehen und fuhr mit der Tram Nummer 17 zum Schlosspark.

Der Regen hatte aufgehört und die Sonne verdrängte die Bewölkung. Von der Ludwig-Ferdinand-Brücke lief Metternich den Schlosskanal entlang auf das Schloss zu. Mütter mit Kinderwagen, zwei Jugendliche auf Skateboards, dann eine Truppe Stadtbesichtiger, die auf Segways an ihm vorbeisausten. Bewegung wäre auch mal was, dachte er.

Für eine Besichtigung des Schlosses hatte er heute keinen Nerv. So umrundete er den Palast und wanderte an der Fontäne vorbei den Mittelkanal entlang. Ein herrlicher Tag. Die Nachmittagssonne brannte jetzt ziemlich heiß.

Metternich mochte das. Und er liebte es, die Menschen zu beobachten. Jugendliche verrenkten sich für ein Selfie. Ein Kleinkind stürzte und schrie nach der Mutter. Jogger, Walker und schlendernde Damen.

Nicht an die aufwühlenden Ereignisse denken, Theorien aufstellen, Strategien sich ausdenken, wie er zu weiteren Erkenntnissen kommen könnte.

Sich treiben lassen.

Der ausgiebige Spaziergang führte ihn an den Badenburger See, wo er sich den Apollotempel ansah. Dann bog er ab, nahm schmale Wege durch den Wald und an weiten Wiesen vorbei. Schließlich gelangte er an den Pagodenburger See. Die kleine Pagodenburg betrachtete er über den See schauend.

»Immer wieder ein herrlicher Anblick«, murmelte eine alte Frau, die sich neben ihn gestellt hatte.

»Ja, wirklich sehr schön und romantisch«, bestätigte Metternich.

»Dann müssten Sie zur Magdalenenklause. Schaun's des mal an.«

Sie beschrieb ihm den Weg. Metternich bedankte sich und ging weiter durch den angrenzenden Wald. Er schlug absichtlich einen abgelegenen Pfad ein und kam schließlich auf ein verwunschen gelegenes, kapellenähnliches Gebäude zu. Aus

Backstein gemauert, einige Flächen groß verputzt, mit tiefen Rissen in den Wänden, machte es den Eindruck einer Ruine.

Metternich kam seitlich auf den kleinen Bau zu, trat neugierig heran und schaute durch eines der großen Fenster. Der Innenraum mit grauem Tuffstein zur dunklen Grotte gestaltet, mit kleinem Altar. Sein Blick wandte sich nach rechts. Zwei Männer, in ein Gespräch vertieft, betraten gerade den Raum.

Metternich war perplex, bass erstaunt.

Ritter und van der Meer.

Hier! Hier?

Bevor die beiden ihrerseits zum Fenster sahen und ihn erkennen konnten, wich er zurück. Dann lugte er noch einmal vorsichtig hinein. Ritter und van der Meer schienen ein wichtiges Gespräch zu führen. Van der Meer redete auf Ritter ein, während dieser zustimmend nickte.

Metternich wandte sich ab. Er nahm zunächst denselben Weg, über den er gekommen war. Die erste Irritation musste erst einmal verarbeitet werden. Ritter traf van der Meer an diesem Ort.

Warum?

Dieses Treffen hatte doch konspirativen Charakter, dachte Metternich. Eindeutig. Das konnte nur konspirativ sein. Verfolgungsvereitelung im Amt, Paragraph 258a StGB. Tatsächlich? Konnte er eigentlich nicht glauben.

Sein Schritt wurde schneller. Er wollte raus aus dem Park. Die Tragweite dieses ominösen Treffens wurde ihm immer klarer. Van der Meer und Ritter. Dahinter steckte mehr, da war etwas im Gange. Diese Verbindung hatte natürlich mit dem Fall zu tun und darüber hinaus. Ritter musste van der Meer schon lange davor persönlich gekannt haben.

Metternich setzte sich irgendwo am Rande des Parks auf eine Bank und reflektierte das bisherige Geschehen. Der Alois also. Trieb der etwa ein doppeltes Spiel?

Metternich fiel jetzt Ritters neues Haus in der Mangfallstraße ein. Ungewöhnlich groß, beinahe luxuriös zu nennen. Van der Meer, ein bekannter sehr reicher Investor im Gespräch mit einem Bullen an einem seltsamen, abseits gelegenen Ort. Was hatte Ritter mit dem Vater einer Ermordeten verstohlen zu bereden? Und das in einer verwunschenen Kapelle?

29. Kapitel
Ein Eingeweihter. Ein Abtasten.

Metternichs Erregung und Enttäuschung legten sich bald. In ihm kam im Nu die Angriffslust hoch, der bullenhafte Ehrgeiz, wie er es früher mal genannt hatte. Jaja, den hatte er immer. Und Wut auf Ritter. Natürlich Wut auf Ritter!

Er wollte erst einmal zurück zum Hotel ›*Germania*‹. Warum er sich so sputete, wusste er selbst nicht genau. Er fühlte sich einfach hektisch, und er dachte fieberhaft nach, wie er mit der Situation jetzt umgehen sollte. Kein Wort an die Kollegen zu Hause. Die sollten ihn in wohliger Rekonvaleszenz wähnen.

Morgen würde er Ritter auf ein Bier treffen, wie verabredet, dachte Metternich. Das dürfte aufschlussreich werden. Mal sehen, wie Ritter sich gab und was er auf Fragen zum Stand der Ermittlungen zu sagen hatte.

An wen konnte Metternich sich nun wenden?

Er nahm wieder die Tram zurück zum Hotel. Gedankenversunken saß er am Fenster, schaute auf die vorbeiziehenden Geschäfte und versuchte, einen Plan zu entwickeln. In der Espressobar des Hotels gewann der Plan Konturen. Behutsames Herantasten würde erforderlich sein, um die prekäre Situation nicht sofort offiziell zu machen.

Sennheiser. Max Sennheiser. Der hatte ihn in Rottach zwar etwas angemault, als er aus dem Haus von Rastätter trat. Aber er war die einzige Möglichkeit, ventilierte Metternich.

Mittlerweile wurde es Abend. Metternich aß ein T-Bone-Steak in einem nahe gelegenen Lokal. Dann trieb es ihn ins ›*Ruby's*‹. Es war der oft beschriebene Zwang, an bestimmte, erlebnisreiche Stellen zurückkehren zu wollen. Was wollte er da empfinden, erkennen, beobachten?

Er trank einen Cocktail und ging dann nach oben ins ›*Oriental*‹. Einfach noch einmal den Blick über die qualmenden Shisharaucher schweifen lassen. Und den Abend mit Viola nachempfinden, sechs Tage zuvor.

Ein ungutes Gefühl.

Metternich ging zurück ins Hotel. Im Badezimmer stand er vor dem Spiegel und schaute seinen recht durchtrainierten Körper an. Er strich sich über sein kurzes schwarzes Haar. Dann nahm er noch den Betablocker, bevor ins Bett ging.

Der unruhige Schlaf, das ständige Aufwachen, machte die Nacht zur Qual. Die nächtlichen Bilder. Sie waren doppelt intensiv. Und diese der jüngsten Ereignisse malträtierten ihn in ungewohnter Weise.

***

Am folgenden Morgen machte Metternich sich auf nach Rosenheim. Gegen elf Uhr erreichte er das Präsidium an der Kaiserstraße, fragte sich durch und kam schließlich in Sennheisers Büro.

»Ah, der rheinische Kollege«, wurde er begrüßt. »Eine Überraschung, Sie hier zu sehen. Wie kommt's?«

Metternich machte einen auf locker.

»Ich wollte immer mal nach Rosenheim. Sehr beschauliche bayrische Stadt mit den trutzigen alten Häusern. Und ich wollte Sie sprechen.«

Sennheiser zog die Brauen hoch und vermittelte den Eindruck, als käme ihm der Besuch ungelegen.

»Mich? Die Ermittlungen sind doch nach München abgezogen worden. Das LKA mischt auch mit.«

»Ich weiß. Also das mit dem LKA nicht, aber dass die Ermittlungen im Fall Kilian von München aus durchgeführt werden.«

Sennheiser stand auf.

»Tja, Sie wollen mich sprechen. Nun gut, ich bin gespannt. Im Moment ist es ungünstig. Ich schlage vor gegen dreizehn Uhr im ›*Flötzinger Bräu*‹ gleich hier auf der Straße. Da gibt es einen ausgezeichneten bayrischen Schweinsbraten.«

Metternich sagte zu. Ihm lief schon das Wasser im Mund zusammen, als er den Schweinebraten in der dunklen Soße im Geiste vor sich sah. Er lief durch die Straßen und Gassen und sah sich die Stadt an. Ludwigsplatz mit Fischbrunnen. Heilig-Geist-Straße mit den historischen Bürgerhäusern.

Dabei legte er sich einen Plan zurecht, wie er Sennheiser seinen Verdacht erklären könnte, ihn aber gleichzeitig zu Vertraulichkeit verpflichtete.

Heikel.

***

»Seit 1542 gibt's das ›*Flötzinger Bräu*‹«, begrüßte ihn Sennheiser im Gasthof. »In Bayern sind wir traditionsbewusst.«

»Und CSU-Wähler«, ergänzte Metternich spontan grinsend, wobei er seine Vorwitzigkeit gleich bereute.

»Na na! Es gibt auch Bayern, die woanders ihr Kreuzchen machen«, sagte Sennheiser, Gott sei Dank ohne pikiert zu wirken. »Aber Sie kommen von München extra zu mir nach Rosenheim. Das hat doch einen bestimmten Grund.«

»Das stimmt«, begann Metternich. »Als Kollege im Urlaub, genauer gesagt in Rekonvaleszenz, habe ich mit den Ermittlungen im Fall Viola Kilian nichts zu tun. Natürlich auch nicht mit dem Tötungsdelikt Vera Kilian in München. Ich habe aber Viola Kilian gefunden.«

»Was Fragen aufwarf«, grätschte Sennheiser dazwischen. »Aber die haben Sie bestimmt Ritter und der Kommission schon beantwortet, nachdem wir abgezogen worden sind.«

Beim letzten Satz spürte Metternich, dass Sennheiser darüber immer noch eingeschnappt war. Er schluckte.

»Ja, das ist geklärt.«

»Mich würde es aber schon interessieren, wie es dazu kam, dass ausgerechnet Sie Viola Kilian aufgefunden haben«, sagte Sennheiser.

Leicht fiel es ihm nicht, aber in dieser Lage schien es Metternich angebracht, Sennheiser über seine Begegnung mit Viola aufzuklären. Sennheiser hörte sich das ruhig und kommentarlos an und verzog dabei keine Miene.

»Schön. Weshalb kommen Sie denn jetzt zu mir?«

Metternich blieb jetzt nichts anderes übrig, als aufs Ganze zu gehen. Er spürte, dass Sennheiser auf Ritter nicht gut zu sprechen war. Vielleicht hatte er sogar eine Antipathie gegen ihn. Beide waren denkbar unterschiedlich. Ritter eher klein, rundlich und immer ein wenig jovial – Sennheiser dagegen groß, hager, mit der Ausstrahlung eines trockenen humorlosen Studienrates. Zwischendurch wurde für Sennheiser ein Wasser serviert, während Metternich das Flötzinger-Bier probierte.

»Von Ritter haben Sie nichts Klärendes mehr gehört?«, fragte Metternich.

»Nein. Wir sind ja außen vor. Außerdem sind die Tötungsdelikte Viola und Vera Kilian ein zusammenhängender Fall, dessen Fokus in München liegt. Zudem sind wir mit hiesigen Vorgängen befasst. Vor zwei Tagen Totschlag an einem Juwelier.« Sennheiser schaute dennoch ärgerlich. »Gut, Ritter hätte mich schon mal über den Stand der Ermittlungen informieren können, schließlich waren wir anfangs doch involviert.«

»Kannten Sie Ritter denn schon vor dem Fall in Kreuth?«

»Nein. Nicht persönlich. Vielleicht gab es mal auf irgendwelchen Polizeiveranstaltungen eine Begegnung. Aber sonst keinen Kontakt.«

»Welchen Eindruck hatten Sie jetzt von Ritter, also im Zusammenhang des aktuellen Falls Kilian?«

Sennheiser machte ein überraschtes Gesicht.

»Wieso fragen Sie mich das?«

Metternich nahm einen kräftigen Schluck Bier, und dabei wurde beiden der Schweinebraten aufgetischt.

»Eine knifflige Situation«, brachte Metternich langsam hervor. »Ich kenne Ritter schon länger, auch privat. Anfangs hatte er mich im Fall Viola Kilian ein wenig mit eingebunden, eben weil ich sie fand. Übrigens, Ritter kennt die Geschichte von Viola und mir. Wir ermittelten schließlich den Vater von Viola, einen Ferdinand van der Meer.«

»Davon habe ich gehört.«

»Wir befragten diesen hier wohl sehr bekannten und angesehenen Investor in seinem Haus am Starnberger See.«

»Und?«

»So weit nichts Besonderes. Aber gestern ging ich im Nymphenburger Schlosspark spazieren und kam an die Magdalenenklause.«

»Kenn ich. Mystisches Gebäude, wie eine Ruine gebaut.«

»Genau, und da beobachtete ich überraschenderweise Ritter mit van der Meer. Durch ein großes Fenster konnte ich sie zufällig sehen. Sie hatten anscheinend Wichtiges zu besprechen. Und es sah nicht danach aus, als handele es sich um Ritters Aufklärungsarbeit.«

Sennheiser kaute langsamer. Dann legte er die Gabel beiseite. Metternich war jetzt auf seine Reaktion gespannt. Sennheiser nickte kaum wahrnehmbar mit dem Kopf.

»Das ist tatsächlich etwas merkwürdig«, murmelte er.

Metternich beugte sich näher zu Sennheiser.

»Ritter und van der Meer müssen sich viel länger kennen. Mir scheint nun, als sei die Befragung vor ... fünf Tagen nur eine Show gewesen, vorgetäuscht.«

»Aber warum nur?« Sennheiser knetete einen Knödel in die dunkle Soße. »Der Vorgang ist schon befremdend.«

»Darauf wollte ich hinweisen.«

»Und weshalb kommen Sie ausgerechnet zu mir?«

»An wen sollte ich mich sonst mit diesem Eindruck wenden? Ich wollte jemandem ›vom Fach‹, der aber den nötigen Abstand hat, meinen Verdacht erklären. Ich denke, dass Sie das nachvollziehen können.«

»Na ja. Aber wäre da nicht die Abteilung Interne Ermittlungen des LKA gefordert? Oder erst einmal die Dienstaufsicht?«

»Zu früh. Was könnte man denen mitteilen? Ein Treffen, merkwürdig zwar, aber ohne verwertbare Aussage.«

Metternich bestellte noch ein Krug Bier. Sennheiser schaute Metternich prüfend an.

»Müssen Sie nicht noch fahren?«

»Ja, aber ich werde mir noch Rosenheim ansehen und durch Frischluft tanken.« Mann, wie korrekt der war, dachte Metternich. »Außerdem schmeckt das Bier richtig gut.«

Sennheiser schlürfte etwas aus dem Wasserglas. Es war zu beobachten, wie er Metternichs Informationen durchdachte und versuchte, sich einen Reim darauf zu machen.

»Ich denke, Sie wünschen sich von mir, dass unser Gespräch erst einmal unter uns bleibt«, sagte Sennheiser.

»Ja, das wäre schon notwendig«, bestätigte Metternich.

»Wie haben Sie sich denn das weitere Vorgehen gedacht? Inkognito? Wollen Sie mit diesem van der Meer erneut sprechen? Oder ihn observieren? Nun ja, Sie sind hier in Urlaub. Wie stellen Sie sich das vor?«

»Darüber bin ich mir noch nicht ganz im Klaren. Für mich war es zunächst wichtig, dass ich mich vertrauensvoll an einen Kollegen wenden kann. Was ich in dieser Gegebenheit machen kann, weiß ich noch nicht.«

Die abgegessenen Teller wurden abgeräumt. Sennheiser tupfte sich mit der Serviette den Mund ab.

»Lassen wir es erst einmal dabei«, sagte er. Er schien aufbrechen zu wollen. »Sie haben mich über Ihren Eindruck informiert. Ich kann Ihre Vermutung durchaus teilen. So schlage ich vor, dass wir in Verbindung bleiben. Ich überlasse es Ihnen, weitere Erkenntnisse zu sammeln, wie auch immer. Meinerseits halte ich mich zunächst bedeckt. Informieren Sie mich, wenn Sie Genaueres wissen.«

Dann stand Sennheiser auf.

»Ich habe übrigens einen Kollegen beim LKA Interne Ermittlungen, mit dem ich gut befreundet bin. Also, wenn Sie Konkretes haben, teilen Sie es mir mit. Dann könnte ich zu ihm Kontakt aufnehmen; erst mal unter vier Augen.«

Metternich erhob sich auch zur Verabschiedung und bedankte sich für Sennheisers Aufmerksamkeit. Riskant war der Besuch schon gewesen. Aber nun war er über die vorsichtige, wenn auch interessierte Reaktion Sennheisers erleichtert. Und er hatte das Gefühl, mit Sennheiser richtig zu liegen.

***

Nach einem kurzen Spaziergang am Inn fuhr er zurück nach München. Ritter hatte sich derweil gemeldet, um die Verabredung am Abend zu bestätigen. Sie trafen sich gegen achtzehn Uhr im ›*Augustiner*‹ am Platzl. Ritter begrüßte ihn leutselig, so wie es seine Art war.

»Und wie ist die Lage an der rheinischen Front?«, begann er in lockerem Ton.

Metternich zuckte die Achseln.

»Ich bin nicht informiert. Es gab ein Tötungsdelikt in einer Kleingartenanlage. Mehr weiß ich nicht und will auch nichts wissen. Aber wie geht's dir? Was machen die Ermittlungen?«

»Wir kommen nur mühsam voran«, sagte Ritter gleichmütig. »Das Umfeld von Viola und das von Vera mitsamt den Verbindungen des Dirk Anrath haben wir unter die Lupe genommen. Wir rätseln immer noch über das Motiv der Taten.«

Metternich hatte noch ein gehöriges Sättigungsgefühl von dem deftigen Braten mittags und bestellte sich lediglich eine Brezen. Ritter hatte dagegen Appetit und bekam nach einer Weile einen Teller Krautwickerl serviert.

»Das Motiv dieser beiden Morde, die man auch Liquidierungen nennen kann, ist wirklich vollkommen undurchsichtig«, sagte Metternich. »Hast du denn keinerlei Mutmaßung, was dahinterstecken könnte?«

Ritter zerlegte die Kohlroulade.

»Nein. Darüber habe ich keine Vermutung.«

»Und das LKA?«

»Die arbeiten unterstützend im Forensischen. Aber da gibt es noch zu wenig an Erkenntnissen. Sammer und Rotthoff sind überdies fähige Kollegen. Sie kommen aber ebenfalls nicht weiter. Wir stehen quasi auf dem Schlauch. Außerdem haben wir die Operative Fallanalyse gebeten, tätig zu werden. Profiler Herbert Falkenheim beschäftigt sich damit. Sieht aber nicht so gut aus. Wo sollte er auch ansetzen?«

»Und die Fahndung nach dem ominösen Mann aus dem Tal?«

»Nichts. Absolut nichts.«

Metternich betrachtete Ritter auf eine andere Weise. In ihm war das Gefühl des Kumpelhaften verflogen. Bekannte Miene zum verdächtigen Spiel. Was hatte van der Meer mit Ritter besprochen? Hatte er von Metternichs Besuch bei ihm vor vier Tagen berichtet?

Er war gespannt, ob Ritter das jetzt erwähnte, wenn er davon erfahren hatte. Welche Frage konnte er ihm stellen, jetzt, zu diesem Zeitpunkt? Er musste sich neutral halten.

»Von meinem unbeabsichtigten Schäferstündchen ist noch nichts bekannt?«, fragte Metternich, um sich vorzutasten.

Ritter lächelte verständnisvoll.

»Nein, nein. Das bleibt erst einmal unter uns. Hilft ja auch nicht weiter, wenn ich das an die große Glocke hänge.«

Dann wurde seine Mimik ernster. »

Es wäre gut, wenn du dich aus unseren Ermittlungen heraushieltest. Du hast doch van der Meer noch einmal alleine besucht, Fragen gestellt, versucht, etwas Hintergründiges zu erfahren. Van der Meer hatte ich noch einmal ins Büro kommen lassen, und da hat er mir von deinem Besuch berichtet.«

Ritter zuckte mit den Achseln.

»Der war verunsichert über dein Kommen. Er wollte dann auch wissen, wer denn in dem schrecklichen Fall die Ermittlungen leitet.«

Metternich hakte sofort ein.

»Du und die Kommission natürlich; ich weiß.«

»Man darf dabei nicht außer Acht lassen: Der Mann hat Reputation und einen gewissen Bekanntheitsgrad hier. Nach seinem Besuch im Präsidium gab es für ein weiteres Gespräch mit ihm keinen Grund. Der konnte keinen nützlichen Beitrag mehr leisten. Deshalb bitte ich dich, einfach weiter deinem Urlaub zu frönen. Solche Querschüsse wie dein Besuch sind hinderlich. Ich bin mir sicher, du verstehst das. Umgekehrt würdest du das auch so sehen, oder?«

»Du hast vollkommen recht«, bestätigte Metternich.

»Wie gesagt, ich lasse deine nächtliche Eskapade mit Viola Kilian erst einmal unter den Tisch fallen. Du verstehst. Niemand außer mir weiß davon. Wir machen unsere Arbeit und du erholst dich.«

»Ja, klar«, stimmte Metternich betont einlenkend zu. Und das war der Deal, dachte er. Er hielt sich aus allem raus, und Ritter verschwieg dafür den einmaligen sexuellen Kontakt mit Viola.

Aber Ritter wusste ja nicht, was er beobachtet hatte.

Metternich lächelte in sich hinein.

30. Kapitel
Ein wenig Klarheit?

Metternich kam sich jetzt vor wie ein Privatdetektiv. Natürlich verlor er nicht seine Identität als Polizist. Aber er fühlte sich in dieser andersartigen, durch die Umstände hervorgerufenen Situation fremd.

Er hatte sich vor dem ›*Augustiner*‹ von Ritter verabschiedet. Der hatte es plötzlich ungewohnt eilig. Und er machte einen spürbar distanzierteren Eindruck als noch vor Tagen.

Das passte genau, dachte Metternich. Nachdem er sich mit van der Meer im Nymphenburger Park getroffen hatte, war er ihm gegenüber verändert aufgetreten. Van der Meer hatte ihm sicherlich das Nötige kolportiert. Und wahrscheinlich spürte Ritter mit seinen Bullenantennen, dass Metternich ihm in dieser Lage plötzlich zu nahe kam.

Es war kurz vor acht. Die tiefer stehende Abendsonne beleuchtete noch einige Fassaden. Metternich bekam jetzt doch Appetit und suchte ein Restaurant auf, das nicht die deftige bayrische Küche anbot, sondern leicht Mediterranes.

Während des Essens ventilierte er die zurückliegenden Vorgänge. Alois Ritter. Sollte er tatsächlich in dunkle Machenschaften verstrickt sein, die schließlich sogar in zwei Tötungsdelikten endeten? Seine Freundschaft mit Ritter war nicht so tief, dass er in diesem Moment eine bedrückend große Enttäuschung fühlte. Für Metternich war es eher eine gute Bekanntschaft, ein Befreundetsein. Er versuchte, es gelassen und rational zu betrachten. Und für ihn war klar, dass er dem ganzen Geschehen auf den Grund gehen musste. Wie auch immer.

Nachdem er das Lokal verlassen hatte, lief er ziellos durch die Stadt. Wohin? Dann doch wieder ins ›*Ruby's*‹. Ein paar Cocktails unten. Schließlich hinauf ins ›*Oriental*‹. Bilder mit Viola zogen in ihm vorüber. Ein schlaksiger Typ fragte ihn, ob er Shisha rauchen wolle. Metternich zögerte erst einmal, dann bestellte er eine mit Kirschgeschmack. Er hatte jetzt das Bedürfnis, der Situation mit Viola noch einmal nachzuspüren. Und es war auch Ärger in ihm, beinahe Wut auf Ritter und die ganzen Ereignisse der vergangenen Tage. Zur Wasserpfeife trank er Caipirinha. Zwei, drei.

Im Laufe des Abends fühlte er sich zunehmend berauscht. Diesmal nicht durch Gras, das ihm die Göre untergejubelt hatte, sondern durch den Rum im Cocktail.

»Dich sieht man aber selten hier«, sagte eine Frau mit knallrot gefärbtem Haar, die sich neben ihm niedergelassen hatte.

Sie zog an der Pfeife und blies ihm den Rauch ins Gesicht. Dann lächelte sie anzüglich. Metternich sah sie gleichmütig an und schwieg.

»Im Hier und Jetzt sein. Das ist die einzig wahre Lebenseinstellung. Was morgen ist, interessiert mich nicht.«

»Sind Sie Buddhistin?«, fragte er mit leicht spöttischem Unterton.

»Laufe nicht der Vergangenheit nach. Sieh nicht in die Zukunft. Lebe und genieße das Gegenwärtige.«

Metternich hatte keine Lust auf derartige Gespräche. Allgemeinplätze machten ihn ärgerlich. Er hatte schon einiges intus, und sein Ton hatte unterschwellig bereits etwas Aggressives.

»Buddhismus ist doch, wenn einem alles scheißegal ist, oder? Und Humanismus ist doch, wenn man Biotomaten frisst. Und Yin und Yang, das verhält sich zueinander wie Arsch zur Geige.«

Die Frau sah ihn eingeschnappt an, strich sich über ihr langes Haar, stand auf und setzte sich woandershin. Metternich schaute etwas glasig hinter ihr her und freute sich. Der Frust setzte erst später ein. Der Verdruss über sein Hiersein. Einen klaren Gedanken konnte und wollte er an diesem Abend nicht mehr bekommen.

***

Am folgenden Morgen hatte er leichte Kopfschmerzen, die er mit einem reichhaltigen Frühstück bekämpfte. Intensiv dachte er darüber nach, wie die nächsten Schritte aussehen sollten.

Dann trank er einen Espresso in einer nahe gelegenen Kaffeebar. Metternich nahm sich Zeit. Nichts überhasten.

Trübsand war am Telefon, als Metternichs Handy musizierte.

»Wie lange müssen wir Sie denn noch entbehren?«

»Das kann ich nicht sagen. Aber es wird noch etwas dauern.«

»Jankowitz ist ziemlich unleidlich. Er meinte, Sie könnten doch schon längst wieder hier sein.«

»Natürlich, der ist ja auch Facharzt. Ich bin für vier Wochen krankgeschrieben. Trübsand, es geht mir zwar wesentlich besser, aber um euch zu ertragen, reicht's noch nicht.«

Trübsand lachte.

»Ich ertrage Sie aber. Hoffentlich sind Sie bald wieder in unserer Truppe. Dann erst einmal alles Gute.«

Nach kurzer Überlegung entschloss Metternich sich, Herringer vom ›*Münchner Kurier*‹ zu kontaktieren. Der nahm sich sofort Zeit, und sie machten ein Treffen in der Stadt aus. In einem Traditionscafé aus den Fünfzigern saßen sie von außen uneinsehbar zusammen.

»Ich hatte neulich vergessen zu erwähnen, dass van der Meer Mitglied in einer Loge sein soll«, begann Herringer. »Bewiesen ist das allerdings nicht.«

»Und woher stammt das Gerücht?«, fragte Metternich.

»Vor längerer Zeit, vielleicht vor anderthalb Jahren, gab es eine Veranstaltung des Bayerischen Unternehmer-Verbands. Dort fing ich ein Gespräch auf, in dem das Wort ›Loge‹ mit dem Namen ›Ferdinand van der Meer‹ in Zusammenhang gebracht wurde. Dem konnte ich aber weiter nicht nachgehen.«

»Ein nicht zu unterschätzender Hinweis für mich. Eine andere Frage: Was hören Sie von der Pressestelle des Präsidiums über den derzeitigen Stand der Ermittlungen?«

Herringer schaute erstaunt.

»Da müssten Sie doch mehr Kenntnisse haben, oder?«

»Wissen Sie, ich halte mich vollkommen raus. Bin hier ja nur Tourist«, sagte Metternich mit dünnem Lächeln.

»Die Informationen sind spärlich. Die letzte Pressekonferenz war derart dürr in den Inhalten, dass wir in der Redaktion kaum etwas an Neuigkeiten veröffentlichen konnten. Man wäre dran, käme nur langsam weiter, man befrage, habe noch keine heiße Spur etc. Der übliche Sermon. Wir kennen das zur Genüge.«

Metternich verspürte leichten Appetit. Er bestellte ein Königinpastetchen und war überrascht, dass diese klassische Kleinigkeit noch angeboten wurde.

»Jetzt bekommen Sie von mir etwas, aber nur wenn es so lange unter uns bleibt, bis ich Ihnen freie Hand gebe. Ist das klar? Ich muss mich darauf verlassen können.« Herringer nickte ernsthaft und Metternich fuhr fort. »Unter Kollegen gibt es natürlich Kontakte, auch über Landesgrenzen hinaus. So bin ich seit Jahren bekannt mit einem Alois Ritter, Hauptkommissar und jetzt Leiter der eingesetzten SoKo Wolfsschlucht. Ihn als Freund zu bezeichnen wäre zu viel gesagt. Er ist – ein guter

Bekannter. Ich hatte sozusagen als Gast mit dem Fall Viola zu tun, weil ich sie über ihren Onkel kennengelernt hatte. Details spielen im Moment keine Rolle. Um es kurz zu machen: Ritter und van der Meer beobachtete ich zufällig auf einem Spaziergang in der Magdalenenklause, Nymphenburger Park. Sie kennen die künstliche Ruine. Und da sprachen sie so miteinander, als ginge es um ein wichtiges Thema. Diese Begegnung empfand ich als konspirativ, was mich ziemlich erschrocken hat, zugegebenermaßen. Mit der Ermittlung hatte das augenscheinlich nichts zu tun.«

Herringer wog seinen Kopf hin und her.

»Konspirativ? Inwiefern?«

Metternich spritzte noch einmal Worcestersoße über die Pastete.

»Viola Kilian war die Tochter von van der Meer.«

»Oh, leck!« Herringer trommelte mit den Fingern auf die Tischplatte. »Das ist natürlich ein Pfund. Und jetzt mutmaßen Sie, was dahinterstecken könnte.«

»Logisch. Ein Bulle und ein in den Fall Involvierter treffen sich abseits in einer Ruine. Das hat doch was, oder? Vielleicht schauen Sie noch mal in die Archive Ihres Blattes, ob Sie mehr über van der Meer finden. Vielleicht haben Sie ja noch andere Quellen. Melden Sie sich bitte, wenn Sie was haben. Und denken Sie an unsere Vereinbarung.«

***

Immer mehr kam Metternich zu der Überzeugung, dass der Schlüssel bei Ferdinand van der Meer zu suchen war.

Er sinnierte. Hatte der Mann mehrere Identitäten? Dann verzog Metternich sein Gesicht zu einem maliziösen Grinsen: Van der Meer hoch drei hätte Mathematiker Wohmann wohl gesagt. Und Metternich beschloss, wie er jetzt vorgehen wollte. Wie ein Privatdetektiv. Beschatten. Im Visier behalten.

***

Die ›*VdM-Invest*‹ in den Highlight Towers, Mies-van-der-Rohe-Straße. Metternich fand unvermutet einen Parkplatz dort vor dem Hochhaus. Er schaute sich zunächst die gläsernen Doppeltürme von außen an, dann suchte und fand er auf den Firmenschildern die ›*VdM-Invest*‹. Er betrat das große Foyer und sah sich um. Die Empfangsdame am breiten Tresen betrachtete ihn etwas argwöhnisch, fragte aber noch nicht, wohin er wolle.

Ihn hätte van der Meers Firma interessiert – die Ausstrahlung, die Mitarbeiter. Er hätte schon gerne eine Ahnung aufnehmen wollen. Aber Metternich entschied sich anders. Die Firma nun zu betreten, angesichts der Verbindung van der Meers mit Ritter, war nicht klug. So drehte er sich noch einmal um und wandte sich wieder dem Ausgang zu.

Metternich setzte sich in seinen Wagen und entschloss sich zu warten. Irgendwann würde van der Meer das Büro verlassen. Er war sich sicher, dass es so kommen würde. Van der Meer war sicherlich im Hause.

Und er, Metternich, hatte Zeit. Zwei, drei Stunden.

Es war bereits später Nachmittag, als Metternichs Geduld belohnt wurde. Aus sicherer Entfernung beobachtete er, wie van der Meer das Bürohaus verließ und zu seinem Maserati ging, der unweit des Gebäudes geparkt stand. Metternich gehorchte einem Impuls, als er van der Meer folgte, ohne genau zu wissen warum.

Es ging zunächst in die Maxvorstadt. Metternich konnte dranbleiben. In der Gabelsbergerstraße hielt van der Meer und suchte ein Lokal auf. Dort traf er einen Mann, mit dem er einen Drink nahm. Das Gespräch der beiden dauerte nicht lange. Anschließend nahm van der Meer den Mann in seinem Wagen mit. Die Fahrt ging nun aus München hinaus in Richtung Starnberg. Der zunehmende Berufsverkehr machte für Metternich die Verfolgung immer schwerer. Andererseits half sein unauffälliger VW-Golf, unbemerkt zu bleiben.

Starnberg. Possenhofener Straße. Metternich hielt sich in sicherer Entfernung und bog in den Unteren Seeweg ein. Dort parkte er seinen Wagen und lief von da aus die Possenhofener Straße entlang in die Richtung von van der Meers Anwesen. Die Seiten des Grundstücks wurden durch Rotbuchenhecken zu den Nachbarn hin abgegrenzt. Von der Straßenseite hatte man einen Einblick in das weitläufige Anwesen. So sah Metternich von Weitem den Maserati vor dem Haus stehen. Er fühlte eine innere Sicherheit, hier in dieser Gegend zu bleiben, van der Meer im Auge zu behalten. Allerdings widerstrebte ihm das lange beobachtende Herumlaufen, das auch bald auffallen würde. Er wandte sich zurück zum Unteren Seeweg und parkte seinen Wagen an der Unterführung der Zuglinie, unter der die Possenhofener Straße entlangführte.

Er blieb im Wagen sitzen. Van der Meer musste hier wieder vorbeikommen, wenn er irgendwohin wollte. Ob das Sinn machte? Metternich war nicht sicher. Aber sein Instinkt täuschte ihn nur selten. Und außerdem: Wo sonst hätte er ansetzen können? Das Warten zog sich hin. Metternich wurde durstig. Im nahe gelegenen Münchner Yacht-Club konnte er sich ein Getränk besorgen.

31. Kapitel
›Sator 22‹, belauert

Van der Meer fuhr den morastigen Waldweg entlang. Mittlerweile war es schon dunkel geworden. Mit Standlicht näherte er sich dem Blockhaus der Loge. Dort stiegen er und sein Begleiter, das neue Mitglied SEVERUS alias Stefan Gschwend, aus. Beide besprachen sich kurz und schritten dann langsam auf das Haus zu.

***

Metternich war zeitweise schläfrig geworden, als er in Starnberg van der Meer observiert hatte. Dann hatte er plötzlich den Maserati aufröhren gehört und wegfahren gesehen. Er war sofort hellwach geworden.

Es war für ihn nicht einfach gewesen, van der Meers Wagen in der Dunkelheit zu folgen. An Taufkirchen vorbei war es nach Osten in Richtung Vaterstetten gegangen, bis nach Eglharting und hinein in den Eglhartinger Forst. Metternich hatte die Scheinwerfer ausgeschaltet und war langsam den Forstweg entlanggekrochen. Er hatte einfach die roten Rücklichtern in der Ferne verfolgt.

Seinen Golf hatte er in angemessener Entfernung an einer Abzweigung des Waldweges abgestellt. Dann hatte er sich weitergetastet, um schließlich van der Meers Wagen vor einem Blockhaus stehen zu sehen, dort, wo auch schon ein weiteres Auto geparkt war. Durch die Ritzen der hölzernen Fensterläden drang mattes Licht.

***

Van der Meer und Severus traten in den großen Raum. Großmeister AURELIUS erwartete sie schon.

»Schön, dass ihr gekommen seid. Sozusagen unter sechs Augen können wir hier ein kleines Problem besprechen«, sagte er und wies die Besucher an, sich zu setzen.

Auf dem Tisch standen drei Gläser und eine Flasche Wasser.

»Man könnte uns durchaus als Geheimgesellschaft in der Geheimgesellschaft bezeichnen.«

Dabei lächelte AURELIUS.

***

Metternich näherte sich behutsam dem Holzhaus. In noch einiger Entfernung blieb er beobachtend stehen. Dann erschrak er.

Er traute seinen Augen nicht. Plötzlich tauchte am gegenüberliegenden Ende des Hauses ein Mann auf. Es war der Typ, den er vom Wallberg kannte, von seiner Wanderung. Das olivgrün geflecktes Blouson, die braunen Cordhosen und sein blondierter Kurzhaarschnitt. Metternich trat zurück hinter einen Fichtenstamm. Was er sah, irritierte ihn. Irritationen waren ihm bestimmt nicht fremd, aber das hier war schon sehr absonderlich. Der Blondierte muss sich schon länger in der Nähe aufgehalten haben, dachte Metternich.

***

SEVERUS goss sich Wasser ein und nahm einen kräftigen Schluck. »Innenministerium, Referat ÖS II, schwere organisierte Kri-minalität. Die Informationen könnten durchaus hilfreich sein. Die Verbindungen nach draußen, also vom Ministerium zu den Ermittlungsbehörden, sind für mich gut angelegt.«

»Sehr gut«, sagte LUCILIUS van der Meer. »Es handelt sich um mögliche Erkenntnisse über diverse Vorgänge, die für mich und AURELIUS äußerst wichtig sind. Wie weit sind die Ermittler gekommen? Gibt es bei den Behörden schon einen Eindruck oder gar einen Überblick?«

SEVERUS stellte sein Glas ab. »Das wird sich noch zeigen. Ich muss langsam und bedächtig vorgehen.«

Van der Meer saß konzentriert aufrecht und sah Gschwend prüfend an. Er trank nichts.

»Die vereidigte Loyalität hier ist Grundlage für unsere Zukunft, SEVERUS. Ich denke, du verstehst.«

***

Der Blondierte schaute sich immer mal wieder um. Die Außenfunzel schwankte leicht und leuchtete ihn immer wieder etwas an. Dann schlich er zu einem der kleinen Fenster hin und versuchte, durch die Spalten der Läden einen Blick ins Zimmer zu werfen. Schließlich verschwand er wieder um eine Hausecke.

Metternich verharrte weiter hinter dem Baum. Er wartete ab.

Schließlich tauchte der Blondierte am anderen Ende des Hauses erneut auf. Er schien etwas unschlüssig darüber, wie er jetzt handeln sollte. So kam es Metternich jedenfalls vor, und er versuchte, sich diese Person genau einzuprägen. Schlank, fast hager, das Gesicht, so weit im diffusen Licht und aus der Entfernung zu erkennen, schmal mit blasiertem Ausdruck.

***

AURELIUS erhob sich.

»Ich denke, das lässt sich gut an. Severus, wir kannten uns schon lange, bevor du zu uns in die Loge kamst. Mein Vertrauen in dich ist groß. Du kennst mein Unternehmen und seine Aktivitäten. Die Zusammenführung hier mit Lucilius ist zielführend. Deine Arbeit im Ministerium ist für uns eine wichtige Unterstützung.«

»Das geht alles nur mit Geduld«, sagte SEVERUS. »Mit der Zeit werden sich die für uns wichtigen Kanäle schon öffnen.«

»Von Belang sind auch Informationen über mögliche Ermittlungen in der Schweiz oder in Südamerika.«

»Das leuchtet ein, ist mir bekannt. Ich werde sehen, wie ich wo an was herankomme. Gerade im Internet wird geprüft und ermittelt. Die IT-Spezialisten sind auf verdächtige Vorgänge im Netz ausgerichtet, wie man weiß.«

Van der Meer trank das Glas Wasser leer und erhob sich. Die Herren gaben sich die Hände.

***

Metternich hatte kurz auf seine Uhr gesehen, da war der Blondierte plötzlich verschwunden. Jetzt sah er van der Meer und seine beiden Begleiter aus dem Blockhaus kommen und zu den Wagen gehen. Stockdunkel wurde es, nachdem erst die Hauslaterne erlosch und dann die Wagen wegfuhren. Metternich tastete sich zum Waldrand vor. Van der Meer konnte er nicht verfolgen. Wo war dieser Blondierte? Diese etwas mysteriöse Erscheinung verunsicherte Metternich doch nicht wenig. Hinzu kam: Er selbst trug keine Waffe, war gewissermaßen außer Dienst. Aber als Bulle war er immer im Dienst.

Nur eine Ahnung, ein Gedankenspiel. Metternich war ziemlich klar, dass hier etwas ganz Schräges ablief. Irgendwohin musste der Blondierte doch gegangen sein. Zu Fuß nachts durch den Wald? Von hier bis zur nächsten Straße waren es bestimmt an die drei Kilometer. Oder sein Wagen stand auf einem Waldweg weiter weg in entgegengesetzter Richtung, hinter dem Haus. Metternich sah sich nicht in der Lage, dem nachzugehen. In einiger Entfernung hörte Metternich plötzlich das Starten eines Wagens. Trotz der Dunkelheit versuchte er, möglichst schnell in diese Richtung zu laufen, um möglicherweise noch etwas zu erkennen. Auf dem Waldweg sah er aber nur noch in der Ferne die roten Rücklichter eines Autos verschwinden. Mehr war nicht auszumachen.

32. Kapitel
Herr van der Meer, öffentlich

Am frühen Morgen ließ sich van der Meer im Büro der ›*VdM-Invest*‹ von Melanie Herz über die anstehenden Termine informieren. Vom Bayerischen Fernsehen war er für die Sendung

›Geld und Leben‹ als Interviewgast vorgesehen, im Nachgang zu der Ehrung des ›Dolphin Club‹. Van der Meer war das lästig. Andererseits kam ihm diese Selbstdarstellung nicht ungelegen.

»Für wann ist das anberaumt?«

»Nächste Woche Mittwoch um elf Uhr«, sagte Melanie Herz. »Die vom Fernsehen kommen zu Ihnen ins Büro. Ob ich auch ins Bild komme?« Dabei lachte sie.

»Warum nicht, Herzchen.«

Van der Meer studierte einige Unterlagen und sprach kurz mit Müller. Er schritt durch die Büroräume, wechselte einige Worte mit anderen Mitarbeitern und verließ anschließend die Firma. Andresen war heute nicht anwesend. Er hatte sich einen Tag freigenommen. Am späten Vormittag hatte van der Meer ein kurzes Treffen mit Ministerialrat Henkel im Bayerischen Wirtschaftsministerium, Referat Grundsatzfragen der Außenwirtschaft. Sie waren seit Langem gut befreundet, tauschten sich aus, sprachen über Geschäfte und über Privates.

»Du Glücklicher«, sagte Henkel. »Tolle Frau an deiner Seite, top Firma und dann noch den ›*Dolphin*‹-Preis. Sogar der Minister ist recht angetan, wie ich hörte.«

Van der Meer hob die Schultern und machte eine abwehrende Geste.

»Alles mal nicht so hoch hängen. Ich mache aus dem, was ich kann, das Optimale, mehr nicht.«

Sie tranken noch einen Aperitif, bevor sich van der Meer verabschiedete.

***

Das schon länger avisierte Interview fand am Nachmittag statt. Im Büro der Chefredaktion des ›*Münchner Kuriers*‹ saß van der Meer mit Herringer und dem Chefredakteur Liesegang. Kaffee und ein Cognac für van der Meer standen auf einem trendigen Nierentisch. Herringer begann gleich ohne großen Einstieg.

»Herr van der Meer, welche Investition war für Sie bisher die erfolgreichste?«

Van der Meer lächelte und legte seine randlose Brille in ein Brillenetui. »Wissen Sie, der Erfolg stellt sich bei unserem Geschäftsmodell meist erst nach längerer Zeit ein. Aber ich kann Ihnen sagen, dass zum Beispiel unser Engagement in Indonesien gute Ergebnisse generiert hat.«

»Und in welchen Ländern sind Sie noch aktiv? Bevorzugen Sie bestimmte Länder, in denen Sie sich an Unternehmen beteiligen?«

Van der Meer nahm einen Schluck Kaffee.

»Eigentlich nicht, würde ich sagen. Unser Schwerpunkt liegt momentan in Asien, also in der ASEAN-Region, und in Südamerika. Aber das kann sich auch wieder ändern.«

»Gibt es bevorzugte Branchen?«

»Das kommt auf die Region an. In Indonesien zum Beispiel favorisieren wir Infrastruktur, Nahrungsmittel und Stromerzeugung. In Südamerika liegt der Fokus auf Nachhaltigkeit und Umwelt.«

»Und wie steht es mit dem Nahen Osten? Also mit den Emiraten zum Beispiel? Oder vielleicht sogar mit dem Iran, der ja wieder ökonomisch zugänglicher geworden ist?«

»Ein durchaus interessantes Thema. Aber zum jetzigen Zeitpunkt halten wir uns aufgrund der politischen Lage dort eher zurück.«

»Also unterhalten Sie in dieser Region derzeit keine geschäftlichen Verbindungen?«

»So ist es. Wir müssen uns konzentrieren. Nur so kann zielorientiert geplant werden.«

Liesegang blieb im Hintergrund und ließ Herringer fragen.

»Herr van der Meer, es gibt Gerüchte, dass Ihre ›*VdM-Invest*‹ auch in Waffengeschäfte verwickelt ist.«

Van der Meer lachte sanft.

»Jaja, dieser mediale Klatsch. Wissen Sie, wie viele Investoren mit diesen Verdächtigungen immer wieder konfrontiert werden? Nein, mit Waffenkontrakten haben wir weiß Gott nichts zu tun. Und damit sollte das Thema durch sein.«

»Aber Gerüchte kommen meistens nicht von ungefähr.«

»Ach Gott, das sagt sich so. Und schon bleibt was hängen. Aber bei der ›*VdM-Invest*‹ bleibt nichts hängen. Es wäre nur zu korrekt, das Ihren Lesern ganz deutlich zu machen. Sie sollten genauso seriös arbeiten, wie wir das tun.«

»Sie sind bekannt durch Ihr Engagement für soziale Projekte«, übernahm Liesegang. »Zuletzt wurden Sie vom ›*Dolphin Club international*‹ ausgezeichnet, in dem Sie ja auch Mitglied sind. Im Mai hatten Sie ein Gespräch in der Bayerischen Staatskanzlei, unter anderem mit unserem Ministerpräsidenten.«

»Und mit dem Wirtschaftsminister. Es war eine kurze informelle Begegnung, die spontan zustande kam. Ein interessanter Gedankenaustausch.«

»Werden Sie sich auch zukünftig im sozialen Bereich weiter einsetzen? Und wenn ja, welche Projekte unterstützen Sie dann?«

Van der Meer leerte den Cognacschwenker. »Das Projekt Straßenkinder in Lima fördern wir von der ›*VdM-Invest*‹ schon seit einigen Jahren. Das geht also von der Firma aus. Was ich im Rahmen des ›*Dolphin Club*‹ mache, kommt von meiner privaten Seite.«

Herringer goss sich Kaffee nach.

»Herr van der Meer, unsere Leser interessieren sich natürlich auch ein wenig für Sie als Mensch. Sie leben am Starnberger See. Wie verbringen Sie Ihre Freizeit? Haben Sie Hobbys?«

»Mit meiner Lebensgefährtin Yvonne Rautenberg nutze ich die wenige mir verbleibende Zeit zur Muße«, antwortete van der Meer sichtlich entspannt und den Journalisten zugetan. »Mein Segelboot habe ich abgeschafft und spiele gelegentlich

Tennis. Aber da muss ich noch schwer üben. Yvonne ist richtig gut und treibt mich an. Mit ihr spiele ich auch gerne Schach. Und wir beide mögen klassische Musik. Besonders lieben wir Chopin und Beethoven, aber auch Barockmusik, etwa von Telemann.«

»Also sind Sie ein Feingeist, wenn man so sagen darf.«

»Vielleicht ... ja, könnte man sagen«, lächelte van der Meer.

Das Interview endete. Ins Büro fuhr van der Meer danach nicht mehr, sondern gleich nach Starnberg. Yvonne saß zu Hause mit vier Freundinnen bei einer Home-Party für den Verkauf von Kosmetikartikeln. Yvonne führte das große Wort. Tilli bediente.

Van der Meer ärgerte sich darüber, dass die schnatternden Weiber den großen Wohnbereich in Beschlag genommen hatten. Er setzte sich derweil auf die Gartenterrasse und überlegte die nächsten Schritte.

33. Kapitel
Brisanter Moment

Carnivale betrachtete sich im Spiegel. Er bleckte die Zähne, streckte die Zunge heraus und strich sich über das jetzt kurze strubbelige Haar. Die Zähne blitzweiß, die Zunge etwas belegt, das Haar grellblond gefärbt. So gefiel ihm das nicht mehr. Die lange dunkle Mähne hatte runtergemusst nach der letzten Aktion.

In Carnivale rumorte es diffus-aggressiv. Der feine Herr hatte noch nicht bezahlt. Und die Beteiligung? Das wurde noch verhandelt. Carnivale dachte an die Zukunft. Verschwinden für immer? Nach Frankreich? ›Nach Hause‹?

Da erwartete ihn niemand. Und er wollte von niemandem erwartet werden. In Marseille, Rue d´Austerlitz Nr. 5 im 6. Arrondissement, hatte er noch sein kleines Appartement. Er hatte es vor Jahren angemietet, nachdem sein Vater vom algerischen Bir-Ha-Clan erschossen worden war, in der Cité Font-Vert. Er hatte sich törichterweise mit den Drogendealern eingelassen.

Seine Familie war einst vom Schweizer Kanton Waadt nach Marseille gezogen. Die Mutter war zuvor gestorben, der Vater hatte sich in der Schweiz etwas zuschulden kommen lassen und wollte weg. Dann ging Carnivale zur *Légion étrangère,* der Fremdenlegion. Fünf Jahre. Schließlich hatte er die französische Staatsbürgerschaft.

Mit den Drogenbanden im Norden der Stadt wollte er nichts zu tun haben. Er hasste sie. Er hasste die Marokkaner, die Algerier, die Araber überhaupt. Und er wollte seinem Hass Ausdruck verleihen. Er verdingte sich als *Liquidateur,* wie er sich sarkastisch nannte, für einen Marseiller Boss, Franzose natürlich. Für ihn hatte er zwei Algerier und einen Tunesier erschossen. Er liebte es, *Liquidateur* zu sein. Das entsprach genau seinem nihilistischen Weltbild. Leben oder Tod, für ihn hatte der Unterschied kaum eine Relevanz. Die Verbindungen gingen dann schnell bis ins Ausland. Qualität sprach sich herum. Besonders in diesen Kreisen.

Auf dem Bett lagen drei Schusswaffen. Unterschiedliche Hersteller. Unterschiedliche Kaliber. Für die Aufträge abwechselnd einsetzbar. Das erhöht die Sicherheit. Carnivale nahm jede einzelne in die Hand, wog sie und schaute sie an.

»*Bientôt les bon moments viendront*«, murmelte er, bald werden die guten Zeiten kommen. Die noch besseren Zeiten, setzte er gedanklich hinzu.

Carnivale verließ das kleine Hotel in Sendling an der Lindwurmstraße. Dort hatte er sich unter dem Namen Jean Renegard einquartiert. Nachts war er aus dem Forst gekommen und hatte zuvor hier ein Zimmer gebucht. Er ging in Richtung Theresienwiese und bog ab in den Bavariapark. Die Begegnung dort war nur ganz kurz. Der junge Mann, den er an der liegenden Quellennymphe traf, hatte links eine Augenklappe, exakt gescheiteltes braunes Haar, trug ein Kapuzensweatshirt und kurze Cargohosen. Sie sprachen lediglich ein paar Worte. Der Mann nickte zustimmend und ging weiter.

Carnivale lief die Theresienwiese entlang und dann in Richtung Sonnenstraße. Er nahm sich Zeit. Ein wenig in die Altstadt. Er überlegte, zur ›*VdM-Invest*‹, zu van der Meer zu fahren. Aber darüber war er sich noch nicht ganz im Klaren.

***

Metternich telefonierte nach dem Frühstück kurz mit Trübsand. Anschließend mit seinem Freund Hendrik. Der war zwei Wochen auf einem Symposium in Singapur gewesen, ›*Praktische Ethik im globalen Kapitalismus*‹, und nun wieder zurück. Es wurde ein längeres Gespräch, in dem Metternich aber nicht jede einzelne Begebenheit zum Besten gab.

Er grübelte über die Beobachtung in der vergangenen Nacht nach. Eine Einordnung war für ihn schwierig. An Ritter hätte er natürlich viele Fragen. Aber die musste er zunächst einmal aufschieben. Von ihm bekam er keine Informationen mehr über den aktuellen Stand der Ermittlungen; Ritter meldete sich nicht. Metternich spürte immer deutlicher, dass mit dem Kollegen etwas nicht stimmte.

Von seinem Hotel in der Senefelderstraße schlenderte Metternich in Richtung Karlsplatz. Zunächst brauchte er einen Espresso. Danach hatte er vor, sich noch einmal mit Dirk Anrath zu unterhalten. Von ihm musste doch mehr zu erfahren sein. Metternich empfand die bisherigen Informationen und Einlassungen als recht dürftig. Der Tag war sehr warm, aber bewölkt. Metternich erreichte die Ecke Schwanthalerstraße und Sonnenstraße. Er überquerte die Sonnenstraße bis zum Mittelstreifen mit den Straßenbahnschienen, wo er an der Ampel anhielt.

Auf der gegenüberliegenden Straßenseite sah er ihn plötzlich, erkannte ihn sofort. Das war er wieder, der Typ aus dem nächtlichen Forst, der Blondierte aus der Wallbergbahn. Heute trug er nicht das leichte Blouson, sondern eine helle Jeans und darüber ein olivgrünes T-Shirt.

Carnivale hatte berufsbedingt ein ausgezeichnetes Personengedächtnis. Die Physiognomie eines Menschen brannte sich sofort ein. Das gehörte auch zu seinen Schutzmechanismen. Er scannte automatisch seine Umgebung. Und mehrmals schon hatte ihm das geholfen. Ein Gesicht unwichtig? Vielleicht. Aber auf jeden Fall abgespeichert.

Carnivale stand bei Rot an derselben Ampel wie Metternich, nur auf der anderen Straßenseite, und erkannte den Mann direkt gegenüber sofort, den Mann aus der Gondel der Wallbergbahn. Er schmunzelte in sich hinein: *voilà, le flic Metterniesch*. Aber noch nicht, dachte Carnivale, der passende Zeitpunkt war noch nicht da. Es blieb doch immer ein brisantes Spiel. Besonders, wenn es um einen Bullen ging.

Die Männer fixierten sich nur kurz. Metternichs Einordnung hatte seit der Nacht im Forst auch eine Grundlage. Dieser Mann war wichtig, er hatte in diesem Spiel eine ganz bestimmte Funktion, dachte er. Da war er sich nun sicher.

Carnivale sah ihn bewusst neutral an. Ein zufälliges erneutes Aufeinandertreffen. Trotzdem ventilierte er ganz automatisch. Dieser Polizist hier. War das Zufall? Abscannen. Metternich sah den Blondierten und empfand es sofort als Gelegenheit. Jetzt musste er sich schnell entscheiden. Der kannte ihn nicht, der konnte doch mit ihm nichts anfangen, auch wenn er sich an das Zusammentreffen in der Wallbergbahn erinnern sollte, dachte Metternich. Er aber kannte ihn nun schon aus zwei Begegnungen. Verfolgen? Observieren? Er konnte das nur allein tun, war auf sich gestellt. Wen konnte er einbeziehen? Ritter konnte er nicht informieren. Was hätte er ihm plausibel sagen können? Jetzt wäre Trübsand der Richtige gewesen.

Die Ampel schaltete auf Grün. Carnivale und Metternich liefen los, aufeinander zu und dann aneinander vorbei.

Metternich beschloss dranzubleiben. Zu Fuß war das kein Problem. Carnivale, der Blondierte, schlenderte zunächst in Richtung Karlsplatz. Dort blieb er eine Weile stehen und schaute auf das Hotel ›*Königshof*‹, das an der Ecke Bayerstraße lag. Er schien es eingehend zu betrachten. Dann flanierte er hin zum Marienplatz und von dort aus weiter.

Ein seltsamer Vogel, dachte Metternich, der aus sicherer Entfernung beobachtete. Plötzlich schoss ihm ein völlig anderer Gedanke durch den Kopf. Sein Instinkt meldete sich. Konnte dieser merkwürdige Typ möglicherweise im Zusammenhang mit den Morden an Viola und Vera stehen? Aber wie? Warum hatte dieser Mann van der Meer nächtens bei seinem obskuren Treffen in dem Forsthaus beobachtet? Warum?

Carnivale bog in die Maximilianstraße ein. Er bummelte die Straße so entlang, als wollte er in irgendeinen der Edelklamottenläden gehen. Schließlich betrat er den Laden von Salvatore Ferragamo. Dort schaute er sich sorgfältig um und hinaus auf die Straße. Auf der anderen Seite entdeckte er Metternich recht leicht. Ihm war klar, dass dieser ihn observierte.

Metternich blickte hinüber. Es war ihm unbehaglich, dort herumzustehen, zu beobachten, den Kerl im Auge zu behalten. Das war zu Hause sonst der Job von Merkel und Hansen. Oder eben auch mal Trübsand. Einige Minuten verstrichen. Plötzlich meldete sich sein Handy.

»Hallo Moritz, Alois hier. Nur eine kurze Info für dich: Wir haben einen Mann festgenommen mit dringendem Tatverdacht. Du weißt schon, bezüglich der Tötungsdelikte Viola und Vera Kilian.«

Metternich war perplex. »Wie das?«

»Die Hintergründe klären wir gerade. Der junge Mann stammt aus dem näheren Umfeld der Kilians. War ohne Alibi und machte äußerst widersprüchliche Aussagen. Ist aber alles noch nicht offiziell. Mehr vielleicht später. Bis dann.«

Metternich wollte noch etwas fragen, aber Ritter hatte schon aufgelegt. Er schaute hinüber auf die andere Straßenseite. Zehn Minuten waren vergangen, und nun kam der Blondierte wieder aus dem Laden. Er wandte sich der U-Bahn-Station zu und fuhr er mit der Rolltreppe in die Tiefe. Metternich folgte in gebührendem Abstand. Als er Carnivale wieder ins Blickfeld bekam, stand dieser am Ticketautomaten. Er stand dort reglos, als warte er, aber ohne eine Fahrkarte zu ziehen. Schließlich machte der Blondierte auf dem Absatz kehrt und ging zurück zur Rolltreppe. Metternich hatte Mühe, schnell genug hinter einer Säule zu verschwinden. Anscheinend hatte es sich sein Verdächtiger anders überlegt.

Aber so war es nicht. Carnivale machten diese Sperenzchen Spaß. Er entschied sich, am Abend zu van der Meer nach Starnberg zu fahren. Zuvor lief er kreuz und quer durch die Gassen der Altstadt, seinen Verfolger immer im Schlepptau, und kehrte gegen zwölf ins ›*Augustiner*‹ am Platzl ein. Die Straßenterrasse war so voll belegt, dass er drinnen Platz nahm. Auch wenn er vor Tagen im ›*Haxenbauer*‹ wegen des Ketchups an der Weißwurst angemosert worden war, mochte er die bayrische Küche. Er orderte ein Viertel resch gebratene Ente mit Apfelblaukraut und Kartoffelknödl, dazu ein Halbliterglas helles Lagerbier.

Metternich beobachtete Carnivale durch eines der Fenster. Er war wiederum gezwungen zu warten. Zufällig wurde draußen gerade ein Tisch frei. Er eilte schnell hin, um ihn zu belegen. Das frische Augustiner tat ihm jetzt gut. Er bezahlte das Bier sofort, um gleich schnell wegzukommen, wenn der Blondierte das Lokal verließ. Den Ausgang hatte er im Blick.

Carnivale ließ sich Zeit. Und Metternich orderte und bezahlte bei der Dirndlkellnerin mit einem gewagt tiefen Ausschnitt ein zweites Bier. Ritter und seine Kommission hatten also einen Verdächtigen, sinnierte er. Es war der Falsche, da war er sich ziemlich sicher. Warum? Das hätte er nicht sagen können. Aber die Dinge lagen ganz anders. Das spürte er. Nur wie?

Eine gute Stunde verging. Dann sah er den Blondierten wieder aus dem Lokal kommen. Er schlug erneut die Richtung zum Hotel an der Lindwurmstraße ein.

Langes Latschen, dachte Metternich, ätzend. Aber er wollte, er musste dranbleiben. Das wurde ihm immer deutlicher. Der Blondierte fingerte sein Handy aus der Hosentasche und telefonierte. Das Gespräch schien ziemlich heftig zu verlaufen, soweit Metternich das aus der Entfernung beurteilen konnte. Carnivale gestikulierte heftig, als sei er ärgerlich. Dabei drehte er sich unverfänglich um, so als schaue er ziellos in die Gegend. Sein scannender Blick fand Metternich weit hinten in der Straße.

Endlich am Hotel Haus Windsor. Carnivale ging zunächst nicht hinein. Er blieb auf der Straße stehen, so als wartete er auf jemanden. Metternich hatte ihm gut folgen können. Er verharrte in angemessener Entfernung. Es vergingen kaum fünf Minuten. Ein Maserati fuhr vor und van der Meer stieg aus. Beide verschwanden im Hotel. Der Aufenthalt dort dauerte nicht lange. Bald kamen beide wieder aus dem Gebäude. Van der Meer ging mit Carnivale zu seinem Wagen. Dort kam es noch zu einem kurzen Wortwechsel. Dann fuhr van der Meer davon und Carnivale ging wieder ins Hotel.

Das war nicht das erste und sicher auch nicht das letzte Treffen der beiden, das wurde Metternich schlagartig klar. Die Geschichte wuchs ihm jetzt über den Kopf. Alleine konnte er das Geschehen hier nicht in den Griff bekommen. Er hatte keine Unterstützung. Ritter war quasi zu seinem Konterpart geworden. Sennheiser erschien ihm als überpenibler Bürokrat. Ihn wollte er noch nicht weiter einbinden. Alles war letztlich noch zu vage. Trübsand musste her. Und zwar sofort.

Metternich griff zum Handy und wählte Trübsands Privatnummer. Der freute sich immer, wenn Metternich ihn anrief.

»Da sind Sie ja schon wieder!«

»Ja. Wo bist du? Können wir reden?«

Trübsand hatte sich gerade eine Mittagspause genommen und befand sich auf der Rheinpromenade. Metternich schilderte, was ihm widerfahren war, und die Lage. Und er beschrieb seine Vermutungen.

Aber die pikante Begegnung mit Viola erwähnte er nicht. Dafür kam er aber kurz und bündig auf den Punkt.

»Trübi, ich brauch dich hier.«

34. Kapitel
Jean-Baptiste Carnivale (VII)

Tilli hatte serviert. Yvonne legte das dünn geschnittene Roastbeef nach. Van der Meer nahm sich einen Löffel Bratkartoffeln. Beide stießen mit kaltem italienischem Weißwein an.

»Vor einigen Tagen war doch die Polizei bei dir. Was ist denn daraus geworden?«, fragte Yvonne.

»Das hat sich schnell erledigt.«

»Aber es gab doch bestimmt ein Problem. Mit dem ... «

Van der Meer fuhr dazwischen.

»Das hatte mit mir nichts zu tun. War nur eine kurze Nachfrage bezüglich eines Vorfalls in den Highlight Towers.«

Die Abendsonne senkte sich. Rötliches Licht strahlte über den See bis zum anderen Ufer. Yvonne schaltete den Fernseher an. Die Tagesschau berichtete vom Staatsbesuch des Präsidenten aus Ecuador, zeigte die aktuellen Wirtschaftsdaten und anschließend Ausschnitte eines WM-Boxkampfs. Währenddessen stand van der Meer auf, trat hinaus auf die Terrasse und telefonierte. Erst kurz mit Andresen. Dann mit SEVERUS alias Stefan Gschwend, dem frischgebackenen Ministerialrat im Innenministerium. Vor dem geheimen Treffen im Ehringer Forst hatten sich Gschwend und van der Meer für ein informelles Gespräch getroffen. Nun gab van der Meer Gschwend einige ausgesuchte Hinweise auf seine geschäftlichen Tätigkeiten, die diskret abgewickelt werden müssten. Details gab er nicht bekannt.

Als neues Mitglied der Loge ›*Sator 22*‹ sollte er, Gschwend, seine Loyalität unter Beweis stellen. Es ging schließlich um ›Das Große Ganze‹, machte van der Meer erneut deutlich. Natürlich handelte es sich nicht um Informationen und Hinweise für die Loge. Die Tipps waren ausschließlich für die Organisation mit ihrem Inneren Kreis von Relevanz. Gschwend teilte nun mit, dass er genau an die Hinweise kommen könnte, die für van der Meer von Bedeutung waren. Vor allen Dingen das BKA betreffend und dessen einschlägige Ermittlungen.

»Das nimmt aber Zeit in Anspruch«, sagte er fast flüsternd, ohne weitere Schritte zu benennen.

»Das macht nichts. Lass dir Zeit. Wenn du weitergekommen bist, kontaktiere mich direkt und komm dann nach München.«

Nachdem van der Meer aufgelegt hatte, kam er zurück ins Wohnzimmer. Draußen setzte ein warmer Sommerregen ein. Es war 22:30 Uhr, als die Hausglocke ertönte. Danton bellte. Tilli sperrte ihn in ein Zimmer, öffnete die Haustür und ließ den Besucher herein, den sie schon kannte. Carnivale grüßte und wartete betont höflich im Flur. Da kam ihm schon van der Meer entgegen, nachdem er Yvonne zur Nacht verabschiedet hatte und sie in ihrem Trakt verschwunden war. Der Hausherr hatte den Franzosen erwartet und war auf das Treffen vorbereitet.

»Ich denke, unsere Unterredung dürfte kurz ausfallen«, begann er knapp und wies den Franzosen ins Wohnzimmer.

»*Voilà Monsieur*, die Länge unserer Unterredung bestimmen Sie. *Pourquoi? Parce que*, es kommt auf Sie an, wie schnell wir uns einigen. Zunächst das Salär für die ausgeführten Aufträge. Dann die Beteiligung.« Sie hatten sich noch nicht gesetzt und standen im großen Wohnraum.

»Überschätzen Sie sich nicht, Carnivale«, sagte van der Meer in seinem sonoren Ton, um gleich Klarheit zu schaffen.

Der Franzose stand ruhig und unberührt da. Van der Meer wandte sich zu einer Kommode, zog eine Schublade auf und fingerte einen braunen Umschlag heraus.

»50.000 Euro. Ich denke, das ist angesichts Ihrer missratenen Aktion mehr als angemessen. Und jetzt sollten Sie Deutschland möglichst schnell verlassen, am besten noch heute Abend.«

Er streckte Carnivale den Umschlag hin. Der rührte sich nicht, nahm ihn nicht entgegen.

»*Monsieur* van der Meer, wollen Sie mich beleidigen?«

Er ließ sich in einen der Ledersessel fallen. Van der Meer baute sich mit seiner hünenhaften Gestalt vor ihm auf. Seine Stimme wurde nun barscher.

»Hören Sie, Carnivale, ich habe weder Lust noch Zeit für derartige Spielchen. Sie haben zwar Vera Kilian liquidiert, auftragsgemäß. Aber aus welchem Impuls auch immer haben Sie zuvor Viola erschossen. Sie war meine Tochter. Das wissen Sie!«

»Das ist tatsächlich bedauerlich, scheint Sie aber emotional kaum zu berühren.«

»Machen Sie sich über meine Gefühle mal keinen Kopf. Für mich sind die Konsequenzen aus diesem törichten Vorgang wichtiger. Durch Violas Tod kam die polizeiliche Ermittlung sehr schnell zu mir. Durch die Aktion Vera und nur Vera wäre eine Verbindung nicht so leicht auszumachen gewesen. Jetzt hänge ich durch Ihren Fehler in den Ermittlungen.«

»*C'est vrai.* Das ist *désagréable,* unerfreulich. *Mais,* ich lehne jede Verantwortung dafür ab. Sie hatten mir ungenügende Hinweise gegeben. *Voilà tout.*«

»Nein, nein, Sie wurden mir als absoluter Profi vermittelt. Meine Hinweise waren ausreichend. Aber es war Ihnen vollkommen egal, wen Sie liquidierten. Hauptsache schnell, auch wenn dabei jemand draufgeht, der gar nicht das Ziel ist.«

»Sie haben recht. Die Zielperson ist mir persönlich gleichgültig. *Alors,* wie Sie es auch darstellen mögen, die Person, die Sie beseitigt haben wollten, ist eliminiert.« Er lachte. »50.000 Euro, *Monsieur,* das ist höchstens die bescheidene Anzahlung. Ich hatte Ihnen vor einigen Tagen gesagt, dass ich eine Beteiligung an Ihren recht lukrativen Geschäften erwarte.«

Van der Meer kniff die Augen zusammen, wollte dazu etwas sagen, ließ es aber.

»Ich sehe, Sie sind leicht angespannt«, hämelte Carnivale. »Sie kennen *Commissaire* Ritter? Den Bullen in *Munich*? Der ist doch mit der Aufklärung unserer Aktion befasst, als Leiter dieser Kommission.«

Van der Meer riss sich zusammen, ließ sich den Schreck nicht anmerken und ging nicht darauf ein.

»*Monsieur* van der Meer, ich möchte hier zu einem Resultat kommen. Für Sie von Vorteil und *pour moi,* für mich.«

Van der Meer stand noch immer. Carnivale beugte sich vor.

»Vereinfachen wir die Sache«, sagte er und strich sich über sein kurzes blondiertes Haar. »Ich bin entgegenkommend. Statt einer Beteiligung bin ich mit einer Abfindung zufrieden. Das dürfte für Sie bestimmt von Interesse sein.«

Van der Meer ventilierte, wie er sich nun verhalten sollte. Carnivale machte ihm in diesem Moment weniger Angst, vielmehr fühlte er Wut in sich aufsteigen, riss sich aber zusammen.

»Und an welche Höhe der Abfindung hatten Sie so gedacht?«, fragte er in einem süffisanten Ton.

Carnivale hob die Schultern an und breitete die Arme aus.

»Zwei Millionen.«

Van der Meer lächelte abfällig.

»Darf's auch etwas mehr sein?«

»*Naturellement*, je länger Sie verhandeln wollen, desto höher wird die Abfindung, *Monsieur*. Ich will mich zur Ruhe setzen, so heißt das doch. Mich zurückziehen. Und da benötige ich eine finanzielle Grundlage. Das müssten Sie doch am besten verstehen. Sie baden doch im Geld durch Ihre außergewöhnlichen Geschäfte.«

Van der Meers Wut wuchs. Er nahm die Brille ab. »Werden Sie nicht unverschämt. Strapazieren Sie nicht meine Geduld. Und was Ritter betrifft, da setzen Sie sich schön in die Nesseln.«

»Nesseln?«

Van der Meer grinste abfällig.

»Da sind Sie an der falschen Adresse und kommen in die Bredouille. Verstehen Sie das besser?«

Carnivale lachte jetzt laut.

»*Bon*, Ritter und Sie, ein tolles Paar. Mit dem Bullen verbindet Sie einiges. Der arbeitet Ihnen zu und wird von Ihnen bezahlt. Das haben wir ganz schnell herausgefunden, schon bevor ich das erste Mal zu Ihnen in die Firma kam. Wissen Sie, ich überprüfe zuerst immer die Gegebenheiten. Schauen Sie mal auf die Terrasse.«

Die Gesichtszüge van der Meers strafften sich. Weiter hinten im Garten tauchte in der Dämmerung ein Mann mit Augenklappe auf.

»Mein Assistent. Nennen wir ihn einfach Louis.«

Van der Meer konnte ein kurzes Erschrecken nicht verbergen. Der Mann hatte hinter ihm im Wiesbadener Kurhaus gesessen!

»*Monsieur*, wir sollten vernünftig miteinander reden. Das Ergebnis steht ja schon fest. Nur den Weg müssen wir noch festlegen. *Monsieur* van der Meer, machen Sie Vorschläge.«

Der Assistent verharrte derweil in gebotener Entfernung in der Nähe des Pools. Van der Meer empfand das hier jetzt als Drohkulisse. Allerdings hatte er sich schnell gesammelt und wirbelte Szenarien durch den Kopf.

»Ritter wird Ihnen keine Schwierigkeiten machen«, sagte Carnivale weiter, »ist ja logisch. Mein Assistent hat eine gute Beobachtungsgabe. Sie erinnern sich? Ihre Treffen mit dem *flic*. Kriminell wird es, wenn höhere Stellen darüber informiert werden. Das dürfte Ihnen klar sein. Ich denke, das wollen Sie bestimmt vermeiden.«

Van der Meer schwieg dazu. Ihm wurde warm und etwas flau. Eine längere Pause entstand. Man sah sich erwartungsvoll an: Carnivale in Hinsicht auf den geforderten Geldbetrag, van der Meer mit Blick darauf, wie er aus der Situation möglichst unbeschadet herauskommen könnte.

»Du hast noch Besuch bekommen? Guten Abend.«

Yvonne betrat überraschend den Raum. Van der Meer war ihr Hereinplatzen unangenehm.

»Ein Geschäftspartner mit einer dringenden Angelegenheit.«

Er ging auf Yvonne zu, gab ihr einen Wangenkuss, um sie gleich aus dem Wohnraum zu geleiten. Man stellte sich einander gar nicht erst vor.

»Bitte geh wieder in deinen Bereich«, sagte van der Meer mit gedämpfter Stimme, »wir sind bald durch. Ich komme dann.«

»*Très jolie*«, bemerkte der Franzose, »ein hübsches Geschöpf. Aber es ist spät, wir sollten zum Schluss kommen. 2 Millionen Euro. Bis wann können Sie die Summe beschaffen?«

»Das kann ich Ihnen so ad hoc nicht sagen. Ein derartiger Betrag ist nicht so schnell aufzutreiben. Zudem könnten sich Fragen ergeben.«

»*Pas de problème*, ich akzeptiere Teilzahlungen. Das birgt weniger die Gefahr des Aufsehens. Beginnen wir mit 250.000 Euro in drei Tagen. Nach Zahlung vereinbaren wir einen weiteren

Termin. Ich werde mich mit Ihnen in Verbindung setzen. Wissen Sie, *Monsieur* van der Meer, mit dieser Vereinbarung kommen Sie doch gut weg. Kein Aufsehen, alles diskret, und Sie sind aus der Schusslinie.« Dann lachte Carnivale. »Aus meiner und aus der Polizeilichen. In drei Tagen, wahrscheinlich gegen Abend, melde ich mich wieder bei Ihnen. *Bon nuit*.«

Carnivale eilte aus dem Haus. Sein Assistent war nicht mehr zu sehen. Van der Meer stand angespannt da und begann, die Situation zu durchdenken.

35. Kapitel
Rückendeckung inkognito

Samuel Trübsand hatte es mit seiner unbekümmerten, oft possenhaften Art geschafft. Um eine Erklärung und eine Begründung war er noch nie verlegen gewesen. Die Beerdigung seiner Patentante in München und Besuche der dortigen Verwandtschaft dienten diesmal als Begründung. Das Kommissariat 11 hatte ihm spontan für eine Woche freigegeben.

Zunächst wollte er mit dem Zug anreisen. Aber Metternich bestand auf die Fahrt mit dem Auto. Trübsand musste sich in München unabhängig bewegen können, spontan und an verschiedenen Orten sein. Sonst hatte der Aufenthalt wenig Sinn. Am frühen Mittag gegen zwölf traf er mit seinem alten Opel Corsa in München ein. Metternich hatte für ihn schon ein Zimmer im Hotel ›*Germania*‹ reservieren lassen. Nachdem Trübsand seinen Koffer auf sein Zimmer gebracht hatte, setzten sie sich dort zusammen.

»Ich wäre ja lieber zum Oktoberfest hierhergekommen. Wie geht es Ihnen?«, fragte Trübsand.

»Immer besser. Ich fühle mich soweit wieder ganz fit.«

»Aber Sie müssen noch aufpassen, oder?«

»Na ja, etwas. Den ACE-Hemmer nehme ich noch, aber nicht mehr lange. So, jetzt kommen wir mal zur Sache.«

Metternich fiel es nicht leicht, seinem jungen Kollegen die krude Story detailliert zu schildern. Es kostete ihn einige Überwindung. Und Überwindung war für ihn gänzlich ungewohnt.

»Diese Viola, sie war eine ausgekochte Göre, draufgängerisch und schon sehr selbstbewusst mit Hang zur Dominanz.«

Trübsand schmunzelte.

»Hört sich aufregend an.«

»Die war ein ausgesprochen intelligentes und wissbegieriges Mädchen. Im Nachhinein kann ich das ruhig feststellen. Frühreif und machte auf emanzipiert, selbstbestimmt mit Antihaltung. Das Letztere geht euch Jugendlichen heute doch ab.«

»Ich bin kein Jugendlicher mehr«, maulte Trübsand.

»Ich hab dich persönlich auch gar nicht gemeint, obwohl ... oft genug hampelst du rum wie ein Jungspund«, blaffte Metternich. »So, jetzt mal zum Eingemachten und zum Ablauf.«

Nach einer kurzen Pause schien ihm eine nachdenkliche Anmerkung noch wichtig.

»Du kannst dir aber vorstellen, dass ich sehr bestürzt war, schockiert, als ich sie fand. Und auch sehr niedergeschlagen.«

»Das glaub ich Ihnen. Schlimm.«

»Also, du musst für mich hier einiges tun. Ich kann das nicht, weil mich jetzt und hier eine Reihe von Leuten kennt. Dich aber nicht. Ich erkläre dir die Einzelheiten und die Vorgehensweise.«

Sie verließen das Hotel und liefen zu einem benachbarten Imbiss, um dort eine Kleinigkeit zu essen. Metternichs Handy meldete sich. Herringer war dran.

»Ich glaube, ich hab was für Sie. Vor circa vierzehn Tagen wurde doch in Nürnberg ein Jack Fürneisen erschossen.«

»Ja, ich erinnere mich. Ritter hatte das erwähnt.«

»Fürneisen war Chef der ›*Yssland GmbH*‹. So, und dieses Unternehmen hatte vor längerer Zeit Kontakt zu van der Meers ›*VdM-Invest*‹. Ist aber schon zwei, drei Jahre her. Ein investigativ arbeitender Kollege von den Wirtschaftsnachrichten hat mir das zugetragen.«

Metternich verzog den Mund.

»Das ist natürlich eine Nachricht. Haben Sie das denn der Kommission im Präsidium mitgeteilt?«

»Nein, ich dachte, wegen Ritter sei das momentan nicht angebracht. Ich denke, das ist in Ihrem Sinne.«

»Genau, das stimmt. Ich danke Ihnen und melde mich, wenn es für Sie interessante Details gibt.«

Metternich und Trübsand hatten mittlerweile im Imbiss an einem Resopaltisch Platz genommen.

»Zunächst muss ich dich an die Zielpersonen heranführen, die du beobachten sollst. Ich habe ja keine Bilder«, sagte Metternich.

Er beschrieb die Personen, die er observiert haben wollte. Aber er musste sicher sein, dass Trübsand die richtigen im Blick haben würde. Zunächst setzte er ihn auf Ritter an.

»Der Kollege ist ziemlich klein, kräftig, aber rundlich mit schütterem Haar. Ein richtiger Bayer. Ich werde jetzt versuchen, ihn möglichst bald zu treffen. So bist du in der Lage, ihn zu sehen.«

Metternich griff gleich sein Smartphone und wählte.

»Moritz! Wie geht's denn?«, meldete sich Ritter betont freundlich. »Immer noch nicht genesen? Ja, unser schönes München lässt einen nicht los.«

»Mein Doc hat mich verurteilt, noch hier zu bleiben. Ich habe nichts dagegen. Alois, wie wäre es auf eine Maß mal wieder? Heute Abend vielleicht?«

Metternich hörte zu, wie Ritter sich mit Kollegen austauschte. Sammer und Rotthoff waren demnach unterwegs und hatten am frühen Abend Termine, die er nicht wahrnehmen musste. Weitere Befragungen bezüglich der Kilians.

»Du hast Glück«, sagte Ritter. »Um achtzehn Uhr, das geht. Aber nicht lange, nur kurz auf ein Bier. Sagen wir im Biergarten ›*Hacker-Pschorr-Bräuhaus*‹. Der liegt am Bavariaring, da wo die Theresienwiese beginnt. So, jetzt muss ich aber. Bis später.«

Metternich lächelte zufrieden.

***

Ritter war pünktlich. Metternich saß schon eine Weile an einem der Holztische, bei einer Maß. Er hatte Trübsand in direkter Nachbarschaft platzieren können. Der konnte ihn und Ritter ohne Beeinträchtigung beobachten. Metternich war gespannt auf Ritters Auftreten. Der hatte sich ja in den vergangenen Tagen auffallend zurückgezogen. Wahrscheinlich war ihm seine neugierige Anwesenheit im Zusammenhang mit der Viola-Affaire zu bedrohlich, dachte Metternich. Aber er muss auf eine unverfängliche Weise den Kontakt halten. Schließlich waren sie ›befreundet‹.

»Moritz! Schön, dich zu sehen. Ach, in den letzten Tagen hatte ich das komplette Programm.« Ritter stürzte auf Metternich zu und streckte ihm jovial die Hand entgegen. »Du kennst das doch. Wenn die Ermittlungen stocken, da gibt's von allen Seiten Zunder.«

»Kommt ihr denn nicht weiter?«, fragte Metternich.

»Kaum. Den Verdächtigen mussten wir wieder freilassen. Da konnte alles entkräftet werden. Wir stellen weiter Fragen, versuchen, Querverbindungen aufzudecken, gehen Hinweisen nach, suchen Zeugen. Aber das läuft bislang ins Leere.«

Ritter wurde eine Maß Hacker-Pschorr hingestellt. Metternich hatte seinen Krug schon zur Hälfte ausgetrunken. Er überlegte, was er Ritter fragen konnte, welches Thema er anschneiden sollte. Van der Meer erwähnen? Jetzt nicht.

»Sag mal, eine Verbindung der Tat zu Seeberger, habt ihr da mal recherchiert? Immerhin hatte Rastätter, also Violas Onkel, Kontakt zu ihr.«

»Nein, das habe ich auch geprüft. Da lässt sich kein Zusammenhang feststellen.«

»Die Aufklärung des Tötungsdelikts Seeberger steht ja immer noch aus. Warum hattest du eigentlich den Fall abgegeben?«

»Ich war eine kurze Zeit krankgeschrieben. Dann übernahm ein anderes Team den Fall. Macht aber nichts.«

Ritter nahm einen kräftigen Schluck.

»Und wie verbringst du hier die Tage? Bist du auch noch mal am Tegernsee?«

»Ja, mal hier, mal da. Nur Bad Wiessee ist mir zu eintönig. So bin ich auch eine Zeit hier in München. Von meinem Arzt habe ich leider noch keine Freigabe zum Bullendasein.«

»Und wie lange könnte es noch dauern, bis du wieder zum Dienst kommst?«

»Kann ich nicht genau sagen, vielleicht noch ein oder zwei Wochen«, sagte Metternich. »Aber ich denke, dann war's das auch, Gott sei Dank!« Dann schnitt er doch noch das Thema an. »Habt ihr denn neue Erkenntnisse? Viola Kilian? Van der Meer?«

Ritter blieb gleichmütig.

»Van der Meer ist außen vor. Der kann zur Aufklärung der Tatbestände nichts beitragen. Das ist meinerseits abgeklärt. Du bist ja nicht noch einmal bei van der Meer gewesen, oder?«

Metternich konnte ein Schmunzeln nicht verbergen.

»Nein, nein, ich halte mich doch vollkommen raus. Das ist eure Sache, wie du schon vor einigen Tagen sagtest. Hoffentlich habt ihr bald Erfolg. Wäre zu wünschen. Weiß du, mir liegt die Sache mit Viola noch reichlich im Magen.«

»Das kann ich mir vorstellen.«

Ritter trank den Maßkrug bis auf einen Rest leer.

»Schön. Jetzt muss ich leider aufbrechen. Noch Termine am Abend. Erhol dich weiter gut, Moritz. Und kannst dich ja mal wieder melden. Pfüati Gott!«

Trübsand saß einen Tisch weiter und sah sich Ritter genau an. Als dieser gegangen war, wartete er noch eine Weile und setzte sich dann rüber zu Metternich.

»Gespeichert?«

»Ja, gespeichert«, bestätigte Trübsand.

Dann erklärte Metternich ihm, wie er vorgehen sollte. Anschließend bestellten sie sich Deftiges. Trübsand hatte Schmacht auf Schweinshaxe mit Kraut.

36. Kapitel
Das Erbe der Frau Ritter

Um sieben Uhr am folgenden Morgen machte sich Trübsand auf den Weg. Er fuhr in die Mangfallstraße und meldete sich von dort per Handy bei Metternich.

»Bin jetzt da. Ich denke, dass Ritter noch nicht weg ist. Ziemlich große Hütte hat der.«

»Ja, recht pompös für seine Verhältnisse. Bleib da dran!«

Metternich legte zufrieden auf. Trübsand machte das schon. Ritter kam einige Minuten später aus dem Haus und nahm die U-Bahn, um ins Präsidium zu fahren. Metternich hatte Trübsand vorab schon auf diese Möglichkeit hingewiesen. Somit war es für Trübsand leicht, Ritter unauffällig zu folgen.

Aber Ritter fuhr nicht ins Präsidium. Vom Mangfallplatz ging es in Richtung Goetheplatz. Dort stieg Ritter um in die U 6 und fuhr bis zur Implerstraße.

Trübsand blieb ihm auf den Fersen, als Ritter zur Lindwurmstraße lief.

»Ich bin Ritter gefolgt. Bin jetzt an der Lindwurmstraße«, meldete sich Trübsand mit gedämpfter Stimme. »Jetzt geht er in ein kleines Hotel. In´s Hotel ›*Haus Windsor*‹.«

Der Münchner Kommissar verschwand in dem kleinen, aber feinen Hotel. Metternich war nicht sehr überrascht.

»Pass auf, Trübi. Du gehst in das Hotel und verlangst einen Prospekt, Preisliste etc. und fragst nach freien Zimmern, für in zwei oder drei Wochen. Dann setzt du dich in die Lobby und blätterst den Prospekt durch. Du beobachtest dabei, ob Ritter wieder erscheint und mit wem.«

Metternich fühlte Erleichterung. Endlich hatte er eine zuverlässige Hilfe. Während Trübsand Ritter folgte, kam Metternich eine Idee. Ziemlich große Hütte, hatte Trübsand bemerkt. Das war Metternich schon bei seinem Besuch dort aufgefallen. Seine Frau Mathilde habe geerbt, hatte Ritter dazu gesagt. Von wem? Metternich suchte mit dem Handy online. Das Nachlassgericht, Maxburgstraße 4, gleich um die Ecke vom Präsidium. Trübsand ließ sich derweil in einem der Ledersessel aus der Gründerzeit nieder. Er blätterte in der Hotelbroschüre, las die Beschreibungen, sah sich die Fotos an, zwei-, dreimal, immer in der Hoffnung, dass Ritter bald wieder auftauchte.

Nach einer guten Viertelstunde trat Ritter aus dem Aufzug, hinter ihm van der Meer. Die beiden standen noch ein paar Sekunden in der Lobby und wechselten einige Worte. Trübsand war sofort klar, dass Ritters Begleiter dieser van der Meer sein musste. Metternich hatte ihn beschrieben. Kein Zweifel. Und Trübsand wäre nicht Trübsand gewesen, hätte er keinen passenden spontanen Einfall gehabt. Er hatte flink sein Handy zur Hand, presste es ans Ohr, als telefoniere er. Dabei drehte er sich so in Richtung der beiden Herren, dass er diese unauffällig fotografieren konnte.

Ritter und van der Meer verließen schließlich das Hotel.

»Wem soll ich folgen?«, fragte Trübsand bei Metternich nach.

»Am besten van der Meer, aber dem wirst du kaum folgen können. Der ist bestimmt mit seinem Maserati da. Und Ritter wird ins Präsidium fahren.«

Metternich überlegte. Er beschrieb Trübsand van der Meers Adressen. Entweder würde er in sein Büro in den Highlight Towers fahren oder nach Starnberg auf sein Anwesen. Trübsand sollte selbst entscheiden, zu welchem Ort er fahren wollte. Trübsand entschied sich für Starnberg. Warum? Es war einfach ein Gefühl für die Situation. Das hatte er vom Champ gelernt, als er diesen noch so nennen durfte. Ein Gespür entwickeln aus einer Lage heraus, die ›innere Drift‹, wie der Champ das mal genannt hatte.

Metternich dachte inzwischen nach. Ritters Haus. Die ungewöhnliche Opulenz. Mathildes Erbe? Seit der Beobachtung im Nymphenburger Park hatte er den Impuls gespürt, dieser Geschichte nachgehen zu wollen. Was hatte Mathilde Ritter geerbt? Hatte sie überhaupt geerbt? Er fuhr zum Nachlassgericht in die Maxburgstraße. Im Rahmen einer Ermittlung ersuchte Metternich um Auskunft. Eine leichte Irritation dort. Ja, ein Bulle vom Rhein sei er, aber die Sache hinge überregional zusammen. Und die Angelegenheit sei äußerst dringend. Das Erbe der Frau Ritter? Mathildes Mutter war vor gut vier Jahren hochbetagt verstorben. Ritters Gattin hatte tatsächlich geerbt. Metternich grinste süßsauer. 11.700 Euro Erspartes, eine antike Kommode, ein wenig Schmuck. Völlig klar, davon konnte man leicht ein Zweihundert-Quadratmeter-Haus kaufen. Es war ihm völlig neu, dass München so günstig war.

Metternich fuhr zurück ins Hotel ›*Germania*‹. Trübsand trieb sich observierend in Starnbergs Possenhofener Straße herum.

»Mein Gefühl hat mich nicht getrogen«, sagte Metternich, als er Trübsand anrief und ihm die Information des Nachlassgerichts mitteilte. »Es war mir bald klar, dass mit Ritter etwas nicht stimmt.«

»Oh ja, München ist teuer. Das weiß jeder«, meinte Trübsand. »Aber Ritter könnte doch selbst ein kleines Vermögen haben, um so ein Haus kaufen zu können, oder?«

Metternich wiegte seinen Kopf hin und her.

»Nein. Das passt nicht. So weit ich weiß, leben seine Eltern noch, beide schon steinalt, wie er einmal erzählte. Und wenn er die Kohle schon gehabt hätte, dann würden sie doch nicht erst vor zwei Jahren das Haus gekauft haben. Zudem bemerkte Ritter ja ausdrücklich, dass seine Mathilde geerbt habe.«

Dann lachte er.

»Für 11.700 Euro haben die sich demnach die Protzhütte zugelegt. Super Kurs, oder?«

»Und jetzt? Wie wollen Sie vorgehen?«

»Das weiß ich noch nicht. Wir müssen einige Stränge zusammenbekommen. Das Gesamtbild muss stimmig sein. Hast du was Neues?«

»Nein, van der Meers Maserati steht vor der Garage. Sonst tut sich nichts im Moment.«

Metternich trank einen Cappuccino in der Hotelbar. Ihm kam ein weiterer Gedanke, eine weitere Ungereimtheit in den Sinn. Hätte er schon früher drauf kommen müssen: Warum hatte Ritter nicht schon längst die OFA hinzugezogen. Wie hieß der Zuständige noch? Falkmann? Nein, Falkenheim von der Operativen Fallanalyse. Zehn beziehungsweise acht Tage lang ermittelte Ritters Kommission Wolfsschlucht nun schon ohne eine ernst zu nehmende Spur, von einem greifbaren Ergebnis ganz abgesehen.

37. Kapitel
Erster Zahltag

Trübsand saß im Auto, hörte Bayern 3 und hatte van der Meers Anwesen im Blick. Über drei Stunden schon.

»Es tut sich nichts«, meldete er sich bei Metternich. »Halb zwei ist es. Was soll ich tun?«

»Nichts weiter«, sagte Metternich lakonisch. »Im Auge behalten.«

Trübsand kämpfte schon mit dem Schlaf. Das Observieren hatten zu Hause sonst die Merkel und der Hansen übernommen. Einmal nur hatte er in der Bullenschleuder gesessen, wie Metternich den Dienstwagen mal nannte, um zu beobachten. Aber ausgerechnet damals ging ihm der zu observierende Typ durch die Lappen. Trübsand war eingepennt. Und der polterige Dezernatsleiter Jankowitz brüllte später herum. Metternich hatte danebengestanden und lächelnd geschwiegen. Wenig später hatte man den Typ wieder eingefangen. Seitdem verzichtete Trübsand auf diese Einsätze.

›... der Bürgermeister die neue U-Bahn-Station eingeweiht. – Im Fall der Morde an Viola und Vera Kilian hat nach Angaben eines Polizeisprechers die Kommission Wolfsschlucht noch keine heiße Spur. Die bisherigen Ermittlungen führten noch nicht zu greifbaren Ergebnissen. Für die nächsten Tage wurde eine Pressekonferenz mit Alois Ritter, dem Leiter der Kommission, angekündigt. – In der 2. Bundesliga gab es folgende Ergebnisse: 1860 München – Arminia Bielefeld 1:1, Nürnberg ...‹

Trübsand schaltete ab. Er hatte keine Lust mehr, weiter im Wagen zu sitzen, und wollte die Beine ausstrecken. Er stieg aus, reckte sich und sah gleichzeitig, wie ein großer schlanker Mann mit kurzem blondiertem Haar, bekleidet mit einem dünnen Tarnblouson, van der Meers Anwesen betrat. Sein Instinkt verriet ihm, dass diese etwas schräg wirkende Figur kein normaler Besuch sein konnte. Vor allen Dingen nicht bei einem Großinvestor der sogenannten gehobenen Gesellschaft.

Er rief Metternich an und beschrieb den Besucher.

»Der Blondierte also«, murmelte Metternich. »Da kommen wir der Sache schon näher. Die Type ist mir schon mehrfach begegnet. Bleib dran und sag mir, was abläuft.«

Es dauerte nicht lange, da fuhr van der Meer mit seinem Maserati vom Grundstück, auf dem Beifahrersitz der Blondierte. Trübsand wendete flink und folgte.

***

»*Très bien, Monsieur*«, sagte Carnivale zufrieden. »Sehen Sie, wir verstehen uns.« Sie fuhren zu van der Meers Hausbank, der kleinen, aber feinen ›*DBD-Privatbank*‹ am Petersplatz. In angemessener Entfernung parkten sie. Carnivale blieb im Wagen. Van der Meer wurde in ein holzgetäfeltes Besprechungszimmer im vierten Stock geleitet.

»Ziemlich große Summe Bargeld, Herr van der Meer«, sagte der für ihn zuständige Asset-Manager Cauls. »250.000 Euro – jetzt sofort? Hätten Sie den Betrag nicht vielleicht schon vorher reservieren können?«

»Das war auf die Schnelle nicht möglich. Also bitte!«

»Da muss ich erst nachfragen, ob die Summe zur Verfügung steht. Darf ich fragen, wozu Sie das Geld benötigen?«

Van der Meer wurde ungemütlich.

»Nein. Jetzt machen Sie mal keine Mätzchen. Natürlich steht der Betrag zur Verfügung. Ich denke, Sie wissen, welches Vermögen ich hier angelegt habe. Und die Bargeldbestände überschreiten den von mir geforderten Betrag wohl bei Weitem. Machen Sie sich doch nicht lächerlich. Ich habe wenig Zeit.«

Cauls wurde kleinlaut.

»Sie müssen entschuldigen, Herr van der Meer, aber Sie haben bislang noch nie einen so hohen Bargeldbetrag abgehoben. Selbstverständlich werden Sie unverzüglich bedient. Es kann allerdings eine Weile dauern. Möchten Sie einen Kaffee?«

»Nein.«

Carnivale schaute durchs Seitenfenster des Maserati. Dann grinste er. Der Mann mit der Augenklappe stand auf der anderen Straßenseite und nickte Carnivale leicht zu.

»Welche Stückelung hätten Sie gerne, Herr van der Meer?«, fragte Cauls, als er den Raum wieder betrat. »Die Fünfhunderter werden ja aus dem Verkehr gezogen.«

»Das weiß ich. Aber sie behalten dauerhaft ihren Wert. Also bündeln Sie in Fünfhundertern.«

Van der Meer gab ihm einen Aktenkoffer aus Wurzelholz. Cauls kam nach einer Viertelstunde zurück. Er legte den Koffer auf den Glastisch, neben dem van der Meer Platz genommen hatte. Der öffnete den Koffer, schaute kurz hinein und verschloss ihn wieder. Dann unterschrieb er die Empfangsbestätigung und verließ mit einem knappen Gruß das Zimmer.

Trübsand latschte inzwischen gemächlich die Straße entlang. Er sah in Schaufenster, tat so, als telefoniere er. Und er betrachtete den eisblauen Maserati von der Seite. Es zog ihn hin zu van der Meers Wagen. Zehn, fünfzehn Meter entfernt. Dann sah er, wie van der Meer von der Bank aus die Straße überquerte, auf sein Auto zukam und einstieg. Er reichte den Koffer seinem Beifahrer.

Trübsand band sich die Schuhe zu, richtete sich wieder auf und beobachtete, wie der Blondierte den Aktenkoffer öffnete, eine kurze Weile hineinsah, etwas entnahm und den Koffer wieder schloss. Dann blätterte der Unbekannte mehrere Geldbündel durch.

»*Bon,* ich bin mir sicher, dass Sie als seriöser *Homme d'affaires,* als Geschäftsmann, alles genau durchgezählt haben.« Dabei lachte er. »Wann die zweite Tranche fällig ist, sage ich Ihnen frühzeitig.«

Van der Meer zeigte keine Reaktion. Er startete den Motor und fuhr los. Carnivale warf noch einen pikarischen Blick zu seinem Assistenten auf der anderen Straßenseite. Der drehte ab und verschwand. Trübsand vermochte natürlich nicht mehr zu folgen. Für ihn war die Beschattung erfolgreich gewesen. Immerhin konnte er Metternich von dem gesamten Vorgang berichten. Er fummelte sein Mobiltelefon aus der Hose.

»Dieser van der Meer kam aus der ›*DBD-Privatbank*‹. Ich bin mir sicher, es geht um Geld, viel Geld, einen ganzen Koffer voll. Der blonde Typ im Auto klappte den Koffer auf, schaute hinein und fingerte darin kurz herum. Ich stand circa zehn Meter hinter dem Wagen. Das konnte ich aus der Entfernung erkennen. Und nun?«

»Du sagtest ›*DBD-Privatbank*‹?«

»Ja, der kam mit einem Koffer aus der Bank und gab ihn dem Blonden.«

»Dann ist bald ein Besuch bei den Finanzhaien angesagt. Komm erst mal zurück ins ›*Germania*‹.«

***

Carnivale wechselte das Hotel. Er ließ sich von van der Meer zum Stachus fahren. Seine neue Unterkunft teilte er ihm nicht mit.

»Sie können mich hier rauslassen«, sagte Carnivale kurz. »Ich melde mich bei Ihnen demnächst. *Alors,* ich werde jetzt noch einiges zu erledigen haben. Bereiten Sie schon mal die nächste Teilzahlung vor, *au revoir, Monsieur.*«

Den Aktenkoffer in der Hand stieg er aus van der Meers Wagen. Er schaute nicht zurück, sondern überquerte den Karlsplatz hin zum ›*Hotel Königshof*‹. Dort hatte er vom Hotel ›*Haus Windsor*‹ aus unter dem Namen Lino Dubois ein Superior-Zimmer gebucht. Sein Gepäck ließ er mit einem Taxi nachkommen. Im geräumigen Zimmer klappte er noch einmal den schmalen Wurzelholzkoffer auf und schaute auf die ordentlich drapierten Banknotenbündel. Es war nicht Misstrauen, es war Zufriedenheit. Dann hievte er seinen großen Reisekoffer auf das Gepäckgestell. Auch ihn öffnete er. Und er entnahm dem Koffer eine der drei unterschiedlichen Handfeuerwaffen, die alle mit einem Schalldämpfer versehen waren. Er betrachte sie eingehend.

Das dünne Blouson hatte er ausgezogen. Dann wühlte er im Koffer herum und wählte ein hellblaues Sommerjackett. Vor dem großen Zimmerspiegel begutachtete er, ob sich unter diesem Jackett unauffällig die Pistole tragen ließ. Im Hofbauernweißachtal hatte er das rot karierte Hemd angehabt. Das hatte er später an einem Bundesstraßenparkplatz entsorgt. Aber die braune Tasche war nicht so auffällig. Sie benutzte er weiter für seine 9-mm-Beretta. Das ging, befand er.

»Er ist im Hotel ›*Germania*‹«, sagte sein Assistent am Telefon. »Ich konnte im Hotel seinen Namen erfahren. Metternich. War nicht so schwer.«

»Ich weiß, wie der heißt.«

»Da ist aber noch ein anderer Mann. So Ende zwanzig, dunkles, gelocktes Haar. Der schlich verdächtig in der Nähe von diesem Metternich herum. Die beiden haben irgendwie miteinander zu tun.«

»*Merde*. Das macht die Situation nicht einfacher. Versuche herauszufinden, wie die beiden zusammenhängen.«

Carnivale legte auf. Er dachte nach und strich sich über sein blondiertes Haar. Dabei kam ihm der Gedanke, ob er seine äußere Erscheinung nicht wieder ändern sollte.

Er entschied sich dagegen. Vielleicht beim nächsten Hotelwechsel.

Anfang Juli, und es war schwülwarm. Carnivale zog das Jackett nicht an, sondern trug nur ein weißes Hemd über einer Jeans. Er nahm die braune Tasche und verließ das Hotel.

In der Senefelderstraße ging Carnivale langsam auf das ›*Germania*‹ zu. Er betrat das schlicht aber modern gestaltete Drei-Sterne-Haus und trat an die Rezeption. Was er sagen wollte, hatte er schon vorweg in akzentfreiem Deutsch geübt.

»Das tut mir leid, Herr Metternich ist gerade außer Haus«, sagte die langhaarige Rezeptionistin. »Kann ich etwas ausrichten, wenn Herr Metternich zurückkommt?«

»*Merci*«, rutschte Carnivale heraus, »nein danke, ich melde mich bei ihm später.«

Das *Merci* ärgerte ihn. Andererseits erschien es ihm wiederum nicht so bedenklich. Er trat auf die Straße und griff zum Handy.

»Ich dachte, er wäre noch dort«, erklärte der Assistent kleinlaut.

»*Ne pense pas*! Du sollst nicht denken! Das überlässt du mir«, fauchte Carnivale. »Und was ist mit dem anderen Mann?«

»Habe ich nicht mehr gesehen.«

»Halt die Augen offen. Irgendwann tauchen die wieder auf. Dann gib mir Bescheid.«

Metternich. *Désagréable,* unangenehm. Und gefährlich. Carnivale war klar, was er zu tun hatte. Aber ihm gefiel das Spiel. Es war das Spiel seines Lebens, immer schon, von Jugend auf.

38. Kapitel
Zwischenergebnis

Van der Meer wurde von Dr. Leitner vom Vorstand der ›*DBD-Privatbank*‹ angerufen. Der erreichte ihn noch während der Fahrt ins Büro.

»Ich will mich nicht in Ihre geschäftlichen Abwicklungen einmischen. Aber Herr Cauls hat mich über den Vorgang informiert. Ich hoffe, Sie haben dafür Verständnis. Eine derartige Summe in Bargeld, das ist schon ungewöhnlich. Und risikoreich, denke ich. Hätten Sie das nicht anders abwickeln können? Unser Institut wäre Ihnen gerne behilflich gewesen, in welcher Form auch immer, wenn Sie verstehen, was ich meine.«

»Danke. Aber die Angelegenheit ist schon erledigt. Wenn ich Sie benötige, komme ich auf Sie zu. Ich möchte mit Ihnen dann persönlich sprechen. Unter vier Augen«, sagte van der Meer.

»Selbstverständlich, melden Sie sich, wenn es ein Problem gibt. Wir haben für Sie immer eine Lösung, wie Sie wissen«, bestätigte Dr. Leitner.

***

Van der Meer betrat seine Geschäftsräume, begrüßte die Herz und beorderte Andresen, der schon im Vorzimmer wartete, zu sich in sein Büro. Er schloss die schalldichte Tür.

»Wir müssen achtgeben«, begann van der Meer. »Die Transaktion über die russische Linie scheint gefährdet, oder?«

»Seien Sie unbesorgt, die läuft jetzt wieder. Das Problem im Deep Web haben wir gelöst. Über das Hidden Wiki ist das ziemlich sicher.«

»Wir? Wer ist ›wir‹?«

Van der Meer sah Andresen indigniert an.

»Keine Sorge, ich habe einen Spezialisten hinzugezogen, der lediglich die technische Seite unter die Lupe genommen hat. Inhaltlich ist er in keiner Weise informiert. Die Verbindung steht vollkommen anonym und sicher. Ich konnte dann die Transaktion durchführen.«

Van der Meer nickte zufrieden, und Andresen verließ den Raum. Die zu transferierende Summe konnte über diesen Umweg über Widmers neue Firma in Zug von der Schweiz in die Karibik geleitet werden. Fast im gleichen Moment meldete sich QUIRINUS, Heyer von der BAFA. Van der Meer hatte schon länger auf seine Nachricht gewartet.

»Die Papiere für die Ausfuhr der MTB-Zentrifugen sind fertig. Die Unterlagen sind entsprechend konfiguriert. Die Lieferung kann stattfinden.«

Van der Meer lehnte sich zurück. Zwei gute Nachrichten hintereinander. Das beruhigte. Die anderen ordentlichen Geschäfte liefen erfolgreich, die Beteiligungen im Ausland sowie hier in Bayern.

Er freute sich schon auf seinen Auftritt beim Bayerischen Unternehmer-Verband, zu dem er kurzfristig eingeladen worden war. Am frühen Abend sollte er dort einen kurzen Vortrag über Investitionsstrategien halten, den gleichen, den er schon beim Bayerischen Investoren-Verband gehalten hatte. So bedurfte es keiner weiteren Vorbereitung. Wichtiger war es für ihn, Kontakte zu pflegen, sich auszutauschen.

***

Nach seinem Vortrag ergab sich sogar noch die Gelegenheit, mit dem bayrischen Wirtschaftsminister ein interessantes Gespräch zu führen. Der Minister fand anerkennende Worte für van der Meer. Ihm habe der Vortag sehr gefallen und er schätzte van der

Meers uneigennütziges soziales Engagement. Besonders beeindrucke ihn das Projekt Straßenkinder in Lima, sagte er, das die ›*VdM-Invest*‹ betreut und maßgeblich finanziert.

»Ich habe das Interview im ›*Kurier*‹ gelesen«, sagte der Minister. »Schon im Mai fand ich unsere Begegnung recht anregend. Sagen Sie, Ihre Vorfahren stammen aus Flandern?«

»Das ist richtig. Aus Leuven. Ende des 18. Jahrhunderts wanderte meine Familie aus und kam ins Rheinland. Die Revolutionskriege waren damals wohl der Grund. Leider sind viele familienhistorische Dokumente verloren gegangen.«

»Und wie kamen Sie nach München?«

»Ich habe hier studiert, bin hier hängen geblieben, wie man das so sagt. Dann habe ich bei einer Bank ein Volontariat absolviert und mich schließlich selbstständig gemacht.«

Der Minister lächelte freundlich.

»Und unser München war dafür natürlich der beste Platz. Dann wünsche ich Ihnen weiterhin Erfolg.«

Man schüttelte sich die Hände. Der Minister wandte sich ab und führte andere Gespräche. Die Veranstaltung war für van der Meer genau richtig gewesen, um sich abzulenken und nicht weiter darüber nachzudenken, wie er mit dem durchgeknallten Franzosen zurechtkommen sollte. Und van der Meer musste mit Carnivale zurechtkommen. Er musste seine Forderungen erfüllen, er war genötigt, dessen unberechenbare Ideen hinzunehmen. Welche das noch sein konnten? Diesem Killer war alles zuzutrauen, dachte van der Meer resigniert.

Er stieg in seinen Wagen und fuhr nach Starnberg. Tilli hatte an diesem Abend frei. Yvonne kam ihm schon vor dem Haus entgegen. Sie hatte Danton gerade ausgeführt, und der Hund bellte vor Freude, als er van der Meer sah. Er küsste sie routinemäßig kurz auf die Wange, bevor sie ins Haus gingen.

»Ich habe für uns zwei feine Filets mit Salat für heute Abend«, sagte sie mit etwas Stolz in der Stimme.

»Deine Fähigkeiten in der Küche sind ein Pluspunkt«, scherzte er. »Jetzt bin ich mal gespannt.«

Er ließ sich im Wohnraum in einen der Sessel fallen und blätterte im SPIEGEL. Aber er las nicht darin. Seine Gedanken durchliefen diverse Situationen. Alles in allem war er mit dem Gang der Dinge nicht unzufrieden.

Vera Kilian konnte ihm nicht mehr schaden. Sie war die Einzige gewesen, die wusste, dass er den Auftrag für die Liquidierung von Jeannette Seeberger erteilt hatte. Wie war sie dahintergekommen? Hatte vielleicht ihr Bruder, dieser Rastätter, eine Ahnung? Der hatte Kontakt zur Seeberger gehabt. Und Seeberger konnte ihn, van der Meer, erwähnt haben. Die Seeberger hatte aussteigen wollen. Sie hatte sich schon bedroht gefühlt, weil van der Meer ihr die Konsequenzen deutlich gemacht hatte. Diese Konsequenz.

Es konnte also sein, dass sie Rastätter gegenüber Andeutungen gemacht hatte. Ein Zeichen von Angst. Wie tief war die Verbindung zwischen ihr und Rastätter gewesen? Und hatte er dann seiner Schwester einen Hinweis gegeben? Die beiden hatten ja ein sehr enges Verhältnis.

»Wir können gleich essen. Ich glaube, mir sind die Steaks gut gelungen«, rief Yvonne ins Wohnzimmer. »Noch ein paar Minuten. Ich muss nur noch die Salatsoße machen.«

Wie auch immer, Vera Kilian war informiert worden. Für van der Meer war klar gewesen, dass er sich von ihr nicht hatte erpressen lassen können. Und die Seeberger? Sie wollte die Organisation verlassen; nein, eigentlich wollte sie die Organisation übernehmen. Für van der Meer wäre das ein Fiasko geworden, denn sie hätte ihn ausgebootet, ans Messer geliefert. Anonym bei den Behörden.

Wie war das noch? Ein Streit damals, der eskalierte. Es ging um die Geschäfte, die Planungen, die Strategie. Er hatte sie noch nie wirklich gemocht, die Seeberger, diese *Femme fatale.*

Rechthaberisch, kalt und egozentrisch, und sie setzte ihre Erotik für ihre Interessen ein. Er hasste so etwas. Und letztlich, sie ging doch über Leichen, um ihre Interessen durchzusetzen.

»Fertig! Kommst du bitte ins Esszimmer?«

Van der Meer stemmte sich aus seinem Sessel und beschloss, sich auf das Notwendige zu beschränken. Das Netz funktionierte. Die Dinge liefen so, wie sie laufen sollten. Über die ›*Sion-Invest-Bank*‹ wurden die Mitglieder der Organisation ausbezahlt. Und sie investierten über diese Schienen in alle Aktivitäten. Jedes Mitglied hatte einen für die Organisation wichtigen Kanal, im Inland oder im Ausland.

Diese Verbindungen waren der Stoff, aus dem der Erfolg gemacht wurde.

Und er zog die Fäden.

»Ferdi, bitte! Sonst wird alles kalt.«

39. Kapitel
Ein wenig Asset-Beratung

Die ›*DBD-Privatbank*‹ hatte ihren Sitz in einem aufwendig restaurierten klassizistischen Gebäude. Metternich hatte sich am Morgen einigermaßen geschäftsmäßig in Schale geworfen. Er betrat gegen elf Uhr das in weißem Marmor ausgelegte Vestibül und schaute sich um. Trübsand wartete derweil im Hotel.

Natürlich wusste Metternich, dass er keine Befugnis hatte, hier nur aufgrund einer Beobachtung Fragen zu stellen: ›Wie lange steht Herr van der Meer mit Ihrem Haus in Geschäftsverbindung? Kommt es öfter vor, dass Herr van der Meer große Geldbeträge in Koffern hier abholt? Auf welchen Betrag ungefähr beläuft sich das hier angelegte Vermögen des Herrn van der Meer?‹

Klar, das hätte er gerne gefragt. Aber so konnte er nicht vorgehen. Nicht hier. Er sah sich im hohen Foyer um und war im Moment etwas ratlos. Aber der Drang, in diese Bank zu gehen, war stark, nachdem van der Meer hier mit einem Geldkoffer herausgekommen war. Metternich suchte nach einer Idee.

»Kann ich Ihnen helfen? Oder haben Sie einen Termin?«, fragte der Herr vom Empfang.

Metternich überlegte schnell.

»Nein, ich habe keinen Termin. Aber ich interessiere mich für die Konditionen Ihres Instituts. Konten, Anlagen, Vermögensberatung.«

Das flutschte jetzt schnell aus ihm heraus. Irgendwie hatte er das Gefühl, hier bleiben und weiter vordringen zu müssen. Der Herr vom Empfang telefonierte kurz. Zwei Minuten später trat ein Mann im mausgrauen Anzug aus dem Aufzug und kam freundlich auf Metternich zu.

»Mein Name ist Paul Cauls. Ich bin vom Asset-Management. Sie interessieren sich für Anlagen, Investments, ein Konto?«

Metternich schaltete fix.

»Guten Tag. Hausmann – Hans Hausmann. Sehr erfreut. Wo können wir ungestört reden?«

Hausmann fiel ihm gerade so ein. Hände wurden geschüttelt. Cauls nahm den Ball auf.

»Wenn Sie mir bitte folgen würden?«

Im dritten Stock betraten sie einen eleganten ganz in Weiß gestalteten Besucherraum; hellbeige Lederstühle an einem großen Glastisch, darauf ein Flachbildschirm.

»Was kann ich für Sie tun?«, fragte Cauls, nachdem sie Platz genommen hatten. Für Metternich war diese Situation vollkommen außerhalb seines normalen Lebensbereichs. Mit der Besoldungsstufe A 12 wollte er in dieser Bank der feinen Pinkel mal eben ein Milliönchen unterbringen? Oder zunächst nur 650.000 Euro? Am besten, er ließ diesen Cauls mal reden. Oder merkten diese Heinis, dass man irgendwie hier nicht so recht hingehörte? Er versuchte es mit gestelztem Business-Sprech.

»Nun, ich dachte, eine größere Summe rentabel anzulegen.«

»Darf ich fragen, um welche Größenordnung es sich handelt? Wobei ich gleich erwähnen muss, dass wir erst ab einer Summe von mindestens 250.000 Euro tätig werden können.«

Metternich dachte sekundenschnell nach. 650.000 hörten sich da bestimmt gut an. »Circa 650.000 Euro.«

Cauls setzte ein distinguiertes Gesicht auf.

»Da haben wir für Sie einige Möglichkeiten. Aber zunächst die Frage: Bevorzugen Sie eher Aktien, Fonds oder Unternehmensanleihen? Wir haben natürlich auch Bonds und Staatsanleihen. Wir würden für Sie ein Anlageprofil erstellen.«

Metternich kramte in der Erinnerung. Aktien hatte er noch nie besessen. Und was waren Bonds? Mit James Bond hatte das wohl weniger zu tun. Was hatte er zu diesem Thema schon gelesen, gehört, welche Filme hatte er gesehen?

»Können Sie mir einen Aktienfonds empfehlen?«

Cauls tippte auf der Computertastatur herum.

»Wir haben unseren DBD-Hausfonds. Unsere Anlagestrategie beruht auf ausgesuchter Diversifikation. Wissen Sie, ein varianzminimales Portfolio mit geringer Volatilität. Wir begutachten ständig die Abhängigkeit vom Korrelationskoeffizienten. Das ist unsere Stärke.«

»Ich verstehe«, sagte Metternich cool und lachte sich innerlich scheckig.

Dann brachte er das Gespräch auf den Punkt. Was hatte Herringer von einem Kurier angedeutet? Van der Meer und Geld in Steueroasen? Undurchsichtige Transaktionen?

»Wissen Sie, Herr Cauls, ich komme zu Ihnen auf Empfehlung von Herrn van der Meer.«

Intuitiv haute er den Satz raus. So viel Chuzpe musste jetzt sein. Cauls lehnte sich zurück und schaute konzilianter.

»Das ist nett, Herr Hausmann. Dann werden Sie doch schon einiges über unser Haus wissen. Wenn Sie Fragen haben?«

Metternich fühlte sich zunehmend sicherer und mutiger. Und er sah sich auf dem richtigen Weg. Die aufgesetzte Redensart fiel ihm auch leicht. Er musste jetzt etwas wagen.

»Wissen Sie, Herr Cauls, Herr van der Meer machte so einige Andeutungen. Ich denke, Diskretion steht in Ihrem Haus ganz oben. Um auf den Punkt zu kommen: Die 650.000 Euro sind erst der Anfang. Es sind noch weitere Mittel gut anzulegen.«

Cauls zog die Brauen hoch. Metternich kam in Schwung.

»Ich sage es Ihnen unter vier Augen ganz offen: Ich würde gerne eine größere Summe ins Ausland transferieren. Herr van der Meer hat mir da so Andeutungen gemacht, dass ich bei Ihnen diesbezüglich an der richtigen Adresse sei, um es mal so auszudrücken.«

»Sie kennen Herrn van der Meer gut?«

»Herrn van der Meer kenne ich sehr lange. Wir haben eine vertrauensvolle Beziehung. Er hat mir den einen oder anderen Hinweis gegeben, wie man sein Vermögen in einer bestimmten Weise anlegen kann. Ich denke, Sie verstehen.«

Metternich war von sich selbst angetan. Die geschraubte Wortwahl gelang ihm doch gut! Cauls beugte sich wieder vor.

»Wir arbeiten mit Herrn van der Meer schon länger zusammen. Wie kann ich Ihnen helfen?«

In diesem Moment trat ein älterer Herr ins Zimmer. Cauls sprang auf. Metternich folgte dem Beispiel, aber betont langsamer.

»Darf ich vorstellen: Herr Dr. Leitner vom Vorstand ... Herr Hausmann. Herr Hausmann ist gut bekannt mit Herrn van der Meer, auf dessen Empfehlung er bei uns einiges anlegen möchte.«

Alle setzten sich, Leitner lächelte freundlich, sagte zunächst aber nichts. Metternich fühlte jetzt eine gewisse Beklemmung.

»Schlagen Sie mir Möglichkeiten vor«, sagte Metternich dann unvermittelt.

»Wissen Sie, Herr Hausmann, unser Haus hat mit Herrn van der Meer eine sehr persönliche Beziehung«, sagte Leitner. »Bei uns steht Diskretion absolut im Vordergrund. Wir haben durchaus Möglichkeiten, Ihnen bei der Unterbringung größerer Vermögen adäquat behilflich zu sein. In Ihrem Sinne natürlich. Wir schneidern das ganz präzise auf Ihre Wünsche zu. Da sind uns keine Grenzen gesetzt, wenn Sie verstehen, was ich meine. Wir haben immer noch Möglichkeiten heutzutage. Darf ich fragen, um welche Summe oder Summen es sich handelt?«

Metternich nahm sich zusammen. Die Summe sollte jetzt nicht zu groß sein, aber auch nicht zu gering.

»Sagen wir mal circa 2,5 Millionen. Das ist zunächst ein Anhaltspunkt. Ich mache folgenden Vorschlag. Sie arbeiten für mich etwas aus und ich melde mich in den nächsten Tagen wieder bei Ihnen.«

»Sehr gerne, Herr Hausmann. Wir bedanken uns für Ihren Besuch und Ihr Interesse. Wir sind sicher, dass wir für Sie die zukunftsweisende und sichere Strategie entwickeln können. Und grüßen Sie Herrn van der Meer, wenn Sie ihn sehen.«

Metternich nickte zuvorkommend und verabschiedete sich. An der Tür drehte er sich plötzlich noch einmal um.

»Eine Frage noch. Kennen Sie zufällig einen Herrn Ritter?«

»Ritter? Ja, könnte sein«, sagte Cauls mit Distanz in der Stimme.

»Alois Ritter. Ob er hier ein Konto hat, dürfen Sie mir wahrscheinlich nicht sagen.«

»Das stimmt. Aber kennen Sie denn einen Alois Ritter?«

»Nein, nicht persönlich. Man hat mir nur zugetragen, dass auch er sich in Ihrem Haus gut aufgehoben fühlt.«

Cauls lächelte, Leitner schwieg beredt. Metternich verließ die Bank zufrieden. Klar, Alois Ritter hatte also hier ein Konto. Eindeutig. Erst draußen bemerkte er, dass ihm Schweißperlen auf der Stirn standen. Und das hatte nicht nur mit der Hitze des Tages zu tun. Es war das ungewohnte Terrain. Keine Grenzen gesetzt, hatte Dr. Leitner gesagt. Was könnte man in Bezug auf Geldvermögen daraus schließen, dachte Metternich.

***

Metternich und Trübsand trafen sich beim Schnitzelwirt im ›*Spatenhof*‹. Trübsand hatte sich zuvor die Frauenkirche angesehen und dann Schmacht auf Bayrisches bekommen. Metternich verspürte wenig Appetit und bestellte lediglich eine Leberknödelsuppe.

»Van der Meer und Ritter haben dort Konten«, sagte Metternich. »Das ist eindeutig. Ein weiterer Mosaikstein.«

Trübsand säbelte ein Stück vom Schnitzel ab.

»Und nun?«

In diesem Moment ging Metternichs Handy. Sennheiser. An ihn hatte sich Metternich schon gestern wenden wollen.

»Haben Sie denn jetzt etwas?«, fragte Sennheiser in einem sachlichen, aber beinahe unfreundlichen Ton. »Die Geschichte, die Sie mir letzthin aufgetischt haben, versetzte mich nicht nur in Erstaunen, sondern auch in Nachdenklichkeit. Das ist schon riskant, was Sie da machen. Also sollten Sie mir Konkretes zukommen lassen, sonst buche ich das unter Hirngespinst ab.«

Metternich erschrak etwas. Wie kam es zu Sennheisers plötzlicher Barschheit?

»Ich habe etwas. Wir sollten uns treffen. Wann haben Sie Zeit?«

Sennheiser antwortete knapp. »Ich komme morgen nach München, gegen zwanzig Uhr. Und ich hoffe, dass sich die Anfahrt lohnt.«

Sie verabredeten als Treffpunkt das Hotel ›*Germania*‹. Metternich fand, dass ein Gespräch in einem Lokal in dieser Situation nicht angebracht war.

»Es ist schon merkwürdig, mit Ihnen hier zu sitzen«, sagte Trübsand etwas verträumt zu Metternich. »Aber schön. Unser Verein wird sich so seine Gedanken machen. Besonders Jankowitz.«

»Was hast du denen denn erzählt?«

»Eine Tante, die Schwester meiner Mutter, sei gestorben. Und hier im München wäre die Beerdigung. Und dann gäbe es im Anschluss noch ein Familientreffen.«

»Ist das nicht ein wenig pietätlos?«, meinte Metternich.

»Meine Mutter hat gar keine Schwester. Und in München habe ich keine Verwandtschaft.« Trübsand amüsierte sich über sich selbst. »Na ja, so ein wenig schwindeln für einen guten Zweck, also für Sie, ist doch erlaubt, oder? Außerdem reizt mich das schon, was hier abgeht.«

Metternich schmunzelte.

»Ich denke, die werden sich schon Fragen stellen. Welch ein Zufall, der Metternich in München zur Rekonvaleszenz und der Trübsand auch dort wegen einer Beerdigung. Soll uns doch egal sein.«

Sie verließen den Schnitzelwirt und liefen zurück ins Hotel.

40. Kapitel
Ein brenzliger Ausflug

Sie fühlten sich, als stünden sie etwas auf dem Schlauch. Metternich war nicht so recht klar, wo er den Hebel jetzt ansetzen sollte. Er hatte nun Informationen und eigene Erkenntnisse, die aber noch nicht im Sinne einer fundierten Ermittlung verwertbar waren. Alles gründete sich auf Beobachtungen und Vermutungen.

In der Nacht träumte Metternich.

Er sah, wie Jankowitz Viola ausfragte und wie zum Schluss noch seine Mutter auftauchte. An den Rest des Traumes konnte er sich nicht mehr erinnern. In der Regel träumte er wenig. Und wenn, dann schrieb er den Traum meistens auf. Am Morgen traf er sich mit Trübsand im Frühstücksraum des Hotels.

»Wir müssen auf Sennheiser warten, bevor wir Weiteres unternehmen können«, sagte Metternich. »Heute Abend können wir gezielter entscheiden, wie wir vorgehen.«

Trübsand köpfte ein Ei.

»Und was machen wir heute?«

»Warst du schon mal am Tegernsee?«

»Nein. Ist bestimmt sehr schön dort.«

»Ja, fast kitschig. Die heile Welt. Es sei denn, man wird dort umgelegt«, rutschte es Metternich heraus.

Dann durchfuhr ihn doch der Schrecken über den Tod Violas. In den vergangenen Tagen hatte er die Gedanken an sie und die traurigen Empfindungen verdrängt.

Der Tag war wolkenlos. Sie fuhren mit Metternichs Golf in Richtung Tegernsee. Trübsand genoss die Landschaft, schaute während der Fahrt neugierig aus dem Fenster und sagte kaum ein Wort.

»Stimmt es, dass das einer deiner Lieblingsfilme ist, diese Schwarz-Weiß-Klamotte ›*Zum Nachtisch blaue Bohnen*‹?«, fragte Metternich, um ein bisschen Auflockerung bemüht.

Trübsand lachte.

»Ja, mit dem Held der Vorstadtkinos in den Fünfzigern und Sechzigern, Eddie Constantine. Die Furchenvisage, diese Type finde ich megacool. Ich glaube, der ist aber schon tot, oder? Ich mag die uralten Streifen.«

In Gmund bogen sie ab in Richtung Bad Wiessee. Sie kamen am Kasino vorbei und dann zum Hotel Seeblick.

»Hier hat die Geschichte angefangen«, sagte Metternich. »Wir könnten dort auf der Terrasse einen Kaffee nehmen.«

Die Bedienung kam direkt heiter auf die beiden zu.

»Hallo Herr Metternich, wieder hier? Und wie lange wollen Sie diesmal bleiben?«

»Nur auf einen Cappuccino.«

Trübsand nahm einen doppelten Espresso. Metternich hatte den Drang, Trübsand den Hergang noch einmal an den Original-Schauplätzen darzustellen. Und in ihm stieg eine gewisse Anspannung auf. Aber es war ihm wichtig, Trübsand diese Orte zu zeigen. Trübsand sollte einen Eindruck von den Vorgängen bekommen.

Nach dem Kaffee fuhren sie nach Wildbad Kreuth. Sie liefen den Weg durch das Hofbauernweißachtal bis zum Wolfsschluchtbach, so wie Metternich vor elf Tagen.

»Elf Tage ist es her. Mir kommt es jetzt länger vor«, sagte Metternich, als sie den Tatort erreichten.

Trübsand entdeckte noch ein kleines Stück des polizeilichen Absperrbands auf dem Waldboden. Metternich schilderte Trübsand das Geschehen. Und er beschrieb auch seine Befindlichkeit hier am Ort der Tat. Das war eigentlich nicht Metternichs Art, sich in dieser Hinsicht zu öffnen. Aber seinem jungen Kollegen gegenüber, für den er von Anfang an eine Affinität gehabt hatte, fiel ihm das leicht. Und es tat ihm gut, etwas rauszulassen.

Sie liefen wieder zurück. An der Siebenhüttenalm nahmen sie eine Brotzeit, Käse und Speck und ein Radler. Anschließend passierten sie die Herzogliche Fischzucht. Sie stiegen dann wieder aus dem Tal hinauf zum Auto, das sie neben dem schlossähnlichen Gebäude geparkt hatten. Metternich trat an den Golf, holte den Wagenschlüssel aus der Hosentasche und ließ ihn versehentlich fallen. Er bückte sich, um ihn aufzuheben. Und genau in diesem Moment schlug ein Projektil in das Blech der Fahrertür. Metternich blieb gebückt am Bode, ließ sich ganz fallen. Trübsand auf der anderen Seite des Wagens ging instinktiv in Deckung. Ein weiterer Einschlag durchbohrte den Kotflügel. Metternich drückte sich noch flacher hin und robbte hinter das Auto. Trübsand hatte sich auch auf den Boden gelegt. Die beiden Schüsse waren aus dem Gebüsch hinter einem Wagen gekommen, der neben Metternichs Golf geparkt stand. Jetzt hatten sie eine gewisse Deckung. Stille. Sie verhielten sich ruhig. Sie hatten keine Möglichkeit, irgendetwas zu unternehmen, zumal sie ja unbewaffnet waren.

»Ein Anschlag«, raunte Metternich zu Trübsand. »Und mir ist klar, von wem. Jetzt wird's ernst.«

Sie blieben auf dem Boden liegen und warteten. Wenn der Angreifer aus seinem Versteck kam, hatten sie keine Chance, überlegte Metternich und bekam dabei ein äußerst mulmiges Gefühl. Es rührte sich nichts mehr, bis zwei Ausflügler auftauchten und zu ihrem Wagen gingen. Die sahen Metternich und Trübsand auf dem Boden liegen.

»Was ist denn passiert? Können wir Ihnen helfen?«

Metternich rappelte sich auf, auch Trübsand erhob sich.

»Nein danke, wir suchen nur Pilze«, rief Trübsand. Metternich musste lachen, wenn auch etwas gequält.

»Nein, der Autoschlüssel ist auf den Boden gefallen«, stellte Metternich richtig.

»Was sollte ich denn sonst sagen? Mir fiel eben spontan nichts Besseres ein«, sagte Trübsand im Wagen und klopfte sich die Hose ab. »Ich kann doch den Leuten nicht sagen: Gerade ist auf uns ein Anschlag mit Schalldämpfer verübt worden ... War doch mit Schalldämpfer, oder?«

»Ja, natürlich. Ich habe das Ploppgeräusch hören können. Die Leute kamen gerade zur rechten Zeit. Der Typ ist im Wald verschwunden. Er muss uns von München aus gefolgt sein. Und wir haben das nicht bemerkt. Super Renommee für Superbullen! Du warst mit der Landschaft befasst und ich gedanklich vor elf Tagen.«

»Jetzt in den Wald gehen und nachsehen, ist wohl keine Option. Also hauen wir ab.«

Metternich war wütend, wütend auf sich. Sie stiegen noch einmal aus, suchten am Wagen nach den Projektilen und fanden eins.

»Wir hätten doch etwas bemerken müssen«, sagte Metternich zu Trübsand, als sie losfuhren.

»Und was ist jetzt Ihre Erkenntnis? Ich meine, wer uns da aufgelauert und geschossen hat?«, fragte Trübsand, dem man jetzt doch den Schreck ansehen konnte.

»Es kann nur dieser Blondierte gewesen sein. Ohne jeden Zweifel. Nur der. Ich hatte den ja schon länger im Visier. Der ist mir doch schon mehrmals begegnet.«

Metternich trat plötzlich auf die Bremse, allerdings ohne anzuhalten. »Ja klar! Das ist die Figur, die ich auch am Wallberg gesehen habe.« Dann gab er wieder Gas. »Und da wird er mich schon gecheckt haben. Eines ist sicher, der Blondierte ist der Mörder von Viola Kilian und mit ziemlicher Sicherheit auch von Vera Kilian.«

»Aber was steckt dahinter?« Trübsand schaute Metternich erwartungsvoll an. »Und warum die Schüsse auf uns?«

»Das ist die Frage.«

Während der Fahrt zurück nach München beruhigten sie sich. Metternich versuchte, einen klaren Kopf zu bekommen. Er nahm vorsichtshalber wieder einen ACE-Hemmer, den er schon vor Tagen abgesetzt hatte. Die Tabletten hatte er immer dabei.

»Das ist die Frage?«, wiederholte er rhetorisch. Dann schaute er Trübsand an. »Die Antwort könnte schnell auf der Hand liegen. Was du beobachtet hast, erhellt den Vorgang deutlich.

Van der Meer gibt dem Blondierten einen Koffer mit Geld. Was sollte sonst in dem Koffer sein, wenn der so aus der Bank kommt. Und wofür?«

»Aber wer ist der Blonde?«

»Das werden wir schon ermitteln.«

Ohne Stau kamen sie am Nachmittag in München an und fuhren ins Hotel.

41. Kapitel
Sennheiser

Max Sennheiser erschien pünktlich zwanzig Uhr. Sein Gesicht strahlte einen gewissen Unmut aus. Es schien, als habe er Metternichs Story noch mal durchdacht und als seien ihm Zweifel gekommen. Sie gingen in einen Nebenraum des Hotels. Metternich bestellte Getränke. Sennheiser begann ohne Umschweife.

»Also, was haben Sie denn jetzt rausgefunden?«Metternich fasste sich kurz. Er verdichtete seinen Bericht auf das Wesentliche.

»Mir werden die Verbindungen deutlich. Das Netz beginnt eine Struktur zu bekommen. Viola Kilian hinten in Kreuth erschossen. Der Täter mutmaßlich ein Franzose mit schwarzem langem Haar, das nun kurz blondiert ist. Später die Ermordung von Vera Kilian, der Mutter Violas. Warum? Das ist noch offen. Kommen wir zu Ferdinand van der Meer. Er ist der Vater von Viola aus einer anscheinend sehr kurzen Beziehung mit Vera ... wenn es überhaupt eine Beziehung war. Der hat dem Blonden einen Koffer aus der Bank übergeben. Dass da Geld drin war, liegt ja wohl auf der Hand. Aber für was? Vielleicht für die Ermordung der Kilians? Dann zu Prof. Dr. Hermann Rastätter.

Er ist der Bruder von Vera Kilian. Dieser Rastätter kannte Jeanette Seeberger. Deren Ermordung ist noch nicht aufgeklärt. Kollege Ritter gab den Fall ab oder wurde abgezogen und ist jetzt mit der Kommission Wolfsschlucht an den Kilian-Fällen dran. Da scheint er mit seinen Leuten nicht weiterzukommen. Scheint? Kannten sich van der Meer und die Seeberger? Damit wäre der Kreis geschlossen.«

Sennheiser saß kerzengerade im Sessel, verzog keine Miene.

»Hilft uns das nun weiter in Richtung Ihrer Vermutung?«

»Ritter und van der Meer trafen sich in einer Ruine im Park. Habe ich Ihnen schon mitgeteilt. In dem uns bekannten Zusammenhang ist der Vorgang sehr verdächtig, meinen Sie nicht? In Rosenheim hatten wir einige Informationen noch nicht.« Metternich setzte sich ebenso aufrecht wie Sennheiser und beugte sich vor. »Herr Sennheiser, auf uns ist heute geschossen worden. Auf dem Parkplatz Wildbad Kreuth oben neben dem Schloss. Natürlich mit Schalldämpfer. Sehen konnten wir niemanden. Weil im selben Moment Spaziergänger auftauchten, kamen wir mit dem Schrecken davon.«

Sennheiser zog die Brauen hoch. Er wirkte aber ansonsten unbeeindruckt und abgeklärt.

»Und das sagen Sie mir erst jetzt? Haben Sie denn nicht umgehend die Kollegen in München informiert?«

Metternich schüttelte den Kopf.

»Nein, und das werden wir auch jetzt nicht tun.«

»Wieso?«

»Das sollte Ihnen eigentlich klar sein. Sehen Sie sich nur die Verbindungen van der Meer, Ritter und der jetzt blonde Franzose an. Bevor in das Netz unvorbereitet hineingestoßen wird, müssen die Vermutungen zu Tatsachen werden, sonst geht unser Schuss daneben. Ist doch einleuchtend.«

»Aber was hat Kollege Ritter damit zu tun? Gut, Sie haben ihn mit van der Meer im Park gesehen und in einem Hotel. Da könnte man auf bestimmte Gedanken kommen. Aber stichhaltig ist das nicht. Das alles könnte auch auf Zufall beruhen.«

Metternich wurde leicht sauer. Andererseits konnte er Sennheisers Zurückhaltung verstehen. »Ich war in der ›*DBD-Privatbank*‹, aus der van der Meer mit dem Koffer kam«, sagte er in ruhigem Ton. »Dort habe ich mich unter dem Namen Hausmann nach Geldanlagen erkundigt, also für richtig große Summen. Angeblich auf Empfehlung von van der Meer. Die saßen mir gegenüber wie bei einem Verhör. Beim Rausgehen fragte ich, ob ihnen der Name Ritter etwas sagt.«

»Und? Hat man Ihnen was gesagt?«

»Natürlich schwiegen die diskret. Aber so, wie die mich ansahen, war mir klar, dass sie Ritter kennen und er in dieser Bank ein Konto oder Depot hat. Das war eindeutig.«

Sennheiser lehnte sich zurück. Metternich setzte nach.

»Und noch etwas. Das hatte ich Ihnen in Rosenheim noch nicht deutlich gemacht, weil ich erst einmal meinen Eindruck durch eine Information absichern wollte. Alois Ritter hat ein sehr großes Haus, in dem er mit seiner Frau lebt. Ein wenig zu groß für einen Kommissar. Sie kennen unsere Gehaltsklasse. Ich war bei Ritters vor circa elf Tagen eingeladen, und ich war beeindruckt, was für eine opulente Hütte die haben. ›Tolles Haus habt ihr aber, beeindruckend‹, habe ich ihm geschmeichelt. Seine Frau habe geerbt, sagte Ritter, und da hätten sie sich dieses Haus geleistet. Natürlich suchte ich das Nachlassgericht auf und bekam die Auskunft, dass Mathilde Ritter tatsächlich geerbt hatte, allerdings nur 11.700 Euro und ein paar Gegenstände. Wenn Sie sich das villenähnliche Haus aus den Zwanzigern, top saniert mit großem Garten, mal ansehen und das Haus kennen, in denen die Ritters zuvor gewohnt haben, dann wird Ihnen ein gewaltiger Unterschied deutlich. Das Neue hat über zweihundert Quadratmeter, wie Ritter ganz stolz zu mir sagte. Das wird seinen Preis haben, gerade hier in München.«

Sennheiser wiegte seinen Kopf hin und her. Es schien, als hätte er gehofft, dass Metternichs Recherchen und Verdächtigungen grundlos waren. Aber ihm wurde nun klar, dass dem wohl nicht so war.

»Tja, und nun? Was haben Sie sich vorgestellt, wie es weitergehen soll?«, sagte er leise.

»Für mich war es wichtig, Sie über den Stand meiner Eindrücke zu informieren.«

»Jaja. Es sind eben nur Eindrücke. Aber der Anschlag auf Sie? Was ist damit? Das kann man doch nicht einfach abhaken. Schließlich ist das ein gravierender Vorgang, der von uns sofort ins Visier genommen wird.«

Metternich hob die Schultern.

»Unter normalen Umständen ist das klar. Aber die Umstände sind in diesem Fall nicht normal. Sie sagten, Sie hätten einen eher persönlichen Kontakt zu einem Kollegen im LKA Interne Ermittlungen.«

»Ein guter Freund. Das stimmt.«

»Die Frage stellt sich, ob man den Mann nicht schon einmal in das Geschehen einweiht. Allerdings sollte er sich zunächst bedeckt halten.«

»Nein. Das ist mir alles noch zu dünn, was den Kollegen Ritter betrifft. Es müssen deutlichere Anhaltspunkte kommen.«

Metternich schaute Trübsand an, der die ganze Zeit schwieg und zuhörte. »Du hast doch Fotos mit dem Handy gemacht.« Dann wandte er sich wieder Sennheiser zu. »Ritter kam mit van der Meer aus dem Hotel Haus Windsor. Mein Kollege hat das per Handy festgehalten.«

Trübsand reichte das Mobiltelefon herüber. Sennheiser schaute sich das Foto an. Er zog wieder die Brauen hoch.

»Ja, das ist suspekt, ohne Frage. Aber das besagt immer noch nichts. Könnte eine weitere Befragung sein.« Dann stand er auf, um sich zu verabschieden. »Verbleiben wir doch so, wenn Sie weitere Erkenntnisse haben beziehungsweise Beweise, dann lassen Sie mir diese zukommen, und ich informiere meinen Freund im LKA. Der wird dann die Ermittlungen intern konkret aufnehmen. Das mit dem Anschlag ist riskant. Sie wissen, warum. Sie vertuschen quasi eine Straftat.«

Sennheiser atmete schwer aus. »Na gut, halten wir es so: Ich weiß davon nichts. Sie haben mir darüber nichts mitgeteilt. Das steht zwar meinem dienstlichen Pflichtgefühl entgegen, aber ich ringe mich dazu durch, den Vorgang zunächst zu ignorieren. Ich kann nur hoffen, dass die Angelegenheit gut ausgeht.«

Metternich und Trübsand bedankten sich. Sennheiser fuhr zurück nach Rosenheim. Trübsand strich mit den Fingern durch sein lockiges Haar.

»Mann o Mann, eine heiße Nummer ist das hier.«

42. Kapitel
Der gute Ruf

Mit seinem Auftritt im BR-Fernsehen war van der Meer am Ende zufrieden. Die Senderreihe ›*Geld und Leben*‹ hatte ihn als jemanden eingeladen, der dem leicht angeschlagenen Ruf von Großinvestoren mit seiner Lebenseinstellung etwas entgegenzusetzen hatte.

Das TV-Team hatte sich morgens früh um neun Uhr in der ›*VdM-Invest*‹ aufgebaut. Kurze Einstellungen in den Büroräumen, Aufnahmen von mit Monitoren bestückten Schreibtischen, dann ein Schwenk durch van der Meers geschlossenes Arbeitszimmer. Der private diskrete Aufzug und einige Räume waren nicht zugänglich. Die grazile Moderatorin Sarah Fenchel und van der Meer platzierten sich in der Ledersitzgruppe vor dessen Palisanderschreibtisch, umgeben von zwei Kameras und Tontechnikern.

»Dass Sie uns in Ihr Allerheiligstes so einfach reinlassen, ist das nicht verwunderlich?«, begann Fenchel.

»Keineswegs, was hätte ich zu verbergen?«

»Na ja, Sie wurden schließlich schon mal mit illegalen Waffengeschäften in Verbindung gebracht. Da schottet man sich doch gerne etwas ab.«

»Sehr gut, dass Sie gleich darauf zu sprechen kommen. Dergleichen Behauptungen bin ich schon länger ausgesetzt. Wobei die Verdächtigungen deutlich nachlassen, aus dem einfachen Grund: Die ›*VdM-Invest*‹ und ich persönlich haben und hatten mit solchen Geschäften nichts zu tun. Deswegen, Frau Fenchel, ist es noch keinem igelungen, derartige Anschuldigungen zu beweisen. Es ist trotzdem immer wieder ärgerlich, sich rufschädigenden Veröffentlichungen entgegenstellen zu müssen.«

»Finden Sie, dass ein guter Ruf wichtig ist für Sie?«

»Ja, der ist mir sehr wichtig. Es ist nicht so wie bei vielen anderen Leuten, die behaupten, was andere über sie dächten, sei ihnen egal. Ich habe mir eine Reputation erarbeitet, eben den guten Ruf, den man braucht, um erfolgreich zu sein. Aber ich dachte, in dieser Sendung ginge es um etwas anderes.«

Fenchel lachte charmant. »Da haben Sie recht. Es geht um Sie als Privatmann, der mittlerweile nicht ganz unbekannt ist.«

Van der Meer lachte.

»Jetzt bezeichnen Sie mich bitte nur nicht als Promi.«

»Unsere Sendereihe heißt ›*Geld und Leben*‹. Sie sind ein reicher Mann.«

»Ich mag den Ausdruck nicht. Gut, ich bin wohlhabend. Unter Reichsein verstehe ich aber etwas anderes.«

»Und was?«

»Wissen Sie, Frau Fenchel, es ist der innere Reichtum. Es ist zum Beispiel die Gabe, durch die Musik zu einem inneren

Reichtum zu gelangen. Sie erfüllt mich mit vielen Gedanken, Empfindungen und Phantasien. Es ist auch das Geben, das innerlich ein bereicherndes Gefühl hinterlässt.«

Sarah Fenchel war sichtlich entzückt. »Sie sind ja ein stattliches Mannsbild, wie man bei uns in Bayern sagt. So viel Sensibilität würde man Ihnen gar nicht zutrauen, wo Sie doch oft mit Vehemenz und manchmal mit ziemlicher Wucht auftreten. Welche Musik hören Sie denn vorzugsweise?«

»Ich liebe die Barockmusik. Sie hat Struktur, Klarheit und quasi etwas Mathematisches, aber gleichzeitig hat sie eine wärmende Tiefe. Ich mag zum Beispiel Telemann sehr gerne. Natürlich Bach und Vivaldi. Ich bevorzuge die italienische und französische Barockmusik, André Phillidor oder Francesco Manfredini als Beispiel.«

»Sie scheinen ja ein ausgesprochener Kenner zu sein. Hat die Zuneigung zu dieser Musik vielleicht auch ein wenig mit Ihrem Beruf zu tun? Der verlangt schließlich ebenso Struktur und mathematische Genauigkeit.«

Van der Meer lächelte sanft und sah Sarah Fenchel mit einem fast schmelzenden Blick an.

»Jaja, wie Sie das so sagen, da könnte was dran sein.«

»Herr van der Meer, darf ich Sie etwas Persönliches fragen?«

»Bitte.«

»Sie stehen nicht selten im Rampenlicht, gerade in Ihrem Bereich, von den Medien unter besonderer Beobachtung. Wenn man wie Sie so viel mit Bilanzen, Zahlen et cetera zu tun hat, kommt nicht das private Glücklichsein oft zu kurz?«

»Nein, das würde ich nicht sagen. Um es gleich auf den Punkt zu bringen: Ich habe ein ausgeglichenes, glückliches Privatleben, wenn man das so definieren kann. Mit meiner Lebensgefährtin genieße ich die Zeit, die wir für uns übrig haben.«

»Aber Sie sind kinderlos, so weit bekannt. Oft begreifen viele Menschen ihr Glück dadurch, dass sie Kinder haben.«

Van der Meer verzog etwas den Mund.

»Nein, Kinder habe ich nie gehabt. Und für mich sind eigene Kinder kein Kriterium, um glücklich zu sein.«

»Unsere Sendung heißt ›*Geld und Leben*‹. Ich wiederhole das deswegen«, sagte Fenchel, »weil sich die Perspektive dieses Formats auf Menschen richtet, die sehr wohlhabend sind und wir und die Zuschauer erfahren wollen, wie sie im Vergleich zum Durchschnittsbürger leben. Nicht alle sind bereit, darüber Auskunft zu geben. Sie schon. Warum?«

Van der Meer hob etwas die Schultern an.

»Wie gesagt, weil ich nichts zu verbergen habe, ein offener Mensch bin und gerne über mich Auskunft gebe, bis zu einem bestimmten Maße natürlich. Ich denke, ich lebe gar nicht so viel anders als der sogenannte Durchschnittsbürger.«

»Na ja, Maserati fahren und eine Villa am Starnberger See scheinen mir doch ziemlich anders.«

»Ach wissen Sie, im Alltäglichen der Lebensführung ist der Unterschied gar nicht so groß. Ich habe viel zu viel Arbeit, um mit oberflächlichem Luxus, langweiliger Unterhaltung und dekadentem Zeitvertreib die Zeit zu vergeuden. Sie wissen doch, unsere Lebenszeit ist einfach zu kurz.«

»Sie sind jetzt sechsundfünfzig. Da kommt man doch gelegentlich ins Grübeln, wenn man über das Alter nachdenkt. Was fällt Ihnen dazu ein?«

»Das Alter? Für mich liegt das noch reichlich in der Ferne, obgleich ich mir bewusst bin, dass dem objektiv nicht so ist. Kurz gesagt: Ich denke nicht daran.«

»Sie haben viele Freunde in der Wirtschaft und in der Politik. Was ist Ihnen an einer Freundschaft wichtig? Was macht einen zu Ihrem Freund?«

Van der Meer nahm seine randlose Brille ab und dachte kurz nach. Die beiden Kameras schwenkten zwischen den Interviewpartnern hin und her.

»Loyalität, Verlässlichkeit.«

»Nicht so sehr das tiefe Verständnis?«

»Doch, doch. Das kommt noch dazu. Aber wahrhaftige Freunde sind rar, ein Allgemeinplatz. Trotzdem fallen Menschen immer wieder auf falsche Freunde herein.«

Sarah Fenchel nickte zustimmend.

»Und wie erkennen Sie die wahren Freunde?«

»Ich habe dafür ein Gespür, auf das ich mich verlassen kann.«

»Ist es nicht so, dass ein wahrer Freund keine Absichten hat?«

»Da haben Sie vollkommen recht. Ein Freund sollte ein Mensch sein, der mir ohne Kalkül gegenübertritt.«

»Ein Thema in dieser Zeit ist die Religion. Soweit bekannt, stammen Ihre Vorfahren aus dem Flämischen, und dort ist man eher Protestant. Wie halten Sie es damit?«

»Sie meinen, ob ich religiös bin? Ich zahle zwar Kirchensteuer, weil ich von Haus aus evangelisch bin, aber mit Religion im praktischen Sinn habe ich nichts zu tun.«

»Glauben Sie an Gott?«

Van der Meer schaute nachdenklich nach oben.

»Ich weiß es nicht. Ehrlich gesagt, mit dieser Frage habe ich mich bislang wenig befasst.«

Sarah Fenchel streckte sich etwas. »Herr van der Meer, ich danke Ihnen für den persönlichen Einblick, den Sie uns gewährten, und ich verabschiede mich auch von unseren Zuschauern und verweise auf die nachfolgende Sendung.«

43. Kapitel
Jean-Baptiste Carnivale (VIII)

Metternich war am Morgen zur selben Zeit mit Trübsand in der Stadt unterwegs. In der Espressobar ›*Neue Zeit*‹ überlegten sie ein weiteres Vorgehen. Schwieriges Ansetzen. Wie kam man an handfeste Beweise?

»Vor allen Dingen müssen wir den Blondierten finden«, sagte Trübsand.

Metternich schaute skeptisch.

»Und dann? Der könnte hier ruhig hineinspazieren. Zunächst wäre ihm nichts nachzuweisen. Dazu müsste man ihn schon festnehmen, aber aus welchem Grund? Wir haben ihn am Tatort nicht gesehen.«

An der Wand gegenüber hing der obligatorische TV-Flachbildschirm, auf dem gerade die Sendung ›*Geld und Leben*‹ im Vormittagsprogramm begann.

Metternich hob die Brauen. »Dreh dich um, Trübi, schau auf die Glotze oben. Van der Meer.«

»Tatsächlich. Der ist hier aber 'ne große Nummer.«

»Stimmt. Ein Mann mit Renommee. Kontakte in höchste Kreise.«

Sie schlürften den Kaffee und schauten aufmerksam zu.

»Aber Sie sind kinderlos, so weit bekannt. Oft empfinden viele Menschen ihr Glück dadurch, dass sie Kinder haben.«
»Nein, Kinder habe ich nie gehabt. Und für mich sind eigene Kinder kein Kriterium, um glücklich zu sein.«

Metternich setzte die Cappuccinotasse ab.

»Der macht sich anderweitig glücklich«, murmelte er. »Keine Kinder hat er, so so. Vor knapp zwei Wochen ist seine Tochter erschossen worden. Interessante Aussagen im Fernsehen.«

Ein kurzer warmer Sommerregen hatte aufgehört. Metternich und Trübsand verließen die Espressobar und traten auf die Straße.

»Wichtiger ist, Ritter auf die Schliche zu kommen«, sagte Metternich spontan. »Aber im Moment können wir kaum etwas unternehmen. Hör zu, Trübsand, du bleibst hier. Du kannst ja mal zu den Highlight Towers fahren und dich dort umsehen. Aber komm nicht auf den Gedanken, zur ›*VdM-Invest*‹ zu gehen. Wenn du van der Meer sehen solltest, folge ihm, wenn möglich. Man kann nie wissen. Ich werde derweil noch mal mit Rastätter sprechen, nicht in Rottach, sondern in seiner Klinik. Also bis nachher. Wir melden uns.«

Sie trennten sich. Metternich parkte wie immer im Parkhaus Schwanthalerstraße, während Trübsands Wagen in derselben Straße etwas weiter im Parkhaus CarPark-Central stand.

Es war kurz nach dreizehn Uhr. Metternich ging zu seinem Golf im Untergeschoss, in Gedanken bei van der Meer, der vor aller Welt behauptete, keine Kinder zu haben. Beim Aufschließen des Wagens stellte er ärgerlich fest, dass er vergessen hatte, mit dem Parkschein zum Kassenautomaten zu gehen. So lief er erst einmal schnell zurück, um zu bezahlen. Dann fuhr er los.

***

Prof. Dr. Rastätters Kristall-Klinik für ästhetische Chirurgie lag in Bogenhausen. Metternich schaltete das Navigationsgerät ein. Normalerweise verzichtete er auf diese Unterstützung, weil er der Ansicht war, der Orientierungssinn des Menschen verkümmere. Die Fahrt führte ihn zunächst auf die Sonnenstraße, dann um die Altstadt herum bis an die Isar, die er auf der Prinzregentenstraße überqueren wollte.

»Ich habe eine Einladung für Sie.«

Metternich zuckte zusammen. Im Rückspiegel sah er, wie sich ein Mann hinter ihm auf die Rückbank schob. Er musste hinter den Sitzen gekauert haben. Der Mann war Anfang dreißig, hatte braunes, akkurat gescheiteltes Haar, trug eine Augenklappe und darüber auch noch eine dunkle Sonnenbrille. Er hatte einen französischen Akzent.

Metternich fasste sich. Aber er war irritiert. Er hatte den Wagen im Parkhaus kurz offengelassen. War das der Blondierte, der sich nun eine neue Tarnung angelegt hatte? Perücke? Gefärbtes Haar? Ihm war nun vollkommen klar, dass der Blondierte auch der Mann vom Hofbauernweißachtal gewesen sein muss und Viola erschoss. Also war der Blondierte vorher der mit langen schwarzen Haaren. So hatten es die beiden Spaziergängerinnen beschrieben. Er sah, dass der Mann eine Schusswaffe bereithielt. Aber er zielte nicht auf ihn. Metternich sammelte sich und antwortete ruhig.

»Zu was wollen Sie mich denn einladen?«

»Lediglich zu einem informellen Gespräch. Mehr nicht. Bitte fahren Sie so, wie ich es Ihnen ansage.«

Metternich fuhr also nicht nach Bogenhausen. Der Mann lenkte ihn aus der Stadt in Richtung Osten.

»Ich weiß nicht, wer Sie sind, aber Sie haben anscheinend gestern auf mich geschossen. Warum? Was sollte das?«

»Biegen Sie jetzt vorne links ab in Richtung Vaterstetten.«

Metternich machte keine Anstalten zu rebellieren. Er hielt sich an die Anweisungen des Mannes hinter ihm. Sie fuhren die B 304 entlang, vorbei an Haar, an Vaterstetten und bogen dann nach Eglharting ab. Metternich erkannte bald, wo es anscheinend hingehen sollte. Sie durchquerten Eglharting und kamen an den Waldrand des Eglhartinger Forsts. Dann rumpelte der Wagen über einen Waldweg. Einige Kilometer ging es durch das Waldgebiet.

Metternich versuchte, innerlich ruhig zu bleiben. Er sah den Typen im Rückspiegel. Der Blondierte war das doch nicht, wie er erst vermutet hatte; die Figur, die Ausstrahlung, die Bewegungen. Aber es musste mit dem Blondierten zu tun haben. Wollten sie ihn hier im Wald umlegen? Was sollte er tun? Die Chancen standen schlecht. Gegen den Baum fahren? Er war angeschnallt, der Mann hinter ihm nicht. Aber die Rückbank schützte ihn. Zu riskant.

»Was haben Sie vor?«

»Nichts. Nur ein Gespräch. Vorne rechts rein.«

Der mit Fichtennadeln bedeckte Waldweg machte schließlich einen Bogen, und am Ende sah man die Blockhütte. Metternich kniff die Augen zusammen. Hier? Das Blockhaus erkannte er sofort.

»Parken Sie den Wagen vorne am Rand des Weges.«

Sie stiegen aus, liefen ein Stück des Waldweges bis zur Lichtung und zur Hütte. Dann traten sie an den Eingang des Blockhauses. Die Tür musste jemand aufgebrochen haben. Alle Fensterläden waren geschlossen. Drinnen brannte kein Licht. Metternich spürte hinter sich Carnivales Assistenten.

»Geradeaus und vorne durch die Tür.«

Sie tasteten sich in den düsteren Raum, und Metternich sah den Umriss eines Mannes hinter einem breiten Tisch sitzen. Er stand nun da und stützte sich erwartungsvoll auf einen Stuhl, der vor dem Tisch stand. Gelegentlich sah er die Glut einer Zigarette aufglimmen. Es war ziemlich klar, das konnte nur der Blondierte sein.

»*Bonjour, Monsieur*. Freut mich, dass Sie gekommen sind. Setzen Sie sich.« Dann lachte er. »Wir kennen uns doch schon. Sie haben mich doch auf der Rue Maximillian beobachtet und ich Sie. *Très amusant*!«

Metternich fühlte eine bedrohliche Beklemmung. Er atmete tief ein und versuchte innerlich, stark zu sein.

»Warum haben Sie mich hierhin entführen lassen?«, fragte er betont ruhig.

»*Pourquoi? Parce que,* weil ich mit Ihnen reden will, an Sie Fragen habe.«

Metternich wurde nun etwas gelöster und konzentrierte sich auf die Situation. »Und warum hat Ihr Mann hinter mir in Wildbad Kreuth auf mich geschossen?«

»Aber *Monsieur Metterniesch,* Louis doch nicht.«

Dabei lachte er.

»Ich denke: ja, wer sonst.«

»*Monsieur Metterniesch,* wenn einer schießt, dann ich. Aber mein grundlegendes Prinzip: Ich schieße in der Regel nicht auf Polizisten. Normalerweise für mich ein Tabu. Normalerweise.«

»In der Regel. Normalerweise. Sehr redlich.«

»Die Konsequenzen sind mir eigentlich zu heikel. *C'est tout.*«

»Und warum haben Sie ausgerechnet in Wildbad Kreuth auf mich geschossen?«

Carnivale drückte seine Gitanes aus.

»Eine Ausnahme. Ich breche ab und an auch meine eigenen Regeln. Aber nur bei absoluter Notwendigkeit. *Monsieur,* Sie werden lästig. Sie stören bestimmte entscheidende Abläufe. Deswegen. Aber, dass ich Sie nicht erwischt habe, gibt mir jetzt die *Occasion,* die Gelegenheit, Ihnen einige Fragen zu stellen, *Monsieur Metterniesch.*«

»Woher kennen Sie überhaupt meinen Namen?«, fragte Metternich seinerseits, um Zeit zu gewinnen.

»*Ah voilà, Monsieur,* ich bekomme alle Informationen, die ich benötige. Machen Sie sich darüber mal keine Gedanken.«

Louis der Assistent hielt sich vollkommen im Hintergrund, war in der Düsternis fast gar nicht zu erkennen und sagte kein Wort.

»Jetzt erklären Sie mir genau, warum ich hier bin in einer Hütte, die anscheinend einem Herrn van der Meer gehört.«

Metternich sah, wie sich Carnivale etwas bewegte und nach hinten lehnte. Seine Mimik konnte er nicht erkennen.

»*Ce n'est pas vrai,* die Hütte gehört nicht van der Meer. Das Haus gehört einer Loge. Hier treffen sich die Mitglieder gelegentlich. Das haben Louis und ich herausgefunden. Van der Meer weiß nicht, dass ich die Hütte für unser Treffen ausgesucht habe. Ich fand den Platz dafür sehr geeignet.«

»Und was haben Sie mit van der Meer zu tun?«

»*Alors,* ich arbeite für ihn«, sagte er betont lakonisch und zündete sich eine weitere Zigarette an. »*Mais,* ich stelle hier die Fragen, *compris*?«

Metternich fand diese Aussage besorgniserregend. Wenn sich der Typ derart zu erkennen gab, dann wurde er selbst zum Mitwisser und stand wahrscheinlich auf der Abschussliste. Dem Franzosen scheint das alles vollkommen gleichgültig zu sein. Er fühlte sich absolut sicher. Im Moment konnte er das auch.

Metternich musste dranbleiben und haute nun einfach die Frage heraus: »Haben Sie das Mädchen in Kreuth hinten im Tal erschossen?«

Er war sich darüber im Klaren, dass es so gewesen sein musste.

»*Tout à fait, Monsieur,* stimmt. Und es war ein bedauerliches Versehen, gebe ich zu.«

Metternich schwieg. Dass er auch Vera Kilian liquidiert hatte, lag für ihn auf der Hand. Carnivale begann jetzt, freimütig über sich zu erzählen. Zu offenherzig. Es schien ihm wichtig zu sein, sich darzustellen, sich als kalter, emotionsloser, aber auf seine Weise fähiger Mensch zu präsentieren. Von der gespielten Freundlichkeit, der Nonchalance des Blondierten, sollte man sich aber nicht täuschen lassen.

»*Monsieur, je m'appelle* Jean-Baptiste Carnivale. Ich komme aus Marseille, da geht es oft um Leben oder Tod. Mit den *Flics* hat das wenig zu tun. Es sind die Algerier und Marokkaner, die

Schwarzschwänze, die Ölaugen. Die Banden und Gangs in den Vierteln. Ich hasse sie. Ich hasse sie auch, weil sie meinen Vater erschossen haben. Jetzt bin ich der *Liquidateur*, wenn Sie verstehen, was ich meine. Das sage ich Ihnen ganz offen. *Pas de problème.* Ich habe Aufträge, und die arbeite ich präzise ab. Ich bin ganz ehrlich zu Ihnen, *Monsieur Metterniesch*, mich erfüllt der Job. Er ist quasi meine Lebenseinstellung, verstehen Sie? *Alors*, ich kann auch nichts anderes.« Dann flüsterte er. »Im Grunde sind mir Menschen gleichgültig. Ich brauche sie nicht. Der Hass ist mir gewissermaßen angeboren. Auf dieser Grundlage komme ich mit meinem Beruf sehr gut zurecht.«

»Ja, Marseille ist berüchtigt«, sagte Metternich, »kennt man aus Filmen und Reportagen.«

Carnivale steckte sich eine weitere Gitanes an.

»*Monsieur le Commissaire*, mit wem arbeiten Sie noch zusammen? Und an wen haben Sie Ihre bisher gesammelten Informationen weitergegeben?«

Metternich überlegte sich die Antwort gut. Und er spielte gedanklich schon Fluchtszenarien durch. Jetzt erst einmal weiter hinhalten.

»Ich weiß nur das, was Sie mir hier berichtet haben. Meine Kenntnisse habe ich noch nicht weitergeben können. Kennen Sie einen Alois Ritter?«

»Habe von ihm einiges gehört. Aber *non*, kenne ich nicht persönlich. Nur einmal ganz kurz gesehen.«

»Und was haben Sie von ihm gehört?«, fragte Metternich gleich weiter, um den Gesprächsfaden nicht abreißen zu lassen. Jetzt konnte er noch etwas erfahren, dachte er, aus einer brisanten Quelle. Aus der Schreck einflößenden Situation bildete sich vielleicht eine weiterführende Aufklärung. Aber auch nur, wenn er hier lebend wieder herauskam.

Carnivale zog an der Zigarette. »Oh, *Monsieur* Ritter, der *flic*. Ein *caractère spécia*l. Ein Jude würde sagen: nicht ganz koscher.

So sagen doch die Juden, oder? Aber ich mag diese Juden nicht.«

»Und was ist an Ritter nicht koscher?«

»*Donc,* irgendwie ein kleiner Mistkerl für mich.«

Metternich setzte nach.

»Inwiefern?«

»Sie stellen Fragen. Warum wollen Sie das wissen?«

Metternich lachte.

»Weil er für mich auch ein kleiner Mistkerl ist. Ein mieser Typ. Ein Arschloch.«

Jetzt lachte auch Carnivale und extra laut.

»*Oui, oui! C'est vrai. Un con!* Ein kleines Arschloch. Da haben Sie recht. Er steht im Dienst van der Meers. Ein korrupter *mec,* wie sagt man? Knilch?« Und dann fuhr er fort: »Ich würde mich nie bestechen lassen, *Monsieur*. Ich erfülle Aufträge gegen Bezahlung. *C'est la différence*! Verstehen Sie?«

»Ist das nicht dasselbe?«

»*Oh non!* Ich werde bezahlt für einen Auftrag. Ein klares, faires Geschäft. Wenn ich einen Vertrag abschließe, erfülle ich ihn. Und dann werde ich mich nicht von einem anderen bestechen lassen, ihn nicht zu erfüllen. Compris?«

»Ich verstehe. Berufsehre. Aber von wem wird Ritter bestochen?«

»*Bon,* ich kann es Ihnen ruhig sagen: von van der Meer. Bleibt sowieso hier unter uns.«

Carnivale erhob sich jetzt.

»So, *Monsieur Metterniesch*. Genug für heute.«

Er nestelte einen Gegenstand aus einer Tasche, die neben ihm auf dem Tisch stand. Eine Pistole. So viel konnte Metternich schemenhaft erkennen. Und die Glut seiner Zigarette.

»Im Gegensatz zu dem feinen, überheblichen van der Meer sind Sie durchaus *sympathique. Donc,* ich kann Sie aber leider nicht gehen lassen, *Monsieur*.«

»Franzosen qualmen doch so viel, wie man sagt. Rauchen Sie auch Gauloises, die Lungentorpedos? Hab ich mal gehört, den Ausdruck.«

Carnivale lachte laut.

»Lungentorpedos, *quel nom*! *Non, je fume Gitanes.* Immer diese Klischees.«

Dann wurde seine Stimme wieder ernst.

»Pardon, *Monsieur*, wir müssen jetzt zum Schluss kommen.«

Metternich konnte erkennen, wie der Franzose langsam etwas auf die Schusswaffe drehte. Einen Schalldämpfer. Metternich hatte durchaus eine sportliche Figur, war behände und kraftvoll in seinen Bewegungen. In seiner bisherigen Polizistenlaufbahn war es aber noch nie zu körperlichen Auseinandersetzungen gekommen. Die Sekunden dehnten sich. Währenddessen die Entscheidung zum Handeln. Louis hinter ihm an der Tür. Der Blondierte, den er nun als Jean-Baptiste Carnivale kannte, drehte jetzt die letzten Windungen.

Plötzlich waren sich nähernde Motorgeräusche zu hören, sie drangen durch die Ritzen der Fensterläden. Carnivale hielt irritiert inne, Louis drehte sich zum Ausgang, um zu sehen, ob jemand die Hütte betreten wollte.

Metternich sah seine Chance, umfasste blitzschnell die Stuhllehne, riss den Stuhl an sich und schleuderte ihn waagegerecht gegen den abgelenkt hinter ihm stehenden Louis. Der sank getroffen zu Boden. Metternich sprang durch die Türöffnung und konnte die Holztür gleichzeitig hinter sich zuschlagen. Er rannte durch den Flur auf den in der Dunkelheit schwach erkennbaren Ausgang zu und dann hinaus aus dem Blockhaus. Dabei hörte er bereits zwei dumpfe Einschläge von Projektilen in die hölzernen Wände der Hütte.

Aber Carnivale war zu spät. Er konnte Metternich nicht mehr orten, und Louis rappelte sich, noch benommen, nur mühsam wieder auf.

Metternich hastete stolpernd über die kleine Lichtung auf den Waldrand zu. Er rannte im Zickzack an Baumstämmen vorbei, erreichte den Waldweg und stürzte auf seinen Wagen zu. Carnivale und sein Louis konnten nicht folgen. Metternich entkam.

44. Kapitel
Sennheisers Einsicht

Gerade noch mal davongekommen, entwischt in letzter Sekunde, dachte Metternich, und das mit Hilfe, tja ... von wem? Vielleicht ein Forstauto? Er wischte sich etwas Schweiß von der Stirn und versuchte sich zu beruhigen.

Unterwegs zurück nach München rief er Trübsand an. Der hatte nichts Neues zu berichten. Dann bekam Metternich einen überraschenden Anruf aus der Heimat. Jankowitz.

»Wir warten auf Sie. Wie steht es denn um Ihr Befinden? Kollege Trübsand ist auch weg. Vielleicht machen Sie es sich zusammen in München gemütlich. Noch nie was von Unterbesetzung gehört? Kalkmeyer, Merkel und die anderen Kollegen sind im Dauereinsatz. Das ist auf Dauer scheiße. Wann können Sie denn wieder auf der Matte stehen? Ich denke, Sie müssten doch langsam wieder auf dem Damm sein.«

Metternich ließ den Wortschwall über sich ergehen.

»Herr Doktor, ich danke für die Prognose. Herr Jankowitz, ich wäre gerne wieder an meinem Arbeitsplatz. Das können Sie mir abnehmen. Aber die Entscheidung darüber, ob ich das mit meinem gesundheitlichen Zustand vereinbaren kann, fällt immer noch mein Arzt. Ich kann Sie beruhigen, lange dauert es nicht mehr.«

Jankowitz murmelte noch ein paar gequält freundliche Genesungswünsche und legte auf. Metternich grinste schmerzlich. Ach ja, sie hatten hier wirklich eine außerordentlich gemütliche Zeit. Später traf er sich mit Trübsand am Hotel. Metternich schilderte ihm jetzt das Erlebte detailliert. Und Trübsand war vollkommen perplex.

»In letzter Sekunde. Sonst hättest du deinen ›Champ‹ an der Grube abfeiern können«, schloss Metternich.

»Sie nennen sich selbst ›Champ‹?«

»Ausnahmsweise. Als bissiger Scherz. Das war schon hart an der Grenze«, meinte Metternich. »Die Frage ist, wie wir jetzt weiter vorgehen. Ich konnte in dieser Situation nichts tun. Und dieser Franzose, der Blondierte, wie wir immer sagen, ist ein höfliches, kaltes Scheusal. Hinzu kommt, dass wir es zusätzlich mit einem Helfershelfer zu tun haben. Eben den, der mich entführt hat. Louis hatte er ihn genannt. Auf diesen Louis, also den Typ mit Augenklappe, müssen wir achten. Gerade auch du. Wir wissen ja nicht, ob er dich ebenfalls im Visier hat, was ich befürchte. Wir müssen davon ausgehen.«

»Und jetzt haben wir den Blondierten wieder aus den Augen verloren.«

»Ja. Jean-Baptiste Carnivale. So hat er sich vorgestellt. Gezwungenermaßen. Aber wir werden ihn wiedersehen durch den Kontakt zu van der Meer. Das heißt, wir müssen beobachten.«

»Und Kollege Ritter? Wie soll das laufen?«

Metternich strich sich über das Kinn und fuhr sich dann durchs Haar.

»Ich werde mit Ritter reden. Strategisch, ohne dass er bemerkt, um was es geht. Ihn verunsichern. Mal sehen, ob das gelingt.«

Metternich hatte Hunger. Mit Trübsand ging er zu einem nahe gelegenen Italiener. Er verschlang förmlich die Minestrone und aß mit großem Appetit eine Scaloppine a limone. Dazu ließ er sich einen kalten Lugana einschenken. Trübsand begnügte sich mit einem Salat. Metternich überlegte, wie er Trübsand nun einsetzen könnte. Die Auswahl war gering. Entweder beobachtete Trübsand an den Highlight Towers die ›*VdM-Invest*‹ – dort konnte der Blondierte auftauchen –, oder er stationiert sich vor van der Meers Anwesen in Starnberg, um zu sehen, ob dort der Franzose erschien.

»Ich überlasse das deiner Intuition«, sagte Metternich.

Trübsand entschied sich diesmal für die ›*VdM-Invest*‹ und machte sich auf den Weg.

***

Sennheiser war nicht der Mann für langes Herumreden. Er saß gerade über einem Bericht mit Zeugenaussagen zum Totschlag an einem Juwelier, als Metternich anrief.

»Ich habe wenig Zeit. Um was geht es? Haben Sie etwas Konkretes mitzuteilen?«

»Ja, habe ich«, sagte Metternich genauso knapp.

»Gut, dann mal los.«

»Aber nicht am Telefon.«

»Kollege Metternich, ich kann Ihre Geschichte nicht länger unter dem Tisch halten. Werden Sie konkret. Sonst fühle ich mich verpflichtet, die Angelegenheit nach München weiterzugeben, an die betreffende Stelle; Sie wissen, was ich meine.«

»Natürlich. Ich komme nach Rosenheim. Wann soll ich da sein?«

Metternich hörte, wie Sennheiser leicht genervt stöhnte.

»Also gut, heute Abend, 18:30 Uhr. Kommen Sie wieder ins ›*Flötzinger*‹. Bis dann.«

In der Zwischenzeit rief Metternich seinen Freund Hendrik an, der im Moment von einer Vorlesung nach Hause kam. Metternich hatte sich tagelang nicht gemeldet. Jetzt, nach den doch aufregenden Ereignissen, fiel ihm der Freund wieder ein. Er wollte sich ungezwungen über das Geschehen auslassen, eben mit einem Freund und nicht dienstlich mit einem Kollegen, sei er ihm auch noch so vertraut. Das längere Gespräch tat ihm gut und auch, dass Hendrik ihm nicht wieder mit Meister Okuda und dessen Zen-Bogenschießen kam. Hendrik hörte einfach nur zu. Und am Ende des Gesprächs, das eher ein Monolog war, wünschte er Metternich gutes Gelingen und Gesundheit.

***

Der rustikale ›*Flötzinger Bräu*‹ in Rosenheim war gut besucht. Metternich hatte wieder Schmacht auf den köstlichen bayrischen Schweinebraten, obwohl ihm eigentlich der Appetit vergangen sein musste. Sennheiser saß bereits in einer Ecke des Lokals. Er schaute Metternich schon erwartungsvoll an, als dieser an den Tisch trat.

»Ich weiß, Herr Sennheiser, Sie sind genervt und bezweifeln alles, was ich Ihnen bisher berichtet habe«, begann Metternich forsch schon während des Platznehmens.

»Sagen wir es anders: Ich benötige Handfestes. Ich glaube Ihnen schon, was Sie mir berichten, aber auf welcher Grundlage sollte ich in Aktion treten? Es ist mir einfach noch zu vage, was Sie mir bisher erzählten.«

Metternich bestellte ein Flötzinger und den ersehnten Schweinebraten.

»Dann bekommen Sie eben noch eine Story. Die hat sich gewaschen, wie man so sagt.«

Das Bier wurde schon mal serviert. Sennheiser hatte ein Wasser vor sich stehen.

»Ich bin quasi entführt worden«, begann Metternich. »Ich war unachtsam. Hinten in meinem Wagen versteckte sich ein Franzose, der mich zwang, in den Eglhartinger Forst zu fahren.

Kennen Sie doch. Dort wurde ich in ein abgelegenes Blockhaus gebracht, wo ein weiterer Franzose auf mich wartete. Und dieser Typ hatte keine Probleme, mir zu sagen, dass er für Ferdinand van der Meer arbeitet. Arbeitet, wenn Sie verstehen, was damit gemeint ist.«

Sennheiser nahm einen Schluck Wasser.

»Ja, ich verstehe. Und was wollte der Franzose von Ihnen? Und woher kannte er Sie?«

Metternich verzog den Mund zu einem schrägen Lächeln. Er hatte für sich beschlossen, Sennheiser erst einmal nur eine entschärfte Version der letzten Ereignisse zu erzählen.

»Wie in den alten Krimis. Der Mann aus Marseille. Der ›Mitarbeiter‹ muss mich observiert und herausgefunden haben, dass ich Bulle bin. Und zwar ein nicht zuständiger. Also, der hat mich gewarnt, ich solle ihm nicht in die Quere kommen, solange er für van der Meer arbeitet.«

»Und was arbeitet er denn für van der Meer?«

»Ich bin mir jetzt ziemlich sicher, dass er Viola und Vera Kilian erschossen hat.«

Sennheiser mahlte mit den Zähnen und trommelte auf die Tischplatte. »Das ist natürlich ein harter Verdacht. Aber doch nicht beweisbar, oder?«

»Was sollte der sonst für van der Meer arbeiten? Sitzt da im Dunkeln in einem Blockhaus und erzählt mir frei weg, was er so macht. Ohne irgendwelche Bedenken. Der fühlt sich vollkommen sicher. Ein abgebrühter Typ, ein Psychopath.«

Jetzt bestellte Sennheiser sich ein Bier.

»Haben Sie sich gefragt, warum er Viola Kilian erschossen hat – wenn er der Täter war, was ja noch nicht bewiesen ist?«

»Ja klar, aber ich kann noch kein Motiv erkennen. Auch der Mord an Vera Kilian hat für mich auf den ersten Blick kein Motiv. Wobei, wenn der Franzose für van der Meer arbeitet und Vera Kilian in dessen Aufrag erschießt, dann müssen wir das

Motiv bei van der Meer suchen. Das ist mir nun deutlich. Sie wusste vielleicht etwas zuviel. Hat ihn vielleicht erpresst? Aber warum dann zuvor seine eigene Tochter?«

Sennheiser schaute bedrückt und nachdenklich.

»Das ist eine der vielen offenen Frage. Wem gehört eigentlich das Blockhaus?«

»Angeblich einer Loge, der höchstwahrscheinlich auch van der Meer angehört. Welche Loge, hat der Franzose nicht gesagt oder weiß es auch nicht. Ich bin van der Meer einmal nachts nachgefahren zu diesem Blockhaus. Und da sah ich auch diesen Franzosen, den Blondierten, wie ich ihn selbst immer nannte. Wusste ja noch nicht, dass er Franzose ist. Und der ist identisch mit dem schwarzhaarigen Typ aus dem Hofbauernweißachtal, der beim Mord an Viola Kilian gesehen worden war. Die Fahndung nach ihm blieb ja erfolglos. Warum, ist nun klar. Er hat sein Aussehen komplett verändert.«

»Was ist mit Kollege Ritter?«

»Der Franzmann weiß angeblich über Ritter Bescheid. Ritter steht demnach auch in Diensten von van der Meer, um es mal so auszudrücken. Das sagte er mir. Also wäre der Franzose rein theoretisch in diesem Fall ein Zeuge, vorausgesetzt, man könnte ihn fassen.«

Der Schweinebraten wurde serviert. Sennheiser aß eine Backerbsensuppe und dazu eine Brezen. Er schwieg und schien angestrengt nachzudenken.

»Ich werde wohl vorsorglich meinen Freund Alex Vissler vom LKA informieren; also Dezernat 13 Interne Ermittlungen. Ich denke, nach dem, was Sie mir berichtet haben, ist es doch an der Zeit, tätig zu werden. Und man sollte eine Täterbeschreibung mit Phantombild von dem Franzosen machen und ihn zur Fahndung ausschreiben. Sie haben ihn doch aus der Nähe gesehen und vor allen Dingen den sogenannten Assistenten.«

Metternich schlabberte, putze sich die Bratensoße vom Kinn.

»Könnte das nicht etwas zu früh sein? Noch sind die konspirativen Verbindungen nicht beweisfest. Und wir sollten Ritter offiziell noch schön in Ruhe lassen, ihn nicht aufscheuchen. Ich werde versuchen, ihn zu provozieren, damit er einen Fehler begeht.«

»Und wie wollen Sie das anstellen? Herr Metternich, mir wird zunehmend unwohl bei der ganzen Geschichte. Wir bewegen uns nicht nur auf dünnem Eis, sondern laufen quasi schon über's Wasser.«

Metternich lächelte.

»Schön ausgedrückt.«

»Herr Kollege, Sie sind hier in Erholung und in einem anderen Bundesland, fremd und dann noch auf eine bestimmte, eigentlich unangenehme Weise in das Geschehen verwickelt. Sie wissen, was ich meine; Sie und Viola Kilian. Heikel, heikel. Ich mache mich zum Mitwisser und hätte das alles schon längst weitergeben müssen. Übrigens an Ritter, der ja darüber informiert ist, auch.«

Sennheiser biss sich auf die Unterlippe.

»Andererseits sehe ich die außergewöhnliche Situation. Gut, ich werde mich noch zurückhalten, was meiner Berufsauffassung im Grunde entgegensteht. Na ja, Ausnahme. Wie lange soll ich Ihnen Zeit geben, bis ich das LKA in Kenntnis setze?«

Metternich legte das Besteck zusammen.

»Das kann ich Ihnen präzise nicht sagen. Nur so viel: Ich versuche, so schnell wie möglich die Zusammenhänge transparent zu machen. Ich versuche, meine bisherigen Erkenntnisse beweiskräftig zu bekommen, damit ein Verfahren eingeleitet werden kann.«

»Aber was ist mit dem Franzosen? Sehr mysteriös.«

»Ich konnte ihn im dunklen Blockhaus nicht erkennen, nur schemenhaft. Aber ich hatte ihn schon einmal auf der Straße in München und auch am Wallberg gesehen. Da wusste ich nur noch nicht, wen ich sah. Jetzt ist mir klar: Der hatte mich anscheinend dort schon im Visier. Der Mann ist Profi und wechselt seine Identität und sein Aussehen. Zu beachten ist natürlich auch sein Komplize, ein Mann mit Augenklappe, ebenfalls Franzose. Und noch was, Herr Sennheiser, ich habe einen jungen Kollegen inkognito aus Düsseldorf kommen lassen, der mir beim Aufrollen des Geschehens hier hilft.«

»Das Präsidium in Düsseldorf weiß also Bescheid? Die hätten uns doch informieren müssen.«

»Nein, nein, die wissen nichts. Mein Kollege hat sich für eine Freistellung was ausgedacht.«

»Sie haben ja vielleicht Nerven. Das könnte für Sie aber übel ausgehen, ist Ihnen doch klar.«

Metternich zuckte mit den Achseln.

»Kann schon sein. Aber was soll ich machen? Ich bin in die Geschichte reingeraten und will sie, muss sie aufklären.«

45. Kapitel
Die Falle?

Metternich war 21:30 Uhr wieder in München und traf sich mit Trübsand im Hotel. Er berichtete ihm von dem Gespräch mit Sennheiser.

»Dass Kollege Sennheiser zurückhaltend ist und erst einmal abwarten will, leuchtet ein«, meinte Trübsand.

»Aber es ist wichtig, ihn informiert und eingeweiht zu haben. Sennheiser könnte in diesem Fall entscheidend eingreifen.«

»Hoffentlich tut er es auch.«

Trübsand wog den Kopf hin und her. Ihm gingen noch einmal Bilder von Metternichs Entführung durch den Kopf.

»Das ist doch irre. Da wurden Sie entführt und sitzen dem Blondierten gegenüber. Und der plaudert völlig ungezwungen über seine Aktivitäten für van der Meer. Also die Morde. Und stellt sich auch noch mit Namen vor. Der Typ muss ja völlig abgedreht und abgebrüht sein.«

»Ich würde mal sagen: innerlich entkernt, keinerlei Skrupel. Den versehentlichen Mord an Viola Kilian gab er gleich zu. Aber für mich ist es eindeutig, dass er auch Vera erschossen hat. Keine Frage. Dieser Louis ist lediglich sein Gehilfe.«

»Und uns sind die Hände gebunden.«

»Abwarten.«

»Aber was können wir machen? Der blondierte Carnivale ist nicht greifbar. Sie waren alleine dort und der ist wieder in der Versenkung verschwunden.«

»Nein, nein, nicht in der Versenkung. Der treibt sein Spiel hier in München noch eine Weile. Und mein Gefühl täuscht mich nicht: Mit van der Meer ist der noch nicht fertig. Da läuft noch was. Und möglicherweise auch mit Ritter.«

»Der Blondierte in München. Wie sollte man ihn da aufspüren?«

Metternich presste die Lippen aufeinander.

»Es gibt unberechenbare Menschen, die auf eine Weise wiederum berechenbar sind. Ich habe für mich so eine Art Bewegungsprofil für den Franzosen erstellt, der vorher schwarzhaarig war. Der tauchte in bestimmten Bereichen auf, entweder bei van der Meer in Starnberg oder in seiner Firma. Dann traf ich ihn vor einigen Tagen an der Ecke Schwanthalerstraße und Sonnenstraße. Und er machte nicht den Eindruck, als schlendere er ziellos durch die Stadt, um sich Sehenswürdigkeiten anzusehen. Der lief gezielt. So, als wolle er zu einem bestimmten Ort. Und ich vermute, zu einem Hotel, das er sich intensiv angesehen hatte. Das ist das Hotel ›*Königshof*‹ am Karlsplatz. Ob er nun dort auch logiert, weiß ich nicht. Aber ich grenze mal ein: Zwischen Bahnhof Bayerstraße, Sonnenstraße, Theresienwiese und Lindwurmstraße wird er sich aufhalten. Und in diesem Bereich befindet sich auch die ›*DBD-Privatbank*‹. Also ist der Aktionsradius des Blonden recht gut einzuschätzen.«

»Er könnte natürlich auch außerhalb untergekommen sein«, warf Trübsand ein. »Und wo treibt sich dieser Louis herum?«

»Ich bin mir sicher, dass er hier in der Nähe wohnt. Allein schon wegen der Aktion in der Bank. Wo Louis sich aufhält? Keine Ahnung.« Metternich zuckte mit den Achseln.

In einer benachbarten Cocktailbar tranken sie dann noch einen Absacker. Sie besprachen ihr weiteres Vorgehen, bevor Metternich sich für den Abend verabschiedete. Er war müde.

»Steh morgen früh auf«, sagte er zu Trübsand, als sie auf die Straße traten. »Du bist um sieben Uhr in Starnberg. Und du bleibst dran, das schaffst du. Aber achte auf diesen anderen Franzosen, diesen Louis. Der ist Gott sei Dank leicht zu erkennen: Augenklappe rechts, akkurat gescheiteltes braunes Haar. Diese Figur taucht mal hier, mal da auf, ist anscheinend Carnivales Observierer.«

***

Am folgenden Morgen standen beide zeitig auf. Sie hatten das Frühstück extra für sechs Uhr angemeldet, weil erst ab halb sieben der Frühstücksraum geöffnet wurde. Trübsand kaute noch schläfrig auf einem drögen Brötchen, Metternich trank Tee und aß zwei Rühreier.

»Versuch bitte, van der Meer im Auge zu behalten«, wies Metternich Trübsand an. »Ich orientiere mich anderweitig. Du meldest dich, wenn es was zu berichten gibt.«

Dann nahm er vorsichtshalber noch mal sein Herzmedikament.

***

Trübsand traf kurz nach sieben an der Possenhofener Straße in Starnberg ein. Metternich blieb noch eine Weile im Frühstücksraum des Hotels, um dann die von ihm beschriebenen Straßen abzulaufen.

Ja, es war momentan eine Verlegenheitsaktion, dachte er. Irgendwo befand sich der blondierte Franzose, der eigentlich schwarze Haare hatte und inzwischen vielleicht eine Perücke trug und sicherlich ganz anderer Kleidung.

8:30 Uhr. Die Sommersonne wärmte schon. In einer Espressobar nahm Metternich einen Doppelten. Und er dachte nach. Er wartete noch eine gute Stunde, las die Zeitung und bestellte sich ein Croissant. Dann hatte er die Idee. Er verließ die Kaffeebar und ging auf die Straße. Dort fingerte er sein Mobiltelefon aus der Hosentasche und wählte eine Nummer.

»Ritter.«

»Hallo Alois, Moritz hier.«

»Grüß dich, Moritz! So früh am Morgen?«

»Na ja, so früh ist es auch wieder nicht.«

»Freut mich, dass du dich mal wieder meldest. Was treibst du denn so? Wie steht's mit deiner Gesundheit?«

»Mir geht es gut. Und bald bin ich wieder zu Hause. Was machen denn deine Ermittlungen? Ich bin gar nicht mehr auf dem Laufenden.«

»Wenig. Wir stochern überall herum. DNA-Spuren ergaben sich am Tatort. Aber damit ist im Moment nichts anzufangen. Der Beschriebene mit den langen schwarzen Haaren ist noch in der Fahndung. Den einen Verdächtigen hatten wir ja gehen lassen müssen, wie du weißt. Wir verfolgen eine Reihe Spuren, kannst du dir ja denken. Aber wir bekommen keine verwertbaren Hinweise bisher.«

»Fast vierzehn Tage und noch nichts Greifbares? Das hört sich nicht gut an. Du leitest die Kommission. Gibt es da nicht Druck von oben und Ärger?«

Ritter prustete ins Telefon.

»Ja klar. Aber was soll ich machen? Die Kollegen arbeiten bis zum Umfallen. Wir kommen nicht weiter. Die Presse wird auch immer unangenehmer.«

»Was ich dir mitteilen wollte«, sagte Metternich, »ich habe zufällig van der Meer getroffen.«

Ein kleine Pause entstand, bevor Ritter fragte: »Wo denn?«

Metternich hatte es sich zurechtgelegt. Wie konnte er Ritter beunruhigen, ihn aufschrecken? Er hatte sich verschiedene Alternativen ausgedacht. Und entschied sich für diese.

»Vor der ›*DBD-Bank*‹.«

Metternich hörte ein Räuspern. Und dann ein ›Ah ha‹.

»Hast du mit ihm gesprochen?«, fragte Ritter fast zaghaft.

»Ja.«

»Und über was habt ihr geredet? Noch mal über den Fall Kilian?«

»Ja.«

»Und was?«

Metternich holte nun etwas weiter aus.

»Er hat nur gefragt, ob es schon Ergebnisse gibt. Das interessierte ihn natürlich. Und er hatte einen Koffer dabei, sah wie ein Geldkoffer aus. Er kam gerade aus der Bank. Van der Meer wirkte allerdings nervös, so, als stimme irgendetwas nicht. Dann fragte er mich, ob ich mit dir noch zusammenarbeite. Nein, habe ich gesagt. Er hielt den Koffer ganz fest an seinem Körper gepresst. Ich fragte ihn so nebenher, als sei mir das nicht wirklich wichtig: ›So viel Bargeld schleppen Sie mit sich herum; wollen Sie sich ein neues Auto kaufen?‹, und habe dabei etwas gelacht. Ich sah, wie sich van der Meer zusammenriss. Du erinnerst dich ja an ihn, ein stattlicher Typ, der nicht so schnell aus der Ruhe zu bringen ist. Aber es war ihm anzusehen, dass ihm die zufällige Begegnung mit mir unangenehm war. Für mich sah es so aus, als habe er etwas zu verbergen. Und zwar etwas

Wichtiges. Ich fand die Situation äußerst dubios. Da steckt einiges dahinter, Alois. Mann o Mann, ein Herr van der Meer kommt mit einem Koffer aus der ›*DBD-Bank*‹ und wirkt mir, einem Bullen, gegenüber auffallend angespannt, nervös. Dann verabschiedete er sich übermäßig eilig. Ich sah ihm noch nach und beobachtete, wie er in seinen Maserati stieg. In seinem Auto, so konnte ich von Weitem erkennen, wartete ein Mann, dem er den Koffer übergab, bevor sie abfuhren.«

Ritter hörte sich das an, ohne zu unterbrechen.

»Wann war das denn?«, fragte Ritter schließlich.

»Gerade eben. Ich dachte, ich sollte dich informieren. Mit dem Fall habe ich ja nichts zu tun, halte mich vollkommen heraus. Das ist eure Angelegenheit. Aber diese Begegnung wollte ich dir doch mitgeteilt haben. Vielleicht könnt ihr damit was anfangen.«

»Danke, Moritz. Das ist nett von dir. Ich kümmere mich drum. Und was unternimmst du so? Wie lange bist du noch krankgeschrieben?«

»Höchstens noch eine Woche. Ich unternehme einiges, fahre mal an den Chiemsee oder an den Ammersee. Gibt eben viel zu sehen, wie du mir schon geraten hast. Also, viel Erfolg, Alois.«

Metternich sah sich zufrieden um.

46. Kapitel
Auf der Spur

Trübsand hielt gut durch, den ganzen Tag. Zunächst verfolgte er van der Meer bis zu den Highlight Towers. Dort verbrachte er Stunde um Stunde, beobachtete den Eingang. Aber er konnte keine für ihn auffällige Person ausmachen, die möglicherweise van der Meer in seinem Büro aufsuchen wollte. Auch der Mann mit Augenklappe tauchte nicht auf.

Metternich rief Trübsand gegen Mittag an. Er berichtete ihm von dem Telefonat mit Ritter und forderte ihn auf, die Stellung zu halten. Dann lief er weiter durch die Straßen und nahm diverse Hotels in Augenschein. Zwei Hotels an der Sonnenstraße, ein weiteres an der Schwanthalerstraße, hinten herum an der Goethestraße. Er folgte seinem Gespür.

Metternich kehrte zurück zur Sonnenstraße und lief dann zum Karlsplatz. Dort hatte der Franzose sich doch auffallend das Hotel Königshof angesehen. Plötzlich erkannte er auf der anderen Straßenseite Louis, den Mann mit der Augenklappe. Schnell verbarg sich Metternich hinter einer Litfaßsäule. Er wartete. Der Mitarbeiter von Carnivale latschte langsam weiter und verschwand bald in der Schützenstraße.

Metternich überquerte die Bayerstraße und betrat auf der anderen Seite das große Fünf-Sterne-Haus. Weitläufige Lobby in sanften sandfarbenen Tönen. Gedämpfte Plauderei unter den Gästen, die sich bei Kaffee oder Tee dort niedergelassen hatten.

Er schritt auf die Rezeption zu.

»Ich suche einen Ihrer Gäste, einen Franzosen, schlank, blond, groß.« Er legte seinen Dienstausweis auf den Rezeptionstresen. »Nichts Besonderes. Kein Aufsehen. Es handelt sich nur um eine kurze Nachfrage«, beruhigte er den Empfangschef, der schnell herbeigerufen wurde. Der fragte, ob denn etwas vorläge.

»Nein, nein, der Mann ist nur ein möglicher Zeuge in einer kleineren Angelegenheit, und wir wissen, dass er hier logiert und Franzose ist, aber leider seinen Namen nicht. Das ist alles.«

Der Rezeptionist schaute im Computer nach.

»Wir hatten hier einen Lino Dubois. Er ist aber heute Morgen früh abgereist.«

»Wann?«

»Das war so um neun Uhr.«

»Wie lange wohnte er hier? Und können Sie ihn kurz beschreiben.«

»Ja, recht gut, denke ich. Schlank, fast schon etwas hager, groß und künstlich blondes kurzes Haar. Das war schon ziemlich auffallend. Vor drei Tagen hat er bei uns eingecheckt.«

»Ist Ihnen sonst noch etwas aufgefallen?«

Der Empfangschef winkte eine Mitarbeiterin zu sich und fragte sie.

»Ja, da war eine Meldung vom Zimmerservice. Der französische Gast hatte in seinem Superiorzimmer geraucht, obwohl in unseren Zimmern und Suiten Rauchverbot gilt. Die halb leere Packung hat der Gast liegen gelassen, sie wurde entsorgt.«

Metternich zog die Brauen hoch.

»Wissen Sie die Marke noch?«

Der Rezeptionist schaute etwas verwundert über diese Frage.

»Da muss ich den Roomservice fragen. Der wird wohl noch das Zimmer herrichten. Moment. Ich lasse das zuständige Zimmermädchen herunterholen.«

Metternich wandte sich wieder an den Empfangschef.

»Hat er vielleicht eine Bemerkung gemacht, warum er abgereist ist oder wohin?«

»Nein.«

Metternich hakte nach. »Könnte es sein, dass sich der Gast gegenüber dem Zimmerservice dahin gehend geäußert hat?«

Der Rezeptionschef, schon ein wenig genervt, schaute erstaunt und leicht blasiert über diese Frage.

»Das kann ich mir nicht vorstellen.«

Der Empfangschef schaute auf seine Uhr.

»Sie können Frau Jana Orlowska fragen. Sie kommt gleich.«

Kurz darauf erschien eine etwa fünfzigjährige Frau vom Roomservice. Mit osteuropäischem Akzent stellte sie sich vor und beantwortete Metternichs Frage.

»Ich heiße Jana. Der Gast rauchte Gitanes. Die Packung lag noch da.«

Metternich atmete auf. Da hatte er ihn.

»Ist Ihnen noch etwas an dem Gast aufgefallen? Verhaltensweisen, Kleidung oder was er sagte?«

Sie lächelte mit leicht frivolem Ausdruck und warf ihr langes leicht angegrautes braunes Haar nach hinten über die Schulter. Sie schaute dann fragend etwas schüchtern zum Empfangschef. Metternich nahm sie beiseite, um ihr die Verlegenheit zu nehmen. Er spürte, dass sie etwas sagen wollte, das für sie möglicherweise Unannehmlichkeiten zur Folge haben könnte.

»Herr Dubois wollte sich gestern mit mir für heute Abend verabreden. Er machte charmante Komplimente.« Dann flüsterte sie: »Er kam mir beim Bettenmachen etwas zu nah, umarmte mich und sah mich scharf an. Aber ich bin dann raus aus dem Zimmer. Das war gestern Mittag.«

»Und hat er was gesagt?«

»Er würde morgen, also heute, das Hotel verlassen und woanders wohnen.«

»Und wo?«

Sie zuckte mit den Schultern. »Das hat er nicht gesagt. Aber er bliebe in München. Ich solle ihm meine Handynummer geben. Er will mit mir ausgehen, sagte er. Es würde ein toller Abend ... Na ja, ich hab ihm die Nummer gegeben. Der war sehr nett, muss ich sagen. Hätte ich vielleicht doch nicht geben sollen. Aber sagen Sie bitte nichts, sonst bekomme ich Ärger.«

»Keine Sorge, das bleibt unter uns.«

Der Chefrezeptionist schaute derweil schon etwas ungehalten zu ihnen herüber.

»Geben Sie mir bitte Ihre Handynummer; Sie bekommen meine«, sagte Metternich. »Wenn Herr Dubois Sie anruft, dann melden Sie sich bitte umgehend bei mir. Das ist wichtig. Und sprechen Sie mit niemandem darüber.«

Sie nickte zustimmend mit dem Kopf und ging. Metternich verabschiedete sich dankend und verließ das Hotel. Er jubelte innerlich über die Informationen, mit denen er nicht ernsthaft gerechnet hatte.

***

Trübsand folgte inzwischen van der Meer vom Büro wieder zurück nach Starnberg. Er hatte es nicht nötig, mit seinem Corsa direkt hinter dem Maserati zu bleiben. Am Stadtrand wusste er, dass van der Meer wieder zu sich nach Hause fahren würde. Er konnte in Ruhe unauffällig nachkommen, sich dort platzieren und observieren.

»Tödlich langweilig«, vermeldete er später, als Metternich ihn anrief. »Da tut sich nichts.«

»Ich langweile mich nicht. Da tat sich was.«

Metternich berichtete von dem Telefonat mit Ritter und den Besuch im Königshof.

Es begann ein Warten. Das Warten auf die Entscheidung, die für Metternich fühlbar in der Luft lag. Er aß in einem Restaurant in der Nähe des Bahnhofs eine Kleinigkeit zu Mittag. Dabei fiel sein Blick auf eine der Münchner Tageszeitungen, die im Lokal auslagen. Nicht mehr auf den ersten Seiten, aber doch weiter hinten kam ein Artikel zum Fall Kilian mit der Kommission Wolfsschlucht. Viel konnten die Journalisten nicht berichten; Verdächtiger wieder freigelassen, vorangehende Ermittlungen, noch keine heiße Spur, Ungeduld allenthalben.

Metternich wartete auf einen Anruf. Einer kam, während er aß. Aber es war nicht der erwartete Anruf, sondern Hartmut Wohmann war dran, der liebenswerte Mathematiker.

»Ich wollte mal hören, wie es Ihnen geht?«

»Gesundheitlich gut. Sonst eher durchwachsen«, sagte Metternich, der sich über den Anruf freute. »Da spielen sich im Moment interessante Dinge ab, kann ich Ihnen sagen. Und, haben Sie das Problem, ich meine die Soundso-Vermutung, gelöst?«

Wohmann lachte.

»Sie meinen die Riemann'sche Vermutung. Ha! Das wäre der Nobelpreis für mich oder eine Million Dollar, die das ›*Clay Mathematics Institute Cambridge*‹ ausgelobt hat. Nein nein, leider nicht. Hätten Sie nicht Lust, mal wieder mit mir auf eine oder zwei Maß, und dabei was Deftiges zum Essen?«

»Gerne, aber ich kann Ihnen jetzt keinen Termin sagen, weil einiges ansteht. Ich rufe Sie an, wenn es bei mir passt.«

Metternich legte froh gestimmt auf. Wohmann tat ihm gut, und er konnte sich vorstellen, die Verbindung zu ihm auch von zu Hause aus zu halten. Ein derartiger Wunsch kam bei ihm selten vor. Ein Mann, der ihm sympathisch war, jemand, bei dem er das Gefühl hatte, sich ohne Einschränkung öffnen zu können. Frei heraus. Der auch seinen Humor hatte, eine ähnliche Wellenlänge. Der ihn vielleicht sogar tiefer verstand. Wohmann, dachte Metternich, könnte so einer sein.

Den Nachmittag verbrachte er zunächst einmal damit, ziemlich ziellos, wenn auch sardonisch vor sich hin grinsend, herumzulaufen. Von Trübsand war nichts zu hören. Der würde den großen Großinvestor schon im Auge behalten, dachte Metternich.

Er reflektierte seine Situation hier in München. Nicht das erste Mal, natürlich. Einerseits musste er jetzt schmunzeln. Andererseits verzog er das Gesicht und fand das Ganze schon aberwitzig. Zweimal hatte er es also nun mit einem Auftragskiller zu tun bekommen, zweimal hintereinander. Denn der Blondierte, dieser Dubois, oder Carnivale, wie immer der auch heißen mochte, war ein professioneller Mörder. Das stand für Metternich fest. Langsam entwickelte er sich zum Experten für solche Fälle, dachte er. Wollte er aber nicht. Er wollte kein Profi für Profis sein.

Der Nachmittag zog sich hin. Für Metternich war untätiges Warten quälend. Aber er hatte es im Gespür. Er ahnte, dass bald Bewegung in den Vorgang kommen würde.

Schließlich hatte er wieder einen Einfall. Den hätte er schon vorher haben müssen. Aber wenn man inkognito Dienst machte, passiert das schon mal, besann er sich. Er ging sofort los und fand einen Fotoladen nicht weit entfernt. Dort kaufte er eine Kamera mit starkem Teleobjektiv.

Er wollte vorlegen. Diese Investition würde ihm schon erstattet werden, wenn der ganze Vorgang hier aufflog. Trübsand und er waren noch auf sich alleine gestellt.

Am Morgen hatte der Franzose ausgecheckt, so gegen neun Uhr. Am gleichen Abend wollte er mit dieser Jana ausgehen. Trübsand hatte immer noch keine Erkenntnisse. Metternich rechnete auch nicht damit.

Der Berufsverkehr setzte ein. Die Stadt wurde hektisch. Es war nicht mehr so warm wie an den vergangenen Tagen. Metternich lief weiter durch die Straßen, trank noch einen Kaffee irgendwo in der Nähe des Stachus. Dabei beobachtete er immer mit Argusaugen die Umgebung. Dieser Augenklappentyp.

Und dann ertönte die Handymelodie. Es war 18:15 Uhr.

»Hier ist Jana Orlowska. Herr Dubois hat mich gerade angerufen. Sollte ich Ihnen doch sagen.«

Metternichs Gesichtsausdruck hellte sich auf.

»Ja danke. Was hat er gesagt?«

»Er will sich mit mir treffen.«

»Wo?«

»In einem Lokal.«

»Ja wo denn?«

Metternich wurde schon kribbelig.

»In der ›*s17 Club Lounge*‹ am Maximiliansplatz, 21:30 Uhr.«

»Haben Sie zugesagt?«

»Nein, noch nicht. Ich wusste nicht, ob ich das soll. Ich habe gesagt, dass ich mich melde, weil ich noch nicht weiß, ob ich kann.«

Metternich überlegte scharf. Jetzt kein Fehler!

»Wo befinden Sie sich gerade?«

»Bin auf dem Nachhauseweg. Noch in der Nähe des Bahnhofs. Ich wohne in Feldmoching und nehme die U-Bahn.«

»Fahren Sie noch nicht. Kommen Sie bitte in die Senefelderstraße zum Hotel ›*Germania*‹. Ist ja ganz in der Nähe. Ich warte dort auf Sie.«

»Was ist denn mit Herrn Dubois? Sie sind doch von der Polizei?«

»Das erkläre ich Ihnen später. Machen Sie sich keine Sorgen. Alles klar?«

Orlowska bestätigte und legte auf. Dann rief Metternich Trübsand an. Der setzte sich sofort in Bewegung. Nach knapp vierzig Minuten traf er im Hotel ›*Germania*‹ ein. Jana Orlowska hatte schon in der Lobby Platz genommen.

»Frau Orlowska, wir benötigen Ihre Hilfe. Sie treffen diesen Herrn Dubios in dem Club und verbringen mit ihm den Abend bis circa Mitternacht. Dann sagen Sie ihm, dass Sie nach Hause gehen möchten, weil Sie Frühschicht haben. Lassen Sie sich nur bis zur U-Bahn begleiten und nicht weiter. Und lassen Sie sich auch nicht von zu Hause abholen. Vor allen Dingen erwähnen Sie nicht unser Treffen hier und unseren Kontakt. Das ist ganz wichtig. Fühlen Sie sich in der Lage dazu, so zu handeln? Das genau so durchzuführen?«

Orlowska presste die Lippen zusammen.

»Ist der Mann gefährlich? Ist er ein Verbrecher?«

»Das wissen wir noch nicht. Noch liegt nichts vor. Wir müssen nur Klarheit haben. Ich persönlich kann aus einem bestimmten Grund nicht erscheinen. Ich muss im Hintergrund bleiben. Mein Kollege Herr Trübsand ist aber in Ihrer Nähe.

Dubios will ja nur mit Ihnen einen netten Abend haben, mehr nicht.«

Orlowska strich sich über ihr langes Haar.

»Vielleicht auch mehr.«

»Dazu wird es nicht kommen.«

»Natürlich nicht. Was denken Sie denn.«

»Also, sind Sie bereit uns, zu helfen? Sie brauchen keine Befürchtungen zu haben.«

Sie wiegte den Kopf hin und her.

»Ja gut, ich mach das. Soll ich den jetzt anrufen?«

»Ja, rufen Sie an und verabreden Sie sich. Aber lassen Sie sich auf kein anderes Lokal oder anderen Club ein. Sagen Sie, Sie wollen dann auch nur in die *›s17 Club Lounge‹*. Klar?«

Orlowska nickte und zückte ihr Handy. Die Verabredung ging problemlos vonstatten. Anschließend verließ sie das Hotel.

»Jetzt kommt es auf dich an, Trübsand«, sagte Metternich. »Du observierst den Franzosen. Der Club ist ja nicht weit von hier, und Carnivale alias Dubois wird wieder in dieser Gegend abgestiegen sein. So benötigt er kein Auto. Du musst aber auf der Hut sein. Er darf dich nicht sehen. Sieh zu, dass du ihn im Auge behältst und erkennst, in welchem Hotel er wohnt.«

»Der hat sich so einen Szeneladen ausgesucht. Hab ich schon im Internet gesehen. Kein Problem, mich da unauffällig zu bewegen.«

Metternich presste die Lippen zusammen.

»Du musst dich äußerlich etwas verändern, Trübsand. Es gibt doch diese Trendmützen, die manche Typen sogar noch im Bett beim Bumsen überm Kopf haben.«

»Sie meinen eine Beanie. So eine habe ich, aber zu Hause.«

»Du kaufst dir sofort eine. Hier in der Nähe gibt es genug Läden, die diesen Trendkram anbieten. Und du kaufst dir einen Hut, einen normalen richtigen Hut. Den benötigst du bestimmt als Alternative später. Und Sonnenbrille? Hast du eine?«

»Ja, natürlich.«

»Setz die später auf; sieht ohnehin cool aus.«

***

Am Abend nahm Jana Orlowska die U-Bahn nach Feldmoching. Ihre Nervosität hielt sich in Grenzen. Es kam in ihr sogar eine erwartungsvolle Spannung auf. Nicht selten hatte sie mit Avancen von männlichen Gästen zu tun. Immerhin war sie nicht nur durch ihre slawische Erscheinung für viele männliche Gäste eine sehr attraktive Frau.

Um halb neun rief sie Carnivale an. Mit charmantem französischem Akzent meldete er sich erfreut. Orlowska reagierte im Sinne Metternichs. Carnivale bot an, sie von zu Hause abzuholen.

»Nein, nein, ich komme zum Club. Warten Sie vor dem Eingang? Aber lange bleiben kann ich nicht, wegen Frühschicht«, bog sie sofort ab.

Trübsand begab sich derweil zum Maximiliansplatz. Endlich kam Spannung auf, dachte er, Nervenkitzel. Killer mit Zimmermädchen zu checken war etwas anderes, als einen prominenten alten Investor zu überwachen. Die Kleidung, die er mithatte, war seiner Ansicht nach nicht gerade szenegerecht, aber vielleicht kam er ja trotzdem in den Laden.

21:45 Uhr. Sie mussten schon da sein. Trübsand stand am Eingang. Der Türsteher des ›*s17 Club*‹ schätzte ihn etwas zweifelnd ab. Für die Clubs war diese Uhrzeit gar nicht angesagt, total verfrüht. Somit war die Chance, eingelassen zu werden, recht groß. Trübsand setzte eine betont coole Mimik auf. Mit den Einlasstypen der Clubs zu Hause hatte er so seine Erfahrungen.

»Warst du schon mal im New Yorker ›*Pim's*‹?«

»Kenn ich nicht.«

»Mann, seid ihr hier hinterm Mond?«

Der Brocken an der Tür schaute schon fast beleidigt.

»Das ist ein Laden, kann ich dir sagen. Da fetzt es dir die Eier weg. Musst du mal hin, kommt aber nicht jeder rein.«

Der Türsteher lachte verlegen und winkte Trübsand hinein. Das ›*Pim's*‹ gab es überhaupt nicht.

Es war noch hell draußen. Der Club hatte zu diesem Zeitpunkt noch wenig Gäste. Trübsand erkannte Orlowska recht schnell. Sie saß mit dem Blondierten an der lang gestreckten Bar. Rötlich orangenes Licht gedämpft, die Technobeschallung noch nicht mit voller Dröhnung.

Metternich hatte zuvor Trübsand darauf hingewiesen, dass Typen wie der Blondierte ein sehr ausgeprägtes Gefühl für gefährliche Situationen hatten. Und er sollte insbesondere auf den möglicherweise auftauchenden Assistenten achtgeben.

»Halte dich so weit wie möglich im Hintergrund und sieh zu, dass die Orlowska dich nicht sieht. Der blondierte Carnivale spürt sofort, wenn etwas nicht stimmt. Solche Figuren haben eine andere Antenne, eine Fähigkeit, Gefahren zu wittern. Vergiss nicht: Der ist aller Wahrscheinlichkeit nach ein Auftragskiller.«

Trübsand verzog sich in eine hintere Ecke. Das schummrige Licht tarnte ihn ausreichend. Und mit der Beanie-Mütze fühlte er sich ziemlich gut gedeckt. Langsam füllte sich das ›*s17*‹ etwas mehr. Er konnte dennoch die Orlowska mit dem Blondierten gut beobachten. Die beiden unterhielten sich anscheinend ganz angeregt, wobei der Franzose oft in hektischen Gesten bestimmt erfundene Stories von sich gab. Manchmal konnte Trübsand Orlowska lachen sehen. Nicht, dass die auch noch Gefallen an dem Typen fand und ihnen die Tour vermasselte, dachte er.

Orlovska und der Franzose tanzten einige Male und tranken dann wieder etwas an der Bar.

24:00 Uhr. Ultimo. Orlowska erhob sich fristgemäß. Und Carnivale leistete augenscheinlich keinen Widerstand. Sie verließen die ›*s17 Club Lounge*‹, liefen zum Karlsplatz und dann die Bayerstraße entlang zum Bahnhof. Für Trübsand stellte es kein Problem dar, ihnen mit Abstand zu folgen. Am Bahnhof ergab sich zwischen Orlowska und Carnivale noch ein Gespräch. Wahrscheinlich wollte der Franzmann die Zimmertusse ins Bett kriegen, dachte Trübsand, das kannte man doch, abschleppen. Aber nach einer Weile verabschiedeten sich beide.

Carnivale lief die Bayerstraße wieder zurück. Wollte er wieder in den Club? Nein, er bog rechts ab und folgte vom Stachus aus der Sonnenstraße. Auf der anderen Straßenseite ging Trübsand. Schließlich erreichten sie die Herzog-Wilhelm-Straße.

Trübsand war immer noch angespannt achtsam. Er musste sich vorsehen, auf diesen Louis achten, die Figur mit der Augenklappe, der ihn möglicherweise im Auge hatte. Oder Metternich.

Carnivale hatte sich im ›*Motel One Sendlinger Tor*‹ einquartiert. Trübsand war zufrieden und erleichtert. Und Metternich hörte die Nachricht gerne.

47. Kapitel
Die letzte Tranche. Die letzte Gewissheit.

Carnivales Haaransatz wurde langsam wieder schwarz. Die wasserstoffperoxidblonde Farbe wusch sich zunehmend heraus.

Der Franzose zog in Erwägung, sich das Haar nachzufärben, sich eine andere Farbe aufzutragen oder sich eine Glatze rasieren zu lassen. Aber bei der Betrachtung im Spiegel kam er zu dem Schluss, zunächst alles so zu belassen. Carnivale dachte an den ortsfremden Bullen, der ihm in die Quere gekommen und leider entkommen war. Dann auch noch dessen Kollege. Louis konnte nicht an zwei Orten zugleich sein.

Carnivale hasste Behinderungen und Querschüsse, die seine Vorhaben beeinträchtigten. Ritter! Ihm gefiel dieser Polizist genauso wenig wie Metternich. Dieser Ritter suchte offiziell nach ihm. Aber was wusste er? War er über den Aufrag Kilian eingeweiht? Selbst wenn Ritter mit van der Meer unter einer Decke steckte, er hatte genug in der Hand, um gefährlich werden zu können. Carnivale strich sich über das immer noch kurze Haar. Traue niemanden, auf keinen ist letztendlich Verlass. Das war sein Lebensmotto.

Am frühen Morgen fuhr er mit einem neuen Leihwagen nach Starnberg.

***

Van der Meer telefonierte am Frühstückstisch. Yvonne blätterte in der Vogue, während sie ins Brötchen biss.

»Ich benötige wieder so einen Betrag in ähnlicher Höhe«, sagte van der Meer gerade. »Wann ich komme, kann ich Ihnen noch nicht sagen. Verkaufen Sie Papiere von den Energieunternehmen, den Chemie-, Pharma- und Autounternehmen. Jeweils zehn Prozent der einzelnen Anlage; Best Execution natürlich. Sie wissen Bescheid. Und bereiten Sie die Auszahlungen schon vor. Die Details besprechen wir später.«

Dann legte er auf. Yvonne hatte ihn beobachtet.

»Ich finde, dass du in den letzten Tagen etwas anders drauf bist, Ferdi.«

»Wie kommst du darauf?«

»Du wirkst nervös und angespannt. Das sehe ich doch. Hast du Schwierigkeiten in der Firma?«

Van der Meer lächelte dünn.

»Probleme, meine liebe Yvonne, gibt es immer. Im Moment kommt einiges auf mich zu. Ich muss sehr konzentriert sein und wachsam, gerade in einem Unternehmen wie dem meinigen.«

Sie schenkte ihm Kaffee nach.

»Trotzdem merke ich, dass mit dir etwas nicht stimmt. Kannst du mir doch ruhig sagen.«

»Hör mal, was soll ich dir sagen? Es gibt ein paar Unwägbarkeiten auszuloten. Meine geschäftlichen Verbindungen sind komplex und bisweilen schwierig. Soll ich dir das wirklich alles erläutern, meine Liebe? Ich denke, das wäre etwas zu umfangreich. Mach dir mal keine Gedanken.«

Tilli räumte derweil ab. Yvonne stand auf.

»Ich fahre gleich nach München und treffe Monika. Wir wollen zur Shoperöffnung von Stefano Ricci Men. Für dich schaue ich mich dort mal um. Und Moni für ihren Mann. Mal was anderes. Und es gibt ein kleines Programm. Da freue ich mich schon drauf.«

Van der Meer nickte gleichmütig. Yvonne herzte noch schnell Danton und machte sich auf.

Zehn Minuten später schellte es. Der Hund bellte. Tilli führte ihn weg und öffnete. Carnivale trat ein. Van der Meer legte die Zeitung weg.

»Ich dachte mir, dass Sie kommen«, begrüßte van der Meer den Gast. »Wir hätten uns aber auch vor der Bank treffen können.«

»*Non Monsieur,* auf keinen Fall. Das war letztes Mal zu auffällig. Sie holen den Betrag ab und übergeben ihn mir hier. 500.000 Euro.«

Van der Meer trat an die Fensterfront.

»Glauben Sie nicht, dass ein derartig hoher Barbetrag eine gewisse Aufmerksamkeit erregt?«

Carnivale lächelte.

»Mag sein. Aber Ihre geschäftliche Verbindung mit dieser Bank ist doch ... wie sagt man ... konspirativ.«

»Ich glaube, da überschätzen Sie etwas. Diese Banker unterliegen genauso den Gesetzen wie die in anderen Geldhäusern auch. So einfach ist das nicht.«

»*Alors, Monsieur,* Sie haben dort sicherlich einen ganz bestimmten Kontakt, der spezielle Transaktionen ermöglicht. Ich habe wenig Zeit. Ich will und muss aus München weg. Zwei Millionen mit Teilzahlungen von je 250.000, da müssten wir uns acht Mal treffen. Non, *Monsieur. C'est trop pour moi,* das ist mir zu viel.«

Van der Meer ventilierte die Situation angestrengt. Ihm war klar, dass er keine Wahl hatte. Und er wollte das alles schnell hinter sich bringen. Dieser Carnivale sollte so rasch es ging verschwinden, nach Frankreich oder sonst wohin, und zwar für immer. Also lenkte er ein. Er musste jetzt aufs Ganze gehen. Vom Fenster kam er auf den Franzosen zu und sah ihn energisch und entschieden an.

»Gut, *Monsieur* Carnivale, machen wir es so: Ich versuche, mir durch meinen vertrauensvollen Kontakt zur Geschäftsleitung der Bank die gesamte Summe aushändigen zu lassen. Ich werde sie Ihnen dann übergeben, und Sie verlassen danach umgehend das Land. Anschließend haben wir keinerlei Kontakt mehr. Und zwar für immer. Ich denke, wir haben uns verstanden. Eine weitere Diskussion wird wohl nicht mehr nötig sein.«

Carnivale machte ein zunächst erstauntes und dann zufriedenes Gesicht.

»*Bon,* eine gute Einstellung, ein ausgezeichneter Vorschlag. Sie verraten mir, wann die Übergabe stattfinden kann? Möglichst bald, wenn ich bitten darf.«

»Das kann ich Ihnen erst morgen sagen.«

»*Monsieur,* wir werden uns schon finden«, sagte Carnivale mit heiterem Ausdruck und verabschiedete sich.

***

Privilegierter Kunde. Dr. Leitner vom Vorstand der ›*DBD-Privatbank*‹ erwartete van der Meer schon am Mittag. Er führte ihn in sein Büro im obersten Stockwerk des Bankhauses. Van der Meer hatte um ein Vieraugengespräch ersucht.

»Wie kann ich Ihnen helfen?«, begann Leitner, nachdem die Vorstandssekretärin Kaffee gereicht und den Raum wieder verlassen hatte.

»Ich hatte Herrn Cauls heute Morgen schon damit beauftragt, Papiere zu veräußern. Für circa eine halbe Million. Nun ist aber ein Umstand eingetreten, der mir eine größere Summe abverlangt.«

»Würden Sie mir die Höhe der Summe nennen, die Sie benötigen?«

Van der Meer nahm einen Schluck Kaffee. »Der Bedarf liegt bei 1,75 Millionen Euro insgesamt. Und diesen Betrag muss ich in aller Schnelle bar zur Verfügung haben.«

Leitner verzog keine Miene und hämmerte kurz auf die Computertastatur.

»Ihr Bestand an Wertpapieren gibt das problemlos her. Die Höhe der Barabhebung ist allerdings ungewöhnlich.«

»Unter uns, Dr. Leitner, in mir haben Sie ja auch einen ungewöhnlichen Kunden.« Dabei lächelte van der Meer. »Meine Geschäfte und Transaktionen kennen Sie.«

»Immer am Rande der Legalität«, flüsterte Leitner. »Nun, wir kennen uns gut genug. Ich frage Sie nun nicht nach dem Verwendungszweck des Bargeldbetrags. Diese Auszahlung ist wie gesagt ungewöhnlich, aber absolut legal.«

Er griff zum Telefon und rief Cauls an. Der bestätigte die Verkaufsorder van der Meers und die erfolgte Gutschrift auf dessen Konto. Der Bestand betrug nun gut 1,3 Millionen.

»Veräußern Sie bitte noch Papiere, über die Branchen gut verteilt, in Höhe von weiteren 450.000 Euro. Wann haben Sie das Bargeld bereit?«, fragte van der Meer.

»Morgen Mittag liegt die Summe bar vor. Kommen Sie dann bitte hier in mein Büro.«

»Ausgezeichnet. Über Diskretion brauchen wir, glaube ich, nicht zu sprechen.«

Leitner machte ein erstauntes Gesicht.

»Aber Herr van der Meer! Das versteht sich von selbst. Wie lange arbeiten wir schon zusammen?«

Dann lächelte er verschmitzt.

»Ich habe für Sie schon den passenden Koffer. Der Betrag von 1.75 Millionen Euro hätte in 500-Euro-Noten ein Gewicht von 3,81 Kilogramm. Ein einziger Geldstapel mit 3.400 neuen Banknoten wäre 34 Zentimeter hoch und hätte ein Volumen von mindestens 4,46 Litern. Ich denke, das schaffen Sie.«

Van der Meer nickte schmunzelnd und verließ zufrieden und erleichtert die Privatbank.

***

Das ›*Motel One Sendlinger Tor*‹. Metternich war nach dem Frühstück in die Herzog-Wilhelm-Straße gegangen. Er war nun aufmerksamer, viel stärker auf der Hut vor diesem Louis. Wo trieb der sich herum? Wem war er auf den Fersen? Ihm oder Trübsand? Metternich inspizierte seit seiner Entführung die Umgebung genauer.

Trübsand hatte schon früh am Tag die Aufgabe übernommen, Ritter fest im Auge zu behalten. Metternich hatte ihm die Kamera mit dem Tele mitgegeben. Es mussten Beweise geliefert und Vorgänge dokumentiert werden. Trübsand war nicht sonderlich begeistert gewesen, den Münchner Kollegen über Stunden zu observieren.

»Ist bei Ihnen ein Herr Dubois abgestiegen?«, fragte Metternich die Angestellte an der Rezeption des Motels und legte seinen Ausweis vor.

»Nein.«

»Aber ein Franzose.«

»Ja, das stimmt. Der Herr hat gestern eingecheckt. Moment ... ein Herr Renegard, Jean Renegard.«

»Für wie lange hat er gebucht?«

Metternich war etwas überrascht, dass die Frau an der Rezeption noch nicht irritiert nachfragte, warum die Polizei sich für diesen Gast interessierte.

»Er sprach, soviel ich weiß, von einigen Tagen. Er wüsste es aber noch nicht genau. Er meinte, es könnte auch nur eine Nacht sein.«

»Ich gebe Ihnen meine Handynummer. Das ist jetzt ganz wichtig. Sie rufen mich sofort an, wenn Renegard abreisen will. Aber so, dass er davon nichts mitbekommt; ist ja logisch. Und sagen Sie das auch Ihren Kollegen hier.«

Die Hotelangestellte nahm den Zettel mit der Nummer entgegen und fragte nun doch, ob mit dem französischen Gast etwas nicht stimme. Metternich war bemüht, sie zu beruhigen.

»Keine Sorge. Es handelt sich lediglich um eine Überprüfung. Aber jedes Aufsehen muss vermieden werden. Ist auch im Interesse des Hotels. Ich muss mich auf Sie verlassen können.«

»Das können Sie«, sagte die Frau und legte den Zettel an eine bestimmte Stelle.

Metternich war angespannt. Er spürte in sich, dass die ganze Entwicklung jetzt auf eine Entscheidung zulief, wie das bevorstehende Zerschlagen des gordischen Knotens. Es stellte sich für ihn nur die Frage, wie das geschehen würde. Mit der Methode Alexanders des Großen – Schwert raus, einfach durchschlagen – ging das nicht, das war ihm klar. Trübsand meldete sich leicht genervt. Ritter war nun mit Kollegen unterwegs, und er hatte Mühe dranzubleiben. Außerdem zweifelte er am Sinn der Observation, dem Kletten, wie er meinte.

»Das werden wahrscheinlich Huth und Rotthoff sein, wenn ich mich recht erinnere«, sagte Metternich und beruhigte Trübsand. »Die werden gemeinsam dienstlich auf Tour sein. Du kannst jetzt ins Hotel kommen. Am späten Nachmittag setzt du dich noch mal in Bewegung.«

»Warum kann das Oktoberfest nicht im Juli sein?«

Metternich hörte Trübsand maulig lachen. Der wollte sich am frühen Abend noch einmal aufmachen. Inzwischen hatte Metternich Ritter angerufen mit der Frage, ob er schon etwas in Gang gesetzt habe wegen van der Meers Geldkofferaktion. Und wo er denn gerade sei.

»Ich war mit Rotthoff und Huth noch einmal bei Dirk Anrath. Vielleicht gibt es von ihm aus doch noch eine Spur, die wir bisher außer Acht gelassen haben.«

Metternich verzog den Mund, sagte aber nichts.

»Dr. Schallrauch springt schon im Karree. Kannst du dir ja vorstellen«, schnatterte Ritter weiter. »Ich werde jetzt erst einmal nach Hause fahren. Mathilde hat Schlipfkrapfen auf dem Herd. Lecker. Danach habe ich unter Umständen noch einen Termin. Moritz, wann ist denn deine Rekonvaleszenz hier beendet? Bist doch schon ziemlich lange da.«

Metternich amüsierte das Gespräch mit Ritter.

»Nicht mehr lange. Vielleicht fahre ich sogar schon morgen oder übermorgen wieder nach Hause.«

»Dann sehen wir uns ja nicht mehr. Schade. Aber melde dich, wenn du in der Heimat bist. Die Sache mit van der Meer ... der gehen wir schon nach. Also, mach's gut und bis bald.«

Metternich legte zufrieden auf. Es war kurz nach neunzehn Uhr. Ritter war geortet, und Trübsand konnte in die Mangfallstraße fahren und sich positionieren. Der startete sofort.

Dass Ritter recht mitteilsam gewesen war und noch gleich angemerkt hatte, unter Umständen einen abendlichen Termin zu haben, überraschte Metternich etwas. Diesen Umständen mussten sie auf die Schliche kommen. Wahrscheinlich wollte Ritter aber einfach nur einen möglichen Vorschlag Metternichs, abblocken, sich auf ein Bier zu treffen. Metternich ging erst einmal in ein Lokal in der Nähe. Dort aß er ohne großen Appetit einen strammen Max. Den ACE-Hemmer ließ er aus. Er war nun der Ansicht, das Medikament nicht mehr einnehmen zu müssen. Er fühlte sich gut und durchaus belastbar.

Metternich blieb lange in dem Lokal. Es wurde 22:00 Uhr. Draußen begann es zu dämmern. Trübsand hatte sich noch nicht gemeldet. Anscheinend war Ritter noch zu Hause, dachte Metternich. Er zahlte und ging eine Weile spazieren. Warum meldete Trübsand sich nicht?

Es sollte noch eine weitere halbe Stunde dauern. Dann rief Trübsand an. Endlich. Er berichtete, dass Ritter das Haus verlassen hatte und mit seinem Wagen über die Isar fuhr, aber nicht in Richtung Innenstadt.

»Ich bin jetzt auf der ... Waldfriedhofstraße. Der geht doch jetzt nicht Gräber pflegen, oder?«

Metternich gluckste.

»Weiß man's?«

Zu dieser Zeit herrschte wenig Verkehr. Trübsand hatte keine Mühe, Ritter zu unauffällig zu folgen. Der parkte nun vor einer Gaststätte. Trübsand konnte in gebührendem Abstand anhalten.

»Ich bin jetzt am Lokal ›*Beim Egger*‹. Ritter geht hinein. Ich werde mich mal umsehen.«

Ritter betrat das Gasthaus, während Trübsand draußen am Gebäude entlang schlich. Für diese Aktion hatte er sich extra einen Strohhut aufgesetzt, den er zusammen mit der Beanie-Mütze gekauft hatte. Zudem trug er nun kurze Hosen und Sandalen mit Socken. Aber das in dieser Kombination zu tragen? Er krümmte sich innerlich vor Lachen.

Hinter der nächsten Ecke kam er an Bäumen vorbei, schließlich schaute er über eine Hecke in den Biergarten. Dort saßen an zwei, drei Tischen noch Gäste. Es war bereits dunkel geworden, und bunte Lichtgirlanden beleuchteten den Garten. Anscheinend hatte das Lokal eine Ausschankgenehmigung bis vierundzwanzig Uhr, dachte Trübsand. Es war zehn vor elf.

Ritter tauchte auf, nahm an einem etwas abgelegenen Tisch Platz und bestellte ein Getränk. Trübsand platzierte sich hinter einem Baum, von dem aus er aber eine recht freie Sicht in den Gastgarten hatte. Er nahm die Fotokamera hoch und zoomte Ritter heran.

Ritter wartete. Ein Kellner servierte und fragte offenbar, ob noch ein Essenswunsch vorläge. Ritter verneinte kopfschüttelnd. Mit Sicherheit würde die Küche bald schließen.

Einige Minuten später tauchte tatsächlich van der Meer auf und ließ sich neben Ritter nieder. Er begann sofort, auf Ritter einzureden. Es sah so aus, als erklärte van der Meer ihm ausführlich ein Geschehen.

Trübsand drückte wiederholt auf den Auslöser. Und er rief Metternich an.

»Ritter trifft van der Meer. Ich habe die beiden im Visier. Alles schön digital abgelichtet.«

Er beobachtete weiter, beschrieb Metternich live, was er sah: wie Ritter den Kopf schüttelte, mit den Händen gestikulierte, so als wollte er eine dramatische Lage beschreiben.

»Hätte ich doch bloß ein Richtmikrofon«, murmelte Trübsand hablaut. Da tauchte plötzlich, wie aus dem Nichts, noch jemand auf. Diese Person kam allem Anschein nach durch die Hecke, die Trübsand genau gegenüber lag.

»Ich werd verrückt. Der Blondierte«, raunte Trübsand ins Telefon. »Er setzt sich jetzt zu Ritter und van der Meer.«

Der aufmerksame Kellner trat an den Tisch und entfernte sich wieder, anscheinend ohne eine weitere Bestellung aufgenommen zu haben. Trübsand fotografierte weiter, zoomte so weit es ging die Personen heran.

»Der Blondierte hat nichts bestellt«, kommentierte er weiter in sein Handy. »Es sieht so aus, als mache er den beiden, also

Ritter und van der Meer, etwas klar ... ziemlich deutlich ... mit Nachdruck ... sieht aus wie eine Drohung.«

»Sehr mutig von dem Franzosen«, sagte Metternich am anderen Ende. »Nicht nur mutig, sondern ausgesprochen vermessen, dieser Typ. Der darf keinesfalls entkommen. Vor allen Dingen nicht aus Deutschland.«

Trübsand drückte weiter auf den Auslöser, nahm aber er immer wieder hinter dem Baumstamm Deckung. Nur nicht entdeckt werden. Und dann tauchte noch ein Besucher auf.

»Oh Mann«, hauchte Trübsand ins Handy. »Sieht aus wie 'ne Hauptversammlung. Jetzt kriecht auch noch der andere Typ durch die Hecke, Louis mit der Augenklappe. Ich schieß noch ein paar Fotos und verschwinde dann.«

Metternich freute sich. Alle zusammen. Wer hätte das gedacht.

48. Kapitel
Das Netz, ausgeworfen

Der Kellner kam für eine letzte Bestellung. Es war 23:45 Uhr. Van der Meer versuchte, den Boss herauszukehren. Carnivale war unbeeindruckt. Er sah ihn herausfordernd an, von wegen der letzten Tranche. Ritter sollte davon nichts wissen.

»*Monsieur le Commissaire,* Sie sollten stillhalten.« Carnivale lachte Ritter beinahe hysterisch an. »*Le flic, un complice*. Der Bulle arbeitet mit dem Boss zusammen. Ich weiß das schon länger. Egal. Für mich das richtige Treffen.«

Dann deutete er auf seinen Assistenten.

»Louis. *Bon*. Sehr guter Mann, hat so ziemlich alles im Griff. *Monsieur* Ritter. Sie sollten die Ermittlungen so lange bedeckt halten, bis ich ein letztes Geschäft mit unserem *Monsieur* van der Meer abgewickelt habe. Was haben Sie denn noch zu besprechen? Ah, ich kann es mir denken. *Commissaire Metterniesch. Oh là là.*« Ritter erbleichte. Carnivale fuhr fort.

»*Metterniesch, le tourist.* Aber Ihnen beiden auf den Fersen.«

»Wie kommen Sie darauf?«, fragte jetzt van der Meer.

»Ich habe meine Informationen, *c'est tout.*«

»Ich würde gerne wissen, woher und wie.«

»Das spielt keine Rolle. Sie können sich auf mich verlassen. Ich denke, das wissen Sie. In jeder Situation.«

Van der Meer bemühte sich sichtlich, Ruhe zu bewahren. Er ging auf Carnivales Ausführungen nicht ein.

»*Donc,* was nach meiner Abreise geschieht, das müssen Sie selbst regeln«, sagte Carnivale. »Ich werde unauffindbar sein. Wir haben dann nichts mehr miteinander zu tun. *Monsieur* Ritter, Sie dürfen jetzt schon gehen. Ich habe mit *Monsieur* van der Meer noch etwas zu besprechen. Ihr Getränk übernehmen wir. Und schweigen Sie! *Compris*?«

Ritter mahlte mit den Zähnen. Er sah kurz von einem zum anderen, erhob sich und verließ den Gastgarten. Auch Louis verdrückte sich wieder durch die Hecke.

Van der Meer schaute etwas missmutig, indigniert. Wer hatte eigentlich hier das Sagen? Aber die Gewichtung in dieser Situation war klar. Er musste die Geschichte mit dem Franzosen zu Ende bringen. Also vereinbarte er mit Carnivale Zeit und Ort für die Übergabe der letzten Tranche.

***

Metternich holte tief Luft. Er war erleichtert. Inzwischen hatte er sich auf sein Hotelzimmer zurückgezogen. Gegen Mitternacht traf auch Trübsand ein, der sich unauffällig von seinem Beobachtungsposten hatte zurückziehen können. Er war sichtlich stolz auf seine erfolgreiche Mission.

»Ich musste schon sehr aufpassen. Der Handlanger vom Blondierten ist ja nicht zu unterschätzen. Der bekommt so einiges mit. Aber mich hat er nicht entdeckt. Da bin ich mir sicher.«

Trübsand zeigte die Fotos. Metternich war ganz angetan.

»Ich denke, die Situation ist nun ganz eindeutig. Ein Richtmikro wäre nicht schlecht gewesen. Aber nicht nötig. Die Bilder sagen genug.« Auf dem Display wischte er ein Foto nach dem anderen herbei. Metternich presste die Lippen zusammen. »Eine weitere Observation wird nun immer schwieriger. Dabei müssen wir den Blondierten, diesen Carnivale, unbedingt im Auge behalten. Morgen schon könnte er verschwinden.«

»Wär möglich. Aber ich hatte den Eindruck, dass der mit van der Meer noch etwas regeln muss. Ich sah, dass der Blondierte etwas an den Fingern abzählte. Dann zählte er schließlich eine Zwei. Wissen Sie was? Ich glaube, van der Meer muss noch einmal zur Bank und dem Franzmann nochmals ein hübsches Sümmchen bezahlen.«

»Dann wird das bald geschehen. Wahrscheinlich morgen schon. Viel Zeit wird der Blondierte nicht haben«, resümierte Metternich.

»Wahrscheinlich. Und Ritter schien mir durch diesen Franzmann unter Druck geraten zu sein. Er machte einen sehr nervösen Eindruck, als der Blondierte mit ihm sprach.«

Metternich nickte.

»Setz morgen wieder den Hut auf. Dann positionierst du dich am ›*Motel One*‹. Du lässt den blondierten Carnivale nicht aus den Augen. Ich fahre derweil nach Rosenheim zu Sennheiser.«

***

Am folgenden Vormittag hatte es sich abgekühlt, aber die Sonne kam noch etwas durch. Trübsand bezog schon früh Stellung unweit des Motels. Er saß im Auto und hatte sich eine Zeitung gekauft, die er auch als Deckung nutzen konnte. Wie im Film, dachte er und fand es amüsant.

Metternich wollte zunächst nach Rosenheim fahren, um Sennheiser die Fotos zu zeigen und ihn über die Vorgänge persönlich zu informieren. Die Fotos schickte er schon vorab per Mail und entschied sich schließlich, in München zu bleiben. Sein Gefühl trog ihn selten. Und jetzt war es klar. Er musste van der Meer auf der Spur bleiben. Also rief er in Rosenheim an.

»Wir sind so weit, Kollege Sennheiser. Eindeutig. Wir haben entlarvende Fotos, die Sie ohne Bedenken verwenden können. Ich habe sie Ihnen gerade gemailt. Ritter, van der Meer und dieser Franzose, den wir den Blondierten nennen, wegen seines drastisch gefärbten Schopfes, also Jean-Baptiste Carnivale, die hockten gestern Abend spät im Gasthaus ›*Beim Egger*‹ beisammen. Und hatten offenkundig Diskussionsbedarf.«

Sennheiser hatte sich, während er schweigend zuhörte, von seinen Kollegen weg in einen stillen Raum zurückgezogen.

»Jetzt observiert Samuel Trübsand, also mein Mann aus Düsseldorf, diesen Franzosen«, berichtete Metternich weiter. »Ich werde mich an van der Meer halten. Ritter wiegt sich noch in Sicherheit. Das sollte besser auch noch ein oder zwei Tage so bleiben. Aber Sie könnten schon die Kollegen vom LKA und von der internen Ermittlung langsam ins Bild setzen. Die sollten allerdings bitte abwarten und noch nichts unternehmen. Oberste Priorität hat die Festnahme des Franzosen. Der ist zehnmal chemisch gereinigt und kennt weder Furcht noch Skrupel. Und der darf keinesfalls entkommen. Seinen Mitarbeiter, genannt Louis, nehmen wir dann auch gleich hopp. Van der Meer und Ritter haben wir ohnehin am Wickel.«

Sennheiser sagte eine Weile nichts, so als müsse er die Nachricht erst einmal verarbeiten.

»Das ist natürlich ein Vorgang, den wir nicht alle Tage erleben«, sagte er ruhig und besonnen. »Einfach unglaublich.

Ritter. Ich wollte es ursprünglich nicht glauben. Nun, das ist ein Fall, der großen Wirbel auslösen wird. Ihnen ist aber auch klar, was für Konsequenzen Sie erwarten. Da haben Sie sich in was reingeritten. Ich sage nur Disziplinarverfahren.«

»Jaja, ist mir klar. Ist mir jetzt aber auch egal. Also, da hängt ja noch so einiges dran. Wie zum Beispiel das Tötungsdelikt Jeanette Seeberger, Sie erinnern sich, auch wenn das nicht in Ihr Gebiet fiel. Rastätter in Rottach ist möglicherweise auch involviert. Der will angeblich keinen Kontakt zu van der Meer gehabt haben, sagte er, um es später dann doch zuzugeben.«

»Ja, da kommt einiges hoch. Sehr viel sogar.« Sennheiser war hörbar entgeistert. »Ich werde mich jetzt erst einmal an Alex Vissler wenden, meinen Freund im LKA. Ihm berichte ich das, was Sie mir soeben zugetragen haben. Und leite Ihre Bilder weiter.«

Es entstand eine kleine Pause.

»Herr Metternich, eigentlich sollten wir jetzt das SEK informieren. Die Überwachung der Kommunikation und die Festnahmen von van der Meer und diesem Franzosen vorbereiten.«

Metternich dämpfte.

»Sie haben recht. Aber es ist ein paar Takte zu früh. Ich kann hier nicht weg, weil ich van der Meer auf den Fersen bin. Da wird sich was tun. Die sind zwar gewarnt, wiegen sich aber dennoch in Sicherheit.«

Sennheiser stimmte zu.

49. Kapitel
Der gordische Knoten

Dr. Leitner übernahm die Auszahlung persönlich. Cauls hatte den Betrag zusammengestellt und in einem angemessenen Koffer untergebracht: 1,75 Millionen Euro. Van der Meer erschien 10:45 Uhr. Ein früherer Termin war nicht möglich gewesen.

»Ich hoffe, Sie haben bei diesem Geschäft eine glückliche Hand, Herr van der Meer«, sagte Leitner betont distinguiert und übergab ihm den metallenen Koffer.

»Danke.« Van der Meer war sehr kurz und verließ Leitners Büro. Vom vierten Stock fuhr er mit dem Aufzug hinunter, durchschritt die Eingangshalle und trat auf die Straße. Er fühlte seine innere Anspannung. Nicht noch einmal sollte die Übergabe in der Öffentlichkeit stattfinden. Es war vorgesehen, sie in van der Meers Haus vorzunehmen. Der Termin war noch offen.

Kurz nach elf fuhr er aus der Stadt. Zuvor hatte er Melanie Herz und Andresen aus einer nahe gelegenen Telefonzelle darüber benachrichtigt, dass er wahrscheinlich heute nicht mehr ins Büro kommen würde. Andresen war etwas hektisch gewesen, weil er eine Information über das Darknet mitgeteilt bekommen hatte. Es gab offenbar dringenden Klärungsbedarf in einigen Vorgängen.

»Das machen wir morgen«, sagte van der Meer kurz.

Jetzt hatte er für diese Vorgänge keinen Kopf. Er spürte die Brisanz der Situation.

***

Der leichte Sommerregen aus ungewöhnlich dunklen Wolken kam Metternich gerade zupass. Bei einem Discounter hatte er sich für 5 Euro einen grünen Regenschirm gekauft. Unweit der ›*DBD-Privatbank*‹ stand er beobachtend, den Schirm schützend vor seinem Gesicht. Aber van der Meer entging ihm nicht, als dieser die Bank mit einem Metallkoffer verließ. Und dessen Maserati schon gar nicht. Sein Golf parkte ganz in der Nähe.

Problemlos konnte Metternich van der Meer folgen, immer durch den Schirm verdeckt. Van der Meer fuhr nicht in die ›*VdM-Invest*‹. Sein Weg führte nach Starnberg. Und Metternich konnte ihm ohne Problem mit großem Abstand folgen. Das Spiel wiederholte sich. Parken am Viadukt. Herumlaufen, heute mit Schirm. Sehen, wer kommt, wer geht. Stunde um Stunde. Es kam keiner. Kein Blondierter, kein Assistent Louis.

Da ging es Metternich nicht besser als Trübsand, der gleichzeitig von seinem Beobachtungsposten an Carnivales Hotel aus auf Bewegung wartete. Trübsand war diesmal besonders vorsichtig. Schließlich konnte Carnivales Assistent auf ihn angesetzt sein. Und ihm war klar, dass der Blondierte schon längst das Hotel verlassen haben konnte. Eine lückenlose Überwachung war unter diesen durchaus zweifelhaften inoffiziellen Umständen einfach nicht möglich. Er und natürlich auch Metternich konnten nur auf glückliche Fügungen hoffen, allerdings unterstützt von Erfahrung und der beruflichen Intuition.

Während Trübsand also etwas haderte, ob seine Observierung noch Sinn machte, kam Metternich plötzlich ein wichtiger Gedanken. Es durchfuhr ihn siedendheiß. Darauf hätte er schon längst kommen können, ja müssen. Rastätter! Der war das Problem, dachte er. Warum wurde ihm das jetzt erst deutlich?

Umgehend rief er Trübsand an, damit der die Observation am ›*Motel One*‹ sofort abbrach. Van der Meer fuhr mit einem Geldkoffer nach Hause. Da war es wenig erfolgversprechend, den Blondierten an seinem Hotel zu erwarten. Da hätte er auch gleich drauf kommen könne, schalt sich Metternich. Carnivale würde über kurz oder lang mit Sicherheit nach Starnberg kommen, um sich das Geld zu holen. Für seine professionelle Tätigkeit.

»Trübsand, komm nach Starnberg. Behalte das Van-der-Meer-Anwesen im Blick. Gut, dass es noch regnet. Nimm den Schirm, setz die Mütze auf, von mir aus auch noch die Sonnenbrille. Schau genau hin und informiere mich über die Vorgänge dort. Ich fahre zu Rastätter in seine Kristall-Klinik in Bogenhausen.«

Trübsand war nach circa vierzig Minuten vor Ort. Metternich rief inzwischen Rastätters Klinik an. Der Herr Professor sei heute nicht im Hause, wurde ihm gesagt, sondern bis morgen in Rottach.

***

Carnivale traf seinen Assistenten in der kleinen unscheinbaren Pension, in der Louis abgestiegen war und schickte ihn nach Starnberg.

Der Auftrag bestand darin, am nächsten Morgen gleich in aller Früh mit einem geliehenen Boot von der Seeseite aus van der Meers Haus zu beobachten. Louis sollte von dort aus Carnivale bei der Geldübergabe schützen. Die sollte schließlich reibungslos über die Bühne gehen. Ohne Zwischenfälle, von wegen Polizei. Carnivale lagen immer noch die beiden Bullen ziemlich quer, diese *flics*, die hier eigentlich nichts zu suchen hatten. Am liebsten hätte er sie beseitigt. Aber bei Metternich war das ja daneben gegangen.

Louis sollte, sobald das mit dem Geld erledigt war, unverzüglich nach Frankreich verschwinden. Sofort! Und zwar nach Villeneuve-sur-Lot im Département Lot-et-Garonne. Dort sollte er sich bei einer Madame Rivé in der Rue Papou melden und abtauchen.

***

Van der Meer hatte den Geldkoffer noch im Maserati, als er sein Haus betrat. Er wollte neugierige Fragen vermeiden. Yvonne kam auf ihn zu.

»Du bist nicht im Büro? Dann könnten wir doch was unternehmen heute Nachmittag.«

»Bei dem Regen? Nein, vielleicht am Wochenende, da wird es wieder sonniger. Außerdem habe ich zu arbeiten. Ich werde den Nachmittag wohl in meinem Privatzimmer verbringen müssen.«

»Was machen wir eigentlich gemeinsam? Fast nichts. Nur zu Empfängen, öffentlichen Veranstaltungen, Vernissagen und anderen Pflichtveranstaltungen bin ich mit dir unterwegs. Als Vorzeigefrau, oder? Stimmt doch.«

Van der Meer war jetzt erstaunt über Yvonnes Aufmüpfigkeit. Und verärgert. »Was hast du für Ansprüche! Du bekommst alles, was du möchtest. Und du weißt, dass ich ein bestimmtes Leben führe. Von Anfang an wusstest du das. Als Frau an meiner Seite repräsentierst du. Ist das so schlimm? Ich denke, du hast wirklich keinen Grund, dich zu beschweren. Ich trage dich auf Händen und möchte dich eigentlich nicht fallen lassen, wenn du verstehst, was ich meine. Und jetzt lass mich in Ruhe, ich habe einiges zu tun.«

Yvonne erstarrte beinahe. Sie stand noch eine Weile da und wandte sich dann ab, um auf ihr Zimmer zu gehen. Währenddessen holte van der Meer schnell den Koffer aus dem Auto und trug ihn in sein Privatzimmer. Er wartete auf Carnivales Anruf. Der kam nach etwa zwei Stunden.

»*Demain*, morgen früh um elf.«

Das war alles.

***

Metternich erreichte Rottach-Egern gegen sechzehn Uhr. Hier am Tegernsee hatte der Regen aufgehört. Wie immer öffnete Frau Rastätter die Tür. Die Begrüßung war knapp. Sie führte Metternich in den Wohnraum.

»Mein Mann kommt gleich. Er fühlt sich heute nicht wohl. Deshalb ist er nicht in der Klinik.«

Metternich nahm Platz. Er schaute sich um und ließ noch einmal den Abend mit Viola in sich Revue passieren. Rastätter trat ins Zimmer.

»Sie überraschen mich mit Ihrem Besuch.«

»Das stimmt«, sagte Metternich. »Ich habe mich nicht angekündigt. Mein Besuch hat aber seinen Grund. Und ich will es kurz machen. Es geht natürlich immer noch um die Ermordung von Viola und ihrer Mutter Vera Kilian. Aber es geht um mehr. Und ich denke, Sie wissen das und können mir weiterhelfen.«

Rastätter ließ sich langsam in einem der Sessel nieder. Er sah müde und angeschlagen aus.

»Meine Schwester und meine Nichte – das hat mich mehr angegriffen, als ich dachte. Die Trauer kam erst nach einiger Zeit. Um was geht es noch, Herr Metternich?«

»Was hat Ihre Schwester über Jeannette Seeberger gesagt?«

Rastätter machte ein erstauntes Gesicht.

»Wie kommen Sie darauf, das sie etwas gesagt hat?«

»Herr Rastätter, es ist jetzt an der Zeit, alles auf den Tisch zu legen. In Ihrem Interesse. Sie wissen mehr, als Sie bisher ausgesagt haben. Das ist eindeutig. Ich kann auch noch Ihre Frau hinzuziehen. Ich will und muss hier und jetzt Klarheit bekommen.«

Rastätter rückte sich nervös im Sessel zurecht. Er schwieg einige Momente, dachte nach und entschloss sich. Dann begann er ganz ruhig, beinahe versonnen.

»Ich habe eine sehr bekannte und renommierte Klinik. Sie ist mein Lebenswerk. Das wollte und will ich nicht gefährden.

Deshalb hatte ich mich aus Vorgängen herausgehalten, die meiner Arbeit unzuträglich waren. Meine Schwester hatte mir nichts über Frau Seeberger gesagt. Jeannette Seeberger hatte mir etwas zukommen lassen. Und jetzt sage ich Ihnen es so, wie es war, Herr Metternich. Ich muss einfach das offenlegen, was ich weiß. Bis heute habe ich das mit mir herumgetragen. Ich wollte einfach mit all dem nichts zu tun haben. Nun geht das nicht mehr, das spüre ich.«

Er schaute sich um, ob seine Frau in der Nähe war. Dann stand er kurz auf und rief nach ihr. Sie antwortete nicht. Am Schlüsselbrett fehlten ihre Schlüssel. Rastätter setzte sich wieder.

»Meine Frau ist gerade einkaufen. Also, ich kannte Frau Seeberger, wie Sie wissen. Was Sie nicht wissen: Ich hatte nicht nur Kontakt zu ihr in Bezug auf Geldanlagen, sondern auch vor längerer Zeit ein kurzes Verhältnis mit ihr. Ich kannte sie gut. Wir trafen uns öfters in ihrem Haus in Grünwald. Meine Frau ist ahnungslos. Ich bitte Sie, das alles vertraulich zu behandeln, Herr Metternich. Ich möchte nicht, dass Regina davon erfährt.«

Er machte eine kleine Pause, hoffte wohl auf eine Reaktion Metternichs. Der aber sah ihn nur an.

Rastätter seufzte.

»Jeannette Seeberger rief mich irgendwann an, den genauen Tag weiß ich nicht mehr. Wir hatten uns für ein Stelldichein verabredet, und sie sagte, sie könne nicht kommen. Sie klang aufgewühlt und vertraute mir an, sie werde mit dem Tod bedroht, weil sie aus einem Geschäft aussteigen wolle. Was das für ein Geschäft war, sagte sie nicht. Das hörte sich ziemlich dramatisch an. Sie sagte, dass sie von van der Meer unter Druck gesetzt werde. Das könne ich ruhig wissen, solle aber sehr vorsichtig sein. Aber so richtig glauben konnte ich das nicht. Danach hatten wir keinen Kontakt mehr. Meine Schwester Vera kannte Frau Seeberger auch. Durch mich hatten die beiden sich vor circa anderthalb Jahren auf einer Veranstaltung kennengelernt. Die Verbindung zwischen ihnen war aber nicht so eng und der Kontakt eher selten. So rief ich Vera an und erzählte ihr von Seebergers Sorgen. Einfach nur so, als schräge Geschichte.«

»Und wie hat sie reagiert?«

»Sie schien nicht so sehr überrascht, was mich wiederum wunderte.«

»Anscheinend war der Kontakt zwischen beiden doch enger, als Sie glaubten. Und das sagen Sie mir jetzt erst?«

Metternich schüttelte den Kopf.

»Van der Meer! Ich hatte das für Unsinn gehalten. Für eine Phantasie. Dessen Frau Yvonne hatte sich bei mir einer OP unterzogen. Van der Meer hatte ich persönlich kennengelernt. Seriöser Mann, dachte ich. Das alles schien mir purer Blödsinn.«

»Aber van der Meer rief Sie doch an, als ich einmal hier war. Sie duzten ihn sogar und machten einen aufgeregten Eindruck. So, jetzt mal Klartext! Was hat er zu Ihnen gesagt?«

Rastätter atmete schwer aus und nahm sich dann zusammen.

»Ich will meinen Frieden, Kommissar Metternich, ich will mit alldem nichts zu tun haben. Nun gut, ich hatte van der Meer näher kennengelernt, und schließlich duzten wir uns. Über ihn laufen einige Anlagen meines Vermögens, so wie bei Seeberger. Die haben mich immer gut beraten. Van der Meer muss erfahren haben, dass mir Frau Seeberger ihren Verdacht zugetragen hatte. Tja, vielleicht sogar über meine Schwester. Wer weiß. Bei diesem Telefonat, an dem Tag, an dem Sie bei uns waren, wurde van der Meer ganz hektisch. Ich solle mich nur ja heraushalten, das Gespräch mit Seeberger komplett vergessen. Sonst könne es für mich sehr unangenehm werden. Es klang zugegebenermaßen wie eine Drohung. Das hätte ich von van der Meer nie erwartet.«

»Und was haben Sie damals gedacht, als Frau Seeberger tatsächlich erschossen wurde?«

»Ich war zutiefst erschrocken. Aber ich wollte mich vollends raushalten. Nein, mit diesen Dingen wollte ich nichts zu tun haben. Keine Verbindung. Deshalb hatte ich den Vorgang auch nicht mehr erwähnt. Jetzt, nach diesen schrecklichen Taten, kam mir das allmählich wieder hoch. Ich wollte es nun doch erzählen.«

Metternich stand auf.

»Damit haben Sie aber lange gewartet. Nach dem letzten Telefonat hatten Sie keinen Kontakt zu van der Meer?«

»Nein.«

Metternich versprach vorerst Diskretion und verabschiedete sich. Vorerst? Es konnte dazu kommen, dass Rastätter eine Aussage machen musste. Denn was er gerade berichtet hatte, war wirklich bedeutsam.

Vor Rastätters Haus holte sich Metternich erst einmal einen Lagebericht:

»Trübsand, wie ist die Lage?«

»Trist, einschläfernd. Es tut sich nichts. Wie haben jetzt kurz vor achtzehn Uhr. Und ich vertreibe mir die Zeit mehr schlecht als recht, mal zu Fuß, mal im Auto.«

***

Während der Fahrt zurück nach München erschloss sich Metternich mehr und mehr der Zusammenhang.

Für ihn gab es kaum mehr einen Zweifel. Van der Meer hatte Vera Kilian beseitigen lassen. Wahrscheinlich hatte sie ihn erpresst, mit den Informationen von Rastätter. Als dann die Seeberger tatsächlich erschossen wurde, musste ihr klar geworden sein, wer dahintersteckte. Aber wieso ihr klar war, dass nur van der Meer der Auftraggeber sein konnte, blieb wahrscheinlich nicht klärbar.

Und warum Viola? Das riss Metternich einmal mehr aus einigermaßen positiven Gedanken. Viola! Auch sie hatte der Franzose auf dem Gewissen. Gewissen! Als wenn der eines hätte! Es konnte sich nur um eine Verwechslung gehandelt haben, alles andere schied aus. Welch eine Tragik! Und die Geldübergabe an den blutleeren Blondierten sprach Bände.

Dazu kam Ritter. Der nette kleine Alois, ein korrupter Bulle im feinen München, im brav konservativen Bayern. Der wusste Bescheid. Der hatte die Ermittlungen betreffend Seeberger erst in die Länge gezogen und dann vorsichtshalber abgegeben, wie er behauptete. Oder man hatte sie ihm entzogen? Der großzügige Großinvestor van der Meer belohnte ihn reichlich, aber schon seit Jahren.

Ach ja, und die Hütte im Wald. Sie gehörte einer Loge. Und van der Meer war dort eine größere Nummer. Wie sollte es sonst sein. Welche Verbindungen bestanden hier? Bestimmt ein weit verteiltes Netz. Der Knoten befand sich in Starnberg. Die Falle musste zuschnappen.

50. Kapitel
Die Schlinge

Am Morgen des 15. Juli wachte Trübsand in seinem alten Opel Corsa auf. Völlig steif reckte er sich und gähnte laut.

»Wirklich eine Scheißnacht. Hier hat sich nichts getan«, sagte er zu Metternich am Telefon.

»Du hältst aber weiter die Stellung.«

Metternich hatte noch am Vorabend Sennheiser kontaktiert und ihm seinen Besuch bei Rastätter geschildert. Und er hatte ihm berichtet, dass van der Meer mit einem großen Geldkoffer die ›*DBD-Bank*‹ verlassen hatte und damit nach Starnberg gefahren sei. Jetzt war es nur eine Frage der Zeit, wann der Blondierte käme, um sich auszahlen zu lassen. Für was sollte sonst das Geld sein?

Daraufhin rief Sennheiser Alex Vissler an. Es war eigentlich noch Nacht. Sennheiser machte sich schon gegen fünf Uhr früh auf nach München. Um kurz vor sechs war er an Ort und Stelle. Alex Vissler im LKA in der Maillingerstraße – Metternich kam zur rechten Zeit hinzu. Die Geschichte war schnell kolportiert, die Fotos gezeigt, Zusammenhänge ausgebreitet, die Figuren in diesem Netz platziert. Der blondierte Franzose wurde natürlich ausdrücklich beschrieben und die aussagekräftige Begegnung mit ihm. Metternich schmückte das aus. Vissler, ein stämmiger Mann mit Vollbart, hörte kühl und unbewegt zu, machte sich Notizen und verlor kaum ein Wort. Dann griff er zum Telefon und gab diverse Anweisungen. Absolute Dringlichkeit. Metternich schaute erwartungsvoll zu. Mit keiner Silbe wurde seine ungewöhnliche Rolle zum Thema gemacht. Das kam mit Sicherheit später. Im Moment war dafür keine Zeit.

Dann fuhren alle gemeinsam in die Ettstraße, Polizeipräsidium. Ritter war wie vom Blitz getroffen, als die Herren von der Internen Ermittlung in sein Büro traten. Ritter verschlug es die Sprache. Besonders, als er im Hintergrund Metternich erkannte. Wie versteinert stand er neben seinem Schreibtisch. Er wurde suspendiert, sofort festgenommen und aus seinem Büro geführt. Auf dem Gang stand Metternich seinem Freund Ritter nur kurz gegenüber und schaute ihn mit enttäuschtem Gesichtsausdruck an.

Keiner sagte ein Wort. Ritter wurde abgeführt. Metternich wurde ganz anders dabei, ein wenig übel. Den ACE-Hemmer nehmen? Nein, die Übelkeit war eher mental.

Vissler bemerkte nur trocken: »Faule Äpfel gibt es immer. Kollege Metternich. Da haben Sie aber was losgetreten. Und das auch noch ohne Befugnis. Na ja. Jetzt schicken wir erst mal die Kavallerie.«

Dann marschierte er ab. Man spürte die geballte Energie, die der Mann ausströmte.

***

Trübsand vor Ort in Starnberg. Der Tag wurde wieder sonniger. Sonnenbrille und Beanie-Mütze. Er hielt nun telefonischen Kontakt direkt mit Vissler. Bewegungen? Besuche? Wer verließ das Anwesen? Im Moment tat sich noch nichts.

***

Carnivale hatte sich am Abend vorher mal wieder eine Nase gezogen. Dann war er noch in eine Table-Dance-Bar gegangen, und schließlich hatte er am Bahnhof eine Straßennutte aufgegriffen, die ihn in einer Seitenstraße in seinem Leihwagen bediente. Es wurde nicht so spät. Morgen war der letzte Tag hier in München. Das große Geld und ab nach Frankreich. Das musste sauber über die Bühne gehen.

Am Morgen gegen zehn Uhr fuhr Carnivale nach Starnberg. Van der Meer wartete dort. Kurz vor der Stadt traf er sich auf einem Parkplatz mit Louis. Von den *flics* war nichts mehr zu sehen gewesen, berichtete er. Sie sprachen noch einmal das Prozedere durch. Louis mietete sich an der Strandbadstraße ein Motorboot. Dann schipperte er langsam in Richtung Possenhofener Straße. Absicherung von der Seeseite.

***

Van der Meer hatte gefrühstückt. Tilli räumte ab. Yvonne trank noch eine Tasse Kaffee.

»Warum bist du so angespannt? Du wirkst nervös. Hast mir noch nicht einmal ›Guten Morgen‹ gesagt.«

Van der Meer schaute auf die Uhr. »Das meinst du nur. Guten Morgen, meine Liebe. Ich habe einen wichtigen Termin.«

»Du hast doch immer einen wichtigen Termin.«

»Dieser heute ist aber noch wichtiger. Und er findet hier statt. Ich möchte, dass du gleich nach München fährst und dir einen schönen Tag machst. Ich komme abends nach und wir gehen sehr gut essen. Ist das ein Vorschlag?«

Yvonne stand auf.

»Ich wollte ohnehin heute Morgen fahren und Sina treffen. Die habe ich lange nicht mehr gesehen. Heute Abend gut essen gehen? Toll, machen wir.«

Sie gab ihm einen Kuss, verschwand im Flur. Dann hörte van der Meer die Eingangstür zuklappen und kurz darauf den Porsche aufröhren und davonfahren. Tilli gab er anschließend für heute frei. Auch sie verließ bald das Haus.

Van der Meer holte aus seinem Privatzimmer den Metallkoffer und stellte ihn neben den Glastisch. Eine präzise Uhrzeit hatte Carnivale genannt: elf Uhr. Etwas Zeit blieb. Er legte Telemanns ›*Tafelmusik*‹ auf. Leise. Danton ließ sich neben ihm nieder. Er streichelte den Hund, klopfte ihm auf den Rücken.

»Bist wirklich ein schönes Tier«, murmelte er. »Manchmal denke ich, Hund müsste man sein.«

Van der Meer lächelte. Stille im Haus.

Von Weitem hörte er nur gelegentlich ein Auto vorbeifahren. Es war ihm eine unangenehme Stille. Und eine diffuse Vorahnung stellte sich ein. Aber van der Meer konnte sie nicht an etwas Konkretem festmachen. Dieser französische Killer, den hatte er engagiert. Er hatte Risiken mindern sollen und war selbst zum Risiko geworden.

War das ein Fehler gewesen. *Der* Fehler?

Van der Meer ging zur Vitrine, holte einen Cognacschwenker heraus, goß sich einen Remy ein und sah in den weitläufigen Garten, seitlich von der Rotbuchenhecke abgegrenzt. Er trat an die bodentiefen Fenster und schob eines beiseite, um frische Luft hereinzulassen. Sein Blick schweifte über den Rasen, den Pool und die Hecke. Die schien sich ein wenig zu bewegen.

Wind? Wind. Sein Blick fiel auf den See. Und da entdeckte er ein Motorboot. Das war Louis, erkannte er. Was würde er froh sein, wenn diese Angelegenheit endlich bereinigt war.

Telemanns Musik endete. Er trank den Cognac aus. Es schellte an der Haustür. Danton bellte. Van der Meer stellte sein Glas ab, nahm den Hund mit in ein angrenzendes Zimmer, wo er ihn einschloss.

Er öffnete. Carnivale trat ein.

»*Bonjour, Monsieur* van der Meer. Ich hoffe, Sie haben gut geschlafen.« Dabei lächelte er maliziös. »*Je pense,* ich glaube, Sie werden erleichtert sein«, lachte er jetzt laut, »nein, nicht wegen des Geldes, sondern weil alle Gefahren beseitigt sind. *Alors,* das wollen wir beide doch. Einen Remy könnte ich allerdings noch vertragen, bevor Sie mir freundlicherweise die vereinbarte Summe aushändigen.«

Van der Meer schwieg, bot Carnivale keinen Platz an, ging aber zur Vitrine. Er schenkte Carnivale einen Cognac ein und brachte ihm das Glas. Dann griff er den Geldkoffer und setzte ihn vor dem Franzosen ab.

»*Merci.*«

Carnivale hob den Koffer auf einen Sessel. Dann öffnete er ihn für einen kurzen kontrollierenden Blick.

Er kam nicht dazu. Der Krach war ohrenbetäubend. Die Haustür zerbarst. Mit Gebrüll stürzten schwer bewaffnete Einsatzkräfte des SEK durch den Flur zum Wohnraum. Durch die Hecke stürmten weitere SEK-Männer über die Wiese zum Haus. Andere sicherten das Ufer ab.

Boote der Wasserschutzpolizei kreisten derweil das Motorboot von Carnivales Assistenten Louis ein. Carnivale war wie vom Blitz getroffen und völlig überrumpelt. Polizisten warfen ihn zu Boden. Er hatte keine Gelegenheit, die Waffe zu ziehen. Van der Meer stand wie angewurzelt da. Sein Gesicht verlor seine Farbe, wurde bleich.

Vissler kam auf ihn zu.

»Herr Ferdinand van der Meer, ich nehme Sie fest wegen des Verdachts auf Mitgliedschaft in einer kriminellen Vereinigung und Anstiftung zum Mord.«

Jean-Baptiste Carnivale wurde bereits nach draußen abgeführt. Hinter Vissler tauchte nun Metternich auf. Vissler hatte ihn mitgenommen. Obwohl er ja hier eigentlich nichts zu suchen hatte, so Vissler, sollte er doch dabei sein. Immerhin war durch ihn ein ganzes Netzwerk zerrissen worden. Ein nachfolgender Rattenschwanz von Aufklärungen würde folgen.

»Irgendwie haben Sie das doch noch richtig gut hinbekommen«, sagte Vissler später. »Aber Sie müssen sich auf eine Menge Fragen gefasst machen. Ob das alles für Sie disziplinarisch gut ausgeht? Tja, abwarten.«

Metternich verließ van der Meers Haus. Er spürte eine große Erleichterung darüber, dass kein Schuss gefallen war. Von Verletzten oder gar Toten ganz zu schweigen. Draußen wartete Trübsand. Der hatte sich zurückgehalten, hatte der Aktion nicht in die Quere kommen wollen.

»Hast du gut gemacht, Trübi. Geschafft. Ohne dich wäre der Erfolg so nicht möglich gewesen«, sagte Metternich und klopfte ihm auf die Schulter. »Und jetzt will ich ab nach Hause. Aber möglichst schnell.«

Trübsand pflichtete ihm bei. Beide fuhren zurück nach München. Zuvor hatte Metternich die bis auf vier Tabletten leere Packung ACE-Hemmer weggeworfen. Und dann rief er mit fröhlicher Stimme Hartmut Wohmann an.

***

Am nächsten Tag: ›Münchner Kurier‹

›In einer groß angelegten Polizeiaktion wurde gestern Mittag der bekannte Investor Ferdinand van der Meer auf seinem Starnberger Anwesen zusammen mit einem mutmaßlichen französischen Auftragsmörder festgenommen. Gleichzeitig wurde bekannt, dass ein führendes Mitglied der Münchner Mordkommission unter dem Verdacht der Korruption und dem Vorwurf, Mitglied einer kriminellen Vereinigung zu sein, noch im Präsidium festgenommen wurde. Eine Pressekonferenz mit weiteren Informationen ist für übermorgen Vormittag angekündigt.‹

Zwei Tage später: ›Münchner Kurier‹

›Nach ersten Erkenntnissen war der Inhaber der ›VdM-Invest‹ Ferdinand van der Meer Mitglied einer Geheimloge namens ›Sator 22‹ und Chef einer kriminellen Organisation, deren Verbindungen in diverse Bundesministerien reichten. Einsatzkräfte in verschiedenen Bundesländern haben bereits mehrere Personen festgenommen, die nach bisherigen Aussagen im Verdacht stehen, Mitglieder der Organisation oder mit ihr zu sein. Für die ›DBD-Privatbank‹, über die anscheinend diverse Transaktionen der Organisation gelaufen waren, wurde ein Durchsuchungsbefehl erlassen.

Im Zuge der Ermittlungen konnten auch die Tötungsdelikte an Viola und Vera Kilian aufgeklärt werden. Täter war demnach ein französischer Auftragsmörder. Eine Verbindung zu dem noch ungeklärten Mordfall Jeanette Seeberger vor zwei Monaten konnten die Ermittlungsbehörden noch nicht abschließend bestätigen. Vermutlich waren in diesem Fall die Ermittlungen durch einen bereits verhafteten Polizeibeamten verzögert worden. Der Haftrichter ordnete für alle Festgenommenen sofortige Untersuchungshaft an. Polizeipräsident Dr. Buchner und Polizeirat Dr. Schallrauch sprachen von einem insgesamt einzigartigen Erfolg.

(*Red. Hans Herringer*)‹

Über den Autor

Joachim Baumeister stammt aus und lebt in Düsseldorf. Er besuchte die dortige Werkkunstschule und belegte an der Universität Düsseldorf Soziologie und Philosophie. Sein künstlerisches Werk zeigte Joachim Baumeister in mehreren Ausstellungen und versuchte sich erfolgreich als Jazz-Musiker. Nach Ausflügen in verschiedene andere Berufsfelder, unter anderem mit einem eigenen Werbeunternehmen, entschied er sich schließlich für´s Schreiben.

Tatort Wien

Bettina Wagner
Das fünfte Opfer
Ein Wien-Krimi
180 Seiten, 14,- Euro (Softcover),
ISBN 978-3-946223-54-2

Ein Mord zu viel

Marlies Mittermann von der Kripo in Wien ist ehrgeizig und erfolgreich. Das macht ihr nicht nur Freunde. Als sie den Fall eines Serienmörders übertragen bekommt, der bereits vier Frauen-leichen auf Wiener Baustellen hinterlassen hat, geht sie gewohnt dynamisch zur Sache. Schnell findet Mittermann eine heiße Spur, ein Verdächtiger gesteht, alles passt zusammen, alles scheint perfekt zu laufen - bis der nächste Mord geschieht. Und für Marlies Mittermann bricht nicht nur die berufliche Welt zusammen.

www.ganymed-edition.de

Das Programm der Ganymed Edition

AUDERY, Marie & Jean
–, Chloe – das Perlenspiel
BALLMANN, Tod im Nichts
–, Tod im Schatten
BAUMEISTER, Herr van der Meer$^{\text{hoch 3}}$
BECK, Eine Zitrone für Fabian
BODEM / KLOTH / MÜLLER, Worte und Bilder des Lebens
BRANDTNER, Doppelschwarzadler
–, Signatur des Menschlichen
–, 1689: Per Streitschrift gegen Ludwig XIV.
–, Der Mond, die Kometen und Du
–, Fadenriss*
BOULÉ / BRANDTNER, Der liebe kleine Löwe
–, Von Pol zu Pol
CHAPPUZEAU, ›Sorglos habe ich gesammelt …‹
DOMINIK, Die Macht der Drei
ELFELD, Des Menschen bester Freund
HERRNLEBEN, DoppelDecker
–, PillePalle
–, Oma Sharif oder Die Karawane des Schreckens
HESSELMANN, Collagen – das Leben kleben
MARYANA, Das Lied der Papierblumen
MERSCHER / MURCH, Tage der Tauben
MÜLLER, Die Reise zum leuchtenden Stern
POSER, Echsenkönig
SAMJATIN, Wir
SCHNITZLER, Erotische Novellen
SZNAJDER, Warum Csokor?*
WAGNER, Das fünfte Opfer
ZACKER, Korkesel & Sardinenblüte

** Titel ist geplant für 2019*

www.ganymed-edition.de